第七及第八屆
工人文學獎得獎作品集

工人文學獎文集編務組

Editorial Committee

前言：工人文學獎活動回顧

　　工人文學獎，最初是由「新青學社」荃灣工人夜校籌辦的，於 1980 年至 1984 年間，舉辦了第一至四屆。之後，隨著新青學社沒有繼續營運，活動因而停辦了多年。

　　2010 年，「街坊工友服務處」的一些朋友，與新青學社的友好，商討重辦工人文學獎的構想，並得到有心人士襄助。我們於該年復辦工人文學獎的徵稿比賽，推動第五屆工人文學獎的活動。

　　接下來的七年內，街坊工友服務處，聯同有心推動工人寫作的的友好，陸續辦了第六，第七及第八屆的工人文學獎活動。 2017 年之後，工人文學獎就未有再度舉行。

　　第五及六屆的得獎作品，蒙藝術發展局撥款資助，分別已結集出版。

　　第七及八屆舉行後，得獎作品一直未曾結集出版，對籌辦的人員及得獎的作者來說，始終是一種遺憾。

　　回顧歷屆的籌辦過程，活動經費一直是個關鍵因素。第五及第六屆，均有幸獲新鴻基集團撥款資助，除提供金額設置獎金予得獎者外，更讓我們可聘請兼職同事，協助舉行推廣及宣傳活動。

　　至第七及八屆，籌備過程，雖盡力嘗試，都未能成功為活動申請得資助，唯有依靠街坊工友服務處在開支上的援手，並於有限的經費下，維持給予得獎者的獎金及必需要的宣傳活動費用。

因為人手有限，第七，八屆的徵稿宣傳，稿件評審及頒獎等過程，都經歷了多番延誤，舉行過程並不暢順，實在慚愧。特別是第八屆的短片組，最終竟沒有收到任何參賽作品，不禁想到宣傳上是否出現了一些重大缺失。

第七及八屆活動得以舉行，先得鳴謝各組別的評審，義務處理繁重的審稿工作，為活動訂出獎項。此外，十分感謝梁寶霖、劉英傑、杜振豪、蘇耀昌及鍾淇鋒諸位朋友的熱心協助及督促，活動才可能順利完成的。我們也在此感謝當年街坊工友服務處同事郭少瑩及張馥欣，在公餘時間給予的幫忙。

第八屆後，工人文學獎活動，一直未有機緣再度舉行。今次出版第七及八屆工人文學獎的得獎文集，希望可給予過去的活動成果，作一點展示及總結。第七屆得獎作品的大部份評判話語，因電腦故障引致檔案損壞及遺失，未能跟結集一起刊印，十分可惜。第八屆評語，能找得到的，我們都盡力補上在文集內。

展望未來，工人及基層社群的書寫及紀實活動，仍然十分值得鼓勵。但我們是否可繼續以文學獎比賽的徵稿方式，或是有其他更適合的方式，作出有效的推動及提升呢？工人創作活動的前景與出路，又可以是怎樣的呢？

藉著此文集的出版，願與大家一起思考，本地工人文學再出發的可能。

前「工人文學獎」工作組成員

胡偉忠

2024 年 1 月 19 日

工人文學，不止於工人

　　工人？文學？很多人聽了之後會覺得奇怪：工人有多少個會寫文學？工人寫的都叫文學？雖然這是一個老掉牙的問題，卻還是有爭辯的必要。因為工人文學，不止於工人。

　　我們說女性文學，作者其實都不一定是女作家，例如白先勇就有好多以女性為主角的短篇小說，塑造的女性角色都各具面貌，連身為女性的旅美作家於梨華都說：「在廿世紀六十年代的中國，沒有任何一位作家，刻畫女人，能勝過他的。」同樣，說工人文學，作者當然包括工人，但其實一般大眾都可以寫工人文學。當我初看這部文集，發現很多得獎者都是我熟悉的好友。他們都不一定是工人，但是他們透過模擬、觀察、想像，去理解、融入當下的工人階層，去寫出工人的聲音。

　　例如吳其謙的新詩〈寬頻人〉就是模擬寬頻人的視角去表達他們在人來人往的街道上不斷尋找推銷對象的無奈：「在無盡飛掠而過的側面中／狩獵一雙瞳孔／『極速寬頻上網月費只需——／一七八』／以華麗的口號追趕／不可修飾的銷售額」，整日的辛勞都可能毫無所獲，迎接他們的只是一個寂寞的夜晚：「草木褪色／扶手涼了／廚房燈熄滅／是時候收起易拉架廣告／把僵硬翹起的嘴角和小腿曲張的靜脈／塞進行囊」，即使叫喊到喉嚨乾渴，也無濟於事：「和許多個夜晚一樣／床頭放一杯開水／龜裂的

嘴唇塗抹凡士林／起床時慣性檢視／開水微降的刻度／黏附嘴唇的褐色死皮」。更可悲的是，這種情況，寬頻人每一天都在重複循環著：「高聳的商廈沒有崩塌／高速公路沒有折斷／城市依舊輪轉不息／寬頻人如常拉起易拉架廣告／在人來人往的天橋推銷／優質未來」詩人模擬寬頻人的日常，讓人感受到工作的辛酸、社會的冷漠，這無疑就是工人的文學。

吳孟穎的散文〈李師傅〉則是以一個在場的旁觀者角度，寫自己在工作上遇到的一位老師傅，剛開始作者並不是十分欣賞李師傅：「由於李師傅不厭其煩，實事求是的作風，讓原本十分鐘的事情變成一個多小時，於是等我們好不容易完成裝機，已經是四天後的事情了。」工作時間增多，當然會抱怨，但是後來才發覺老師傅的用心所在：「其實愛問問題的人才是人才，你看他一邊問，也一邊學。偶最怕那種表面上都不問問題，等偶們走了以後才亂改線路的人。」李師傅細心講授、嚴格考核當地員工，其實就是為了盡自己的職責，務求在離開之前，讓他們可以完全理解機器的運作，能夠掌握所需的技術。對比以前的拍檔：「Tony 很不喜歡印度，他認為那是個既髒亂又落後的國家，所以他總是很有效率地裝機，快速地教育訓練，然後離開。有時候我覺得印度操作員根本沒聽懂，但 Tony 總是說沒關係，有問題他們自然會想出辦法來。」Tony 只講究快，其他事情一概不理，這襯托出李師傅工作態度的可貴，更是對工人形象的歌頌。

呂少龍的〈風喉佬〉則可以說是引用賦體入小說，仔細鋪陳風喉佬的工作：

樹熊哥用刀片沿垂下來的出風喉移除包裹喉身的保溫棉，棉絮如雪花紛飛，直至接駁處露出螺絲；然後從腰間的工具袋掏出一把電動螺絲，下梯上梯作出連串多個動作，技巧純熟地獨自折下一個又一個風喉與風嘴。

　　對於安裝空調系統的步驟，他開始掌握到一些線索。他把喉身編有相同號碼的風喉歸類，然後按圖索驥，推著四輪鐵車把眼前眾多風喉逐一派送到圖則顯示的地方。早一陣子墨斗來過在整個地盤彈墨，原本一片混沌的工地彷彿一下子放大成井然有序的圖則，到處是地平筆直的墨線。他循著手中圖則和地上墨線確認位置。

對安裝風喉的程序，完全是說明書式的描述，即使是外行人，也能夠清楚理解風喉佬的工作內容。小說雖然是想像，描寫的風喉佬，是樹熊哥和敘事者，但其實一切都是作者經過多年的觀察與體驗，提煉出風喉佬幾個典型的日常片段。所以，故事雖然虛構，但所寫的風喉安裝經驗，卻絕非單純靠虛構而來。

　　回到開初的話題，所謂工人文學，其實不是指工人寫的文學，而是指寫工人經驗的文學。這讓我想起我們的藍叔——鄧阿藍，現在大家都會同意藍叔是工人，更是本地工人文學的代表，但是他曾在一篇訪談〈一路走來 ——屬於工人的詩人：鄧阿藍〉提過，即便從小開始就一直生活在草根階層，他也不是一開始就寫與工人有關的作品：

藍叔在開始寫詩時，也不是以工人、基層為對象。由於當時浪漫主義文學流行，而且正直年華，起初所寫的文字都較唯美，題材多以個人感性表達為主。後來，涉世日深，在工人的體驗中，遇上更多的不公不義，感受到弱勢社群的困窘，以及他們於社會制度中被壓迫的處境，「種種社會思想咁就會衝擊你，自然就會令人改變，自然就會反思文藝究竟係點樣嘅呢。反思到唯美嘅個人感受係唔足夠，亦都會有局限，自己個人嘅文藝觀係好狹窄。」

由此可知，工人文學，並不是一個帶有階級烙印的命定標籤，而是一個值得所有人去追求、去開墾的園地。

黎漢傑

2024 年 3 月 20 日

第7屆工人文學獎

徵稿期：2013 年 4 月至 2014 年 1 月

頒獎日：2015 年 1 月 11 日

各組別評判

散文組	黃仁逵	樊善標	江瓊珠
詩歌組	陳昌敏	飲　江	鄧阿藍
小說組	蔡振興	李維怡	楊漪珊
報告文學	潘　毅	鄧小樺	陳曉蕾
攝影組	廖偉棠	謝至德	戴毅龍
短片組	莫昭如	陳彥楷	陳浩倫

第8屆工人文學獎

徵稿期：2016 年 7 月至 2017 年 2 月

頒獎日：2018 年 1 月 28 日

各組別評判

散文組	黃仁逵	陳慶源	江瓊珠
詩歌組	鄭鏡明	劉偉成	鄧阿藍
小說組	郭詩詠	李維怡	蔡振興
攝影組	廖偉棠	謝至德	戴毅龍
短片組	莫昭如	陳彥楷	陳浩倫

第七屆工人文學獎稿件統計

	作品總數：267	
	文類統計	**參加者地區統計**
	詩歌：103	香港：141
	散文：47	大陸：48
	小說：50	台灣：47
	報告文學：4	馬來西亞：22
	攝影：55	新加坡：1
	短片：9	加拿大：1
		無註明：8

第八屆工人文學獎稿件統計

	作品總數：146	
	文類統計	**參加者地區統計**
	詩歌：78	香港：118
	散文：26	大陸：16
	小說：24	馬來西亞：7
	攝影：18	台灣：3
	短片：0	澳門：2

目　錄

前言：工人文學獎活動回顧　　　胡偉忠　　　3

工人文學，不止於工人　　　黎漢傑　　　5

第七屆得獎作品集

攝　影

冠軍：高空工作 _P20　　　　　　【香港】李世豪

亞軍：理想的家 _P21　　　　　　【香港】黃詠雯

季軍：半日速遞 _P28　　　　　　【香港】李致安

新　詩

冠軍：寬頻人 _P34　　　　　　　【香港】吳其謙

亞軍：投資報酬率 _P38　　　　　【台灣】蔡方瑜

季軍：智能手機的未完成 _P41　　【馬來西亞】賴殖康

建議主題獎：回家 _P43　　　　　【香港】余乃成

回家 _P45　　　　　　　　【香港】胡惠文

職場求生 _P47　　　　　【馬來西亞】鐘依瑄

職場求生 _P48　　　　　　【香港】魏鵬展

推薦獎：偶爾 _P50　　　【中國內地】崔新紅

巴斯光年 _P53　　　　　　【香港】曾詠聰

連理 _P55　　　　　　【中國內地】袁華韜

在黃麻埔喝酒 _P56　　【中國內地】崔新紅

遷徙之巢 _P59　　　　【中國內地】曾繼強

散 文

冠軍：李師傅 _P72　　　　　【台灣】吳孟穎

亞軍：循環 _P81　　　　　　【香港】黎凱欣

季軍：行走的範圍就是世界 _P93　　【香港】鄭詠詩

推薦獎：二叔 _P98　　　　　【香港】余龍傑

飛轉的機台 _P101　　　　【中國內地】全桂榮

小 說

冠軍：存在與時間 _P110　　　【香港】黎明佩

亞軍：地下的教堂 _P133　　　【台灣】邱宗瀚

季軍：躲懶的工人 _P163　　　【香港】李卓風

建議主題獎：回家 _P170　　　【香港】袁子桓

推薦獎：霧中風景 _P181　　　【香港】吳其謙

我的越南同事 Liu _P185　　　【台灣】連展毅

鹹魚求生記 _P201　　【香港】王曉君、余偉錦

短 片（ 見 另 附 光 碟 ）

調查報導獎：勞動之禍 _P238

　　　　　　　　　　　　　　【香港】曾慶宏

工運紀錄獎：罷工現場 _P239

　　　　　　　　　　　　　　【香港】潘志雄

人文關懷獎：蘭姐 _P240　　　【香港】莊世圖

報 告 文 學

冠軍：職場求生 _P242　　　【新加坡】王嬿淳

第八屆得獎作品集

攝 影

冠軍：生活的色彩 _P262

　　　　　　　　　　　　　　【香港】黃萬鋒

亞軍：可敬可愛的清潔工友婆婆 _P268

【香港】李麗儀（李儀）

季軍：高度 _P273　　　　　　　　【香港】翁文德（切親）

推薦獎：太刼 _P274　　　　　　　　　【香港】陳耀麟

　　　靜候 _P275　　　　　　　　　　【香港】關天林

攝影組評審後記 _P276

新 詩

冠軍：運送靈魂 _P278　　　　　　　【香港】胡惠文（米米）

亞軍：沒有名字的人 _P281　　　　　　【台灣】謝旭昇

季軍：問 _P284　　　　　　　　　　【香港】李麗儀（李儀）

季軍：家族旅史 _P289　　　　　　　　【香港】謝海勤

建議主題獎（炒散）：踏進大門 _P292　【香港】徐永泰

建議主題獎（炒散）：係！係！周老闆 _P293

　　　　　　　　　　　　　　　　　【香港】陳耀麟

建議主題獎（鬥爭）：春天　潮濕 _P296

　　　　　　　　　　　　　　　　　【香港】高國貞（仃零）

推薦獎：巡遊小姐 _P297　　　　　　【香港】黎曜銘（東野）

　　　油台紀事 _P299　　　　　　　【馬來西亞】陳偉哲

　　　洗碗工的心事 _P302　　　　　　【台灣】吳昌崙

　　　缺乏養份的蜜蜂 _P304　　　　　【香港】錢彥鈞

新詩組評審後記 _P306

散 文

冠軍：物化 _P318　　　　　　　　　　　【香港】鄭詠詩

亞軍：我不是路人甲 _P322

　　　　　　　　　　　【中國內地】萬嘉昆、萬嘉倫

季軍：怎麼在香港，會漸漸迷失了方向 _P325

　　　　　　　　　　　　　　　　　【香港】蔡妙麗

推薦獎：我的工人父親 _P330

　　　　　　　　　　【香港】黃兆駿（筆知所謂）

炒散－敬惜字紙 _P342　　　　　【香港】黃可偉

鬥爭－本是同根生 _P347　【中國內地】陳喚軍

散文組評審後記 _P352

小 說

冠軍：遊戲 _P354　　　　　　【香港】譚穎詩（詩哲）

亞軍：求偶記 _P372　　　　【馬來西亞】王書斌（葛雷）

季軍：風喉佬 _P389　　　　　【香港】呂少龍（呂少楞）

建議主題獎（炒散）：雲 _P422

　　　　　　　　　　　【香港】李麗儀（李儀）

小說組評審後記 _P440

第七屆

工人文學獎
得獎
作品集

攝影組

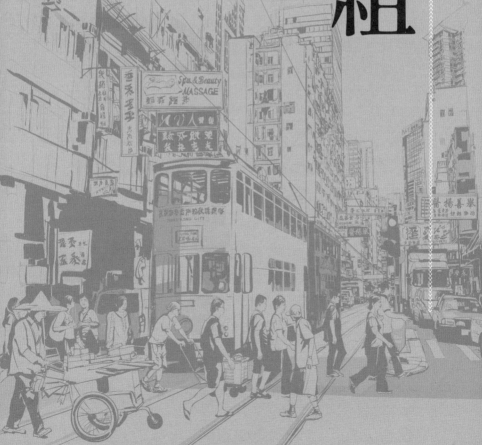

題目：高空工作

作者：【香港】李世豪

題目：理想的家

作者：【香港】黃詠雯

　　媽媽是清潔工人，一天工作 8 個小時，就是為了維持這個家。這個家有的只有封塵的風扇，天灰碎落的四壁，忙碌的工作早令家中無人打理。所謂的理想，也許不如她年輕所想般，也不如我所想般。但這是一個我愛的家。

　　青年時曾不愛回家，但人大了卻漸漸接納，沒有幻想的千呎，沒有高級的裝潢，然而這是由我出生起，媽媽就辛苦經營的地方。它是由天天辛勞的工作建成，是最獨一無二。縱然破落如工資，但回家吧，回去一個愛你的地方。

　　未來，是由我去建家了，希望工資可以高點，讓我去建一個更理想的家。

｜ 工人文學獎得獎作品集

｜工人文學獎得獎作品集

題目：半日速遞

作者：【香港】李致安

廣東道速遞路線
除了名店，商場和辦公室之外，甚麼都沒有的
尖沙咀廣東道
在之前的兩年差不多天天在這裡工作
要做的是推手推車把貨物送到客人公司

西裝友懶洋洋的動作，保安特有的權限
都是想早收工的敵人

新詩組

題目：寬頻人

作者：【香港】吳其謙

（一）

站在分割貧富的狹橋
皮囊大批輸出車站
夕陽熨過許多傾斜的肩膀

在無盡飛掠而過的側面中
狩獵一雙瞳孔
「極速寬頻上網月費只需——
一七八」
以華麗的口號追趕
不可修飾的銷售額

草木褪色
扶手涼了
廚房燈熄滅
是時候收起易拉架廣告
把僵硬翹起的嘴角和小腿曲張的靜脈
塞進行囊

（二）

和許多不甚分明的輪廓圍攏垃圾箱
焚起如宗教的儀式
以熟練的姿勢
吐出刻有唇紋的圈

一縷縷白煙攝入毛囊
滿溢一式一樣的制服口袋
城市人已經遺忘
在黑夜踮起腳尖共舞的本能

下班後有時靠在欄杆
為失衡的城市把脈
高速公路縱橫交錯
商廈的黑影悄悄競生

微弱的交通燈提示音覆蓋心跳
逐漸沒入龐大的規律
同步為一粒細胞
感悟潛在不變的血液流動
是甚麼教人們不惜一切
躋身橋的另一邊
躺進對面海的玻璃塔？

（三）

冰箱透出淡藍的光
數罐啤酒配連鎖集團外賣
漫長的秋天停泊舌頭
七彩的味蕾一瓣瓣凋零　最終
遺下同一枚工廠印章　同一種甜

可以選擇收聽電視的罐頭笑聲或
做一場謹慎的愛
放一盆熱水讓蒸氣蒙蔽
玻璃鏡裡的臉

赤裸　以指紋檢核僅餘的成份：
無法撫平的倔強鬢根
灌滿混凝土的心臟
許多永不癒合的傷口

收集濾網上的皮屑和頭髮
想像聚滿容器時暫且撤下行囊
在候鳥的腿綑綁寫有名字的紙條
在電車站上的積水倒映飄揚的髮梢
在海底邂逅一尾與自己容貌相似的魚

(四)

躺臥　以呼吸的起伏寫詩
抵抗慢性虐殺的工作
抵抗城市的脈搏

和許多個夜晚一樣
床頭放一杯開水
龜裂的嘴唇塗抹凡士林
起床時慣性檢視
開水微降的刻度
黏附嘴唇的褐色死皮

察覺了事物消逝的痕跡
但恆常踏出屋門又見
高聳的商廈沒有崩塌
高速公路沒有折斷
城市依舊輪轉不息
寬頻人如常拉起易拉架廣告
在人來人往的天橋推銷
優質未來

題目：投資報酬率

作者：【台灣】蔡方瑜

一年
成熟的稻與麥粗糙了我的
手掌，搬運黎明時熟睡
的麻袋
高粱無奈的望向
天際，沒有一朵雲
燕子捎來春天
將走的消息，我折一方信箋遠行
貨車馱著沉甸甸的
駱駝與馬總視我為同類

五年
臥倒的杉樹與檜木磨損了我的
眼角，俯視便當裡空虛
的容量
黑松茫然的盯著
山林，沒有一隻鳥

十年
簇擁的煤屑與礫石粉白了我的
鬢角，翻攪胃袋底灼熱
的岩漿
礦坑無趣的打量
鐵道，沒有一陣風
高起的樓中
月底數字的差異總是
染上衣領的一抹藍

二十年
聳立的鋼筋與螺釘沉重了我的
脊背，負載薪資袋中輕薄
的憂愁
記憶朦朧的吟哦
故鄉，沒有一盞燈
迷途是另一首忘詞的歌
燃燒的日子投資
勞動與汗水
頭頂的髮線撤退如海岸線
訕笑的物價高不可攀一如
高嶺的花，眼淚止不住腳
咕咚一聲滑落

慢性病的針葉林

肝蜷曲在腹腔的舍裡

逐漸石化

咿咿呀呀的，樓上那根肋骨埋怨

他不是創造夏娃

卻創造自己也買不起的房價

季軍

題目：智能手機的未完成

作者：【馬來西亞】賴殖康

咖啡店裡
香濃卡普奇諾為空氣伴舞
人群握手機坐成了化石
以為手指的滑行足以轉動世界
（廣告詞曰：Built to keep you moving）

如科幻電影的情節
機械人為聞花香而開始尋找零件
力求轉生為人
而我們則在相反的軌道上
更換心臟成齒輪
任血管在鏽鐵上流淌
只為討好一個方形的空檔
導演著最新型號的追逐戰
（廣告詞曰：Designed for Humans）

飯桌上只剩下筷子在獨白

安慰著匙羹的不自然

團圓頓時成了二人世界

一種人械的畸形戀

低頭以後的世界

我們可以熟悉得

在線上言歡

卻又私下不見

（廣告詞曰：Connecting People）

當愛情遠距離時

我們自以為找到了鵲橋

踏著無線的步伐

走過，無體溫的擁抱

不潮濕的熱吻

以及在屋內的凌亂房間

享受陽光，流浪海風

（廣告詞曰：Life Companion）

題目：回家

作者：【香港】余乃成

●一個工人的十歲小女孩，
　懸念晚歸父親的深摯心情。

天那麼漆黑　雨也那麼滂沱
爸爸一大早上班去
都已經深夜十二點了
卻還沒有看到爸爸回家

工作好辛苦　打掃更是累人
爸爸咬著牙撐下去
數年紀快要七十歲了
肩上的重擔還不能放下

啊！
鐘聲響了
門也跟著開了

爸爸悄悄、輕輕地走進來
我閉眼假裝睡著
因為我要早點學會堅強
因為我不要讓爸爸為我操煩

啊！
回來就好
平安沒事就好
我偷偷、斜著眼往窗外瞧
雲已散雨也停歇
清澈明亮月光照進紗窗
一道道暖流湧入我幼小心房

爸爸像月光
永遠
永遠陪伴我、溫暖我
恩深似海
愛如山高

題目：回家

作者：【香港】胡惠文

磷火墜落後

隨著上升的是小孩的笑聲

那時的你或現在的你都不知道

時間的跳動比一部老舊的錄影機來得更蒙太奇

微距效果，彷彿更能清晰地展示

五十多年的苦拼歲月

那幅你時常告訴我的鄉間的圖像：

一隻青蛙魚躍到藍藍的天空

譬如你經常說著深圳河上偷渡客的屍體

「大躍進」不成就完蛋了

那時的你像現在一樣

喜歡微觀別人的手部運動

你經常拿起我的手掌

比劃年輕時走過的每條路

在突起的指骨和一雙「川」字掌之間

搖頭慨嘆我們的火型命格的飯後親子活動中

我總是不解

我如何成為了你和妻子之間那道橫亙的裂縫

當她工餘，為了幫補家計

默默地用一條線穿過一串塑膠葡萄

而我日後默默苦讀地理

確知造山運動的始末

一如你在很多年後的告解裡

把火熱的石頭放入冷水

告訴我那些裂縫的緣起

註： 七十年代，父親經由深圳河偷渡香港，10 年後，我和
媽媽移居香港，與父親重聚，正值香港經濟起飛的年
代，製造業空前發達，但一家人關係並不和諧，恍如
造山運動。

題目：職場求生

作者：【馬來西亞】鐘依瑄

這是一個黑色的世界

我用黑色的光

尋找黑色的前路

黑色的手不能停下來

陰冷的黑洞裡

我最怕沒有聲音的黑色

這是一個不需時鐘的世界

但我知道看不見的時間

咳嗽聲的回音

告訴我該吃藥了

我用黑色的光

尋覓沒有顏色的小藥丸

2013 年 8 月 25 日 上午

題目：職場求生──碎石頭

作者：【香港】魏鵬展

像是錢和汗水凝聚的。

不是被你摒棄的心，
那堅固耐勞的是石頭，
在陣陣橫刮的劣風中　一次次
飄散　聚合；
飄散　聚合；
破碎得
一聲長嘆便足以化在空中。

回憶成了前世，
我成了世上最自由的一塊石頭，
心臟成了被壓碎的塵埃。
我可不在乎，
因為是錢和汗水凝聚的。

反正

碎散於風的事物沒有人會記得，
唯獨看見支架漸漸不穩，
使石頭的影子顫抖時，
眼淚才會想起那被壓碎吹散的塵埃。

捆緊石頭的鐵鍊又鬆開了
一如往日
如明天
如後天
每一次沾染粘膩汗水的鈔票
都看見
夢已留在黃昏的雲層不受驚擾。

題目：偶爾

作者：【中國內地】崔新紅

偶爾，飛翔

偶爾，身體向下

偶爾，一隻鳥誤闖城市

偶爾，夜

偶爾，起風

偶爾，懷念一場雪

偶爾，取火生暖

偶爾，冬天走到深處

偶爾，煮沸灰暗的秘密

偶爾，捅破季節

偶爾，看見塵埃降落的沉重

偶爾，把日子嚼出聲響

偶爾，綠色植物被在風中顫栗

偶爾，忘記節氣

偶爾，車過平原
偶爾，麥子作別田野
偶爾，保持柔軟的姿勢
偶爾，進入某塊鐵的中心

偶爾，溪邊獨坐
偶爾，白月光
偶爾，彎腰扶起倒地的花
偶爾，和流水相遇
偶爾，四海為家

偶爾，在地圖上某一塊顏色裡做夢
偶爾，經歷滲到泥土下的過程
偶爾，一口喝下掉在碗裡的月亮
偶爾，槐花飄香刺入脊骨

偶爾，回家
偶爾，在路上
中秋夜
中秋這個詞，讀起來敏感
只一會兒，故鄉就被念成了一輪圓月
初秋的風，在悄悄和月光交談
節日的酒杯斟滿一種叫鄉愁的東西

今夜，在城市的邊緣獨坐
故鄉是頭頂七十五度方向的月亮
身體傾斜或仰望，我懷念多年前的某些
情節。疼痛的心事在八月面前悄然滑落
懷念家人圍坐在一起，那時的月餅裡裹著
五仁、青紅絲、冰糖，以及團圓的餡
那時一定月涼如水，一定桂花飄香

南方以南，思念開始泛濫，我的身體
被月光逐漸點亮，想像我沿一條河道出發
向著家的方向，我看到月亮也在移動
一路向北，向北

題目：巴斯光年

作者：【香港】曾詠聰

曾經，我們以為自己會在末日一刻
昂首站在人前，托著墮下的隕石
最後像無事人般瀟灑漫步回家

曾經，我們渴望一個躍起的機會
站在窗前，張開雙臂
等待氣流將軀幹吹進雲海深處
讓街上途人咋舌、車上乘客悶哼
回程順便飛到街尾買一個冬甩

一若尋常，長大的副作用
令我們失去能力，失去幻想，失去方向
害怕給他人發現自己沒有外露的心臟[1]
遂先發制人，變成熱衷競賽的選手：
我們爭相背誦不存在的動物姓名[2]

---

[1]　某集小學中文教育電視裡的寓言故事
[2]　九十年代末期，曾掀起背誦《寵物小精靈》角色名字的熱潮，當時香港長壽綜藝
　　節目《獎門人》裡的《一家大細靠晒你》環節，更曾要求參賽者背誦所有角色，
　　以贏取超級市場禮券。

常以父親的職業作為武器

躲在自修室裡比較椅子上的溫度

用力把成積單上的所有稜角削尖

然後比賽以最短時間，接受自己是

一個普通人

就是那類科幻片沒有技能的、

在最熟悉的城市裡迷途的、

站在地球不用打開氧氣面罩的 [3]

普通人

餘生綑綁在房屋信貸上，我們帶著年幼的兒子

來到還未有裝潢的新居

兒子手執著巴斯光年模型

雙手倚在高貴的落地玻璃

張望對岸買回來的廉價景色

他說將來有一天，他會飛到那幢摩天大樓頂端

我看著兒子的臉

不敢坦白故鄉比達星裡低等戰士的命運 [4]

這時他手上的模型飛到大樓上，騎在雲上高呼：

「To Infinity... and Beyond！」

---

[3] 《反斗奇兵》中的巴斯光年，當覺悟自己只是玩具而不是外星戰士後，便打開面罩與朋友交流。

[4] 《龍珠》中的低等戰士全都是千人一面。

題目：連理

作者：【中國內地】袁華韜

歡喜是一路桂花香，
遺憾是你聞不到。
索性寫給你讀，
連星星都睜大了眼睛。
月亮在一旁說，
她會用左手擁著你，
用右手抱著我，
讓我們結連理。

2013-02-21 Thu，深圳

題目：在黃麻埔喝酒

作者：【中國內地】崔新紅

原諒我不善於表達，黃麻埔的夜
和往常一樣，桂花樹正香，炭火正旺
我成百上千句的話語正在和鍋裡的魚一起沸騰

曾經背井離鄉的痛，深藏在心中數年的秘密
今夜，有月光一樣溫暖的憂傷
微風從羊台山畔緩緩吹來
我們開始感慨：日子如同黃麻一樣細密

請允許我舉起杯吧，已經很久
沒有人關心我們內心的孤獨，今夜
讓我們說起青春和愛情，還有被一根魚刺卡住的理想。
這是最後的一片月光，我的好兄弟
今夜，在黃麻埔，星星正被打亮
今夜，沒有痛，也沒有秘密

◎上橫朗，我是一個動詞

從上橫朗市場站台下車，我混在人群中
經過社區公園，忍住我的難言之隱
走進某幢某層的某個房間，在四十瓦的燈光下
這樣的夜晚，你無法知曉
其實我是一個蓄勢待發的動詞

不敢想起你，我的故鄉，在這小小的秋天裡
在一張紙上，我撕不開夜幕
也無法像夜幕中的那隻鳥
向著你的方向飛翔。
這幾年，在上橫朗暫住落腳
白天，我也是穿著藍色工衣的人，和他們一樣
行色匆匆。
只是在夜裡，我才顯得不安
把我想說的話，輕聲說給窗前昏黃的月亮

即使常常加快腳步，即使 43 碼的鞋子
遼闊無邊的豫東平原啊，依舊是那麼遙不可及
但我一直堅信：在上橫朗
我就是一個蓄勢待發的動詞
總有一天，我會說服那隻鳥，陪我一起上路

◎在大浪，遇見一隻白鷺

一個人要發下多麼大的誓言，經歷
多少年的風餐雨宿，才能像你
在大浪體育公園的水邊，邁著優雅的步調
以露水潤喉。透過一抹斜陽的餘暉，我隱隱約約看到
一隻白鷺穿過前世的孤獨，滿懷心事，卻舉重若輕

我不會忘記，曾經翻越過的高山，飛抵過的
河流，以及在塵世間品嚐過的每一種痛
我不會浮想聯翩，在這裡的濕地
只要眼中能有這水的一半溫暖
就會落下，甘甜的淚

在大浪，遇見一隻白鷺，我不能輕易說出愛
當我撫平羽翼上的傷，我要學著
以一種優雅的姿態，再飛翔一次

題目：遷徙之巢

作者：【中國內地】曾繼強

01. 阪田村

新化——阪田
手中的火車票
像一顆釘子
永遠釘在了人生的道路上

外面剛剛下過一場小雨
從阪田火車站出來
我就聞到陌生的工業氣息
我的生活，從這裡開始
擺的眼前的許多條道路
卻不知該選擇哪個方向

阪田村
一個小小的南方工業小鎮
有一段日子，我在這裡複製著

於我之前的千萬打工者的生活

而我留下的腳印

被更多的打工者複製，疊加

在這裡，我第一次看到

異鄉的景色——

灰暗，擁擠，嘈雜，陌生

夜間的燈火

照著匆忙的街道

宛如流水，日復一日

在樓宇間來來回回地穿梭

突然找不到自己的位置

02. 九鼎皇

它就像一個驛站

寄居著我的一段打工生活

異鄉的風吹打著漂泊的日子

吹打著我惶恐不安的心

風裡來雨裡去

九鼎皇，一個不起眼的地名

我會按時和它在這裡相約
我常常要路過這裡
去一家製衣廠上班
過著起早摸黑的生活

四季花城的樓盤
透著高貴的氣質
那些明晃晃的玻璃窗
在太陽的照射下格外晃眼
和我的身份格格不入

那些染著胭脂的女人
在酒店的門口進進出出
在月色輕柔的夜裡
讓我一度幻想
她們身體裡的秘密

我一日又一日地複製著
簡單而單調的生活方式
流年沖淡的青春
磨去世俗的菱角
沉澱越來越深的鄉愁

03. 阪田夜市

黑夜裡的人群如蟻，他們
像一些精靈，在黑夜的燈火裡
倍受煎熬。我走在人群裡
走在一個濃縮的中國版圖中
陌生的鄉音像一顆一顆的釘子
釘在我彷徨的心坎上

而青春不值一提
工衣裡包裹的慾望，在夜市的暗處膨脹
夜風吹拂的街道，情侶們把身體抱緊
把慾望抱成一張薄薄的紙
在內心的暗處，藏著桃花
藏著荒蕪的孤獨與寂寥

夜鳥飛過的夜空，有流星閃過
月光，等待一個孤獨的黎明
夜市的盆景在燈光下顯得落寞和悲傷
它們遠離泥土，遠離河流和水
忍受著痙攣與割捨之痛
我看見時間和鄉愁在夜裡打結

需要一種甚麼樣的召喚

才能讓一顆燥動的心靜下來

需要甚麼樣的安撫

才能把一顆心的棱角撫平

在一個思念瀰漫的夜晚

我的心與故鄉撞了個滿懷

04. 布吉街

走在布吉街

汽笛聲和叫賣充斥我的耳膜

舉目望去，都是陌生的景象

來來往往的人群和車流

高聳入雲的樓宇

——與我毫不相干

這裡沒有村莊

沒有阡陌、雞犬相聞

沒有山脊和翠綠

沒有我簡單的巢

花俏的廣告牌和重金屬音樂

代替花朵和鳥鳴

那些讓我熟悉的事物
越來越遠，越來越模糊
一席的繁華使我倍感荒涼
在布吉街，我彷徨地走過來走過去
多麼清晰地感覺到
與一隻候鳥何等相似

05. 龍華

我的身體穿過繁雜的街道
穿過工業區，穿過夜晚
穿過花明柳暗燈火通明
我的身體穿過夜空穿過故鄉的河流

在龍華，我的身體顯得那麼的渺小
像一隻螞蟻，匍匐在大地之上
無數隻螞蟻，和我一起
在大地之上緩慢地爬行

我唱著歌，夕陽
把我的身體扭曲在地上

我不但渺小，而且瘦長
像一根剔去肉的魚骨

燈火照著我，穿過燈火通明
一種痛，在我的身體裡隱伏
在異鄉，我就用這種痛
當作生活的盾，任它風吹雨打

06. 梅林海關

五年以前，我每次經過這裡
去關內，都要檢查身份證
那時候的員警面相嚴肅
我常常膽怯地像一隻過街老鼠
怯怯地伸過身份證

那時候的關內和關外
彷彿屬於不同的世界
有一次，有員警把我
和身份證上的照片認作兩人
因此，我被原路遣回

而今天，我再路過這裡

已經不要身份證了

但是，我還是習慣性地拿出身份證

看了看身份證的照片

突然有些自己認不出自己

07. 鵲山村

在鵲山村，我沒有見到山

也沒有見到鵲，只見到廠房

只看見打工者的腳步匆忙

從他們身上，看的到鵲的影子

多麼像一群受驚的鵲鳥

把腳步放的如此匆忙

一副躲躲閃閃的樣子

躲著車流，躲著遲到和早退

工衣裡包裹的青春

被工業的制度侵蝕

在來來回回的上班與下班裡

逐漸走失，面黃肌瘦

我抓住那些逃逸的詩意

寫成生澀的句子
一天的疲憊，可以在這些文字裡
歇一歇

08. 牛地鋪村

在牛地鋪村，早出晚歸的日子
我感覺自己多麼地就像一條牛
日出而作，日落而息
甚至，要加班到深更半夜

在那個五金廠，我常常感到
驚恐。車床車過金屬
火花盛開，發出嗤嗤的聲音
像骨骼摩擦骨骼的聲音

一塊塊笨重的金屬
被車成一個一個的元件
然後裝箱，發往全國各地
就像我的生活，在路上顛簸

沒有根的生活，像一葉浮萍
漂在滄海桑田，泊在無名的驛站

09. 水鬥村

我把腳印移植在水鬥村
我的靈與肉，就在這裡被安頓下來

不遠處的工廠隆隆作響
釋放出濃濃的黑煙
荔枝林在風中釋放著蒼綠
每一粒陽光，落在荔枝林裡沙沙作響

水鬥村的水，滋養著我瘦小的心
滋養著我與日劇增的鄉愁

而水泥造就的土地，使我的根
無法深深的紮進泥土

我就像一株脫離故土的草木
在異鄉水土不服

10. 桂花村

在桂花村，我沒有聞到桂花的香
只聞到臭水溝裡的腐臭味
在空氣中放肆散漫

鐵皮廠房在夏日的炎熱裡
冒著騰騰的熱浪
宛如一個巨大的蜂巢

有半年的時間
我在這裡來回地徘徊
失去生活的目標

我看著那些進進出出的工友
匆忙地在上班與下班的路上
力圖改變自己的生活

異鄉的風吹過我孤獨的身體
我突然感到，心是如此的單薄
一陣風讓我打出幾個寒顫

11. 坳背村

我把軀體安放在

一張兩米的鐵架床上

起早摸黑，生活的釘子釘在暗處

常常在半夜將我紮醒

在這裡，整整三年的時光

悄無聲息，留下一些記憶

那些記憶，都留在了昨天

其餘的都被隨風帶走

在這裡，一次又一次地

刪減著生活的枝節，直到

只剩下一張鐵架床，承載著夢想

承載著孤獨的靈魂與軀殼

紅棉四路，還承載著我簡單的愛情

三月木棉花開，火紅似血

熱烈地開，熱烈地落

印證著我孤寂中火熱的心

我該永遠地記著：坳背村

愛情牽手的地方

我的一生中，有三年時光獻給你

你獻給了我溫柔，讓我停止流浪

散文組

題目：李師傅

作者：【台灣】吳孟穎

　　當 Tony 打來說他不能去印度的時候，我正看著冷氣工人從陽台爬進來，對我搖了搖頭。我指了指手機，作勢請他等我。工人點了點頭，把額頭上的汗水抹在前臂上。不只是他，我也汗流浹背，開始有點後悔當初為了省那幾百塊，租下了這間頂樓加蓋的套房。在三十八度的台北盆地，一屋子的熱氣如同我現在滿肚子的怨氣，怎麼樣也散不掉。當初為了這印度的案子，我推掉了其他的 case，現在又跟我說他不去了！我的肝火也跟著室溫飆升：「所以，你是要跟我說這個案子 cancel 了？」「欸，不是不是，吳小姐妳別生氣，我是真的抽不開身，公司也沒人……是有個李師傅，他年紀比較大了，但很有經驗，很有經驗，可以派他去。不然我派他去好了，這樣好嗎？」本來想好好念 Tony 一頓的，甚麼叫這樣好嗎？難道他派誰去印度出差，要我這個隨行口譯員來幫他決定？但看著冷氣工人頻頻擦汗，還有那台應該修不好的老古董冷氣機，我草草地跟 Tony 要了師傅的手機後就結束通話。心想如果三十八度的台北我都能活了，那四十五度的印度應該熬得住吧！

我是一名口譯員，也是所謂的 SOHO 接案族，一年有三分之一的時間需要陪客戶到各地出差。其中一個長期合作的案子，就是跟著 Tony 公司出產的飲料裝填機去國外裝機，通常是由 Tony 負責組裝和教育訓練，我負責翻譯和現場溝通協調。Tony 很不喜歡印度，他認為那是個既髒亂又落後的國家，所以他總是很有效率地裝機，快速地教育訓練，然後離開。有時候我覺得印度操作員根本沒聽懂，但 Tony 總是說沒關係，有問題他們自然會想出辦法來。

　　在機場和李師傅見到面的時候，我很驚訝。Tony 跟我說李師傅是元老級的師傅，再不久就要退休了。但眼前的李師傅神采奕奕，容光煥發，身體看起來很強健，笑容也很開朗，惟一頭白髮洩漏了歲月的痕跡。「吳小賊，妳好妳好。」「李師傅你好。」師傅的台灣國語把我逗笑了，心想這趟旅程應該會很開心。在香港機場轉機的時候，我看李師傅東看西看，似乎是第一次出國。「師傅，這是你第一次去印度嗎？」「對啊，印度偶是第一次。之前 Tony 都讓偶去其他國家。」李師傅翻開護照讓我看，我這才知道原來他老人家已經走遍了許多中東國家，連烽火連天的敘利亞也去過。「現在機場越蓋越好，以前都是去啟德機場，現在這個甚麼角的很厲害。」接著師傅開始侃侃而談他的國外裝機史，讓我這個只認識赤鱲角的井底之蛙乖乖閉上嘴，聽他說當年如何在沒有帶翻譯員的情況下隻身赴阿拉伯裝機，還有約旦的廠商如何扣留他的護照不讓他回

國。師傅說著說著，還不忘感慨這幾年出差漸少：「偶聽人家說土耳其很漂亮，很想去看看。還有日本啊，偶每次去都會學到新東西。日本人做事情真的很認真，現代人很少那樣做事了，日本人真不錯。」那個下午，在機場的候機室，我生平第一次如此震撼，因為我在一個即將退休的老師傅身上，看到了對這世界無比的好奇心，連我都自嘆不如。

我是文科背景出身，很多機械原理和專有名詞都不懂，當初接這個案子也很擔心，怕翻譯不出來會出糗。但後來發現其實現場人員一個個都比我厲害，如果遇到哪個機械名詞我不會，Tony 和印度阿三們比劃比劃也就通了。其實這樣的模式挺輕鬆的，就當作是出國旅遊，機票住宿還由客戶埋單。唯一比較辛苦的是工作環境很差，有時候得在蒸氣收縮爐旁邊待上八小時；有時候為了要測試機器，在工廠待到凌晨一兩點都有可能。但無論如何我們從台灣過去終究還是客，印度廠方對我們很禮遇，當 Tony 攢到機台底下敲敲打打，印度人就會拉張椅子讓我坐著休息。但我從來沒有跟李師傅配合過，到工廠第一天就被嚇到了。

首先是配電箱出了問題，印度廠方擅自在我們抵達前就把電接好，卻不符合機器的需求。往常如果遇到這樣的情況，Tony 一定會把印度人罵一頓，然後要他們照說明書的方式做。但李師傅卻很有耐心地跟工廠的電工程師解釋，接著又在紙箱上畫出電路圖，然後一個迴路一個迴路

解釋為甚麼要這樣配線。李師傅一邊講解，印度電工程師一邊提出問題，兩人就這樣一來一往，我夾在中間翻譯，原本十分鐘就可以搞定的事情，花了一個多小時才解決。印度人喜歡喝茶，早上十點和下午三點工廠都會有所謂的 tea break。李師傅大概是看出我的沒耐心，在喝茶的時候，忽然開口問道：「這個廠的電工很愛問問題吼？」「對啊，好煩喔！照著說明書配電就好啦！幹嘛自作聰明！」我忍不住抱怨。李師傅喝了口茶，笑笑地說：「其實愛問問題的人才是人才，你看他一邊問，也一邊學。偶最怕那種表面上都不問問題，等偶們走了以後才亂改線路的人。」李師傅的話讓我想到每次 Tony 都為了怕麻煩，用威權逼印度人照我們的話做事情，卻從來沒有想過，對方如果不服，等我們前腳一走，他們就會擅自修改，或許那才是造成麻煩的根源。

由於李師傅不厭其煩，實事求是的作風，讓原本十分鐘的事情變成一個多小時，於是等我們好不容易完成裝機，已經是四天後的事情了。接下來的機器測試得和整條生產線連線，是整個裝機過程中最繁雜也最耗時的階段。有時機器無法達到廠方的生產要求，我們就要留在現場做調整，一直調到生產經理或廠長滿意為止。Tony 這時候總是會變得十分易怒，認為印度人很愛挑毛病。通常這時候我的翻譯工作也會特別吃重，夾在暴躁的 Tony 與挑剔的廠方之間，很多時候已經超過了語言的範疇，光是字面上的翻譯是不夠的。然而，在測試期間，李師傅的好脾氣

讓我輕鬆許多。他的博學多聞也讓廠方留下深刻的印象，十分尊重他的意見。

　　這是一條飲料生產線，在台灣製的裝填機器前端還有德國製的殺菌機，後端則是義大利製的冷卻機。殺菌機是一套複雜的設備，果汁經過機器的時候要利用隔水加熱的方式殺菌，然後再從管線送到我們的裝填機。過程中要有一個環節錯誤，就無法順利裝填。這天，我們在裝填室苦等了很久，才知道原來殺菌機壞掉了，溫度怎樣都上不去。殺菌機前面擠滿了來自德國的工程師，印度當地的培訓人員，廠方的生產經理與機械工程師，還有滿頭大汗的現場操作員。大家你一言我一語地討論為甚麼溫度無法上升。「我們檢查過加熱管了，水壓也沒問題，每個氣動閥都正常；溫度計、幫浦、蒸氣也都正常，不知道到底怎麼了。」生產經理氣急敗壞地解釋，現場甚至有操作員提議要拿椰子來祭拜一下掌管「機器」的神明，可能是祂生氣了。李師傅聽完問題，在嘈雜的聲浪中，一個人靜靜地繞著機台轉一圈，若有所思盯著管線看，忽然轉頭問我：「現在果汁流速是多少？」我轉頭問生產經理，只見他拍了拍額頭，興奮地交代下屬一些話，過了不久，只見溫度計的溫度直線上升，殺菌機終於恢復正常。

　　晚餐時間李師傅才跟我解釋稍早發生麼甚麼事：「殺菌機要順利加熱有很多東西要兼顧，除了水壓，水流也很重要。流速太快，通過加熱管時間太短，那水溫也上不去。」我點了點頭表示了解，但師傅接下來的話卻讓我有

了一番新的體悟：「其實這個加熱的原理，跟偶們人想要往上爬一樣。很多人一心想成功，所以就去補習啊考試啊，不然就是很拼啊，覺得水管不夠熱就不停加熱，覺得水壓不夠大就拼命加壓，都忘了停下來想，如果流速太快，一下就過去了，那溫度怎麼上升？很多事情就是要放著讓時間去生出來，急也急不得。在工廠沒有幾年時間，怎麼出師？摸機器摸不夠久，怎麼可能熟練？可是啊，現代人甚麼都要快，要有效率，都忘了時間的重要性，就跟今天那台殺菌機的一樣。」那晚，在距離德里四十公里的工業區小鎮上唯一的旅館裡，我撕著手中的印度甩餅，第一次覺得自己可能就是個性急躁的受害者。也是第一次，我發現原來機器原理竟與人生道理如此接近。

　　機器測試完，接著就是教育訓練了。原本以為脾氣好又有耐心的李師傅會是個好好老師，沒想到卻是異常嚴格。李師傅對於大家提出來的問題很有耐心，卻無法苟同印度人的學習態度。雖然廠方很給面子地要求上至經理下至操作員，全部都要到場參加教育訓練，但李師傅講解到一半總會有人跑去接手機，或是跟隔壁的同事聊天。不然就是有人趁機學我的口氣講話，逗得大夥兒哈哈大笑。李師傅無奈地搖頭，要我跟大家說他最後要考試。但這也無法讓大家更專心聽課，因為一線人員總會仗著其豐富的現場經驗而有恃無恐，而管理階層則認為反正有問題再找原廠來就好了。全場只有李師傅、我和廠長擔心若教育訓練不夠落實，日後會衍生出許多問題。講完了機械原理、基

本操作、故障排除、簡易維修和日常保養，李師傅便請所有學員離開裝填室，然後他故意把某個零件弄壞，一次請一位人員進來「找碴」。操作員必須在一定時間內找出問題所在，否則要重考。管理人員則要在限定時間內決定要找哪個部門的哪個人來解決問題，否則也不算合格。李師傅認為，現場人員要能夠辨識出機器問題所在，而管理人員則是要知道誰是「關鍵人員」。

「師傅，你那天考試運用的都是管理學的技巧耶。」原本我要跟師傅解釋 troubleshooting 和 key person 的概念，沒想到師傅卻拿出一本管理相關的書，裡面提到許多激勵人心、腦力激盪等管理方法。「我聽說印度常停電，就帶了書來看。以前我跟公司的阿弟出差，看他們有空都在打電動，真的很可惜。妳看看，我們出來這麼多天，印度這邊時間又比較多，動不動就要喝茶休息。要是每趟出差可以看完一本書，那個阿弟現在早就不是阿弟了。」「哇！師傅，你好厲害，你有想過退休後要去念個 MBA 甚麼的嗎？你早就將這些理論都融會貫通了，教授一定會很愛你。」師傅聽了呵呵地笑，臉紅地說他沒那麼厲害啦！「那你有沒有想過自己出去開間工廠？」我覺得以李師傅的歷練和能力，自己另起爐灶一定沒問題。沒想到師傅聞言卻把臉一沉，嚴肅地跟我說：「我是老總聘的第一批師傅，剛開始公司沒賺甚麼錢，我們幾個師傅也沒計較這麼多，反正就是大家挺他。後來幾個師傅都走了，同期的只剩下我。老總兒子出生的時候忽然單子變多，假日沒辦法出去玩，

就讓他兒子在公司裡面爬，爬到我面前叫我阿叔，現在長這麼大，公司都變成他在做主了，他還是叫我阿叔。工廠很重要的是傳承，我們這一代的不太會念書，不會寫甚麼SOP，很多東西都是靠這張嘴傳下去的。我如果走了，自己出去開公司或出去做事，那誰來把這些東西傳下去？」那是準備離開印度的早晨，我們在候機室等飛機。李師傅的一席話，透著淡淡的感傷，卻又無比真摯。的確，如果沒有人留下來傳承，我們這一輩的，又怎麼可能憑著我們嬌嫩的雙手，去撐起這一片天？

印度出差回來後，我馬不停蹄地跟著下一組客戶去韓國參加音樂祭，李師傅已漸漸被我淡忘。只有偶爾看到周遭的人默默耕耘的背影時，腦海中會想起那些充滿智慧的話語。然後有一天，我接到一個急件，一個專門做鐵捲門的廠商要參加國台北國際機械展，客戶希望我可以在現場幫忙顧攤位兼翻譯。展覽雖然得站一整天，但可以見到形形色色的人，又可以學習新知，算是很舒服的工作環境。展覽的第二天人很冷清，我隨意地翻閱大會印製的廠商通訊錄，赫然發現那間裝填公司也在其中。我興奮地查了攤位編號，利用午休時間去找李師傅。一到現場，我便看見那熟悉的身影，彎著腰在替客人倒茶。忽然我眼眶一濕，想起離別時李師父的一席話：「吳小賊，這趟很謝謝妳的幫忙，要不是妳幫我翻譯，偶也沒法跟印度人溝通。你們這一輩的英文比我們好很多，市場也很國際化。不像偶們，不會講英文，就像沒有手腳一樣，哪裡都去不得。」我聽

了很不好意思，連忙跟李師傅説：「哪裡，哪裡，師傅你有這麼多年的經驗，又這麼有人生智慧，這趟出差我跟你學到好多。」師傅靦腆的笑了笑：「都是一些老生常談啦！公司那些年輕人還嫌囉嗦都不想聽。妳還聽得進去偶很高興。吳小賊，妳語言能力好，要好好把握，年輕時要多去走走看看。還好我那幾年可以在各國裝機，想想其實很滿足。但畢竟已經不是偶們的時代了，世代在輪替很快，現在總經理不嫌棄偶老，還願意派我出差，讓偶帶些阿弟，給偶點事做，偶真的很感恩⋯⋯。」

　　李師傅倒完茶，又去展示的機台前擦擦抹抹，一臉得意地看著他手工組裝的裝填機。我決定不要打擾這位機械界的哲人，卻在轉身離去前，聽到 Tony 高分貝的嗓音：「阿叔，客戶這邊有些問題，你來解説一下⋯」李師傅聞言，揚起招牌的燦爛笑容，挺了挺腰桿，快步地走向前去。他身上所散發出來的閒淡與熱情，不但沒有衝突，還以相當特殊美妙的方式，感染了現場每一個人。於是，我決定要延續這份熱情，為我的工作和因為這份工作而相遇的人們做點甚麼，留下點紀錄。回到家，我回想起這一切的開始，一字一句地敲著鍵盤。那是個炙熱的夏天午後，冷氣工人正在幫我檢查那台老骨董冷氣機，而我，接到了 Tony 的來電⋯⋯。

題目：循環

作者：【香港】黎凱欣

點起香煙，點燃故事。

一隻鴿子飛向電線桿上，寒風颯颯地呼嘯，呼嚎的可止寒風？呼呼，答，滴答，滴，風雨交織，嗖嗖嗖，捲起一堆枯葉。這是一個無人的冬夜。

這晚，又被憂傷追捕。

口裡擔著一根煙，煙霧彌漫於空氣中，阿偉不禁咳嗽起來。

如果你在十年前問阿偉，世上最憎惡的人是誰？ 他必會回答你：爸爸！

這個原因說起來似乎太不孝，他總是沒有勇氣把這個原因說出來。

爸爸外型不討好，矮身材，眼睛是細細長長的，鼻子又大又圓。由於吸煙的緣故，他的牙齒啡黑、疏落，頭髮幾乎是全灰白的。灰白、捲曲的頭髮，看上去很凌亂，像長期沒有打理似的。爸爸不喜歡刮鬍子，鬍子又長又灰。他又不喜歡更換衣服，常穿著一件格仔襯衣，黑色短褲和藍色拖膠鞋，在夏天時他身上會發出陣陣汗臭味。爸爸驟眼看上去便與樓下公園的阿伯無異。單憑外表，已叫阿偉

感到自卑。

　　爸爸是從事漁販，除了一身汗臭，還有一身腥魚臭。別人都說阿偉的樣子像爸爸，不像媽媽。起初阿偉不相信，後來他愈照鏡子，愈發覺自己的樣子像爸爸，阿偉不想相信亦不敢相信，又常為此而自卑。他很羨慕同學的爸爸長得又帥又富有。然而除了嫖妓外，賭錢，飲酒，吸煙，粗言穢語，都是爸爸的嗜好。每當爸爸吸煙，阿偉就會咳嗽起來，所以他會到狹小的露台避那些二手煙，呼吸新鮮空氣，卻換來一句：

　　「我已經到廚房避你們，你還要到露台避我？咁『巴閉』，我又不是在你們面前噴煙……」

　　有一次，阿偉想去交流團，因為他從未坐過飛機，也從未去過旅行，而且去旅行可以增廣見聞，擴闊視野。

　　「去甚麼旅行，窮人有甚麼資格去旅行？！如果英姐不接手魚市場，我便會失業，到時連三餐溫飽都有問題，我們只能睡在天橋底！你還有心情跟我說去旅行？！你有空便留在家裡摺衣服，不要如大少爺那樣。你看你，家中有三分一以上的衣服都是你的，去街又換一件，打籃球又換一件，連睡覺都換一件！你當自己是明星嗎？媽媽只是洗你的衣服，恐怕要洗一個小時！你自己又不洗，只懂買，看見喜歡的衣服便買！又不清理自己的房間，你有空便清理房間的雜物，收拾好自己的書本和房間。整天只懂在流鼻水，甚麼都不懂，只懂不停地用紙巾，買十箱紙巾都不夠！你可以一天不用紙巾嗎？你看看這間屋都不知像甚麼，滿地都是書本和衣服，連坐和走路的地方都沒有。」

最後，阿偉放棄了那次交流團的機會。在那一刻他明白到，原來窮人是沒有自由的，窮人是不可買衣服，是不可以有鼻敏感，是不可以去旅行。自由和貧窮已存在矛盾，窮人應該留在家裡整天看電視，上班下班和睡覺，便如爸爸一樣。

每當有喜宴邀請時，都是媽媽代爸爸去的，而且都是媽媽代爸爸給禮金——

「我又沒有得體的衣服，牙又鬆又不能吃東西，樣子又醜陋，只會失禮人。」

媽媽跟阿偉說，事緣有一次，爸爸和舅舅到港島參加親戚的婚禮。爸爸與舅舅都是住在新界，爸爸想坐舅舅的私人「順風車」回家，但舅舅與舅母都拒絕載爸爸回家，原因是爸爸會弄髒他們的車子。

又有一次，爸爸和媽媽在街上碰上表姐。爸爸想上前與表姐打招呼，但表姐頭也不轉便走了。自此，爸爸走路時都好像是低著頭的。

記不起已是多久沒有跟爸爸說話了，如果以一天來作計算，阿偉不會跟爸爸說多過十句話。

記得有一次晚飯的時間，阿偉跟弟弟以英文交談。

「說甚麼英文，別以為我聽不明白便以英文在背後罵我，嘲笑我！」接著又是一大堆粗言穢語。

說得激動時爸爸更生氣得想掌摑阿偉。這時媽媽都會按捺住爸爸，阻止爸爸，她很擔心會釀成甚麼家庭慘劇或意外，所以她會勸阿偉凡事要遷就爸爸。其實那次阿偉跟弟弟說的不是別的，只是以英文練習考試。阿偉不明白爸

爸為甚麼可以這樣無理取鬧。他生氣時，真像一頭猛獸。

爸爸經常愁眉苦臉，唉聲嘆氣。

有時他還會説些奇怪的説話：

「房子好像在搖晃，天旋地轉的。」

阿偉每當見到爸爸這樣，好心情都會一掃而空。他不想跟爸爸一樣，因此無論爸爸説甚麼話，他都充耳不聞，當爸爸是空氣般看待。有時爸爸問他十句，他只在非答不可的情況下回答了一句。這樣的相處模式，他會覺得比較自在。即使是父親節，阿偉亦不會送爸爸任何禮物，哪怕一句祝福，哪怕是一包香煙。阿偉曾經有過這樣的念頭，即使爸爸死了，他都不會為他流一滴淚。這種念頭，這樣的相處模式，他也覺得很可怕。他知道這樣做好像十分不孝，畢竟爸爸對他有養育之恩，他能上大學，能三餐溫飽，這一切都可以説是爸爸給他的。

他沒有把這個秘密與朋友説，即使是最要好的朋友。他討厭爸爸，但更討厭這樣的自己。他不想面對爸爸，更不想面對自己。其實阿偉並不是不想修補與爸爸的關係，只是不知如何修補，亦不知如何跟他打開話匣子，於是習慣便成了自然，他選擇不去改變。

思緒如脱韁的馬奔馳，超越了狹小的空間，跨過幾個時空，光與影穿梭於回憶中……

「爸爸，我要跟著你，我想到『稻香』食蘿蔔酥！」

「當然不行，我是跟朋友去應酬，大人談正經事，小孩子懂甚麼？！」

「我不管，我要去，我要去，我要見爸爸的朋友。」

爸爸敵不過孩子天真爛漫的笑容，終於心軟了：「好吧，這次便破例帶你兩隻『馬騮』去，但你們要乖要聽話，不要失禮我⋯⋯」

酒樓「人煙稠密」，空氣中夾雜了幾句粗言穢語。

酒樓上，爸爸和他的豬朋狗友大快朵頤，吃著花生，喝著酒。

酒樓下，阿偉和弟弟在商場中追逐玩耍。

喝酒過後，面紅紅的爸爸才記得要接他們回家。

記憶雖模糊，但仍可窺其脈絡，這是阿偉三歲的生日。

「明天是孩子的十三歲生日，記得早點回家切蛋糕。」

「電話未能接通，請稍後再撥⋯⋯」

那晚媽媽忘記帶鑰匙，爸爸的電話未能接通。

他們不能回家。

他們唯有捧著蛋糕到屋邨附近的連鎖快餐店過生日。

阿偉只依稀記得那晚的風很大，蛋糕很甜，眼淚很鹹。即使在快餐店仍能感受得到。這是他十三歲的生日。

「你到了哪裡？你明明知道昨晚是孩子的生日。你又去飲酒賭錢了？！」媽媽聲嘶力竭的喊出無力的話語。

「你喜歡吸煙和粗言穢語，我可以忍，但賭錢和飲酒，我就不能忍！」

那晚爸爸回答了甚麼呢，他也不太清楚記得。只是記得爸爸媽媽在對罵，爸爸飲得酩酊大醉，紅著臉說著粗言穢語，好像還補上一句：「我給你們五百元，你們喜歡滾到那裡便那裡！」

究竟爸爸媽媽為了賭錢飲酒的事吵架了多少次呢？他

也數不清了。

在阿偉考公開考試那年，爸爸把屋契抵押作賭注。雖然房子保住了，但家裡的大部分貴重東西都變賣來還錢。媽媽終於忍不住了要與爸爸離婚了，媽媽帶阿偉和弟弟們搬到親戚家裡暫住。阿偉沒有甚麼親戚，所謂的親戚其實就是爸爸的姐姐即姑媽，阿偉有很多姑媽。在眾多親戚中，大姑媽與媽媽最親近，她最疼媽媽又知道弟弟的性格和行為，所以即使大姑媽本身有五個兒女，她與爸爸亦不是親姊弟的血緣關係，只是同父異母的姊弟關係，她也收留了他們。他們過著寄人籬下的生活。媽媽跟阿偉說，要事事留意，步步小心，看別人的臉色做人。大姑媽的房子很狹小，阿偉和弟弟睡在客廳的木床上，這已是十分奢侈。因為媽媽只在地板上鋪一塊地席，在地席上睡，不論冬天還是夏天。阿偉想把床位讓給媽媽，但媽媽堅執不肯。阿偉把這一切看進眼中，覺得這一切很不真實，太戲劇性了，太諷刺了。這樣的情節，這樣的橋段不應發生在他身上，而應發生在電視肥皂劇上。但現實就是不夢幻的，現實就是逼人去成長，去面對問題，去解決問題。

每當看見媽媽的肥胖背影，眼框便會不自覺地模糊起來，控制不了似的。媽媽是一個內地典型的農村婦人，她在鄉下經常被外婆欺負，媽媽辛苦割草到城市賣的錢，都被外婆偷了。她一時怒氣下便隨便找個男人嫁到香港。她與爸爸沒有感情，更沒有愛情。她嫁給爸爸的原因只是想嫁到來香港，想日後兒女享有香港的教育和福利。這種思想很矛盾，既然與自己的男人沒有感情，那為何會為他的

兒女打算？媽媽與爸爸結婚的實際原因是甚麼，阿偉不知道，大概連媽媽也説不上。他知道的，就是媽媽沒有享過福，沒有坐過飛機，沒有嚐過美食，沒有去過旅行。他不知在媽媽心目中甚麼才是幸福，甚麼才是快樂。媽媽知道家裡沒有錢，每個月爸爸只給她三千元生活費，因此她很節儉，平時不會亂花錢在自己身上，更不會打扮自己。媽媽的身型很肥胖，皮膚很黑，又有一個大肚腩，嗓子又尖又響亮，是一個典型的「師奶」。媽媽把節儉了的錢都留給阿偉和弟弟讀書，買衫和娛樂。她又為他們學會造各種糕點，壽司，甜點等，以滿足他們在物質上的缺憾。媽媽日間和晚間都上班供養阿偉和弟弟，加上政府的幫助，他們總算能生活下去。每當阿偉看到媽媽的龐大的背影，都會覺得自己很微小，根本不能為媽媽做甚麼，不能帶給媽媽幸福。想著想著，淚珠不自覺的落下。由那一刻開始，阿偉便決定要入大學，要以知識改變這一切。

命運就是這樣愛作弄人。上了大學後，阿偉想的不是讀書，而是賺錢投資，朋友教他炒股票，賭馬，買六合彩。阿偉試過贏錢，就會覺得自己是成功的，是有運氣的，即使輸了錢都會覺得自己可以把錢贏回來。

「贏了錢，就可以改善媽媽的生活。贏了錢，就可以買名牌衣服和鞋。贏了錢，就有地位。贏了錢，就有朋友；贏了錢，就有面子。」阿偉當時是這樣想的。漸漸他愈賭愈大，甚至連課堂都不上，一睜開眼想著的便是贏錢和賭錢。起初他還是贏的，但後來他輸了，而且愈輸愈多，輸到戶口的積蓄都輸光了。阿偉還借了高利貸，他甚至打算

連政府資助的學費都打算拿去賭。幸好最後理智按捺著衝動。在大學，雖然阿偉認識了很多人，但沒有一個是可以值得信任傾訴的對象。終於有一天阿偉對媽媽說了賭錢輸錢這件事。阿偉以為媽媽會責怪他，會打他，會罵他，但媽媽沒有，還想辦法問親友借錢，替他還了欠高利貸的錢。

「過了去的事便讓它過去，輸了的錢便當買了一個教訓，以後不要賭錢便是了，我看見你們能賺錢養活自己，能腳踏實地做好人，不用我操心和擔心，我已很快樂和滿足。」

阿偉知道這個教訓太昂貴，太奢侈了，亦下決心不會再賭錢，並要努力腳踏實地讀書，不再辜負媽媽的期望。人大了，便不容易哭，那晚阿偉沒有哭。

那夜，阿偉想起了爸爸。

記不起已是多久沒有跟爸爸聯絡了，多久沒有聽過爸爸的消息，多久沒有見過爸爸呢？自從爸爸和媽媽離婚，搬去與大姑媽住後，阿偉的世界再沒有爸爸。他現在是生？是死？他都不知道。

有一天，媽媽跟阿偉説：

「爸爸已經過世了，好像是因高血壓所致。」她平靜得像説陌生人的死訊。

阿偉聽到這消息時，當場呆住了，來不及反應。他突然覺得整件事很悲哀，覺得自己很不孝，只能聽説爸爸的死訊。人大了，便不容易哭，不是説即使爸爸死了，都不會為他流一滴淚嗎？人大了，便不容易哭，但還是會哭。

男兒有淚不輕彈，只是未到傷心處。即使有勇氣去愛，但已沒有機會了。面對愛得太遲的人，無力感就湧上。以後只能默想爸爸的樣子，會是一種怎樣的心情？

為何爸爸會突然離世？是何時離世？離世時有親人在身旁嗎？為甚麼他不能回答這些問題？在爸爸最需要親人的關懷時，他又在哪裡？是在賭吧。他能成功戒賭，是因為媽媽的支持，如果當時媽媽能同樣支持爸爸，而不是責罵爸爸，爸爸能成功戒賭嗎？媽媽還會跟爸爸離婚嗎？爸爸的下場還會一樣嗎？ 然後然後，沒有然後了。天亮了，夢完了，人還是要醒過來。酒醒過後，頭雖痛，還能生活下去。夢醒過後，心雖痛，畢竟日子還是要過，只能逼自己生活下去。如果夢醒與酒醒的心情是一樣的，天空還會再下雨嗎？

情緒低落悲觀思維遲緩缺乏主動性自責自罪擔心自己患有各種疾病認為自己的人生無價值極度的罪惡感懊悔感無助感絕望感和自暴自棄迴避社交場合和社交活動……

有一天，阿偉無意在一張有關抑鬱症的宣傳小冊子上看到。

爸爸的去世是因高血壓所致還是抑鬱症？已經無法求證了。

「我又沒有得體的衣服，牙又鬆又不能吃東西，樣子又醜陋，只會失禮人。」

爸爸經常愁眉苦臉，唉聲嘆氣……

他終於明白了爸爸那些奇怪的說話。

「房子好像在搖晃，天旋地轉的。」

他突然想起爸爸經常到工作的魚市場買最愛的昌魚給自己。腦海又突然閃過爸爸看到自己食魚那滿足的樣子。又記得有一次他打完籃球抽筋，爸爸替他用「保心安油」按摩那樣子。又想起爸爸腳痛，走路時那一拐一拐的背影。晚上阿偉和弟弟肚子餓，爸爸到大排檔買豉椒排骨麵和毛巾蛋糕給他們。阿偉和弟弟向媽媽撒嬌，想要錢買下午茶時，爸爸就會到麥當勞買「巨無霸餐」給他們……相片的笑容總是溫暖的，回憶總是令人懷念的。人們總是愛懷緬過去。驀然回首其實不難，難是在於不懂抽離，錯過了當下的風景，然後再後悔，再懷念，再錯過，又成了一個循環。如果不是看見這張照片，阿偉都不敢相信原來他和爸爸也有快樂的時光。那是小時侯的阿偉，騎在爸爸的膊頭，爸爸和阿偉都笑得很燦爛。那是他們一家人第一次到外地旅行，第一次到深圳「世界之窗」，想不到亦是最後一次。只是……不知何時開始，阿偉和爸爸會變成那樣。

　　又有誰會想到故事會以這種的方式作結呢？

　　一個故事，一份感情。

　　不知不覺，淚流滿面。

　　從前，阿偉認為爸爸不愛媽媽，不愛自己，不愛弟弟。

　　但現在想會不會是爸爸不懂表達他的愛呢？

　　又會不會是爸爸表達了，只是從前的他感受不到。

　　又或是他為了面子不想承認爸爸的愛呢？

　　如果時間可以回流，回流到那時，他有沒有勇氣跟爸爸多聊天？叫他一聲「爸爸」？

　　甚至……抱一抱他？

有一些感受丟下了便不易拾回。有一些感受即使拾回已是另一回事。

不知不覺，一切慶幸不知不覺。

人們經常說要珍惜眼前人，究竟甚麼是珍惜？

如何才算珍惜？

今天的珍惜能補救昨天的錯失嗎？

用心去愛眼前人是珍惜嗎？

已經來不及了⋯⋯

有一些事情錯過了就追不回了。

習慣在後悔的痛苦中跌倒，然後成長。

後悔這兩個字，對阿偉來說，代價未免太沉重，太可怕。

後悔是懦弱者的藉口。

眼淚是失敗者的武器。

如果你現在再問阿偉，世上最想原諒的人是誰？他必會答你，爸爸。

北風又刮了起來，雨又下了起來。料料峭峭，淋淋漓漓，淅淅瀝瀝，潮潮濕濕，點點滴滴，濺起了水花，一片又一片。聽聽，聽聽那冷雨。思緒猶如脫韁的馬，又回到現實。

這是一個無人的冬夜。

這是一個重複的城市。

這明明是一個平凡的城市。

但人們拒絕平凡。

人們愛在平凡中建構不平凡。

在城市中，人與人距離太多，對話太少。

疏離太多，真誠太少。

人們都介意別人的目光。

人們都是為別人而活，努力做好別人眼中美好的自己。

包括阿偉。

有人，便有風景。

有人，便有愛。

無人的風景，他還可以相信愛嗎？

鴿子一直停留在電線桿，然而最終還是要飛走，世上好像沒有永遠的事情。

一輩子算不算永遠？

忽然，另一隻鴿子又飛來，就像訴說著一個永遠的循環。

香煙熄滅了，熱情熄滅了，孩子開始咳嗽起來。

題目：行走的範圍就是世界

作者：【香港】鄭詠詩

—1—

「一個人行走的範圍就是他的世界」我記得在一本書中這樣寫，也見過這句子，在生活的呈現。如此深刻，它裡名字是認命。

在這工作已經逾年，說實在，儕身商廈工作這事，使我樂了好一陣子，從前在工廈，環境比較髒，人也不及這的高尚，人工又低一截。

今晨回來，同事美梅已經開始工作，離遠就見她在把玻璃大門自左抹到右，再自右而左，七時五十分，趁上班的人潮還未甫至，就先把大門抹個乾淨，免得阻著別人上班。「美梅，今天這麼早。」她微笑著點頭，美梅的話很少，她在大陸出來，廣東話說得不好，於是很少說話。但她人很勤力，也好笑容，你說話她就是微笑點頭。有時我想問，你明白我說甚麼，但沒說出口。

我比美梅早來幾個月，她初來時我就負責教她工作怎樣做，其實很簡單，一天已經教完了，第二天，她就自己工作。

但今日有點不同，今天下雨。我著她先不要抹大門，到雜物室拿地拖，外面下雨，進來的人都收傘，弄得通地雨水，雲石地一有水就冼，我對她説。於是我們二人拿著地拖，這拖拖，那又拖拖，連保安員阿安也幫忙拖，忙了一個早上，下午天又晴了。

　　我自遠處看見她，不其然想到，這範圍已是她的世界了。也許也是我的。而我跟她根本也無別，只是我不願承認，我的世界就這麼小，就這麼。小得不像樣。不。

　　「少薇少薇。」原來主管杰少自身後喊，然後拍一下，「喔。怎麼呆在這的。」

　　「喔，有點失魂呢，不好意思。我又趕忙工作去了。」

　　　　　　　　　　－2－

　　美梅她還行走著，從這到那。南極到北極。

　　四十四樓做證券交易員的啟文，開玩笑説：從這到那，inbox 到 outbox，無法 outlook。從一個價位到一個價位，是食物鏈，生態循環。

　　他幫阿嬸止蝕，被埋怨不及早；幫大叔止賺時，又被大叔臭罵，仲有得升。倒米。

　　不好做人。啟文覺得無奈，又真的習慣了。

　　「啲客真係咁麻煩？我覺得你眼光幾準，上次你叫我買 517，真係執到少少。」

　　「唔係個個好似你咁易滿足，人都貪得無厭。」

「總之搵食艱難。」他無奈總結。

上班時上升下班時降下。有天國乎？啟文的位置跟天很接近，霧襲的時候他以為臨至了另一個世界，原來是如此。甚麼都沒有，天國並沒升降機可達，只能沿階梯徒步而上，很累很累，朝聖的路原來艱難，可生活也不見得容易。

他輕地說：「無聊。就為了追求而追求，有目標的話時間容易過一點。」他在培訓課上對員工說：「要有理想！」人生就充滿源源不絕向上的動力，生活會變得（如何如何）美好。他並不如此以為。

跟啟文說「待會見」，下午我和美梅會到他們公司打掃，我四十四，美梅四十三，所以我說待會。

—3—

對於沒甚麼學歷的我跟美梅，身處這知識型社會，照理應該顯得徬徨，可我們毫卻不覺得，我們只能從事單一工種，我們又可以要求些甚麼。

這大堂的範圍已是我們的所有，最低工資這回事發生後，每個月收取一份不俗的薪水，又有甚麼好埋怨的。

我們放飯的時間沒規定，我和美梅於是二時半才吃，人又少，下午茶又便宜點。原來三時的快餐店很寧靜，收拾桌面的伙計無聲息地。吃過飯覺得無聊，我看著她，又打一個呵欠。時間還有剩。之前吸過塵，下午我上樓抹兩

層的茶水間，美梅得抹電梯。昨天也是。明天也是。

—4—

直達天堂的電梯，是由她負責清潔的，了不起，一上，就四十七層。她想，是比較接近天國的距離，有時候她隔著電梯的玻璃窗遠眺出去，上升上升，原來嘛，她的生，也可呈縱向發展的。

因為覺著卑小而微不足道的緣故，工作時她甚少注意身邊的人事，面前就只有玻璃窗、玻璃門、玻璃罩，通透得無法穿透。這時美梅碰見亞信，一個長相平凡，戴黑框眼鏡的年輕的男子。在四十三樓工作的。

美梅問，「這個叫亞信的，做的是啥工作。」「他是證券公司的 office boy，整天在影印，素描，要不就在發傳真」，美梅說每次見他也是影印，還說他好像只得這幾呎的活動空間。吸塵吸到他的位置他會和美梅打招呼，美梅以為他老早沒讀書，出來打雜。其實他副學士畢業，沒找到工，在這做了好幾年，這的工作經驗沒用，外面又不請他，他只好一直做著，再打算，再之後又覺得沒甚麼好打算的，就算了。

—5—

午飯過後美梅和我上樓打掃，走進電梯剛好碰見他，

他是證券公司的老闆，大家也陳總前陳總後的，每日也準時上下班的，電梯上升的一剎他卻神不守舍將手中咖啡倒翻，噢不好意思，陳總注視我，於那剎，我彷彿穿透他，目中的，一片茫然。

你看到嗎？你能看到嗎？

美梅，我忽然了然，原來我們的人生也同樣。是我們的行走的範圍，我們的世界。

那一刻，我很對身旁的美梅說這話。她沒有回應，我也並未問及。

我清理好電梯，然後又回到自己的工作崗位。對我來說，一切都太習慣，沒甚麼做不來的，可是也並不輕鬆，始終體力勞動。放工之後仍是周身痛。有沒有想過有天做不來，也沒想太多。總之，能做就得做。這時我忽地想起無數的他們，美梅、阿安、杰少、啟文、亞信、陳總……在我的範圍內的他們，像這個大廈裡的每個勞動者也一樣。

題目：二叔

作者：【香港】余龍傑

看著二叔那斷了的尾指，我才真正看出了他的為人。

二叔是一個工人，我要說的就是一個工人的生命，我不知道是不是所有的工人都是一個大男人，但並不希望所有的工人都是這樣子。二叔是一個超級大男人。他跟爺爺長得很像，所以爺爺很疼他。爺爺本來就是這樣：回家的時候要兒子奉茶侍候、賭錢輸了用扁擔打兒子發洩，如此種種，二叔學了，加諸他被寵慣了，就成了另一個爺爺。聽說，二叔年輕時很有義氣，常幫朋友修水管而不收分文，直至現在我回到他舊時的住處，鄰舍還稱讚他的好，可是他對親人卻是另一個模樣，罵兄弟、打兒子之外，對上還不給家用，枉了爺爺疼他一場。

我之於二叔，是一個渺小卻深刻的存在。我讀書的成績好，比二叔的兒子好，但二叔就是看不起我，說我是書呆子。下棋的時候，總把我的棋全吃掉，然後罵我笨。吃飯的時候，我不小心掉了幾顆飯在桌子上，他瞪了瞪我，然後罵我笨。過馬路的時候，他沒有牽我的手，說我那麼大了還不會過馬路麼！然後罵我笨。當我還在路邊遲疑的時候，他已經走到另一個街口，我們的關係就是那麼遠。

想我當時小小一個人兒，雞手鴨腳實在自然不過，他卻像看待大人一樣品評我，那時我實在怕他。每每跟親戚聚在一塊兒，聽見走廊傳來硬皮靴敲擊水泥地的聲音，嗅到薄荷煙那嗆鼻的氣味，看見門前甫轉出個頭髮稀疏，幾近光頭的男人，我馬上就怕起他來，他就是二叔，當工人的二叔。

其實不只我怕他，二叔的妻子和兒子也怕他。妻子怕得跟他離了婚，我沒怎麼見過二嬸，所以我對她的印象非常模糊。二叔是兄弟姊妹中最早結婚的一個，比他的哥哥，就是我的爸爸早，但他生了兒子不久就和妻子分居了，然後他把指環戴在尾指。不知是不是在地盤工作壓力大，又慣了幹粗活，他經常打兒子發泄，打得很凶，我堂兄白嫩的手臂，掀起衣袖來時盡是蜈蚣水蛭一樣的傷痕，只聽見他洗澡的時候不斷地喊痛，那一點又一點反光的紅痂，吸走了許多本來應該存在的父子親匿，血愈流愈多，愛愈來愈少，終於，我的堂兄報了警，警察把堂兄帶走，到二嬸處去，自此我們再也沒見過面。

後來我看到一則新聞，一個學生跳樓自殺，名字跟我的堂兄一樣，所讀學校亦一樣。我們向二叔查證，他沒有說話，我們亦不好追問下去。我實在不希望那真的是我的堂兄，他一點兒人間的幸福喜樂也沒嘗過，就去了嗎？

我不知道我的存在有否給二叔壓力，也不知道二叔的沉默是不是他作為一個大男人的軟弱，然而一個男人之所以「大」起來，著實因為如此。為了顯得英雄一點，對朋友都仗義，為的是得到稱讚，然而本性不是這樣，為了支

撐這脆弱的缺口，為了蓋過作為一個工人的自卑，所有壓力都宣之於最親的人身上，終致妻離子散。我看著他稀疏的頭髮，一根根地落下如他最親的人，他抽了一口煙，煙尾閃出黃光，煙霧散開一時，已然消失無痕，只剩下令人嗆鼻的臭味。

我們都大了，到社會工作。許是二叔年高寂寞，對我們都漸漸柔和起來，有次，他記得我喜歡吃魚，點菜時第一道菜便是粟米石斑塊。又一次，我們坐在一起看新聞的時候，他主動問起我對時事的看法，還關心我的將來，印象中我們好像從來沒有像那次一樣聊過天。堂兄大概也投身工作了吧。

可是，那種嗆鼻的煙臭依然不減。他看見表哥帶女朋友來親戚的聚會，便又帶了一個女人來顯威風，那女人就只站在門外不敢進屋來，二叔向她喝道：「進來吧！」那女人身子抖了一抖，始終低下頭，站在原地。我們都看不清她的樣子，二叔給爺爺嫲嫲上了香後，就和那女人走了。她在我的腦海中，就跟二嬸一樣模糊。

最近一次聚會，二叔的妹妹看見他時，驚訝他的尾指怎麼短了一半。二叔說是在地盤工作時給機器割斷了，想找回那根尾指駁回去，卻怎麼找也找不回來了，對啊，像人生中的許多事情，怎麼找也找不回來了，那時血流了很多，也沒法子。我看著二叔如此坦誠地說出事情的始末，一點隱諱也沒有，便覺得他有點兒不一樣，那時，二叔的頭髮都已經花白了，而那隻本來戴在尾指的指環，就再也沒有它作為一隻指環所能存在的位置了。

題目：飛轉的機台

作者：【中國內地】全桂榮

　　當一縷陽光從窗戶或兩扇掩得只剩一條縫的刷了一層透明漆油的大門處射進來，就會看到，光線裡，成千上萬的細小的棉絮在空中跳舞、遊動。從暗處跑到光線裡，又從光線裡飛快地隱到暗處。暗處，是「轟轟」響個不停、飛速旋轉的機台，把一條條紗線理順送往輸紗器的紗架，比機台的旋轉快過幾十倍的輸紗器，睫毛上掛著棉絮的臉，夾著洗衣粉式藍色斑點的塑膠凳，裝著十五個或十二個三四斤重紗團的蛇皮袋，碼得高高的一垛垛布堆……在織布廠，細小如蛛絲的紗毛（或叫布毛）無處不在。車間旁，常緊閉著門的宿舍地板上，人走動時褲管扇起的風，也會突然驚起一團薄霧、輕紗般的棉絮團。它輕飄飄的滾著、滾著，像在騰雲駕霧，腳步遠了，它還在滾，直到某一天，會驚詫地發現，床底聚集了一堆輕柔的棉絮。

　　P城的織布廠大都是家庭式小廠，廠裡也許只有一台高速大圓機，也許只有一台老式羅口機；也許只有三兩個工人，甚至一個。織布廠的工作時間都是兩班倒，純粹的。當開飯時，工人便捧著裝有飯菜的黃色搪瓷盆來到機

器旁，不管青菜是用水煮的還是菜梗老得像四月份綠葉滿枝的樹梢頭，員工都得急慌慌把飯菜扒到飢腸轆轆的胃裡去。因為，機台織滿了一匹布或機台因各種奇奇怪怪地原因停止了運轉，工人就得把碗筷放到旁邊的塑膠凳上，先把機台正常開起來才能吃飯。倒楣的時候，看兩台機器的人剛啟動這一台，另一台又停了，剛解決那一台的問題，這一台又惡作劇般的「罷工」，等工人罵罵咧咧，胃口已折騰得幾近消失地來到塑膠凳旁時，往往會發現：某一根菜菜埂或飯粒上，得意洋洋地駐紮著一小團正舒心扭擺著的小棉絮團；筷子的不少部位，也突然間「長」出了仔細看才能看得清的細而短小的紗毛。工人們大都會甩甩筷子，夾掉那閉眼睛也難以下嚥的小紗毛團。剛撥了兩口飯，機台卻突然一齊停了，脾氣再火爆的人，也只能吐出一句國罵出來，不想再廢話甚麼了。

　　我一直認為，織布廠是壓制一個人火爆脾氣卻又培養火爆脾氣的所在；是刺激一個人的耐心極限又培養耐心的場所。一個火爆比張飛的人，只要從事織布，保證讓他明白，面對冬天浸入骨髓的冰冷機台、夏天機台的針筒又燙得不能觸手卻得不斷地跳芭蕾舞似地踮腳、伸頸、展臂幾百次、上千次情形時，他的火爆脾性除了使他更累以外，沒有任何用處；一次次的斷線、刮洞、用連著空壓機的風槍吹機台上的紗毛，換上一個個水瓢大小的線團，剪了一匹又一匹二三十公斤重的布匹……耐心，一張越收越緊的網，把一再想脫離它的人牢牢控制；同一種單調、費力的

動作（踮腳、挺腰、伸頸、展臂）因原材料或機台原因而作上百次、千次的時候，即便最迂腐、平和的唐僧也會像氣瘋的狗一樣想發洩了：盯著重達兩噸，價值二三十萬的機台，恨不能掄起一把鐵鎚把它砸成稀泥，但這種發洩方式當然不敢採用。如果是原材料紗團的原因，那人便會瞅著老闆不在時避開監控器，惡狠狠地咒罵一聲或哈哈一陣怪笑，用盡力氣把「肇事」紗團砸向地面，砸、砸、砸……再切齒地把紗團使勁地剝掉幾層，直到自己筋疲力盡。在這種時候，理智、儒雅、耐性，這些像一公分長比蛛絲細的紗毛般輕的詞兒，即便用地球到月球般長的槓桿也撬不動這種發洩的衝動。一同上班的工友見到這種情形，或幸災樂禍的在其他機台的轟鳴聲中哈哈大笑；或不動聲色地走過來，憐憫地訓道：「你還幫老闆節約？老子三兩下把它扔了。」

　　工廠要的是結果，不是過程。每台機、每一品種的產量都有記錄，產量像套在工人脖頸上的繩套，另一頭卻拽在老闆手中。記得當隱忍了許久許久的怒火終於第一次淋漓盡致地發洩出來後，我強烈地想到了故鄉的草地、天空中展翅滑翔的鷂鷹、深綠的一波又一波的稻浪、很久已沒有聽到的陌生的鄉音……那一刻，時間像一根水管，我感到心一下子沉了，從六樓墜到了一樓，墜得蒼老。

　　每天，織布工的全身都會披滿紗毛，如果不用風槍時時吹掉，一天落在織布工身上的紗毛，就像一場鵝毛大雪般鋪滿織布工的身體。每時，紗毛都在對織布工發動著進

攻：裸露的手、毛孔、眼睛、嘴巴、鼻孔、鼻腔、氣管、肺部……當我有時用盡力氣從胸腔深處吐出一口深黃而有黑污點的濃痰時，我便會洋洋得意的慶幸，肺部積累的紗毛又被我消除了一些。我彷彿看到，紗毛匯集成團的黏液潛藏在我的肺部深處，像一個惡毒的無賴一樣不敢出來；或者像一條條螞蟥一樣分散、吸附在肺部各處。

　　細小的紗毛，深入到織布工的每寸肌膚上；熬夜的困倦，炫耀在織布工的骨髓裡；機器的巨大轟鳴，不停的催眠曲；深夜孤寂的身影，淒涼的墓地；白天未睡足的血絲眼，深紅的慾望；旋轉，轉，運行的機台、紗線，慘白的呻吟；織布工的凌晨段時間，就像奔跑了三天三夜的老馬，還未停下腳步，睡意就拉直了它的筋脈。常常這樣：我走向斷紗的地方，睡意已讓我閉上了眼、垂下了頭，待頭撞到燈光下閃著灰冷色光澤紗架的鐵柱時，挖空心思的想一會，才想起自己的工作。我常看到另外一個工友，手牽著搭拉在紗架上的紗線一頭，食指、中指在小幅度地蠕動，沒有把紗線繞起、捏成結實的線頭，他的有著薄薄一層紗毛的腦袋像小心翼翼的手慢慢探進風險十足的深洞──抵達了胸膛。巡夜老闆的叱聲沒使站著瞌睡的他腿腳發軟，這是我所深為欽嘆的。記得初進一個織布廠不久，還未適應上夜班，到凌晨一點已上了五個小時的班，剛吃了簡單的宵夜，睡意就像迅速漲起的潮水，要來沖垮我本應日間築好的休息大堤。人類與自然規律搏鬥的勝算總是微小的。我不敢再坐下，踱步、想問題、拳打布匹、

舉重五十斤重的袋紗、扯頭髮、掐大腿、冷水沖臉、風槍吹頭、紗團還未織完一半我又接一個上去——想用忙碌的清醒來趕走織布工不應該有的瞌睡蟲。到了凌晨五點多，腿愚笨得比過兩截一尺餘寬的松木。仗著腦袋還清醒，我想稍歇一下。誰料，剛坐下去，眼皮這扇大門就瞬間關閉。經歷了初出家門的戀家心緒後，平日很少想到家、親人的面孔，但渾沌意識狀態下夢卻一再飛向親人和朋友，一張面孔極快的閃現又消失，很快的轉換著，轉，飛，飛，轉，飛，轉，轉……現實和夢境混合交織著，我不知道自己到底身處何地，我努力撐開眼睛一絲縫，然而眼皮馬上像失控的閘門一樣沉重的墜下來；手不斷地掐著大腿，腿卻像醉漢一般麻木沒有知覺；潛意識感覺一種危險的迫近，幻象更是急劇的變換、交替、拼殺……突然，老闆一聲威嚴而熟悉的驚咳如一場大地震，頭、腳鼠夾般彈跳起來，本能地衝向還正常運轉的機台。幾秒鐘的神外遨遊，即使有狼一樣的反應，獎金、許久才豎立起的勤懇形象，在一瞬間土崩瓦解。

打工人被生活的大浪推著沖向未知的海岸時，本身就已是一首悲壯的史詩，有的人幸運的擱淺在細沙鋪地的海灘，得以伸出白色的根鬚穩穩的駐紮，吐出清翠的枝葉；而更多的是迎頭撞向鐵灰色的崖壁、堅不可摧的海堤、沉滓浮泛的海邊植株，或粉身碎骨頭破血流，或污穢裹身，難覓舔舐傷痕之所。生活的下一波浪潮又馬上挾裹了過來，飛速的向前衝擊。織布工也必須有這樣的堅韌：正常

工作狀態下是織布工;來料、出貨時便罩上了搬運工的光環。袋紗、布匹,這些輕飄的字眼撞擊著織布工裸露的沾滿細碎紗毛的上身;汗水從竹排樣的肋骨間淌下,高昂,充滿鬥志。織布工,喜歡炫耀著把五六十斤重的袋紗堆得高高的,直到抵達刮著慘白膩子的樓頂;更喜歡把笨重的圓筒形布匹像玩具一樣扔到堆滿布匹有一座樓高的印染廠的貨車上。織布工的幹勁像水一樣純淨,它們極速地衝擊著織布工的意志、感官,沖走了委屈、壓抑、苦悶、困倦、孤獨、無助、絕望。

反光的錦綸紗,乳白閃著喪色的氨綸,純白髮著麻色光澤的滌綸,病態暗黃的含棉紗,深黃發臭的純棉紗,五光十色卻讓織布工恨之入骨又視如惡魔的色紗⋯⋯用大圓機,P城的織布工織起了各色花樣、各種類型的布匹,千百種樣式的T恤、保暖內衣、情趣內衣,織不起自己彩色的人生。在我十八歲進入一個織布廠時,一個體形勻稱、中等身材、嘴角有一道小刀疤的的江西老兄就說,他對織布這一行業厭倦透頂了,他常微笑的嘴角透露著僵硬的無奈,像農村的老牛,為了求一個能填夠肚皮的「東家」,任人役使著。過了四五年,他還在發著牢騷,只是他下班後還要騎上摩托三輪車去搭幾小時的客運,他的孩子長大了要上學了,他得為孩子的未來努力賺錢了。而強烈想脫離織布廠的我卻也奇怪的繼續做著織布工,只是接紗線的速度從原先的幾分鐘縮短到了向別人炫耀過的十五秒:折線,撐出好的線頭,穿紗架孔,輸紗器上中下三個孔,還得在輸紗器上繞上十幾圈線,然後再把搭在針盤上

的線撚合，左手撚的同時，右手已去按啟動的開關。感覺自己的魂能很容易地依附到斷了的紗線上，自己隨著線穿孔、穿孔、穿孔、繞圈、接合……

當我兩千多個日夜凝視著飛轉的大圓機時，腦袋裡總會浮現出各式各樣的圈：人生意義上的，婚姻愛情上的，家庭事業上的，宗教信仰上的，最終，莫名其妙地湧現出《孫子兵法》裡的一句「如環之無端」。意識本身前後之間沒有邏輯聯繫，但自己沒有任何理由的同時想起它們：起點是終點。托著布匹不斷在一條軸上旋轉的機械手臂如此，它的核心部件之一的針筒也是如此。鐵灰色圓形針筒發著幽暗的光，如果有光源照在上面，它反射的不很強烈的光往往能將小心翼翼清理著它的人眼睛刺痛得像插進了一枚堅硬的鉤針。針筒二十多公分高的筒壁上佈滿了寬度間距都很均勻的針槽，每一針槽都插進一枚約十公分長或十六公分長的鉤針，所以，每一枚針都是獨立的、孤單的。這些獨立、孤單用一根根細細的紗線織成一匹匹連綿不絕的堅韌的布。

P 城的織布工，每個人都活在自己的鄉音圈子裡，工人之間感情的紐帶像一條 45 支細的純棉紗一樣脆弱，經緯交織著才會成為堅韌的布。這種脆弱來自於每個人都轉著這樣的圈圈：P 城只是人生旅途上的一個小小的驛站，織布只是在這驛站上的短暫的勞作，勞作中遇上的人和事只是一灘潤著自己運轉的黃色潤滑油。當某天，自己像織布機一樣轉著圈子回到家鄉的故土時，那驛站中的一切，都會像織布廠裡的棉絮一樣輕飄飄的飛遠、飛遠……

小說組

冠軍

題目：存在與時間

作者：【香港】黎明佩

「請小心車門。……」踏出車廂，頭顱微微壓低，單手按緊沉重的單肩袋，緊繃的肩膀在快要碰上誰的瞬間警覺地閃開，步伐快捷一致，不要妨礙別人同時也不要滯後。當我掌握到這種屬於社會的節奏，上班只有一星期卻好像已經過了一年。走過無人的天橋，居高臨下看看那靜態的工地，然後繞路走進還未投入營業的商場，買一個特價早晨套餐，或者九蚊豬柳蛋漢堡。然後加快腳步趕到剛換班不久的保安亭：「早晨。」「早晨，亞妹。」對方也不用思考，從呆滯打盹中反射性地提起精神高喊，就像突然被觸動的防盜鈴一樣。

剛好八點正，四月份的朝陽曬入貨櫃，我開了空調然後靜待冷氣驅走悶熱。

太陽底下連海風都變得暖烘烘。陽光像蒸發下來般暗啞又灼熱，水份像青苔繁殖並依附周圍，今年的第一個颱風將在沙塵中醞釀，慢一步在我踏入社會後才補上相配的壞天氣。而這種時候，只要喝一口熱咖啡，看看外面的灰白天空、沙黃色工地，和一小片海景，這天又會是一個很不錯的好開始。這個地盤完工時，此刻一百八十度的廣

闊視野就會消失在我的回憶中了。反正，人從來不追求看得廣闊，只要仰起脖子能看得愈來愈高，就會感覺愈來愈快樂。

要說人在甚麼時候看得最清晰，應該是由學校投身社會的那段時期了。一星期前，我還在考場中，埋頭拼命於中國歷史試卷，感覺就是在那三個鐘頭裡一下子耗掉三年來的光陰，又或是，三年來的時間都只為了那三個鐘頭。無論是哪種感覺，都讓我像指甲刮到紙張般一陣疙瘩。於是，我立即投身工作，做了朝八晚五的地盤文員，順道以一天時間考到了平安咭，用勞力驅走那種錯過了甚麼的悔恨內疚。

而遺漏了甚麼的失落感卻變本加厲，現在我幾乎習慣了它的存在，那種在考場上鍛鍊出來的意志力，也只能憑著回憶來保存。

今天有工程師來看進度。聽說，每次有工程師來，大家都誠惶誠恐，那急救箱的裝備，幾乎都是為了他們而準備萬全的。

九點，外面的嘈音漸進投入，這裡的影印機也噠擦噠擦地不停操作，早上電話亦響個不停，相信是工程師監工的前奏準備。

「亞妹，你印東西不用看著它印的！你過來我教你入數。」一整天忙不過來的泳詩沒好氣地道。

「啊，好的。」

聽說，那位工程師果真稍微不適，只逗留了一會兒就走了。當時我在地鐵內，為了從觀塘總公司拿圖紙到地

盤。途中經過購物商場，商場中央有一個大型化妝品展銷攤位，我走近去看，證實那位穿著俐落制服的小姐是我的同班同學。她同時也看到了我，立馬急步快奔過來，深怕我走掉她會損失甚麼似的。

「嗨，你怎麼在這裡？」她笑容滿臉地開始寒暄，但手裡緊握的宣傳品才是她的真正目的。

「沒有，我趕著看電影。」我偏一下肩膀，作勢要走。

「啊，跟男朋友嗎？那你看完電影過來吧，我拿一些公司試用品給你。」還特意壓低一點聲線，我不知在學校裡活潑好動的她可以這麼三八。

真的，進入社會後能徹底改變一個人。見識了現實，滿身疲憊，以前有過甚麼幻想都顯得太可笑了。

我回到地盤，屬於工地的空氣和熱度瞬間襲來，感官刺激又澎湃，而工作幹勁卻像煤氣迅速洩漏並擴散四周。看著黝黑工人的辛勞，再感覺自己大汗淋漓的髒臭，竟厚顏無恥地感同身受起來。都是付出的證據，都是領薪水的代價，我沒天真強求快樂或者意義，所謂工作只對支薪的僱主有其意義，但跳過了過程只在出糧時睜開雙眼，又好像比盲目應付考試更加無謂。

肥佬帶來了兩個新人，三十來歲，不知是菲律賓還是印尼籍，這兩個地方對我來說都差不多。兩個新人都負責紮鐵，由文叔帶他們。他們三人手拿尺和鐵在工地一角開速成班，在我看來像小學的美勞課分組習作。小組習作旁邊，花籠位置不斷傳出中氣十足的責罵聲，髒話在句子中配合得天衣無縫，流暢如歌詞，聽久了甚至覺得比那些不

帶髒字的句子更順耳。

是師傅的叫罵，全地盤屬他的發飆最如雷貫耳，而且每日至少一次，像個不定時炸彈。聽說，除了我之外，全地盤都領教過他威振全場的功架。我在想，師傅之名究竟是別人封給他的，還是他自知而居的？

「放飯放飯！亞妹，未做完嗎？」肥佬進來叫我和泳詩吃飯，順便吹吹貨櫃裡的冷氣。

「啊，好。」我把本來打算用一個鐘做完的釘裝工序，迅速用一分鐘完成，再順手把三份剛剛印完的幾百頁報告放在桌上，提醒自己午飯後的工作。

文叔帶著新人走在前面，肥佬和其他工友也跟上，我和泳詩走在最後。我們一行人從工地穿過天橋，越過三四個街口，目的地是文記茶餐廳。我很享受這種時刻，特別是走在天橋上，俯瞰工地深覺比其他人看得更明白，例如那活像流動廁所的貨櫃裡藏有多少煩瑣雜事，那眼花瞭亂的花籠養活了多少家庭，那些繁複又費力的三行工序埋藏了多少苛刻教訓，那些鮮黃色安全帽蓋下了多複雜的人事關係……這些事情，任其他人看得多仔細，拍下多美麗的照片也不會懂！

「食咩？」稔熟的伙計早以蓄勢待發，一見我們進來就趕忙衝來寫單。

我有選擇困難症，每次都跟文叔叫一樣的茶餐，再加一杯熱咖啡。

頭頂上的電視正播放新聞簡報……酷熱天氣持續，一道熱帶氣旋逐漸逼近本港，天文台預計，……「又打風了，

遲些大把假放。」文叔打趣地笑說。

　　話題一下子被炒熱，大家紛紛說甚麼手停口停，又計算工地還有多少日子完工，而不知是否聽得懂的外籍新人則瞪大眼睛沉默聽著。肥佬是判頭，算是米飯班主，說起話來特別擲地有聲：「香港地，工一定長做長有，老實講我就不怕無工開，有技術有信譽，你不找人他們也自動來找你。」

　　也不知這句說話的哪部分感染了大家，全桌鼓動了起來，又是點頭贊同又是敬佩。師傅平常不多說話，只在工作的時候很暴躁，此刻也罕有地熱烈加入，說他看好紫鐵前景。

　　旁邊桌有位穿得很端莊的年輕太太，還有一個讀幼稚園的小孩，小孩對面有一個不知是菲律賓還是印尼籍的幫傭。年輕太太頻頻看向這邊，以極度鄙視的眼神企圖阻止我們這邊的高談闊論。我不知肥佬他們有沒有注意到，但身坐一群粗魯的工人中間，令我早已練得敏感和警惕。

　　肥佬成為焦點被附和得心花怒放，說話更加中氣十足而且毫不修飾奔放的髒話。年輕太太皺起眉，不可挑剔的妝容裡找不到一絲瑕疵，凌厲大眼每眨一下，眼尾就以極厭惡的神色往我們瞄去，彷彿多作停留就會得傳染病似的。

　　每一下刺目的敵視，都讓我小心克制的滿腔憤怒幾乎爆發。我微微轉過脖子，以生平最兇狠的眼神直視著她。她隨即接收到我的目光，便不再以眼神騷擾我們。隔了一會兒，伙計端著三四份茶餐過來，文叔立刻挪動椅子讓出空間，卻不小心碰撞到那位年輕媽媽的椅子。

她隨即轉頭怒目一瞪，嘖的一聲把座位移向孩子那邊，眼神閃縮但又不甘示弱，令我反感得想吐。

　　我對著她的背影窮生悶氣，伙計聲線雄亮地道歉：「不好意思，大家將就一下。」語氣卻粗率似在叫囂。

　　「亞妹，做得習慣嗎？」肥佬有意轉移視線，一邊拌勻咖啡一邊問。

　　「習慣呀，……」我點點頭，本來還想加一句「我覺得挺好的」，但想想又覺得說不說也不重要，於是喝一口咖啡吞下那句無謂的話。

　　「年輕人，最重要能捱，你能適應，能習慣，久了就自然有前景。你遲些就知道了。」肥佬一高興，就會連篇大道理，停也停不住。

　　「嗯……」我點點頭，不冷淡也不熱情地給予回應。

　　這時文叔拿起筷子，垂下眼簾看看三寶飯，又抬頭看我，眼神迂迴不知在看我還是看我身後的收銀櫃枱，「趁年輕到處試試也沒壞處，再回去讀書也好，存下來的經驗都是自己的。」

　　這時年輕媽媽快手地收拾東西，準備結帳，欲出去時又被文叔擋住，於是不客氣地揚聲道：「亞叔唔該！」語氣完全扭曲了禮貌的定義。

　　文叔讓了位置，似乎毫不在意，或只是裝作聽不到她語氣中的挑釁。

　　「嫌人多就別出街，留在家煮飯！」我快快吐出這句，還恐防她聽不見而加重語氣。

　　我承認自己很幼稚，甚至在她狼狼的背影中感到十分

後悔。有些錯，好像等著自己去犯似的，要不默默等待憤怒過去，要不承受犯錯後的困窘，都同樣難受。還不明白嗎？我已領教到出來工作的必備條件，無論臉皮練得多厚都不會夠用，在厭煩的日子中，大家都不過是找機會輪流抒發悶氣，不犯一點錯可能連自己都忘了自己的存在。

烈日當空，人會暴躁一點。懷著受累的精神壓迫，在高樓互相反射的閃爍中，在路燈緩急交替的催趕中，在每一種染上灰塵的色彩中，工作變成了人的浮床，替我們以一個沒有悲喜的身份來承托過重的壓力。在這大都市裡，工作再難受，都只是一個用來分身的面具，何況還有整個社會的勞動人口作伴，何況工作總不是小孩的玩意……

今天埋首在電腦螢幕，不停把數據和報告入檔，以致眼睛乾澀疲勞。下班的人群相對於早上的疲態，霎時顯得精神飽滿，而且肆無忌憚和吵耳。整個車廂流動著沒有意義的嘈雜，聲調和節奏含混不明，變成下班族的指定背景聲音。

我總覺得，車廂的光線太過明亮了，又不是用來開會的會議室，誰需要如此猛烈的照明呢？睡意被干擾，但又沒有退去，我在迷糊之中聽見碼頭工人罷工的新聞：

「持續一個月的碼頭罷工進入白熱化階段，勞資雙方仍未達成共識，行動逐步升級。高院今早頒下臨時禁制令，限制工會代表進入長江中心範圍，而今早有近三百名工人頭綁紅絲帶，……」

大家仰起脖子，聚精會神於那個面積比一份報紙還小的螢幕，連平日不關心時事的白領麗人，和拿著智能手機

上高登的中學生，都一臉凝重地注視著新聞……

「下一站，旺角東。……」列車駛進月台，新聞消息被消音，換上粵英普的重複提示。大家好像被解穴般又重新投入到手上的事情，下車的下車，車門邊的側身讓路。

我看不懂，大家的反應是在看一齣悲劇嗎？還是我太偏激，就連不屬於我的支持也要看不順眼。

而同情心總是透過一片螢幕、一張報紙，或者一通電話來釋放。大家都不太熟悉如何表達關懷，累積了一段時間、沉澱得太久的正能量，只好在新聞渲染之中、在對錯明確的事件中讓自己有個立場可以站穩，有個平台可以抒發。大家想說的，其實都是自己的私事，但內容大同小異的話又有何不可？

我相信，碼頭工人會勝利的，雖然別人會說是慘勝，這也不是第一次了。罷工並不是為了讓大家關注，只是我們平日沒甚麼有益的話題。是有些情感會被喚起，但大家看事情的習慣就如那棟建築中的摩天大廈，水平愈來愈高也好，位於底層的地基還是得垂下頭去看。

記得當我告訴我爸要來做文員的時候，他的反應讓我記起以前遺失了小學畢業證書，內心那種慌張和內疚。我從他的眼神中看見掩藏不住的失望，他深吸一口氣緩緩地說：「嗯。那……要先考張平安咭，……你知道的吧？」他慢了一拍的反應中透露出難以置信和遲疑，我不忍再跟他對話，於是急急回房間。那時候，我才發現大家看甚麼都會看出階級和價錢。人原來可以堅強得浮沉在貴賤分明的社會上過日子，被同化被感染，加入戰團提升自己的價

值，一邊委屈工作一邊被銀碼說服。

　　我把疑問都放低，因為我不能改變，無論是自己還是社會上一致的思考模式。那就更不能拖慢腳步，再遲一點可能我也會忘記，會像所有剛踏進社會的新人一樣被改造。

　　我回到家，放下袋子，在魚缸旁邊順手拿過火柴盒，然後甚麼都不帶就出門了。

　　我來到屋苑附近的大排檔，我爸已經點了菜等我。

　　「有沒有替我叫排骨煲？」我一邊坐下一邊問。

　　「火腩煲同大眼雞，係咁多。」他左手伸往桌底下點一點菸，心虛地說。

　　已經說了一星期想吃排骨煲，他總是不記得，於是我的無名火頓起：「怎麼又不叫排骨煲？」為了讓心情舒暢一點，我舉手叫道：「唔該一支可樂！」

　　「邊記得，下次你自己叫。」他眼也不眨一下，看著我身後的電視說。

　　大排檔的好處，就是他可以抽菸，但近來天氣熱，我都會說去商場吃快餐，叫他自己在地盤抽個夠。

　　「來，一支可樂。」

　　我用紙巾擦飲管的時候，他好像突然記起似的跟我說：「今日肥佬說你十足十師傅後生時，一樣躁底。」

　　「差很遠！我還未到他的水準。」我指他說髒話的流暢度。

　　「還差很遠？今日全枱人都被你嚇一跳。」雖然他語氣在揶揄，但卻笑得好像這是一件值得驕傲的事。

　　「天氣熱肝火盛，待會兒去超市買點飲料才回家。」我

記起冰箱最後一包檸檬茶昨天被我帶去上班了。

飯和菜來了，他夾走鋪在魚上的蔥，我把白飯分一半給他。

從我家樓下的街市向著屋邨商場直行，途經一個小巴站，從小巴站往便利店方向轉一個街口，就是這沿街的大排檔，而他總是來最盡頭的這家並坐在最靠街尾的一桌。這家的火腩煲最足料，從我們坐的位置看電視亦最清楚，抬起頭看向我們十樓的家也毫無遮擋，不知是哪個原因使他喜歡這裡的。

他邊吃飯邊看電視，明明聽不清楚對白也看得津津有味。我有一次問他要不要外賣上去吃，他說隨便，於是我們便連續了一星期買外賣回家，一邊吃著飯盒一邊把腳擱上茶几看電視。直至有一天，他吃完飯抽飯後菸時，一臉可惜地說：「還是要熱騰騰才最好味。」所以後來又回復了一起出街吃晚飯。我後來才知道，他其實也只是眼睛盯著電視看，不是在追看劇集。

他不習慣看我，就像我不習慣叫他一樣。上班時我很少叫他，不論叫他文叔還是叫爸也感覺奇怪，但想想其實我平日在家也不習慣叫他。

電視進廣告時，他難得地開一個新話題：「你甚麼時候放榜？」

我聳聳肩：「不知道，七月頭吧。」

他點點頭，對這答案十分滿意似的。

今天大排檔生意普通，沒平常熱鬧，因為天氣報告說會打風。在大排檔吃到一半下雨我們也曾經試過，拿著碗

碟避進已經擠滿人的店內實在很悽涼。

　　吃完飯，我掏出火柴盒放在桌上。他自然地拿過，「擦」一聲劃出，點上菸。我喜歡這輕輕的火柴味，還有菸味，感覺有些遙不可及的過去和未來一下子靠近了我。他把火柴遞給我時，還是照舊說：「你別試啊。」我拿著燃燒得很快的火柴，應了聲「嗯。」然後在拇指被燒到之前及時吹熄它。他說我喜歡菸味，又對火柴味莫名其妙地上癮，要是試過抽菸一定戒不了。我每次應付他時都在想：有哪個抽菸的人能戒得了的？

　　「有沒有找一些課程報讀？」他隔了半個鐘頭，又突然接回剛剛的話題。

　　「甚麼？」我早已打算不再讀書了，所以對他的說法很意外。

　　「成績怎樣也好，再讀讀看吧。」他抽一口又拿掉，延長那根菸的消耗。

　　「成績差怎樣讀也沒有用。」我不耐煩，無意再繼續話題。

　　他又再看回那電視，過了一會兒又說：「再讀讀看吧。……不是有些甚麼美容課程，教人化妝那些你不喜歡嗎？」

　　我板起臉：「我只喜歡做地盤文員，有甚麼問題？」

　　他瞄我一眼又收起目光，然後不再說話。

　　他聳起一邊肩膀，一手手肘靠在桌上，拿菸的手放在膝上，側著身靜靜地抽菸，不時轉頭往身後吐煙。

　　初中之後，我的確幻想過日後可以跟我爸一起工作，

那時候聽他說過地盤有些類似會計的文員，於是選科時毫不猶豫選了會計。當時還未發現，他對我的期望遠不止是地盤文員，也不知原來工作要承擔一種東西叫期望。那種得失的落差，在兜轉尋覓之間變成了包袱，令人匆忙中只想到該如何求生。

今天泳詩放假，只有我在辦公室。對了，現在我可以很自然地叫這貨櫃為辦公室，而且感覺自己已經跟辦公室相融為背景。

肥佬今天特別暴躁，不斷斥喝新人，說他們經常量錯鐵，以致大量被錯誤切割的鋼筋變成了廢鐵棄置。我還沒能看懂那些報價單和物料計算表，但大概知道好像是「上頭」向肥佬施壓，令地盤今天愁雲慘霧，就像天文台說來又遲遲不來的颱風，令人心緒不寧。

肥佬進來透氣，我裝作忙碌連看也不敢看他。不久他的手機又響起，他看看來電顯示，然後氣急敗壞地出去工地。門還未關上，他的三字經已雄亮飆出，傳入我的耳裡竟令我感到滑稽好笑。

我不時上網緊盯天文台的消息。我從職安局的平安咭課程裡得知，在酷熱天氣警告下，工人應增加休息次數，以避免長時間暴曬。今天是本年第一個酷熱天氣警告，當然，工地裡的氣氛不容我多說。

我拿起一個又一個的文件夾，一次又一次對著電腦仔細核對並存檔，每一次發現打錯字或是漏了甚麼都令我心跳加速，暗自慶幸自己能及時發現。暫時完成了手頭上較趕迫的工作，我就去把剛寄來的文件逐一入檔和影印。一

個電話從總公司打過來，我就放下手上的工作，按指示先傳真「很緊急」的文件，或是先發送「十萬火急」的電郵。

忙不過來時，我乾脆停下工作，看看工地的風景。我掏出手機，趁著沒人注意用手機拍一幅工地的照片。

文叔在機器前屈鐵，太陽正籠罩在他頭頂上。他身穿一件洗得霉爛的灰白間條長袖衫，外面穿上螢光黃反光衣，還有穿了十年的牛仔褲和沉甸甸的安全鞋。我從沒如此仔細看過他工作時的模樣，但這正是我從小幻想中的畫面。我感覺像童年的願望成真了，雖然也不知有甚麼值得感動高興，但親眼看見他工作就像家長親眼看見子女畢業一樣，大概是一種不勞而獲的竊喜和滿足。

他把開好的鐵綁起，搬到一旁，然後又合力搬一堆又長又重的新鐵。身後的維多利亞港就像佈景一樣，死寂的不吹來一點海風，或者飄來一點海的味道。我離不開這風景，也不想再對著螢幕了。

以前，我還未被灌輸不同職業的既定概念，只感覺我爸身穿這套制服比那些警察、律師、醫生的更厲害。因為這身制服更有份量，而且像戰場一樣的工作環境更令我著迷，那時候年紀小，感覺愈危險的工作就是愈威風。

我現在也沒有改變這想法，只是發覺到別人都不會這樣想，而且公式也不是這樣算的。

電話又響起，我嚇了一跳接過電話，對方催促我的文件，我謊稱剛剛電腦有故障並連番道歉，對方立即消氣並告誡我要小心儲存數據。我順道提出下星期要請半天假，因為公開考試還有最後一科英文說話，對方教我寫請假

紙，又說要提早交給「上面」批示。

我的英文不錯，因為喜歡看外國電影和聽英文歌。正因為有把握，這次英文口試比其他試卷更有壓力，而且昨晚我上網查過加入無國界義工的要求，語文能力好像頗為重要。我計劃在放榜後加入無國界，不是長駐本地的文職義工，而是會到世界各地參與前線工作的義工。

我不把這種想法稱作夢想或者理想，因為這些稱呼好像把事情變得很複雜，好像要經營十年八載才能達成似的。

我猜，要是有了實際的經歷和故事，我起碼可以不用說服別人，而讓別人不再跟我爭辯。例如，同學再打聽我的工作時，我可以告訴她們，我曾經教會了一個村落的小孩如何寫他們自己的名字。

外面不知何時已經換上了昏紅的天空，暗暗的滲雜一點橙黃色，襯托得工地的泥黃沒那麼骯髒。

我也開始準備下班。文叔在外面慢吞吞地來回收拾東西，等我一起回家。我小心存檔，稍微整理一下桌面，然後拿起袋子便出去。

文叔見我出來便舉步轉身。一出工地，混濁黏稠的空氣令我呼吸不順，「等等。」我叫住他，然後往工地休息亭的飲水機走去。他跟過來，自己也倒了一杯水喝。

我骨碌骨碌地猛喝，幾乎喝光飲水機裡所剩無幾的蒸餾水。

「你還要喝多久？」他問。

「很久。」我笑著說。

於是他拿出背包裡的菸和火柴，「擦」一聲劃出我們

都久違了一整天的火柴味和菸味。他故意往反方向吐煙，我卻用力深吸一口二手菸，然後看見他啼笑皆非地瞄我一眼。

反正要等他抽菸，於是我向他拿過火柴盒，劃一根火柴獨自「享用」。

休息中的工地好像廢棄的大農田，有些乾涸的「水井」，有些被棄置的廢鐵，還有廣闊的天空。而農田和地盤的下場卻差別很遠，一個屬於過去一個屬於未來。

我們看著快要熄滅的夕陽，工地裡的泥沙映出會移動的長長影子。「文叔你打算幾歲退休？」我裝作開玩笑問。

他頓了一下，輕輕抽一口菸，張開口看似快要回答卻又只吐出白煙。幾次之後，他感覺不用再回答我的問題，便當作沒聽見，始終也沒說出甚麼。我大概能想像他斟酌良久的答案，應該都不是我想聽到的。

我暗自在心裡練習一次，然後一口氣說出心中的話：「如果我遲些找到一份穩定的工作，人工跟你差不多，給了家用還有餘錢存在銀行，那……你會不會提早退休？」我盯著對岸的高樓，其中一棟大廈發出眩目白光，像一顆閃耀鑽石。

「你找到工作為甚麼我就不用工作？」他繞了個圈子，似乎還沒想到怎麼回答。

「因為有錢就不用去賺錢啊。」

天色還在濛濛之中似暗還亮，氣溫下降了一點，幻覺般的微風很偶爾地從海上吹來，本來發燙的臉龐瞬間涼快起來。

「人一定要工作的。不做事幾天也還可以，沒事做太久就會不踏實了。」

他緩緩說著，感覺不是在對我說，因為他知道我不會明白。

我也確實不願明白，弄得太清楚的話，我一直緊握的信念會碎掉。

當我發現了這個令人絕望的事實後，我許久都不能回話。他是否想說，這份工作是他的寄托，即是所謂的生存意義？想到這裡，我只能像個事不關己的記者一樣，看著被陰影籠罩的工地發呆。

晚飯後，他說去球場抽菸，我去超級市場買東西。我推著一車零食，也不忘買些啤酒和花生回家。

人只要累積了一定的疲累，就會變得容易滿足。這種滿足未必是快樂，成長了的人不說快樂，他們說滿足，或者幸福，這些只要降低自己的要求就能達到的水平。

放工回家，洗澡的溫度剛剛好讓人消除疲勞；打開冰箱就有早已放了一夜的冰涼啤酒；被窩雖然有點亂但依然殘留一點乾爽的太陽味道；冷氣機有點吵但一下子就能入睡……這些加在一起，就已經是難能可貴的一種美滿。人會因為受傷變得謙卑，也會因為太久的磨練而軟化。那供我娛樂的電視機，還是四比三模式也依然是我家的貴重東西。

我經常聽見「生活質素」這四字，還有甚麼「知識改變命運」，學生時感到遙遠像古代的詩賦，現在只感到可笑，像一句不搭調的無聊標語。到底生活質素是怎麼衡量的？

又要改變成怎樣的命運？這些令人無言得很的一些詞句，剛好會被用作鼓勵，我真的很不懂。

　　我看著一遍又一遍背得起來的廣告對白，打算播完新聞才去睡。

　　我爸還未回來，他當然不是去抽菸。不對，可能也有抽菸，但不會光是抽菸。他間中會像今晚一樣，説去球場，但大概兩個鐘頭才回來，我也懶得留意他回來的時間。有一晚他説去球場抽菸，卻一直到晚間新聞播完才回家，回來時剛好經過我身邊，當時我正要把洗好的衣服拿去他房間，嗅到他身上飄過一陣肥皂香氣。那次之後，我提早了睡覺的時間。

　　新聞播出碼頭罷工的最新消息。我關上電視回到房間，找回那些保存得完好的剪報。二零零七年，紥鐵工潮歷時三十六日，最終以調整日薪及限定八小時工時作結。當時是我的小學畢業暑假，工潮令全家都很團結，我被熱血氣氛感染也忘了升中學的緊張。那時候，我爸也有參與罷工，於是我很積極地蒐集報紙雜誌的報導。因為家裡每天只會買一份報紙，所以我把有關的報導全都剪下來。當時抱著留念的心態，其實也不知要紀念些甚麼。

　　到了罷工中期，不知是哪位別具慧眼的記者，訪問到我爸曾經最低日薪只有五百六十，而且得知他目睹過一位從樓面失足墜地身亡的紥鐵工，於是眾多傳媒紛紛找他做訪問。一下子，我變得十分忙碌，家裡也破例一天買兩份報紙。那時候我看字還很慢，但會很用心地把每一段相關報導細細閱讀數遍。

「出事就一條人命，無得走。」這是其中一份報紙的副標題。因為這句隨意的口頭禪，我頓時覺得他就像英雄一樣，膨拜的自豪感快要把我撐破，也把我升不上心儀中學的陰霾一掃而空。

工潮結束後，我心急把這本厚厚的剪貼簿遞給他看，他拿起翻了幾下，然後說：「嗯，我待會兒才看。」當時我氣瘋了，心想，嗯甚麼嗯？於是賭氣決定以後也不給他看。而他至今也一直沒有看過。

最近碼頭工潮讓我想起那件事，我問他要不要看那時的剪報，他竟然驚訝地說：「還在嗎，不是吧？」

「又不是甚麼威風史，留來幹甚麼？」他這樣說，也還是沒有拿去看。

對我來說，那次罷工讓我爸可以早一點回家，也讓我早早就把工作這種大人的事情看得很清楚。我想總有一天，我會告訴他這些回憶對我的人生是多麼重要。

當人的身體疲累，對甚麼生活甚麼前途的人生思考就會變得遲鈍，當吃飯、搭地鐵的時間愈來愈空白，人的心靈反而能平靜下來。

此刻我連平衡也感到費力，於是懶理大嬸的鄙視目光，搶了個座位讓雙腳休息一下。近日我為了好好應付英文口試，每天下班後都關在房間練發音，也不停看些純正英國腔的電影，沒想到這些準備加上白天的工作會讓我如此乏力。剛剛在考場中的表現我自覺還可以，應該會有不錯的成績。

很久沒試過回到家依然有如此明媚的陽光。我心情很

好地收拾房子，把地板拖了數次，把玻璃窗抹得反光，然而，面積不大的家本來就沒甚麼好收拾，於是眨眼就做完家務了。

我家有一張藤沙發，前面有一個風格完全不搭的白色茶几。小時候對藤沙發非常不滿，長大了卻感覺它比我還要老，於是便開始愛惜它。也是看見藤椅已經多處刮花了，所以才會心疼地開始保養它。

我爸也有類似的疤痕。他臉上有一道很明顯的兩厘米疤痕，在他右邊觀骨位置，說是開鐵時鋼筋回彈弄傷的。「打過來時那力度大得我暈了一下，然後手往臉上一摸，見到血人才開始感到痛。」有一年過節，他喝得微醺跟伯父他們說起我才知道的。當時我立即想到，要是鋼筋彈到眼睛的話實在太可怕了。我再仔細一點看他的手臂，那些從小到大看慣了的深深淺淺疤痕，我猜是被鐵枝燙傷割傷留下的。

當時我暗自吃驚，工作需要如此吃苦，不知我將來是否捱得住？

原來是不會捱不住的，社會上大部分工作都不需要如此危險和費力，甚至，不需要如此拼命，例如我現在的工作。

窗外的晾衣杆掛滿了剛洗完的衣服，剛剛好遮蓋了那骯髒馬路和灰黑色的商場頂部，只露出了天空的部分。樓上好像開了冷氣，滴滴答答的冷氣機滴水幾乎令我發瘋，我趕忙把衣服挪到一邊，避開那滴水的位置。

我家有個長方形的金魚缸，裡面的金魚換了好幾次，

直至我暗自替牠們改了名字，叫「長壽」、「長命」和「長生」，牠們就真的乖乖的生存了一年多至今。

門鈴響了，我邊開門邊問：「有無排骨煲？」

「成條巷都知你要食排骨煲啦老細。」他舉起塑料袋説。

電話裡他告訴我今晚在家煮飯，我問為甚麼，他説：「明天放假，唔煮飯做咩呀！」

為此，我考完口試後還特地去一趟超級市場，買了一小包米回來。雖然事隔數年，但我猜到他忘了家裡的米缸自此一直空著。

吃飯時，他問：「最後一科考得怎樣？」我説：「普普通通。」

他再問：「那放榜後有甚麼打算？」

不是説了不再讀書嗎？我還想這樣回答，但説到唇邊又變了個樣子：「總之不再讀書。」

他起身去開電視，回來時手裡握著遙控。他説：「甚麼也好，再讀讀看吧，一邊讀一邊想想出來要幹甚麼。」

我夾起排骨，本來想爭辯的情緒突然被消化：「到時候才算吧。」

他把吐出的骨放在鋪好的報紙上，然後看著電視説：「讀得書多，你不用自己去試的，看看書、上上網你就可以掌握到這個社會是甚麼樣子。……你還未知道自己想做甚麼，急著出來工作也沒用。」

我不答話，默默清光了排骨煲。

後來，碼頭工潮結束，後續的輿論連續了一星期。天

氣愈來愈熱，這年香港第一個颱風叫「貝碧嘉」。泳詩已經辭職了，而我還未過試用期就得獨當一面，工作卻更悶更無聊。文叔還是繼續在酷熱天氣警告下工作，地盤工人也跟我愈來愈稔熟。青協網站上的打氣句子是「做最好的準備，作最壞的打算」。

然後我的公開考試成績也放榜了，比我預期差一點，但卻連失望也說不上。伴著傾盆大雨，我爸放工回家時拿著一堆學友社派發的小冊子，還有毅進課程的厚厚簡介，另外還夾著一堆車站派發的單張，甚麼海外留學，甚麼明星加油站等等。

他把那堆東西放在茶几上，我沒有甚麼想說，只打了個電話叫外賣。

外賣來到，我把報紙鋪在桌上，他還在廁所抽菸。我也不能解釋，為甚麼不肯說出自己想去無國界做義工的打算。還未想好該怎麼交代，他就從廁所出來，樣子好像想通了甚麼似的坐下來，然後用從沒有過的認真眼神對我說：「成績考出來是自己的，別人怎麼看也不重要，你知道自己不擅長甚麼，將來就可以避開它。做甚麼也好，不是要做給別人看的，但至少自己要認同自己所做的事，要做一樣多辛苦也認為是值得的事，投入下去，這樣你走到那裡都不輸別人。」

我死盯著魚缸裡的長生和長壽互相追逐，用力聽進每一個字而不掉下一滴眼淚。

我很害怕，怕掉下眼淚讓他誤會，誤會我是軟弱不堪一擊的人，誤會我不喜歡聽他這番話，誤會我被他的說話

打擊了。

於是我點點頭，然後逕自打開飯盒，把一半飯撥到另一個飯盒。

許多事情都有一道門，看得多用心也好，原來還是會看不清楚。

我打電話，通知公司我會七天後辭職，對方口吻有點激動，說我太遲通知，然後又一轉語氣關心我的成績，叫我再考慮繼續做下去。

還在懵然不知地倔強的時候，會有一個很意外的瞬間，門就被打開了，還在驚嘆感恩之中，就被門裡的真相給吸引過去，然後感覺自己這次真的成長了。雖然門裡還有不知多少道門，但會漸漸學到如何耐心一點、善意一點去等待。

「亞妹，麻煩你，幫我睇睇有無入錯，唉，人老了看個字也比人慢。」肥佬快手摘下老花眼鏡，好像再遲一秒就會暈倒似的。

「嗯，無錯。」我把手機和電話簿遞還給他。

連日雨天後，這時吹來的風充滿了新鮮濃郁的氧氣。我故意走慢一點，跟在他們後面，享受放飯時間的輕鬆。

他們也沒有刻意走在一旁，在繁忙的午飯時間，六個高大男人佔據了天橋的大部分位置。他們腰板挺直，聊天時中氣十足；走過身邊的白領小姐眉飛色舞地掩嘴談笑；戴著免提聽筒的傭人開懷咧嘴；派傳單的中年精神奕奕……我開始記不起以前執著得很的一些想法，和似是而非的信念。

堅持一份自己很不擅長的工作，自以為這樣最自由最清晰，暗自反抗又被不甘心牢牢困住，就像絕望的逃犯一樣。

　　我打算今晚告訴文叔，要報讀副學士的語文課程，主修英文。

　　「要五萬多啊，你資助我一半吧。」我會這樣說。

　　渺小得只能容納現實和自己的世界裡，其實也只有時間，是我們共同擁有的。副學士也好，博士也好，或者會甘於平凡，又或者圓滑幹練，在時間的洗練中，只要能找到屬於自己的一種存在方式，不需要分享，不需要認同，我們也總能凝聚出相同的生存價值，然後優雅出色地游刃其中。即使在金錢的量化之下，甚麼地位甚麼階級也好，都不能擊敗如此穩固堅硬的生存方式。

　　「亞妹！我去入數，你同我叫個三寶飯可樂，唔該！」肥佬在地鐵站出口處，轉頭向我大叫。

　　「無問題！」我揚手大聲應道，順道瞄一眼就在他旁邊的報紙檔大嬸。她手拿一個文記三寶飯飯盒，一邊啜飲著罐裝可樂，一邊神色怪異地跟我對望。

　　我希望，將來可以像他們一樣，以自信從容的姿態，屹立於又大又銳利的社會上，用時間平衡出一種與地位和階級匹敵的生存份量。

題目：地下的教堂

作者：【台灣】邱宗瀚

窯子

喜多還以為喝了幾杯兄弟推薦的狗鞭酒，再徹底地在山泉下面洗了個提神澡，今天應該就可以撐滿一節才對。沒想到胸膛的汗水還來不及匯流滴落，下面的小弟弟就已經洩出來了，這下子真是讓他有夠漏氣。

「不要緊啦，雖然沒倘爽啊，也是可以躺著開講啊。」彩霞躺在喜多的下面，兩條腿順從地打開。可惜上面的人已經沒辦法再推進了。

「這樣……實在真見笑欸！」喜多一個翻身倒在彩霞的身旁，竟然連呼吸都還很平順，讓他更加地懊惱，「白費我今天還準備妥當要來爽一下說，哪會這麼快就去啊？」

「不要緊啦，反正你也已經爽二十幾年啊，後半世人放較輕鬆一些也不錯啊？這樣也較不會馬上風，還可以讓你多爽幾年哩！」彩霞用細軟的語調安撫沮喪的喜多。

喜多仰躺著，望著蒼白的天花板，突然想起了甚麼。

「彩霞，妳也已經四十多歲啊，還要繼續做這嗎？不會想要找一個人好好過日子喔？」喜多探問躺在他臂彎裡的彩霞，一邊用手指理順她凌亂的鬢髮，數著她眼角若隱若現的

尾紋。

「你是在三八喔？我都四十幾呀，還在做這款工作，還要養一個連老爸是誰也不知的查某仔，是有甚麼人會要呀？」彩霞用力擰了一下喜多的乳頭，但是仍然安穩地躺在他的臂彎裡。

她的心裡很清楚，現在這樣就應該要知足了，如果還要更多，那就是罪過了。

喜多握住彩霞的手，輕輕地搓揉著。彩霞雖然這麼說，但是喜多卻不這樣想，他反而覺得這個女人的命實在太苦了，打從他十五歲跟著老爸進礦坑做工，他就已經看到自己的阿叔阿伯在點她的枱了。但是那個時候的她啊，雖然比喜多還要高出一個頭，但是聽那個花大把銀子買她開苞的二伯得意地說：「那丫頭今年才十六啊，真嫩！真嫩！」

可是再嬌嫩的女人，也經不起這二十幾年來被他們這些礦工給蹂躪的折磨。就連她挺個大肚子的時候，都還有慾求不滿的男人，硬是跑去她店裡拍桌叫囂，非要彩霞出來接客不可。但是就算那個老鴇再貪錢，這樣糟蹋姑娘的事，她還真是答應不下去，可是同樣身為女人，她又能奈何得了甚麼呢？她仍舊只能陪著笑臉，把彩霞和恩客給推進房裡去而已。聽到那一聲聲的哀嚎，擺明是肚子裡的孩子也在折磨自己的母親。

做老鴇的也不是沒有逼彩霞拿過孩子，只是想不到要她拿孩子，竟然比要她挺個快臨盆的肚子接客還要她的命，讓她硬是抓了支尖柄的梳子，抵住自己的喉嚨，前來押人的馬伕不過是向前踏了一步，那支梳子馬上見了血，而彩霞的眼珠子還惡狠狠地瞪著所有的人。老鴇百般無奈，上前勸她這是何苦？連老爸是誰都不知道的孩子，生下來又能如何？但

彩霞就是不依，還不斷張著滲血的嘴巴厲聲喊道：「孩子是我的命！誰敢動他我就跟誰拼命！」

最後，老鴇終究讓她把孩子給生下來了，還破天荒地親手燉了一碗麻油雞湯來給她補補身子。只是月子都還做不到一半，彩霞的恩客終究還是等不及了，一個接著一個排在店門外，光一個晚上，就讓她做了十節的生意……彩霞的腿，從此再也合不攏了。

不過，彩霞還是靠著這些用皮肉賺來的苦命錢，買了嬰兒床、買了棉布衣褲、買了尿片奶瓶，還把孩子安放在自己的床鋪旁邊，趁著空檔唱幾首兒歌給她聽。而且，除了恩客的粗喘和床鋪的搖晃聲之外，彩霞也盡量不讓自己發出聲音，以免吵醒了剛剛睡下的寶寶。

小寶寶是個可愛的女孩，而彩霞自己為她取了個名字，叫做女英。因為沒有人知道她的父親是誰，所以報戶口的時候就跟了母親的姓，叫做張女英。

過了好多年，女英也在窯子裡面漸漸長大了。讀小學的她，還不知道母親每天都躺在床上做甚麼；讀國中的她，從那些臭男生的口中聽說，母親是在賣肉的；讀高中的她，終於有了自己的房間，卻一回家就把自己鎖在裡面，因為她已經知道母親和那些男人躺在床上在幹甚麼了。直到她去台北讀大學之後，終於連一通電話都沒有打回來了。

彩霞知道，在女兒的心中，她是骯髒的。但是她仍然每個月攢足了女兒的生活費寄去台北，每一學期開學以前，也一定會把幾萬塊的學費給繳清，就算是做到私處潰爛了，她也絕對不要讓自己再丟女兒的臉。

這些喜多都看在眼裡，從小到大都看在眼裡。但是他的嘴笨，不懂得怎麼安慰人，所以只能在每個月領錢的時

候，先扣掉自己生活上的必要花費，再分成好幾次拿去給彩霞——用買春的名義。

但是大多數的時候，喜多並不想做這檔事，所以就只是靜靜地躺在彩霞的身旁，等時間到了，再把錢塞給她。

在走出房門的時候，喜多常常會和下一個性致勃勃的客人擦身而過，但是他不介意，他只要看見彩霞滿臉笑容地把錢塞進鐵盒裡面，就覺得很滿足了。

彩霞不是不知道喜多的心意，但是她也有她的苦衷。而且，就算喜多不嫌棄，彩霞也覺得自己已經臭了、爛了，又怎麼配得上他呢？

有人說遲暮之愛再沒有那些家庭或名分的包袱，也沒有那些年輕時的懵懂和困惑，一切都可以很簡單、很平淡地看待。兩個年近半百的人，難得在日復一日的生活中有了交集，又有了那麼一點情分，應該就足夠讓他們牽手走完人生最後的一段路了吧？畢竟，人老了，是最怕寂寞的不是嗎？

但是一晃眼多少歲月過去了，誰是誰？誰又曾經做了甚麼？那都是揮不去也抹不掉的。於是，這人生的足跡，便烙成了心底最深沉無解的污點，任憑兩個人再怎麼有心洗刷，也洗不去、蓋不掉。就像臉上的一顆或黑或紫或帶一撮毛的黑痣，足以點出一口幽深的老井，無論井外汩汩的山泉再怎麼想浸潤、澆灌，終究也只是徒勞一場。

喜多明白，所以他總是像這樣隨口問問而已。可惜，礦工是最頑固的一種人，他們總會說：「只要我繼續挖下去，誰敢說我不會挖到煤礦啊？」所以，他也已經打定主意繼續若有似無地問下去，反正一輩子也不長，對礦工而言更是短得像一次打炮一樣。抱持著一點點希望總是好的，再說如果不是最樂觀的傻子，又有誰會來挖礦呢？

不過，這陣子倒是有一件令礦工們倍感驕傲的事情就要完工了，而且到目前為止，都還沒讓九堆村的其他村民看過，只等完工的那一天，給村裡的人一個大大的驚喜。那時候會有一個盛大的落成典禮，喜多想邀請彩霞一起過來看看。雖然只是從一個洞穴走到另一個洞穴，但是兩者之間絕對天差地遠，絕對值得彩霞起個大早過來看看的。

在計時鐘響起的那一刻，彩霞輕輕地咳了一聲，臉上勉強擠出一絲笑容，讓喜多知道，她會盡量到場。

喜多得到她的答覆之後，照例從口袋中把錢給掏出來攤平，再交到彩霞的手上。

在喜多離開之前，彩霞望著他的背影說：「憨大呆，你下個月領薪水的時候，就免再拿來給我啊，自己留著當老本吧，我們的年紀都不少啊，你可是沒有嬰仔倘飼你喔。」

喜多笑笑地說知道，便轉頭離開了。

House

因為身上那件俏粉色的比基尼，女英才得以和另外兩名室友一同甩開那長長的排隊人龍和發情的蒼蠅，直接走進台北最知名的舞廳——House。

她們在霓虹閃爍的舞池裡恣意扭動身體，享受這一夜的快活，但是在這之前，女英可是壓根沒聽過「舞廳」這種東西，甚至一度以為室友說的就是媽媽店裡的那種樣子：在昏暗的燈光下，一群中年男人和打扮俗豔的女人坐在一起，彼此喝酒、划拳或是唱卡拉 OK，然後在酒酣耳熱之後，男人們便鑽進了小姐各自專屬的小房間裡，開始另一輪更私密的狂歡。

正因為曾經有過如此糟糕的印象，所以女英一開始便拒絕了室友們的邀請，但是後來實在拗不過她們的苦苦哀求，才終於在她們的慫恿下一起精心打扮了起來。不管是睫毛膏、口紅、香水還是指甲油，只要是女英沒有的，其他人都會慷慨分享，並且互相妝扮，至於三點式的比基尼，則是今晚主題之夜的「制服」。這讓女英不由得慶幸自己有鼓起勇氣買下那件粉紅色的泳衣，雖然到最後能露的都露了，她喜歡的男生卻還是和先跟他上床的同班同學在一起，但是至少她還保有爭取第二次機會的入場券，而這一次，她絕對不會讓自己再輸給任何人了。

　　「妳看！我說的沒錯吧？很好玩的！」室友若琳站在舞池的中央，扭動她誘人的豐臀。

　　除了女英之外，在舞池的另一端也有一群男生注意到若琳了。而女英也注意到他們，遂讓自己的舞姿稍稍收斂一些，但是視線仍然不安分地瞟向那群男生身上。她發現其中有一個還滿帥的。

　　「妳怎麼啦？放開一點嘛！幹嘛這麼害羞？妳看我示範給妳看喔！」另一個室友佳佳，話一說完，馬上秀出了一段下腰 M 字腿的高難度動作，瞬間吸引了周圍所有男人的目光，而他們的舞伴則回以嫉妒的眼神。

　　正當女英不知如何是好的時候，那群男生走過來了。帶頭的那一個，想必是被剛剛的 M 字腿給勾住了，一來就先找上了佳佳。但是讓女英感到失落的不是這個，而是她覺得很帥的那個男生，只有禮貌地看她一眼，便走向若琳，而最後一個看起來一臉宅樣的男生，卻在這個時候走過來向她搭訕。

　　女英本來想向她的室友求救的，沒想到她們卻各自聊得十分盡興，甚至兩兩對舞了起來，完全沒有注意到她現在的

窘境和無助。

　　女英無奈看著眼前這位正在跟她聊動漫的宅男，也只能點點頭表示禮貌，卻始終無法抑制住想要轉身走人的衝動。就在這苦悶的當下，她突然靈機一動，便開始佯裝跳舞，然後慢慢地挪到那個很帥的男生旁邊，接著在一個適當的拍點，一把將那個男生給勾了過去，並且對滿臉錯愕的若琳說：「交換舞伴囉！」

　　而若琳順著女英手指的方向看去，卻只看到另一個和她一樣錯愕的矮子站在原地，讓她當場氣得走回吧枱座位上，點了一杯藍色情挑大口嚥下。

　　女英看見若琳憤憤不平的樣子，也只能在心裡跟她說聲抱歉，畢竟這一次她真的學乖了，如果是自己喜歡的對象，就算是自己的室友也不能退讓，否則好男人又怎麼會輪得到自己呢？她今天可要徹底發揮身上這件「戰衣」的威力，非把眼前這個男人給征服不可！

　　結果，在一段摟腰勾頸的求愛舞蹈之後，男生終於開口了。

　　「要不要跟我出去，找更多樂子？」

　　「出去？去哪？」女英突然退縮了起來，卻也有勝利的快感。

　　「相信我，我們去一個很漂亮的地方。」男生用十分誠懇的語氣提出邀請。

　　女英答應了。她用手勢向佳佳和若琳示意，不過若琳當然沒有理會。

　　兩個人走出了舞廳，女英坐上那個男生的機車，一路往郊區騎去。那個男生在路上又買了幾罐啤酒，還問女英喜歡吃甚麼點心。

直到車子停在一處只有路燈的山路邊上，男生才轉過頭來告訴她：「就快到了，這可是我的私家景點喔！」

　　接著，那個男生便牽起女英的手，開始登上一級又一級的石階，往山的更深處走去。此時，女英突然想到自己連他的名字都還不知道，也不知道他是做甚麼的，只知道他的年紀看起來和自己差不多大，而且感覺也還算可靠而已。那麼自己現在這樣糊裡糊塗地跟著他跑到這種荒郊野外，會不會太冒險了一點？

　　「我……還不知道你的名字耶。」女英在後頭問。

　　「我嗎？叫我小東就可以了。」他只有簡短地回答，而且沒有打算再多說甚麼。

　　「小東也還在讀書嗎？」

　　「就是前面了！看到了嗎？」小東大聲歡呼。

　　女英也看見了。一大片草地在眼前鋪開，而草地的盡頭是滿眼璀璨的星光。

　　「這是我看過最美的夜景喔！怎麼樣？不錯吧？」小東的語氣聽起來非常得意。

　　「很、很漂亮。」女英感覺自己好像暫時屏住了呼吸。

　　「來，我們坐這裡。」小東牽著女英，走到沒有樹葉遮蔽的開闊處。

　　「而且妳只要躺下來，就會看見另一片星海喔。」小東慢慢地讓女英躺下，然後自己托著頭躺在她的旁邊，端詳著她的臉龐。

　　「真的好美喔……你是怎麼發現這裡的？」女英輕聲地問。

　　「我有一次啊，覺得心情很煩、很暴躁，就一個人騎著機車四處亂兜，但是在城市裡面兜風只會更煩，所以

我就一路騎到這裡來了……會找到這裡純粹是運氣，總覺得有一股力量在牽引著我，讓我找到這裡，然後得到平靜。」

「是發生甚麼事情嗎？」女英接著問。

「事情啊……」小東想了一下，「因為我媽媽去世了。」

「去世了？」女英的心裡抽痛了一下，她突然想到自己已經很久沒有媽媽的消息了，只知道她如果還有匯錢來，就代表她還活著。還能接客。

女英察覺到自己心底的罪惡感，隨即用力地把它甩開。

「怎麼了嗎？」小東看見女英一直在搖頭，以為自己說錯了甚麼話。

「沒事，只是想起自己的媽媽……很抱歉讓你回想起難過的事情。」

「呃……不會啦，那我們再來喝酒吧，還有妳想吃的鱈魚香絲。」小東遞給她一罐啤酒。

女英覺得自己已經有點醉了，但還是客氣地接過那罐啤酒，捧在手心慢慢地啜飲。

兩個人或坐或躺，在兩片星光之間聊些無關緊要的話題，不提過去，不提未來，只提現在的逍遙和快活，只提喜歡的音樂和餐廳。想笑的時候就盡情地大笑，如果啤酒灑出來了，就讓它一點一滴地滲入泥土和身上的衣服，留下一點略帶苦澀的污漬。

只是手中的啤酒還沒喝完，女英卻已經醉倒了。在雙眼迷濛的星辰之間，她感覺到小東的手指輕撥著她的髮梢，然後滑過臉頰、嘴唇，再掠過下巴、頸肩，一直到褪下她身上那一件細肩帶的比基尼。女英想要阻止他，卻已經使不上力氣了……

清晨，女英在鳥鳴聲中驚醒。

她發現自己身上的衣服全被褪下，緊接著是從下腹部傳來的一陣陣撕裂的痛楚，而那乾涸在私處之間的乳白色汁液，則讓她陷入完全的崩潰，無法抑制地尖叫、痛哭。

女英一個人失魂落魄地回到宿舍，心裡唯一的念頭，是趕快衝進浴室去洗掉這一身的污穢。她覺得自己好髒、好髒！就跟自己的媽媽一樣！

但是當女英走進房間，卻發現室友們都用更驚恐的眼神看著她。

「妳昨天去哪裡了？……妳知道我們昨晚碰到的那三個男生，是西斯板上出名的撿屍三人組嗎？」若琳非常小心卻字字清晰地說出她的調查結果。現在的她早已不再嫉妒女英，反而十分慶幸自己逃過了一劫。

女英忘記自己在那個當下說了甚麼，也許，是一聲淒厲而絕望的尖叫吧。

地下

這一天，礦坑外張燈結綵，鑼鼓喧天。一來是要慶祝巴利斯神父來台三十週年，二來則是地下教堂的盛大落成典禮，所以今天才會一反常態，這樣熱熱鬧鬧，歡天喜地。

巴利斯神父是一位遠從義大利來的傳教士，雖然當地已經有自己的媽祖婆和土地公的信仰了，但是巴利斯神父卻還是帶來了耶穌的博愛和西方的醫療技術，而且人無分山地、平地，病無分小兒、牙科，全都在巴利斯神父和一班修女們的悉心照料下恢復了健康。因此，九堆村原來的廟宇就在

這樣的過程中漸漸荒廢了，而巴利斯神父自行搭建的破寮子外，卻聚集了越來越多的病患。後來，有的人除了來看病，還會請神父跟他們講講甚麼是耶穌；有的人則會向神父討一支十字架或是一本聖經，好拿回家裡去供奉。到最後，幾乎整個村子裡的人，都來過神父的寮子前面，讓他用一盆祝福過的清水施洗，而成為一名正式的基督徒。

　　但是真正讓那群脾氣硬得跟石頭一樣的礦工改宗的原因，卻不是那些無私又神奇的醫療服務，而是一次重大的礦區意外。那一次，礦工們拜了好幾代的土地公沒能庇護礦場的安全，但是一個連從哪裡來都不知道的外國人，卻願意冒著生命危險爬進崩塌的礦坑，把受傷的礦工一個一個給拖出來，還花了一個多月的時間，幾乎不眠不休地照顧他們，這才真正讓那群礦工感激涕零，皈依基督。

　　於是，暴增的病患和信徒，讓那間殘破不堪的「工寮」再也不堪負荷，眾人便開了一場村民大會來討論，看是要在哪裡蓋一間足以容納所有人的教堂和醫院。有的人提議把媽祖廟給拆掉改建，但是被部分村民以「不忘本」為理由給否決了；有的人提議到比較偏遠但是開闊的荒地上蓋教堂，但是也被一些村民以「往來不便」為考量給推翻了。就在眾人拿不定主意的時候，礦場的領班突然自告奮勇，向所有的村民提議，讓他們全體的礦工兄弟們在地底下打造一座教堂，來答謝巴利斯神父那時候的救命恩情，而且他們可以就地取材，不需要再花費額外的錢來採買建材。再說，如果他們成功的話，九堆村可就成了全台灣唯一一個有地下教堂的村落了，說不定到時候還能促進當地的觀光也說不定喔！至於部分村民質疑的醫院位址，領班則表示當然不會蓋在地底下，只要把隔壁已經廢棄的礦坑填掉，就會有一片現成的空地可

以興建了。

於是，一座為了禮神與感恩的教堂，就在全體村民鼓掌通過之後，既盛大又隱密地動工了。之所以盛大，是因為不只有礦工要報恩，幾乎所有的村民都想透過參與興建教堂的工程，來回報巴利斯神父和修女們的醫治恩情。所以女人們都來幫忙為礦工們炊煮三餐，而小孩子除了上學，玩耍的時間也全都取消，統統過來礦坑口幫忙搬運一桶桶的碎石和廢棄物。不過孩子們似乎都不覺得辛苦，反而還覺得在坑口附近幫忙是一件很刺激又好玩的遊戲。

至於為甚麼會隱密呢？那是因為整個工程都藏在地下數百公尺的地方，除了最資深幹練的礦工，誰都無法穿過那些陰暗濕熱又錯綜複雜的坑道，找到那座由最底層的工人們所打造的神聖殿堂。

這也就是為甚麼當教堂終於落成，所有的村民都願意放下手邊的工作，一同前來參加這場盛大的典禮的原因。他們渴望能在礦工的帶領下，搭上台車進入那幽深的隧道，瞻仰那一座集眾人之力所搭建起來的地下教堂。

喜多此刻還在為他親手刻出來的石像做最後的修補，深怕有哪個地方的皺褶不夠自然，或是擔心不夠光滑的石像表面，會刮傷村民的皮肉。看他那一副戰戰兢兢的樣子，連他的兄弟們看了都忍不住想笑。

終於，第一列載運村民的台車緩緩地開到了教堂的入口，而首先迎接村民到來的，竟然是一座高約三公尺的石柱拱門。按照領班兼導覽轉述巴利斯神父的說法：「這就叫做『古典主義』啦！」

一行人穿過拱門進到教堂，只見兩旁的牆壁上雕刻了好幾尊姿態各異的石像，而中央則是兩排整齊對稱的石造長

椅；順著長椅延伸的方向望去，是一面高聳又寬闊的立壁，足足有三層樓的高度，就這麼矗立在本該狹窄窒礙的礦坑裡；牆壁上還雕刻了一座耶穌在十字架上受難的塑像，而祂那哀戚肅穆的神情，連小孩子看了都會不由自主地安靜下來。寬敞的空間裡迴盪著此起彼落的讚嘆聲，因為所有人都不敢相信，在如此陰暗的地底下，竟然能建造出如此壯觀的教堂，而且還是由一群總是滿臉煤灰、渾身髒污的礦工一斧一鑿地雕刻出來的。

領班看見村民們臉上驚訝又佩服的表情，感到非常地驕傲，便接著向村民介紹：「巴利斯神父有說過，外國的教堂都是靠代表上帝的日頭，照在彩色的玻璃上面，發出七彩的光芒。但是阮礦工蓋的教堂不是。因為日頭再美，也不是阮的；阮只有黑暗，還有阮靠氣力、拼性命挖出來的黑金！所以啊，阮是靠自己的力量，為這間教堂點上一盞又一盞的煤燈，為阮自己也為你們所有的人，帶來溫暖的光明和上帝的福氣啦！歡迎大家時常來這走走看看喔！」

村民們聽完領班的介紹，才突然意識到自己身在數百公尺的地下世界裡，再耀眼的陽光也照不進這片無邊無際的黑暗。但是身邊這一盞盞礦工們費心裝設的煤燈，卻為這片黑暗帶來了柔和又溫暖的光亮，照耀在四周的聖靈和天使的臉上，彷彿每一張靜止的笑容都暈了開來，漫溢到村民們的眉梢和心頭上。這麼讓人安心又平靜的感覺，是九堆村前所未有的。

在這寧靜的時刻，村民們全都沉浸在這片祥和的氛圍之中，有的人閉上眼睛，傾聽洞穴裡幽遠的回音；有的人坐在冰涼的石椅上，遙望牆上無聲的救贖；有的人仰著小小的臉龐，認出牆上的浮雕，原來是自己的鄰居或玩伴。當然，

也有那麼一兩位村民，像彩霞一樣，淚流滿面地跪在耶穌的面前。

當喜多終於放下了他精心雕琢的石像，轉過頭來，卻發現了自己永遠放不下的彩霞。他難掩內心的激動和緊張，因為她真的來了！

喜多悄悄走到彩霞的身旁，和她一起跪在祭壇的前面。在感謝彩霞的捧場之前，他先雙手合十，感謝上帝的靈顯與成全。

「彩霞，妳真正來囉？」喜多的口氣，彷彿眼前的人只是一場美夢。

「廢話，」彩霞發現了喜多，趕緊抹掉臉上的淚水，「我的人客都跑來這裡了，我當然也只能把門關一關，過來看看啊。」

「歹謝啦，讓妳沒法做生意⋯⋯」喜多因此愧疚了起來，也許是想到了女英這學期的註冊費，而沒有聽出那只是彩霞一句無心的玩笑話。

彩霞噗哧一聲，不得不佩服眼前的這個男人，真的是憨得可愛。

「這裡的所有東西都是你們刻出來的喔？」彩霞此刻是真誠的欽佩。

她隨意環顧了一下四周，突然發現在右邊的牆壁上，有一尊女天使的雕像，而且那個樣子根本就跟她是同一個模子刻出來的，只不過穿著一件又像浴袍又像窗簾布的衣服，背後還長出了一雙像鵝一樣的大翅膀。

彩霞當場驚訝得說不出話來，只能緩緩地起身，然後不自覺地被吸引過去。

彩霞近看的時候更加驚訝，因為在她眼前的明明只是一

尊普通的石像，但是在煤燈的照耀之下，卻彷彿變成了璀璨的水晶或是上了釉的瓷器，而稍稍觸摸那石像衣服的皺褶，感覺竟然比真絲的質地還要細緻光滑。

「這……是誰刻的啊？」彩霞轉過頭去問喜多，嘴巴還因為太過驚訝而沒能闔上。

喜多搔著自己光禿又粗硬的後腦勺，很不好意思地說：「是我刻的啦……有像妳嗎？」

彩霞的臉上突然浮現了一抹久違的羞澀。

喜多記得，他最後一次看見彩霞那雙害羞的眼睛，是在他們倆讀國中的時候。那時喜多瞞著媽媽，偷偷包了一尾肥鯽魚送給彩霞，雖然後來被媽媽打個半死，但是他現在卻連作夢都還會偷笑。

「有像，你刻得很好。」彩霞用淡淡的微笑來表達內心最真誠的恭維。

喜多和彩霞站在一塊兒，望著眼前那尊女天使的雕像。喜多心裡想的是，自己原本是想把她刻成聖母瑪利亞的，但是巴利斯神父說：「聖母是處女懷胎，是貞潔的象徵。」所以，為了不冒犯到巴利斯神父和其他村民的信仰寄託，喜多才決定把她改刻成天使的模樣。現在，看到彩霞滿臉喜悅的樣子，讓喜多覺得這樣應該也算不錯吧。

至少，在那尊石像的身上，喜多好像也看見了彩霞飛離苦海的可能。

還有一個問題，已經藏在喜多的心裡很久了，他決定趁這個時候問看看。

「彩霞啊，妳會恨我和其他查埔人嗎？」

「恨怎們？為甚麼？」彩霞一臉疑惑地看著喜多。

「因為是阮……害妳今天變成這樣的啊。」

「我？我很好啊，而且就算沒有恁們，我也是會被我老爸賣去外地做雞。在這裡喔，至少大家都是老厝邊，沒有那些甚麼牛鬼蛇神、刺龍刺鳳的，一下子要綁繩子，一下子又要用皮帶，聽我那些小妹子講，那些外地人真的有夠變態欸！」

喜多聽到彩霞這樣的回答，一時之間也傻住了，不知道該跟她說甚麼才好，反倒是彩霞還接著跟他說：「其實喔，我很感謝有恁們的照顧，雖然恁有時候真的太猴急了，但是都很疼惜我，讓我免煩擾吃穿，還送給我一個這麼聰明的查某仔。恁們就親像伊的老爸同款，也親像我的丈夫同款，我已經很感謝啊……我剛才還在向上帝講，講我心內的歡喜和感恩欸！」

喜多看著彩霞，原本不安的心情也平復下來了。他牽起彩霞的手，放在自己的掌心揉著，慢慢地說：「若是講……我想要做女英唯一的老爸，也想要做妳唯一的丈夫，妳會答應嗎？」

彩霞一聽，立刻把自己的手給抽了回來。

「我已經和你講過，我這世人很滿足啊，沒需要再去和甚麼人做伙！……你的好意，我已經很感謝啊。」

彩霞看著喜多失落的神情，心裡雖然不捨，卻也只能讓自己慢慢地後退，然後轉過身去，隱沒在教堂外無邊的黑暗之中。

喜多愣在原地，望著彩霞離去的背影，再轉頭看看那尊化身天使的彩霞。

無論是天使還是上帝，都沒能讓彩霞脫離苦海；而喜多懷著虔誠的心意所刻出來的天使，也沒能挽救他跌落深淵的愛情。

城市

那一夜，女英從一個懵懂的女孩，變成了一個世故的女人。並且堅強到足以一個人躺上那張設計怪異的診療台上，兩腿再次向另一位素未謀面的男人張開，任憑他用各種根本叫不出名字的器材，伸入她那仍然稚嫩而敏感的私處。一陣劇烈又無力的痛楚，讓她連哀嚎都忘記了。

一管又一管的血水從子宮裡慢慢抽出，彷彿也抽走了她的精魂，抽走了她對這個世界的信任，抽走了她青春年華的純真。最後，再把沾黏著或許是胚胎的肉屑，從子宮內壁上給刮除乾淨。

永別了，貞潔的處子，用最不堪的方式。

女英搖搖晃晃地走出診所，刺眼的陽光隨即毫不留情地檢視她冷酷的決定。

「是啊，」女英用手遮擋那道質問的光線，「我拿掉了。」

不拿掉？難道要生下色魔的寶寶嗎？像她的媽媽那樣嗎？

女英一想到媽媽，還有媽媽拼死保住的自己，突然愣住了。這算甚麼呢？是報應還是教訓？老天爺純粹是想開她玩笑？還是想暗示她甚麼？又或者是以祂那無上主宰的姿態，操弄著女英卑賤的命運，嘲笑她看不起自己的媽媽，結果卻比自己的媽媽還不如嗎？

一點都不好笑。

人車嘈雜，一聲聲灌入女英早已衰弱的聽覺神經，她感覺耳邊始終有一陣陣淒厲的尖叫聲在穿刺著她的耳膜，讓她幾乎徘徊在崩潰的邊緣，一度想製造出更尖銳的煞車

聲，來終結這荒謬的一切。

　　這座城市真的好大好大，把回家的路給拉得好長好長。

　　回家？那個是家嗎？不是，那只是暫時棲身的宿舍。還是那個家呢？更不是，那是那個骯髒女人接客用的破寮子。女英仍然不打算改變自己從小到大的看法，所以現在的她按她的標準來看，是一個無家可歸的孩子。

　　如果真的要回去，就回那個只剩下同情和嘲諷的女人國吧。只是，她從來沒有想過，八卦可以這麼傷人，幾乎要了她的命。尤其，是當她喝醉赤裸的樣子被大量轉載分享的時候。

　　那個男人還算好心唷！把她早已瞎了的雙眼，再用一條黑色馬賽克遮掉，只剩下袒露的乳房和私處供眾人指認。在知識和資訊快速流通且無私分享的城市裡，她終於無處可逃了。

　　在回宿舍被人再度凌遲之前，女英想要在這座城市裡多遊蕩一會兒。至少，那擁擠紛亂的臉孔，可以暫時淹沒她羞恥的存在，沒有人會注意到她的。

　　女英神情渙散地走到了破舊的城區，人車逐漸零落，街道冷清。她驚覺自己已經遠離了熱鬧，不知不覺走到了寂寥的老街。她看了一眼人行道旁的告示簡介，再看看巷口那塊像貞節牌坊似的霓虹招牌，上面用花俏的粗大字體寫著：「火燒寮特色老街，歡迎您的光臨」。

　　女英探頭一看，漆黑的巷道和斑駁的磚牆，確實像被大火燒過一樣，但是看過剛剛那面告示的女英知道，這裡之所以叫做火燒寮，只是因為這裡曾經是熱情如火的公娼寮。等到政府不分公私一律查禁之後，這裡唯一還能招攬

客人的東西，就只剩下幾戶人家門口的紅燈和布簾了。

反正已經無處可去，女英索性進去逛逛。沿著暗紅色的燈影一直往下走，頭頂是被保留下來的遮雨棚，把巷子僅有的陽光給阻絕在外面，女英覺得這樣反而很好，因為巷弄裡早已衰老不堪的面容，不會被攤在陽光下遭人嫌棄，只留下一盞盞煤燈忽明忽滅地映照在午寐的側臉，在柔和的光線底下，連數不盡的坑坑疤疤都變得嫵媚迷人了起來。

巷子裡幾乎已經沒有真正的住戶了，只剩下兩、三位裝腔作態的文青或情侶，在這裡尋找靈感或是可供曖昧的角落。唯獨有一個佝僂的身影，兀自凍結在不遠處的樓房底下，用自己準備的一盞微暈的黃色燈泡，供應整個攤位所需的簡陋照明。女英走近一看，才發現那是一位早已白髮蒼蒼的老婆婆，額上的瀏海捲曲又疲憊地垂掛在她崎嶇的眉梢上。在老婆婆的面前陳列的，是一枝枝立著的冰糖葫蘆，有的糖汁尚未完全凝固，正順著圓滾滾的葫蘆身形無聲地流淌，最後滴落在攤位的木板上；有的已經陳列了一陣子，於是晶瑩的糖衣，無可避免地招來了貪婪的蒼蠅。老婆婆也無意驅趕，任憑她的糖葫蘆站成了強效的黏蠅板，一隻隻蒼蠅像撲火似地黏死上去，在死前還徒勞地搓揉幾下自己又黑又瘦的前腳。

也許是太過漫長的等待，讓老婆婆連與人應對的能力都風化了，所以女英只好自己依照攤位上的價目，把零錢放在木板上，逕自抽起一枝還沒黏到蒼蠅的糖葫蘆。不過，讓她感到意外的是，在手中的那截木籤上，竟然還殘留著熱糖漿層層纏裹時的餘溫。

女英嚐了一口糖葫蘆，好甜。眼淚卻也跟著掉了下來。

跟十年前的滋味，一模一樣。

那時候的她，還不知道男人壓在女人的身上代表甚麼意思，只知道每天傍晚，媽媽都會抽空帶她到村裡的唯一一條商店街上，買一枝糖葫蘆給她解饞，並且跟她說：「小英是媽媽最愛的寶貝，媽媽永遠愛妳喔。」

媽媽真的愛她。明明已經是個四十幾歲的老女人了，每個月寄給她的錢卻只會多，不會少。女英真的不知道，媽媽是怎麼賺到這些錢的？還是像以前那樣（也像她現在這樣）被人糟蹋嗎？她又有多久沒有跟媽媽說過話了？至少，跟她說一聲謝謝呢？

那枝糖葫蘆，從買來的那一刻就注定吃不完了。它被輕輕地擱在某一段牆角，讓螞蟻、蒼蠅或者老鼠，一同分享這短暫的甜蜜。但是它原本的買主呢？

也許，現在已經搭上回九堆村的火車了吧。

家

女英到家的時候，彩霞還在接客。所以，女英只好一個人坐在外面等待，耳裡還可以清楚地聽見，在牆壁另一頭男客的粗喘和媽媽的呻吟。

或許是離開太久又不曾回來，也可能是她的改變太過巨大，所以從火車站一直走到家門口，竟然沒有任何一位鄰居朋友認出她來。只有因為她太過突兀而時髦的打扮，不小心激起了路邊男人的興致和女人的側目。

不知道是因為在這個時間點，那些礦工常客們都回家吃飯去了，還是今天男人們的興致比較淡薄，女英突然發現媽媽的房門外竟然變得如此冷清。等到剛才那個男人離

開後，她就可以拎起行李進去了。

那個男人走後，女英掀起門簾進去，看見媽媽正在扣領口的扣子，她的心裡忍不住想問：「反正還不是要再脫光，扣得那麼整齊要幹嘛？」

但是她終究沒有問出口，只是看著媽媽的側影說了一句：「我回來了。」

「誰回來了？」彩霞正在納悶，突然聽出那是她朝思暮想的嗓音。

「女英！」彩霞用力轉過頭來，彷彿剛剛聽到的不是女英的聲音，而是隔壁鄰居的瓦斯氣爆。

「妳怎麼回來了？」

「我不能回來嗎？」女英的口氣難掩不快。

「可以啊！……只是妳為甚麼沒提早跟我說哩？我可以去車站接妳啊？」

「沒關係啦，反正我還記得路。」

女英本來是想回來跟媽媽說聲謝謝的，但是不知怎地，一看到自己的媽媽，以前的厭惡和排斥感又全都回來了，口氣自然也就好不起來。或許，是她還在重新適應這裡濕冷的天氣吧。

「那妳吃飽了沒？媽去幫妳買回來？」彩霞在女英走進房裡之前，熱切地詢問著。

但是回應她的只有重重的關門聲，以及最後表示鎖門的喀拉聲。

彩霞站在女英的房門外，想聽聽看自己的女兒在裡面做甚麼，怎麼好不容易回家了，卻又把自己給鎖在房裡？難道是她在台北發生甚麼事情了嗎？做母親的想到這裡，心都揪成一團了，但是她又太清楚女兒的個性，除非她自

己想講，否則她那張嘴，可是硬得跟土地公廟的那隻石獅子一樣。

彩霞在門外站了一時半刻，還是聽不到裡面有甚麼動靜，也許是已經休息了吧？彩霞決定先回自己的房裡去，反正人已經回來了，以後要講甚麼都好說不是嗎？想著想著，彩霞的臉上也漾起了滿滿的笑容。

自從女兒去了台北以後，已經一年又四個月沒有回家了，也沒打過一通電話回來，沒想到今天竟然可以看到自己的女兒，彩霞猜想，也許是那個叫甚麼耶穌的真的顯靈了吧！不知道過兩天去還願的時候，那個神明會喜歡吃蓮霧嗎？

彩霞邊想邊轉身走回房裡，沒想到女英的房門卻在這時候打開了。

「媽……這裡有沒有哪個地方是安靜又沒人的？」女英小聲地問。

「安靜又沒人喔？」

彩霞想了一下，突然想起那一天去參觀地下教堂的時候，就覺得那邊既空曠又安靜。如果嫌有人在旁邊的話，那裡還有一個小房間可以進去，保證隱密的。

「不然，我明天帶妳去教堂，妳講好不好？」

「教堂？」女英覺得很納悶，不知道這裡甚麼時候蓋了一間教堂？她回來的路上也沒有看見啊？

「妳免煩擾啦，我明天帶妳去就知啊，妳若沒代誌就趕緊去睏吧，媽媽還要繼續做工作哩。」

女英看著已經有些老態的媽媽，心裡有些複雜。不過這次她用比較溫和的口氣說了一聲晚安，然後輕輕地把門給帶上。

隔著薄薄的一層木板，女英聽得出來，隔壁的媽媽刻意壓低了呻吟的聲音。

告解室

一大早，彩霞就帶著女英走到礦坑口，等著台車把她們載到地下的教堂。但是女英看著那濃濁的黑暗盤踞在窄小的洞口前面，還不時冒出陣陣灰黑色的烏煙，伴著隱隱的轟隆聲和男人的叫喊聲，讓她有點不敢進去了。

「妳會驚喔？」彩霞看出了女兒波動的情緒，便安慰她說：「裡面有很多妳的阿叔阿伯，在妳很細的時候還抱過妳欸！他們都在裡面做工作，所以沒甚麼好驚的啦。」

彩霞說完，便拉著女英的手往坑口走去。

「媽……我們真的非進去不可嗎？去海邊也可以啊。」女英仍然抗拒著。

彩霞卻轉過頭來，看著女英的眼睛，很認真地告訴她說：「在九堆村，沒有任何一個地方，比這間地下教堂還要能讓人平靜下來，而且……我也有一件事情，要在這跟妳講。」

女英看著媽媽如此堅定的神情，也只能乖乖地跟她上了台車，告別身後的光亮，往黑暗的深處駛去。

坑道裡懸掛的一盞盞煤燈，讓女英感覺彷彿行駛在城市午夜的大道上，漸近漸亮，又漸去漸遠；或明或暗之間，就像是一場催眠迷魅的神祕儀式；又像是溫和又堅定的指引，指引朝聖者在恍惚迷離之間，似幻又真地到達那片聖靈充滿的彼岸。

只是，所謂的彼岸是否代表著救贖？女英現在還不能

確定。

「到了，小心走喔。」彩霞爬下台車的時候，不忘叮嚀眼神渙散的女英注意腳下。

滿地的坑洞和碎石，再加上兩側堅硬又銳利的石壁，就算只是輕微的絆倒，也有可能造成嚴重的傷害。

女英應了一聲，搖搖晃晃地從台車上爬下來，一路上都戰戰兢兢地注意腳下的路面，好幾次都差點扭傷了腳踝，以至於等到穿過了那道雕工精細的拱門，而地面被打磨成一片平坦與光滑之後，女英才抬起頭來，卻立刻被眼前的景象所擄獲，久久不能言語。

女英曾經在城市裡、旅遊書上或是網路的分享中，看過無數間教堂的雕塑和其中瀰漫的氛圍。但是當她站在這裡，在兩排靜默的石椅中間，在耶穌憂傷的凝眸之下，她卻發現了全世界任何一間教堂都不會有的親切與溫馨。在她的眼前，幾乎每一尊塑像的臉孔，都是她從小到大相處過的鄰居或是打鬧的玩伴，而最讓她感到訝異的，則是那尊以媽媽為藍圖所雕刻出來的天使塑像。

女英走近細看，卻發現在石像的基座邊緣，鑴刻著樸拙卻誠懇的四個字：「喜多之愛」。

「妳已經發現囉？」彩霞走到女英的身旁，輕聲地說。

彩霞走上前去，撫摸著石像款款的裙襬，「妳自己發現也好，代表你們真的有親，有感應。」

女英轉過頭來，一臉疑惑地看著媽媽。

「不管妳在台北遇到甚麼事，我現在都要趁還來得及的時候先跟妳說……我以前跟妳說，我不知妳的老爸是誰，那是騙妳的。其實，妳的親生老爸，就是刻這尊神像的人，劉喜多。」

女英臉上的表情從疑惑轉為震驚，但是彩霞卻非常地平靜，似乎已經準備好要回應女英拋出來的所有問題。

　　「喜多阿伯不是很常來找妳嗎？妳為甚麼都不告訴我？」

　　「因為我知悉，伊會讓妳變得更加自卑。」彩霞簡短的回答，每一個字都說得很輕，卻又每一個字都重重地撞在女英的心口上。

　　「妳為甚麼覺得我會自卑？」

　　如果有其他人目睹這一幕，或許會以為是母親在質問女兒。因為女兒的舉動看起來非常不自在，似乎想要閃躲甚麼。

　　「因為……妳就是這樣看我的。」彩霞的話語和她悲傷的眼神，像無數根縫衣針，細密地扎進了女英的心坎裡。

　　女英突然感到一陣暈眩，便扶著身旁的石椅慢慢坐下。

　　「我……」女英低下頭，因而注意到在走道的盡頭，有一間用木頭搭建起來的小房間，「我們進去那裡面再說好嗎？」

　　彩霞以扶她過去做為回答。

　　母女倆，隔著一面木格窗對坐著。只是就現在的狀況看來，彩霞比較像是沉默聆聽的神父，而女英則成了那名要自述罪狀的人。

　　片刻的沉默，讓彼此為接下來的對話稍做準備，也希望無論待會兒說出口的是甚麼樣的秘密，都可以用平緩的語調和心境來交談。

　　「媽……我被強暴了。」

　　就算隔著一面木格窗，彩霞仍然感覺得到女英極

力壓抑的激動，而彩霞自己雖然同樣震驚，卻只是靜靜地聽。

「而且，那個男人還害我懷孕了。」

「嬰仔哩？」

「拿掉了。」

又是一陣冗長的沉默。

「妳當初為甚麼要把我生下來？」

「因為不對的是我，妳沒有不對。」彩霞淡然地說。

「可是妳又不愛喜多阿伯？」

「愛不愛很重要嗎？」彩霞反問。

「當然很重要啊！」

「有比妳的命重要嗎？」

女英沉默了。但是還沒認同。

「妳……和那麼多男人做過，怎麼能夠確定喜多阿伯就是我的爸爸？」

「妳老母和這麼多查埔人做過，為甚麼只有生妳？」彩霞忍不住笑出來，突然覺得自己的女兒其實還滿笨的。

「我若是要生，沒人可以阻止我，那個老查某也不行。但是我只有生妳，也只願意替喜多生仔。」

「為甚麼？」

「妳剛才不是有看見外面那尊神像嗎？妳沒發現伊是這裡最美的一尊嗎？妳以為妳老母現在還很少年、很有人愛喔？大部分的查埔人都去找越南仔、大陸仔的幼齒啊，我早就已經讓伊們拋棄啦，只剩幾個老人和那個喜多會來找我而已……」

彩霞在木格窗眼中尋找女英的眼睛，然後看著她說：「妳知羞嗎？妳的喜多阿伯到現在都還未結婚，但是伊卻

把每個月拼生命賺來的艱苦錢都花在我的身上，結果自己在家都在吃泡麵……說一句較實在的，妳就算不是伊生的，也是伊養大漢欸。」

女英仍然不敢相信，因為在她的記憶裡，喜多阿伯就是一個瘦弱又髒兮兮的礦工……但是她也終於明白，為甚麼自己的鼻子會和他的那麼像了。

「妳若是要講愛，我跟妳講，用過來人和妳老母的經驗跟妳講——查某人喔，找一個愛自己的查埔人才實在啦！」

女英突然發現，她們母女倆這樣子講心事，好像是第一次。而媽媽也不再是躺在男人下面呻吟的妓女了，而是一個真心為女兒著想的媽媽。

女英的心裡終於輕鬆了許多。

「媽，妳知道外國人都是在教堂裡結婚嗎？」

「在廟裡？」

「不是廟，是教堂啦！」女英忍不住想笑。

「做啥？」

「沒做甚麼啊，只是覺得如果妳再不穿婚紗的話，就要來不及囉。」

「穿那個做啥？三八喔？」

「喂！你們都把我生下來了，當然要名正言順地結一次婚啊！而且就在這裡結，這裡真的超漂亮的！」

「不要啦，見笑死喔！」彩霞的臉都紅了。

「不管，妳總不能讓我一直當個沒有爸爸的小孩吧？」

彩霞猶豫了好一會兒，但是女英銳利的眼神不容回絕。

「好啦……但是妳的嬰仔才剛拿掉，要喝一些生化湯補身體嗎？」

女英看著媽媽既困窘又擔憂的表情，終於大聲地笑了出來。

鐘聲

這一天，全村的人又再度動員起來，但不是為了蓋新的教堂或準備神明的祭典，而是為了張羅喜多和彩霞的婚禮。而且，地點就選在全村的人一同打造的地下教堂，而巴利斯神父自然是婚禮的主持人兼證婚人了。

為了迎接這一天的到來，連窯子裡的老鴇也忙得不亦樂乎，除了要跟來找彩霞的恩客們賠罪連連，還要忙著置辦婚禮後的喜宴和新人房的布置，而且雖然是在教堂裡完婚，但是該依循的古禮一樣也不能少，否則她這個老鴇兼義母豈不是面子掛不住了嗎？

再說到彩霞。因為還要留錢給女英繳註冊費和吃飯，所以沒有聽女兒的話去租一件好幾千塊的禮服，只有自己利用工作之餘的時間，向村裡的一家布莊買了一匹雪紡紗，然後又挑了幾條蕾絲回家自己滾邊，就這樣縫縫剪剪地做出了一件別緻又素雅的禮服。不過當彩霞試穿的時候，那優雅的身形和配色，可是連女英都忍不住恭維了一番。

對於媽媽的節儉，女英雖然碎念歸碎念，自己倒也有樣學樣地拿了自己的一件舊長裙，在右肩加朵花邊，在下襬滾條蕾絲，也就做成了一件精巧的伴娘禮服了。而且，她也在心裡下定決心，等她回到台北之後，要靠自己的力

量來賺錢，她不會再像以前那樣荒唐了，她會好好完成學業，然後回到這個真正屬於她的家鄉。

這一天，所有的人都盛裝打扮，連向來蓬頭黑面的礦工們也一樣。兄弟們平常都只穿工作服或汗衫，今天倒也人模人樣地穿起了發皺的襯衫，換上雖然磨損卻仍然合腳的皮鞋，然後三三兩兩地搭上台車，先到會場去佔個好位子，順便也看看喜多那邊還有沒有甚麼需要幫忙的地方。

平時負責看管礦場的老管理員，今天仍然盡忠職守地坐在礦坑口前，拿著手鐘，等著新人完婚出坑的時候，為他們甩上一段祝福的鐘聲。

喜多此時早已換上他所能找到最體面的衣服，但是仍然為上衣多出來的幾條皺褶和褲管底部的脫線而坐立難安，深怕彩霞看見了會嫌他邋遢，而破壞了婚禮的興致。然而，除了時不時地把襯衫拉直、拉撐之外，他其實也已經無能為力了。

地下的教堂沒有時鐘，也無法透過光影的變化來判斷現在的時辰，只有昏黃的煤燈持續散發出黃昏的氣息，於是地上的幾分鐘，對他來說就像過了好幾年一樣。

有幾位兄弟到場了，上前和喜多握手道賀，順便安撫一下他焦躁不安的情緒，還跟他開玩笑說：「看了你那尊雕像，誰還敢跟你搶彩霞啊？今天，你這個憨礦工可真的挖到金礦啦！」

喜多正想答謝兄弟們的捧場，卻聽見拱門外的坑道，傳來一陣又一陣好像是木樁摩擦的嘰嘎聲響，他還以為那是台車開進來的聲音，沒想到緊接著卻爆出一連串木頭斷裂和石塊崩塌的巨響，就在一陣嘈雜與搖晃之後，所有的人都驚恐地發現，拱門上出現了巨大的裂縫，並且開始向

四周的牆壁蔓延，龜裂崩解的牆壁更把那一尊尊的石像給肢解壓斷，喜多趕緊轉頭往彩霞的石像看去，卻看見她的翅膀已經斷裂，在堅硬的地板上摔得支離破碎。喜多大聲地喊叫，卻無法阻止裂痕的擴散，直到上、下、左、右的裂痕在耶穌身後的牆上交會成巨大且恐怖的十字架，喜多和其他客人才終於覺悟——一切都完了。

下一秒，整座地下教堂在喜多的頭頂上轟然崩潰。

彩霞和女英還在家裡梳妝打扮，卻聽見礦坑那邊傳來了急促的鐘聲，忍不住相視而笑。

女英對正在梳理頭髮的彩霞說：「爸都已經等妳二十幾年了，怎麼到今天才這麼猴急啊？」

「那是妳不知悉，做礦工的人喔，甚麼時候會回去都不知哩！」彩霞半開玩笑地回應著。

老鴇經過了彩霞的房間，順手在房門上貼了一張鮮紅色的「囍」字。

題目：躲懶的工人

作者：【香港】李卓風

　　許多年以前，那時我一直想像未來的我終不再看見父親的睡相。而今天，現在的我看著父親安然寢睡的樣子，腦內仍只存有他於家中床上胸膛起伏的姿態，像是家中的一件傢具，在我的左右。我就知道，若某天家中的陳設更換了，我定會不習慣的。一種戚然的感覺，在心內縈迴。

　　父親大概真的累了，我看他睡眠的樣子帶著絲絲滿足的微笑，這和看著他莞爾的我們成了對比。這麼多年來父親都在夜間的碼頭內，調度一個又一個的貨櫃。我知道他在每夜的九時開始工作，一直到太陽高昇的九時。正如那碼頭的運作總也不停，父親的工作也總是不止。一個星期他必須工作六天。有時在繁忙的時節甚至一星期七天內都沒有紅色的日子。印象中我有好一段時間都不知道這工時的可怕，直到中三時因為專題研習去索尋有關標準工時的資料。當我看見政府公佈的報告上，寫著香港人最高的每周工作時數是 69.3 小時，我的乘數表還沒有忘掉，這才知道在政府官員的眼中，老爸或許不算是人。

　　從有意識起到我現在已是大學二年級，對爸爸的感覺一直很淡。我不是沒有與他一起相處的回憶，但他在我意識中的形象，一直是那在房中睡眠的人形。在小學時，

我三時半下課，四時回家，這時爸爸還努力在夢中補充精力。而幼時他們總是給我上太多的興趣班，當我晚上又回到家中準備吃飯時，爸爸已在前往碼頭的路上了。同樣，當我在上學的路時，爸也還在碼頭中。大概因家與碼頭的路遠，我與爸爸的距離也遠。我和他像是一張對倒的郵票，又或是一條平行線，雖然住在同一個家，卻總是無法交會。記得某一次，我回到家中，走入了父親的睡房，可能是第一次仔細端詳父親的容貌。他一呼一吸，眼睛緊閉，沒有發出任何聲響，似乎是全身所有器官都累得沒有任何挪動的能耐，我一直看著，他一直睡著，這就是我的父親。

其實我總有假期和不需上興趣班的時候，但不知何時已經太遲了。父親在房中睡眠的形象，壓倒性地霸佔了一切我對父親的印象。我記得小學時唯一一篇不及格的作文，就是「我的父親」，我的父親只是一具不懂移動的人體，我實在不知道該如何書寫。派回作文的那天，我拿著滿是紅色的原稿紙，再一次走入爸爸的睡房，看著沉睡的父親。我立意想要把他弄醒，想看見一個會動的爸爸，一個會和我玩耍的爸爸，一個會聽我說話的爸爸……但媽媽的叫聲把我制止了，她不知道她的叫喊，令父親在我心中永遠成了一具屍體，也成了一個禁區。從那時起，我就一直幻想父親不再睡眠的一天……但媽的叫聲，還是那麼響亮……

「別阻著你爸休息了，他為我們操勞得太久。」老媽在我背後說。

我又看著他睡在這木製的床上，和那時的樣子一模一樣。

「嗯，還要準備明天的事。」我說。對，明天的事還多著。

「請假了吧？明天一起準備升中的事。」是母親的聲音。父親點了點頭。

為甚麼我會記得這話，我是記不清楚了。但那天升中派位，結果並不理想，他們和我從早到晚，一連走了數間學校，等待面試後又等待面試。這是我見過父親最動態的一天。然後，我也再沒有父親完全清醒的印象，即使他醒著，他疲憊的氣息總是繞行全身，這使他比起一個人，反而更像是一具身軀。

而我升上中學後，雖是少了興趣班。但反叛的我還是常在街上流連，是以看見父親的時間還是少的，這包括看見他沉睡的模樣。然而這模樣早已成了我心中父親的關聯物，像鏈鎖般斬也斬不斷。到我升上大學，入住宿舍，我也沒有給予父親洗脫這形象的機會。直到現在，他還是以這形象出現於我眼前，我是永遠沒有機會改變這封塵的思緒了。那種蹙然感，彷彿是家中沙發被割開，我不禁有點毛毛的厭惡。

「你爸真是一個好員工，失去了他公司也感到非常可惜。」

我點了點頭，認得這人是爸爸的上司，也感到他說話中的惋惜。記得以前家中的電腦忽然壞了時，我都有過這樣的表情。爸爸在公司工作了這許多年，應該累積不少人緣了，這裡有不少我從未見過的人，大概就是爸爸的同事，不知道失去了爸爸，對他們的影響有多大，但我知道一定是有的。「聽說老闆不打算聘請人去補充老風的職位……」「甚麼？那我們可慘了……」「這老闆……」灰白

的煙霧在純白的大堂上游曳，我發覺自己的情緒竟不及他們動盪，心中只有些許的荒蕪，香燭薰出的煙，刺鼻又刺眼，也淘不出一點眼淚，爸……他的同事……如果要找誰去論證爸爸的存在，或許，他的同事比我這個兒子更來得適合吧？失去了他，對他的同事們是一大麻煩了，他工作了這許多年，也不是容易替代的。

　　事實上除了家用和睡覺時所呼出的二氧化碳，爸爸似乎沒有為我和媽媽的家帶來過甚麼。沒有體溫，沒有聲音，也沒有氣味。家中的一切都由媽媽主理，無論吃的喝的；玩的穿的。而他，竟像一個白天回來渡宿的客人。然而每過幾年，我總會發現家中多了個碼頭公司發給他的獎座，表揚勤勞刻苦云云，這可算是爸爸唯一帶回來的東西了。我知道他上司所言的「好員工」，是遠遠不足以形容他的。他是個簡單得不簡單的人，為他的公司奉獻了二十年的歲月，當平日媽媽弄的晚飯異常豐富，我猜到是加了工資的日子。這日子數算起來也不多於七次，然而我永不知道減的次數，或許當減薪的時候，他還在感謝公司沒有把他開除，而晚飯，則是一樣的。那公司是把我的爸爸買去了，父親也一直感激公司給他把自己賣掉的機會，假若一天有三十小時，那麼他一覺醒來的時候還能看見我，大概他會教導我向他的公司感恩的。不，若一天的小時當真有三十，他就會為公司工作十八個時計的圓圈。因為公司是把他買去了，連同他的感情和整個存在。價格是一個獎座。的確，對待一顆齒輪而言，公司對他已經是太好了。還給他獎座放在家中代替自己，但就像獎座對他沒有用處，那些獎座對我而言，也永遠只是冷冰冰的膠塊。他把這些東西帶回來，又有甚麼用呢！

我看見他的同事們在發白日夢。

我看見他的上司在打盹。

我看見公司那花牌的字寫錯了。

是風，不是豐。

我低下頭，看見純白的地板，純白的，像父親的一生。

同事們去慰問母親，她旁邊站著衛叔叔，他撫著她的背部，貌似在安慰誰，雖然我不認為媽媽有被安慰的需要。論到和爸爸的相處，她的時間該是比我長一點，但其實也不比進食的時間多。家裡主人房的雙人床，總是只有一個人在睡眠，在日間和夜間，或許這就是浪費了。我不知道這張頗大的床，是誰決定買下來的，但我卻肯定，媽媽有為買下這張過大的床而懊悔……

「你爸以前買下的保險我們都結算好了，單子過兩天就會送到。」

我點點頭，據說爸爸買的這份保險歸本期是十五年，而現在只供了十二年，衛叔叔好不會裝，獲取傭金的喜悅早就完結了，而此刻他臉上卻似乎有少卻一個煩惱的舒泰。像是我完成一個報告時的臉容，他的神色令我微感不快，那種近來一直煩擾住我的蘧然感，又在撫摸我的心臟。

人常說保險只有兩種東西不保，就是這個不保那個不保，這次爸爸的事，雖不算全應了這句話，但都中了一半，因賠償的金額，也只有說好的一半。我問過不少法律系的朋友，他們都說是條文上列明的，我們不是沒有勝算，但訴訟的費用就肯定比得到的金錢多，是以媽媽一句「算了」，我也很無奈，總覺得爸爸的身體又被削了一半。

「誰怪他沒有看清楚呢！」媽媽的說話確有幾分怒意。但她惱怒的似乎不是經紀，而是爸爸。

但我猜，這份保險是媽媽要他買的。原因是衛叔叔是媽媽的朋友，當真是多年的「朋友」了。而聯絡和交費，都是由她負責的，在這項投資中，爸爸可能只有簽名的工作，或許看清楚條文確實是簽名者的責任，我總覺得他有點冤。但冤又如何呢？誰叫他只在床上，不聞不問⋯⋯

　　「孝子今晚要在這兒守著，記得不要脫下身上的麻布。」

　　「到明日九時吧？」我說。

　　「對，要戴到所有儀式完結時。」

　　我點了點頭。

　　「還有⋯⋯風先生，請你在火燒完後七日內把尾數清還，不然風老先生還有掛慮，會去得不安⋯⋯」

　　火，不知爸爸是否曾在床上感覺過它的熱度。

　　床鋪在月的夜裡燃燒。

　　床鋪在日的夜裡安然。

　　一張三人床。

　　睡眠應有的快感。

　　是

　　黃　紅　白

　　還在睡　還在睡

　　直到　安睡的

　　剎那

　　是的

　　若不睡了　若清醒了

　　是他沒有這勇氣

　　若睡眠了　若沉默了

　　弗洛依德的夢是願望的達成

畢竟

他是存在的　在睡眠中

堅硬的地板令我在淺夢中醒來，就再沒有睡意。

我爬起來，走到父親的木床前，看著他的睡相。仍是緊閉著眼睛，仍是嘴角泛起一絲笑意，仍是睡得那麼安靜，像那天一樣。只是，胸前沒有了那常見的一起一伏。

這天以後，我就不再看見父親的睡相……心中的蠢然，竟在這時候又再併發起來：失去了父親，我家中的經濟問題要如何解決呢！我想制止這種想法，我不想如他們一樣都把他當成是它，然而父親的形象，早在我心中死去了。

如果，那天我當真叫醒了我的父親……那麼，我可能不會少了一個父親，也不會……

我忽然有一種衝動，我想把木床打開，伸手把他叫醒：你是一個不稱職的工人！你生命的工作，只做了一半，別想再以睡眠躲賴……

題目：回家

作者：【香港】袁子桓

　　來電鈴聲驚醒了我，我發覺我坐在巴士上。前座幾個同樣醒了的乘客瞪了我一眼，又轉回去睡，後座大概也有同樣的眼光，可我不想去接觸。沒必要道歉。是父親的來電，真奇怪，我是說今天是星期六，現在是夜晚十二點，他應該在跟那群數十年交情的工友喝酒、發瘋，不然就是賭博。

　　我把電話放到耳邊。

　　「健，你在哪？」

　　「回家的巴士上。」我說，「有甚麼事。」

　　「沒事，只是我突然悶得發慌，想找你──」

　　「找你的工友去。」我打斷他，「當個好父親，別煩我，我很累。」

　　「我明白，我明白，別掛掉，」父親急著說，「今天情況特別糟，老輝回鄉下探親，老鼠佬受工傷在醫院，走佬存跟咸濕權北上去了嫖妓，標叔要回家陪老婆。走佬存他們是第一邀我的，可我當時不想去嫖，覺得還有其他人可以一起做別的事，哪知道一個個接連有事要忙，現在我真後悔沒跟死老鼠北上。」

　　「看電視吧。」

「太無聊了，我情願不看。」

「你不是喜歡彈吉他嗎，」我打了個呵欠，「拿把吉他彈吧。」

「那不同，那是彈給你聽的。」

「聽著，」我說，「你要幹甚麼那是你的問題，不要來煩我。」

我按了結束通話，開啟臉書和微博掃了掃，然後把電話塞回口袋。睡意已經沒了。去他的這麼大年紀還不知道自己想幹甚麼，做人最重要的就是不要麻煩到別人，有甚麼問題自己解決，有歡樂才向他人分享。遇到不喜歡的事，你唯一要做的就是閉上你的狗口，默默工作，不然離開。

坐著瞌睡令身體發麻，我伸了伸四肢和頸項。巴士上層乘客疏落，都低頭瞌睡，只有一個年輕男人塞著耳朵玩手機。我揉揉睡眼望出車窗，馬路靜穆，豎立的燈柱連連迎上退落，橙色的燈光透進來，不斷從前座掃往後座。他說彈給我聽是甚麼意思？以前家裏沒有其他人，他的確會拿起把吉他彈奏，大都是披頭士的音樂。可每次我都把房門關上，關了燈，自己在房間裏戴耳機看電影，或聽音樂上網，有時換歌或電影沉默的時刻，房外的吉他聲會滲透幾聲進來。可他憑甚麼說那是彈給我聽，要是彈給我聽，就應多換幾首我喜歡的歌，不是由頭到尾都彈披頭士。

記得小時候聽他說過，他的一手吉他都是年輕時學的。那時流行搖滾樂和披頭士，周圍的人都拿把吉他學，特別能吸引到女生。他不甘落後，也湊錢買了把吉他，加入樂隊。可沒多久，他就認識了我母親，並且要養家而到地盤工作掙錢，那裏的人不喜歡聽音樂，他就沒再學。

母親只喜歡披頭士那幾首旋律特別簡單的，像〈而我

愛她〉、〈一些事〉、〈裘德〉，他就來來去去重複彈這幾首。十年前母親去世後，他對著家裏酒醉發瘋的工友也是彈這幾首，直到有一次工友說，喂老坑，你他媽能不能換點別的，換點激昂的行嗎？父親說了幾句對不起，就接連彈起披頭士的〈她愛你〉、〈扭曲與叫喊〉、〈幫助〉等歌曲。其實我也很喜歡披頭士，只是每次聽父親彈奏都覺得特別煩厭。我剛才不應該那麼冷漠，我是應該對他好一些。可他畢竟是父親，總有能力讓你一下子情緒化，可能是長久以來他說話的態度和語氣，讓你還沒聽到內容之前，已經覺得無法忍受。

也可能因為他那群工友粗鄙的習慣，他們的話題每次都離不開嫖妓、賭博、飲酒和罵上司，而且內容不斷重複，說話聲越醉越響。你從來不會聽到他們談音樂、電影、文學、藝術，每次他們在客廳聚會，我都關上房門，塞上耳機玩電腦。我從沒跟他們打過交道，只有一次他們的談話我印象深刻，但自此以後我就知道不必去聽他們談些甚麼，反正都一個樣。

「臭三八要我把鐵管塞進去，她奶奶的。我跟她說，那些螺絲還未裝好怎麼塞進去啊，死三八，她居然說那你給我盡快弄好。哈，有本事她自己來弄，操她個逼的。」

「你那麼想操她，你行你上啊。」

「操你奶奶。」

「操。」

「來來，別為賤人生氣，喝酒。」

「乾了！」

「臭三八。喂，死老坑你彈個屁吉他，喝了它！」

「好好，」我聽到父親說，「喝，喝。」

「我覺得老坑想上臭三八，你看他那淫樣，笑得跟三八個逼一樣。」

「幹，你老婆都死了快十年，你還沒換一個？說，哪個是你炮友。」

「我沒有炮友。」

「你多久沒有搞女人？」

「難道你每天晚上都五爪擒魔？」

「五爪推炮吧。」房門外傳來一陣哄笑。

「去你的。」

「唉，別說我有好處不告訴你，」咸濕權說，他的語氣特別咸濕，好認，「這幾年我晚上沒錢去嫖的時候，都是靠那叫甚麼網的東西解決。」

「你這變態用網？還不如用手呢。」

「操，閉上狗口，聽。」咸濕權接著說，「那是個炮友網，上面有許多約炮的女人，比你想像的還淫蕩，簡直是如狼似虎。」

還懂得如狼似虎，我想。

「我從來沒用過電腦。」

「很容易的。用你兒子的電腦，我教你。」

「不要了。」

「為甚麼？」

「你不會理解。」

「你有屌我也有屌，有甚麼我不能理解，你說。」

「我不想對不起我老婆。」

「操逼。聖人。」

「佛祖。」

「是臭三八管得太嚴了吧。」

「有一次老坑被臭三八捉姦在床，回去不許他穿衣服，罰跪玻璃跪了三天，說三八對不起，以後我只操你一個。」

「你去死吧。」

「老坑和尚，說真的，你這幾年怎麼解決？」

房外忽然靜了下來。然後大伙一起哄鬧。

「說對了吧。」威濕權說，「這麼窩囊，罰一杯！」

「怎麼一杯，至少十杯！」

我看見眼前玻璃窗上的我咧嘴而笑，聽那群人談話的娛樂性有時比看電影還大。他們雖然沒水平，但，怎麼說，很低俗。有時你會想跟他們一起，因為不用顧忌任何事，你也一定會覺得很輕鬆。是回憶總是美好，還是說今天的我比以前寬容？過去我總是憤恨地聽著房門外傳進來的噪音。

車裡所有回家的人都在昏睡，沒有一張笑臉相迎，我很快就冷落下來。得對老爸好一點，我想。燈柱仍舊迎上落下，巴士繞過彎道，攀上山腰，進入大欖隧道，往新界駛去。我望著巴士駛進暗黑的隧道，橫躺的路燈在地上劃過。我想像巴士駛進隧道時，道口一陣光耀，光閃過後，巴士進入了一個奇異的空間，周圍飄浮各種精靈和天使，就算是魔王妖怪也可以。我的任務就是乘坐巴士協助那些精靈和天使，打敗魔王妖怪，而那裏有無數隻精靈和妖怪，且每一隻都各有特色。我的任務也就永遠不會完成，路永遠地走下去。你說如果巴士不是每天來回地走，而是往不知的前方駛去，那多好。那你就有理由永遠地走下去。沒事做時我經常胡思亂想，比這荒誕一百倍的都有。工作時不會有空去想，你有目標和指示要完成，可回家就

不同了。回家後我用所有的空餘時間看電影和聽音樂和讀書，如果工作不能建立我的價值，這些就是我的價值。王爾德不是説人要是當不了藝術品，就該戴一件藝術品？

想夠了，你。你常常無法控制自己，花時間去想些想通了都不會有任何改善的問題。你唯一要做的是休養精神，回到家欣賞下載了的幾部電影。昨天馬田斯高西斯的的士司機很好，拍得有些粗疏，但整部電影很有味道。堅持看下去，總會遇到好得讓你驚喜的電影。又胡思亂想了，你——電話鈴聲響起，是綠洲樂隊的迷牆，「因為或許，你將會是唯一能救贖我的人，而歸根究底，你是我的美好歸宿。」來電顯示父親的名字，我拿著手機讓歌曲播放到結束，才劃過螢幕接聽。

「健！你得救救我，我快不行了。」父親的聲音震抖，似乎瀕臨崩潰邊緣。

「你太過了吧。」

「一個人我待不下去。不如這樣，」父親説，似乎猶豫了很久，「你開著電話，我彈吉他給你聽。」

「不！」我把想好的話説出來，「你要為自己做，不要為任何人做。不要跟我説甚麼為別人也是為自己，那一套廢話。為自己，只為自己。」

「為自己做。」他重複。

「對，為自己，你想做甚麼？」

「我想彈吉他給你聽！」

「我！」我忍住沒説出口，他是你的父親，要對他好一點，耐心，「你先冷靜，放鬆，感覺一下自己，有甚麼想做，有甚麼想要。」

父親那邊一陣沉默。我補充：「想到就去做。」

「我有些衝動。」

「甚麼衝動。」

「下面。」

「那你就去——」我愕然，繼續之前的話，「做。」

「我不想嫖。」父親頓了頓，「咸濕權好像說過，有個甚麼網可以看淫片，你知道嗎？」

「知道。」我沉思了一會，說：「你用我的電腦吧，我教你。」

「可你的電腦在房間裏。」

「隨便拿根鎖匙插進去，一扭就開。」我說，「你進去了嗎？」

「哪個是開關？」

「下面長方形的主機下，有個圓形的按鍵，那就是開關。」

「沒反應啊。」

「要先開電源。」我耐心說，同時又覺得整件事很有趣，「主機後面有個按鍵，在上面，找得到？」

「開了，圓形的那個在發光。」

「對，看到螢幕沒有，是不是有兩個用戶，點一下右邊那個。」

「怎麼點？」

「把鼠標移到上面按一下左鍵。」

「鼠標？」

「喔！你拉出枱下的抽板，上面是不是有個鍵盤和滑鼠。右邊小小的那個，握住那個，移動一下就會看到螢幕上那個白色的東西在動，有沒有？」

「有有！很有趣。」

「把它移到右邊的用戶上面，按一下滑鼠左邊的按鈕，然後用鍵盤輸入 g-o-d-f-a-t-h-e-r。」

「教父，電影教父？」

「我最喜歡的電影。」

「忘記了甚麼時候看過。」父親帶著思考，自語般地說，「不過不重要了。」

「重要，這才重要！」我一陣激動。

「工作掙錢才重要。其他的，無所謂。」

「所以除了工作，你甚麼都沒有。」

「哈哈，」父親笑得短促，「然後呢？」

我默然，不帶感情地說：「先等一下。電腦運作得比較慢。」

父親和我都沒說話，陷入一陣尷尬的沉默。不要談現實，不然會鬧翻——他居然看過教父，他這種人！——集中教他看淫片吧，那樣比較好。

「你經常看這種網站嗎？」父親打破沉默。

「偶爾，」我坦白，「有時過多，曾經可以說是沉溺過。」

「你的房間長年關著門，我根本不知道你在幹甚麼。」

我默然。

「為甚麼不找個女朋友？」父親忽然問。

我沒有回答。他也沒追問。

「說來奇怪。」我把想過的事說出來，「女人無聊的時候，會去逛街、購物、打扮、找知己聊天，甚至去運動、玩電動。男人就只想來一發。要想去做些甚麼，先來一發。」

「的確。」父親說，「電腦大概好了。」

「很好。」我說，「你——現在先開啟瀏覽器，在左下角，

是個圓形，有三種顏色旋轉著的圖形。」

「c-h-r-o-m-e？是這個嗎？」

「對。打開，你看到主頁的畫面，不用理會。你到上面有一行英文字母的位置，先用滑鼠點一下，字母是否全變藍色？然後輸入 www.xxxxxx.com，按一下回車。回車在中間，在 L 的右邊，印著 e-n-t-e-r。」

「黑色畫面，有了！」父親一下激動，「下面有許多裸女的圖片。」

「你把滑鼠移動到圖片上去。」

「動了！」

「對，那是給你預覽的。你看上那個，就點滑鼠進去看。」

「有沒有長得像阿雯的……」

「你真他媽的讓我感動。」我說，這個老坑，「先別找，先點一個進去。是否有個更大的畫面，想看的話要把滑鼠移到上面，點一下，別急。是否彈出一個界面，不用理它，那是有毒的網頁，把它關掉，右上角，紅色那個交叉。然後回去，再點一下就會開始了。」

「健兒啊，你熟諗得很。」

「誰說過，成功是百分之九十九的汗水。」

「哈哈，」父親發出對著工友時的笑聲，「可以了，我現在有點，你知道，關電話吧。」

「不！你先在滑鼠上鋪一張紙巾，別弄髒我的滑鼠。」

「行行。」

「等一下。」我聽到日本老師的呻吟聲。

「煩不煩啊，我現在。」父親不耐煩得像我以前玩電腦遊戲時聽到他嘮叨的狀態，「我不想一邊。一邊聽到你的聲

音。」

「如果你想找到長得像母親的，可以搜一下北原多香子。」

我把輸入法告訴他，關了電話。巴士駛出了大欖隧道，周圍亮了些，公路外的樹叢在月光下左右揮舞著，我彷彿能聽到沙沙的樹葉聲。第一次看淫片是中二吧，我想。第一次總是印象深刻。那天是周末，雷雨交加，天黑得像夜晚。家裏無人，我無所事事，把房門鎖上，從遊戲世界中退出到桌面，開瀏覽器搜索同學常掛在口邊的淫網。我整個人痴呆地望著螢幕，雷雨聲、整個外在世界彷彿不再存在，只有女優彈跳的胸脯，白皙的肌膚，可愛誘人的臉蛋和表情，還有那嬌嫩而尖銳的呻吟聲。那一次高潮時，我整個人都酥麻掉，軟癱在電腦椅上。那以後身體再沒有這麼陶醉過。

可我每次聽到同學公開讚頌淫片和手淫，我都表現得我很厭惡。每次有人問我，我都矢口否認。想不到現在竟教起父親怎麼去看淫片。這是墜落，還是只不過成長了。車窗上我的臉笑了。我想我以前總是被社會表面的價值觀規限了個人的體會，就像看荷里活商業大片，可能每一部都差不多，打來打去讓你厭惡。但它並不是必然存在的，試想像一下世界上沒有荷里活片，只有法國的藝術電影，那又是多乏味。淫片跟現實生活不同，他強化了性愛場面，你甚至可以研究它在男女關係上的象徵、心理學上的隱喻。就像勞倫斯的《查泰萊夫人的情人》以性愛尋覓人的天性，淫片強化了性慾。它說不上是藝術，不過也算是一種幻想，是豐富生命的事物。

許多時我都會把想過的道理重新再想一遍，這些思想並不是毫無用處。工作時我聽指令幹活，思考的也只在技術

層面上，此刻對人生和藝術和善惡的思考才是建立屬於我自己、作為人的價值。我思故我在。它能夠讓我更把握在世界，活得更心安理得，更有自信。我忽然有股衝動要跟父親說話，便從褲袋掏出手機，按了通話錄上父親的號碼。我安靜地等著，第一通電話無人接聽。留言聲響起，我關閉通話，再重按。在連接聲將近結束時，電話通了。

「你不知道我在忙嗎！」

「別跟我左青龍右手機。」我幽他一默，「爸。」

一陣沉默。

「甚麼事。」他說，「軟了！軟了。」

「我在想，」我停了一下說，「或者以後，我們可以一起做些事。」

「甚麼事？」

「父子間的事。」

「不是這個。」

「絕對不是。」我說，「譬如聊聊天，喝酒，彈吉他唱歌，說女人。」

「健兒。」他說，「哈哈，這個女人長得一點兒都不像你母親，你母親比她漂亮多了。」

「是嗎？」

「很遺憾你沒有母親，好像也不怎麼有父親。」

「別傻了。」我說，「你現在打開我的文件。然後去我的音樂，然後打開叫 o-a-s-i-s 的檔案，聽聽，我想聽你彈他們的歌。」

「好的。我試著學。」

「不打擾你看淫片了。」

我關了電話。車窗外的景物不斷移動，飛快得有些模糊，我看到玻璃窗上我微笑的臉重映在回家的路上。

題目：霧中風景

作者：【香港】吳其謙

　　馬路上，一群黑壓壓的蟲子慢慢地向地平線的末端蠕動。太陽還沒有出來，四周是死一般灰白。霧水壓在泥土上，夾雜遠方飄來的草腥味道，隱約能見到水氣像許多交織的透白蜘蛛網懸掛半空，那怕只是輕輕的一個咳嗽，就能將凝結的空氣牽動。他淹沒在灰霧裡，在人群之中弓著身子踱步，沾滿黑泥的鋼板鞋在鋪滿碎石的地上拖出兩行路軌，墨綠色的工人長褲上染了許多道白痕，彷彿是老兵身上的瘡疤，無聲地炫耀著過去的功勳。地上沒有影子。他跟著前面一群跟他穿一樣制服的人走，滿足於偶然從前人兩腿之間窺探的小世界。每個人的樣子都不甚分明，模模糊糊的一團，像鳥瞰地上密密麻麻的蟲子般，根本看不出每一隻有甚麼特別，我們習慣稱這群褪色的人作群眾。如果這時天上面一大片泥土塌下來，把全部馬路上的制服工人都裹住，倒也像一批剛出土的兵馬俑。一線陽光穿透了黑暗，在人群背後，太陽緩緩升起。他沒有轉頭回望初日，只是感到頸後觸到的微溫。夜幕嘔吐出更多的真實。撥開了迷霧，只見馬路兩旁的不遠處都是殘舊的大型工廠，鐵鏽如藤蔓般攀滿古銅色的煙囪，一枝枝直插在建築物頂上，遠看像許多根香煙，吸的人是泥土，呼出來的是霧。他低頭，瞥見了剛長出來的幼長黑條，

他總感覺倒映出來的輪廓不太像自己。這個是我嗎？他又想，忽然鼻子一癢，阿嚏一聲打了個真真切切的噴嚏，帶血絲的鼻涕奪門而出。他停下來用兩指捏去懸在唇上的粘液，往地上摔，然後環顧身邊沒有表情的行人。這是不安份的騷動，破壞了群眾本來整齊一致的步履，從一塊完好無缺的拼圖中，他取出了其中一塊。猶如剛起床時，他揉揉裹著淚水的雙眼，從朦朧轉清醒的一瞬間，彷彿看見了甚麼似的。

他蹲下，屁股貼地坐著，然後整個躺下來。碎石像細針刺痛他的後腦勺，他第一次仰望天空，灰白一片，沒有雲，帶著薄霧。就這樣，他安然地躺著，感受到後面的人慢慢在他耳邊踏步，起初還是有點怕，怕被踩到，漸漸就習慣下去，舒坦得像身上每一根毛髮都往下垂著，連接到泥土上的氣孔，化成一體。

他想起今早起床的情況，這似是他現在依稀能記得工作以外的事情。在半百尺的單人宿舍內，他如小便後的本能反應般震動起來，睜大雙眼，馬上瞥向掛歪了的時鐘，剛好早上四時正。汗衣染上一抹深藍，他下床，步出房門，赤腳跑到走廊末端的公廁梳洗，這時廁所已堆滿了剛起床的工人，耳內盡是水花四濺的撞擊聲。好不容易才佔到水龍頭的位置，他漱口，用刷毛散開的牙刷不斷來回洗刷還沒睡醒的腦袋，然後習慣地想像出一條清單，上面印著密密麻麻的條碼，都是今天要兌現的工作。

就這樣，他從群眾裡脫開，靜靜地躺在馬路上，像一把從地底伸出的刀，把後面行來的人流割成兩邊。大多的行人都只是瞥了他一眼，獲得了甚麼似的，然後又縮回自己小小的世界，繼續前行，沒有誰願意在寂靜中發聲，把自己光溜溜的暴露出來。太陽逐漸驅趕水氣，馬路的上空分外光明，

石縫缺口生出的雜草現出一點綠。終於，一位年青工人在他身邊停了下來。另一塊拼圖被取走。

「你有沒有事啊？需要幫忙嗎？」年青人俯身探問。

他凝望著青年人正晃動的厚嘴唇，平靜地答：「不要理我，我沒有事。」

「那你為甚麼躺在這裡？」年青人蹲了下來，眉頭連成一線，問。

他仍是很注意年青人渾厚的下唇，「走開，不要理我吧。」他說，然後焦點又回到那分外開明的天空，凝望那還沒散去的一絲薄霧。

回想起上周日，一位工友問他要不要一起到教會參加團契，他快二十五歲了，仍不知道團契是甚麼，不過剛好要入城買香煙，就跟著工友順道去了。在教會的短短一兩小時，他浸淫在柔和的聖詩中，被眾人團結的歡愉所感染，原來教會是如此美好的地方，他第一次認識神，第一次相信神，第一次覺得很幸福，因為他第一次知道生命是有意義的，神安排好了人的一生，他一生下來人生就已經有了意義！即使他躺著，他於是也即將只躺著，他一生的每一分每一秒都要千萬分有意義！

另一位手捏著半塊三文治，肥胖的禿頭老伯也停了下來。

「你們在幹甚麼？還不快去工作？」老伯用沙啞的聲線喝道，口中咬著麵包，說得有點不清楚。

「不要理我啊！」他喊道，沒有望過老伯一眼。

「你為甚麼躺著？」老伯蹲在年青人旁邊，用手抓著他手臂問。

豈料他忽然劇動起來，奮力甩開老伯的手。大吼：「不要碰我！」他一臉不憤。

這平地的一聲雷，引得越來越多人的注意，開始有一小撮人圍住了他。大家都很好奇為甚麼他會躺在地上，交頭接耳討論起來。一下子，本來寂靜的每朝清晨響起了不同人的聲音。捲起手袖，現出了條條青根分明的手臂的婦人高聲說：「這一定是一個暗號！他不去工作，寧願躺在地上，一定有甚麼值得期待的事情會發生。這一定是一個暗號！是甚麼好東西？是甚麼好東西？」

嬌嫩的聲線在人堆中說：「對！一定有甚麼好東西！是好東西才不讓說出口呢！是個密碼！有錢嗎？」

高高瘦瘦的男人抱頭喊：「嘩！錢啊！是錢啊！躺著就有錢啊！」

他一直凝望著灰白的天空，口中碎碎念道：「神……神一定會懲罰……一定會懲罰你們……一定會懲罰你們……」

第一個停下來走到他身旁的年青人，沒有說太多，就跟他一樣躺了下來。其他人看到，亦不問因由，一個接一個，好像是理所當然的，沒有想太多，就直接躺下來，靜靜仰望著天空。

太陽升到最高空，灼熱的陽光打印在他們的臉上，霧水已完全蒸發，乾爽的秋風在遠方的草原吹來。馬路上，躺了半百人，他們剛從拼圖中取出其中一塊，又重新組合成一張新圖畫，最先散著光芒的他，現在又褪了色，淹沒在密密麻麻排列的許多肉蟲之中。早上的城郊很寧靜，蕩漾著一股安逸，地面暖烘烘的，像一張華美的波斯毛毯，溫熱了每個人在上面編織的短暫自由。

他凝望沒有雲的灰白長空，總感覺這一刻過得特別有意義。

題目：我的越南同事 Liu

作者：【台灣】連展毅

音樂聲震耳欲聾的狹小包廂內此時一片迷濛。

自幾人嘴裡吐出的菸霧，在閃爍流轉的七彩球燈照射下冉冉飄升著，一挨接近了天花板的冷氣出風口，旋被吹散殆盡；三對男女分坐於呈「ㄇ」字狀擺置的沙發上，自成一方不受叨擾的小天地。滿屋子的菸味、酒氣，混雜著女子身上的脂粉香水味，縈繞鼻端久久不去，氤醞成一室頹靡曖昧的娓旎。

我盯著長几上橫七豎八的空啤酒罐，一時間竟有些走神。

「你怎麼都不理人家！在想心事喔？」突然發話的妙齡女子順勢將身體湊了過來，似不經意地一挺豐滿的胸脯，在我上臂處廝磨了數下。她的國語明顯帶有股奇特的腔調，一聽就心裡有底對方應該不是本國人。

「祥仔，你沒聽見我們思思在叫春了嗎？還不快點給她處理一下！」同夥之一的阿杰在講到「處理」兩字時，還刻意朝我挑了挑眉。

我又望向另一名同伴小凱──只見他專注地摟抱住身旁的小姐，正忙著上下其手、前搓後揉，哪還顧得上搭理我們的談話。

「討厭啦，你又聽過我叫春囉？」思思撒嬌地嗔道。她這麼一扭動，我的上臂處立刻又傳來飽滿、彈跳的觸感，著實勾起人綺麗的遐想。

「大哥我敬你！」思思捧起酒杯和我對碰了一下。

「妳哪裡人啊？應該不是台灣的吧？」我隨口問道。

「給你猜猜看！猜不中的話要罰一杯喔。」

「我猜⋯⋯越南？」

「哇，怎麼這麼厲害！你為甚麼會猜的到？」

「沒有啦，因為我有同事也是從越南來的，就妳們說話的口音聽起來還蠻像的。南越還北越？」

「我北越囉。」

「妳是嫁來台灣嗎？」

「哎唷大哥，我們不要聊這個啦⋯⋯」

「抱歉，不過我沒甚麼惡意。」

「我知道的。要不然我們來划拳好了，輸的人一次半杯。」

於是舉凡數字拳、台灣拳、洗刷刷⋯⋯我們兩個越划越起勁，不自覺地又是不少黃湯給灌下了肚，彼此肢體間的碰觸也益發頻繁、隨意起來。至於其他人：有的在唱歌，有的在擲骰子，全都玩得不亦樂乎。

正當酒酣耳熱之際，房內的照明驀地暗了下來，只餘電視屏幕還透出詭異的藍暈，音樂也隨即換成了節奏強烈的電子舞曲。這時，本還坐我身旁的思思突然站起身，開始隨著音樂旋律，在眼前扭動起曼妙的身姿，舉手投足間滿是不可言喻的挑逗意涵；緊接著她徐緩而煽情地將身上衣物一件件褪去，沒一會兒，那不著片縷的性感胴體便完全暴露在空氣中，嬌小卻不失圓潤肉感——儘管視線昏暗不明，然而她白

晢、細嫩的肌膚在微弱餘光的映照下，竟不可思議地泛著令人目眩的雪白。

興許是方才酒喝得過猛且多的緣故，我只覺口乾舌燥，腦袋一陣暈眩。

她挪動隱隱似裹覆了一層柔芒的胴體，逐步向我走來，雙手輕按在我的上身，不停地游移、撫摸，最後索性一把跨坐於大腿上。雙方距離如此之近，她胸前的那兩團豐腴堪堪就要觸及鼻尖，兼且隨著身體每一次的晃動，盪漾出一圈又一圈誘人的漣漪。只見她嫵媚地一笑，拉起我的手便整個覆往自己傲人的高聳……十指剛一抓上，是種近似石膏的冰涼滑膩，片刻後，又化為如羊脂般的溫潤綿密感。

就在兩人耳鬢廝磨、唇舌交接的時候，對方忽地自我大腿根部滑了下去，輕輕將其分開；我尚不及有所反應，她拋來一個媚眼後便迅速將我的褲子脫掉，隨即低垂下頭，開始有規律地一起一伏……大夜班的工作幹了快半年，漸漸地也習慣了日夜顛倒的生活作息。

晚間十一時許的省道上涼風習習，往來的車輛已漸趨零落，獨自騎在泛黃的月色下，別有種似被世界遺棄的寂寥感。由於不容分說被經理「拜託」替外勞張羅晚餐，最近一個多月，我每天都得提早二十分鐘出門，額外承擔本不屬份內的差事……媽的，自己都不會想辦法處理嗎？組長的職責又不包括跑腿買便當，幹麻非要叫我，老是盤算著如何讓人拿一份薪做好幾份工，十足的中小企業心態！想當然了，這些話自己在心裡幹譙幾句也就罷了，而今經濟這麼不景氣，卑微的勞工哪來違逆上司命令的底氣。

到了公司後把便當派發下去，我信步走向中班組長阿杰，熟絡地與他閒嗑牙。

「你知不知道多扯？那天最後我不是載小凱回去，結果在車上他竟然一個勁地對我說沒想到小吃部那麼好玩，問我們甚麼時候還要去？哎，又一個撩下去了！」

「別開玩笑了！小凱的薪水又不是很多，你可要盯著點，別讓他沉迷下去。」

「安啦！我會留意他的。對了，我最敬愛的祥哥、全公司最帥的單身漢……」

「還不閉上你的狗嘴，想要幹麻就直說，少在那裡拍馬屁。」

「那我就不客氣了……有辦法先拿個三千塊來擋一下嗎？」

「靠么，我說你會不會太誇張了點！缺錢前兩天還找我去小吃部？」

「唉，我也不想，還不是小孩子臨時說要參加甚麼戶外教學活動，幹，有夠花錢的！有時候我還真羨慕你，自己一個人就是逍遙自在，也沒啥負擔。」

「停，這些話你回家抱怨給老婆聽吧！我現在身上錢不夠，明天再拿給你。」

「不愧是好哥們！下個月領薪我再還你。」

「小劉。」阿杰突然伸手拉住了經過的一名越勞：「你怎麼又在吃泡麵！你們組長虐待你沒幫你買便當嗎？我幫你去跟經理說。」

小劉靦腆地笑了笑：「不是，組長很好。」

「去你的，少來管我們大夜班的閒事。」我輕輕地擂了阿杰一拳。

「十九號每隔一段時間就會出現銀絲，將模具擦拭過就

好；二十二號要注意氣泡的問題；S7 的左半邊記得兩小時紀錄一下 size……今天大概就這樣。喔，那邊六格籃裡的零件，你如果撐不住想睡的話，就去修剪毛邊吧。」

「誰像你，趕快滾回家抱老婆吧！」交接完工作，等中班的作業員全部離去後，我便將鐵門拉下、上鎖。

相對於早班而言，我們大夜班的工作說實話是要輕鬆不少，無須緊張隨時可能冒出個主管在身旁督促、叨唸，壓力比較小；也不用一直趕進度，連去上個廁所都很匆忙——若工作上手的話，甚至還能有空檔吃個宵夜、抽根菸甚麼的。至於我這個組長就更閒了，假如機器運作順利都沒出啥問題，一般就只要管控好成品的良率，適時補充原物料，或者輪替組員去上廁所，或修剪一些小零件……自然薪水也不會給的太過優渥。

「小劉，有沒有甚麼問題？」這一批來台的越南籍勞工共十六名，當中我最欣賞、最有好感的人便是小劉：他總是笑笑的不多話，任事勤勞，遇有雜務都會主動接下，平時也不太與人計較；而且可能是只有十九歲的緣故，感覺就像多個弟弟一樣。

「沒有問題。」

我隨手拿起了幾個燈殼檢查，處理的都還蠻妥當。

「組長要不要泡麵吃？」小劉笑笑地問道。

「這麼好喔！那我要吃酸辣的那個口味。」我點了根煙請他抽，順道替下他的工作，好讓他起身歇一會兒，他二話不說馬上跑回寢室去拿泡麵。小劉算節儉了，常會拜託我晚上不必幫他買便當，他吃泡麵就可以，為的是能攢積下那微薄的供餐費匯回家裡。然而他為人也不至於小氣，時不時就會拿家裡寄過來的越南食物請我品嚐。

「放了兩天假，老闆有沒有帶你們出去玩？」

「這禮拜沒有。我們有自己去抓魚、去河邊！」

「哪裡的河邊？」

「不很遠，工廠外面一下子。」

就在工廠外面……我的媽啊，他說的那個哪是河，根本就只是一條略寬些的排水溝！水質簡直讓人不敢恭維，隔大老遠便能聞到一股化學臭味。還下到水裡抓魚？

「那裡面有魚嗎？」

「有魚囉，很好吃的！這樣不用花錢買菜！」我不禁感到頭皮發麻。

「所以你們下次放假還要去嗎？」

「不行去了這禮拜。老闆說全部人要留下來加班，要大掃除。」

「這樣你們不就都沒有休息到。」

「沒關係，可以賺錢很好！」

我常會找小劉打屁、閒聊，有別於多數台灣同事總儘量與他們保持距離，大概因為這個原因，小劉對我顯得親近許多。他告訴我像他們這樣想過來工作，都必須繳交一大筆的錢給仲介，有些人家境比較不好，便每個月固定從薪資裡扣還，實際領到的錢要比預算少上許多；而且想過來的人還得具備一定的教育程度，出發前會先在當地學習一些簡單的中文會話。小劉下頭還有兩個尚在求學的弟妹，他希冀自己能多賺一點錢，好供他們繼續深造。我曾問過他「會不會覺得自己這樣很辛苦，很不公平？」他的回答非常的理所當然：「因為我是哥哥。」

「組長、組長……」忽然聽到有人在喊我，循著聲音看去，原來是另外一名外勞阿方。

「有甚麼事？」我朝他走了過去。

「可以幫我一下嗎？我想去廁所。」

「快去吧！不過你別又給我躲在裡面偷偷講電話，很久都不出來啊。」

「這次不會了！」

雖說都是離鄉別井出外討生活，但有小劉那般認份、勤快打拼的人，自然也免不了會出現一些懶惰投機，愛耍滑頭的傢伙。說到這個阿方，平時工作就不是很謹慎，經常會搞出一些匪夷所思的狀況考驗大家耐性，遇到勤務也很會躲；一但開口責罵他，便又裝作完全聽不懂國語，在我們幹部間的風評很不好。

「靠，怎麼會一堆黑點啊？到底在搞甚麼！」才接手做了幾個，我就快瀕臨爆發邊緣。而沒預料自己即將倒大楣的阿方，一臉笑笑地走回來了。

「阿方你給我過來！」我拿了一件成品給他看：「這上頭都是黑點你沒看到嗎？為甚麼不叫我過來處理？」

只見阿方一臉的無辜樣：「剛才沒有的！」

一聽他又開始卸責，我忍不住就火大了：「你再鬼扯嘛！去看看自己之前做的，你都已經做快一箱了耶。拜託，可以不要老是連累我被罵好嗎？」NG率萬一過高，早上我恐怕又要被經理請去「喝茶」。

停住運轉的機台，打開模具，我費力地鑽了進去開始擦拭，無意間一瞥眼，頓時無言了──趁著工作暫停的空檔，阿方絲毫沒有闖禍的自覺，竟然跑去和另一邊工作中的同鄉聊了起來……

半夜三點多的時候，我正躲在監視器的死角小瞇一會兒，忽然有人傳了簡訊給我。這個時間會是誰啊……一看，

是電話簿裡並未輸入的陌生號碼。

「親愛的祥哥哥，你知道我是誰嗎？我是思思唷！那天晚上很高興能認識你，我覺得你人很好，唱歌又好聽，希望你可以常來找我玩。等你喔！」

奇怪，我怎麼不記得有給過她電話號碼？話說回來，這馬子的工作效率還真高，這才沒幾天就開始在 call 客了。

公司這一、兩個月吃下的訂單有些超量，所有外勞無一例外都被拉去輪流加班，每天的基本工時就是十二個小時，還不一定搶得到，我超佩服他們的韌性——或者該說他們對於賺錢的狂熱；而我們這些組長則看個人意願，但壓力也不小，不僅要搶時間同時得兼顧好品質。

「祥哥，最近晚班打掉的 NG 品有點多，尤其是阿方的！」品管跑來跟我叮嚀道。

「嗯，我會再多注意一點。」

好累啊！每日重複著一成不變的枯燥動作，說實話很是消磨著人的熱忱與積極性，期間也僅僅去小吃部放鬆過那麼一次。

思思倒是會不定時傳來簡訊問候，偶爾兩人也短暫地通個電話，持續保持聯繫。就在月底的那個週末，業務量總算得到了大大的紓緩，我忽然心血來潮，打電話邀思思出來吃個飯。恰巧她也有空，於是約好了當天傍晚在某家熱炒店碰頭。

思思臉上只化了淡淡的裸妝，看上去更顯秀氣、清純，穿著打扮也像極了台灣時下的年輕女性，如果不開口說話，有誰猜得到她竟會是越南人。隨意點了幾道菜，又拎了一手啤酒，我們邊用餐邊閒聊起來。她大部分的時間都很健談，和我有說有笑的，只不過隨著酒一喝多，那股淡淡的愁思便

不自覺地顯露無遺。

「妳怎麼了？有甚麼不開心的事不妨說出來，就算我沒辦法幫上甚麼忙，至少可以當個好聽眾啊！」

「也不知道自己在幹麻……之前在工廠上班，為了能多賺點錢寄回家，我每天沒日沒夜的加班，最後弄到身體一堆毛病；現在日子過得比從前好上許多，卻總覺得心裡面很空虛，找不出半點生活的意義。以前常渴望要回去看看家人，但捨不得買機票的錢……現在買的起了，卻不曉得回去做甚麼？」

「每一種人生都有它的無奈與趣味，自己總要想辦法找著平衡點，就好比我現在的工作，事雜錢又少，當然是能摸魚就盡量摸魚。如果妳無法做出任何改變，也只能被動接受了。不是曾有人說過這麼一段話嗎——生活好比強姦，既然沒辦法反抗，那就只有閉眼咬牙享受！」

「聽你在亂講！哈哈……」

「連這妳也聽得懂，中文造詣真的不錯喔！」

「拜託，我都過來這麼久了。」

「不過還是有股怪怪的腔調。」

酒足飯飽，算一算兩人喝掉了快四手的瓶裝啤酒，我感覺有些頭昏腦脹，思思則是連站都站不太穩。

「妳還好吧？要不要我幫你叫計程車。」

「嗯……不用，我……家就住附近……你、你可以載我回……回去嗎？」

「載妳回去是沒問題，不過我得先歇一會兒。」

我的摩托車就停在不遠處的 7-11 騎樓，將她攙扶過去，又進去超商買了兩瓶水，我們並肩坐在外頭的椅子上休息。

「我覺得……你人蠻好的……」思思的頭似不勝酒力地

歪倒在我肩膀。

「不會吧，也才請妳吃了一頓飯，這麼好收買喔！」

「不是⋯⋯你人很正派，不像其他客人，花了錢就想要摸個夠本⋯⋯」

「我不喜歡勉強別人做不喜歡的事情。」

「而且你沒有看不起我。」她驀地抬起頭來，迷惘、失焦的眼神瞬間閃現了一抹晶亮：「晚上可不可以留下來陪我？」

自與她發生了肉體關係，有好一陣子我都在想：如果當時我留下一些錢，會不會能讓彼此間的關係更趨於單純化⋯⋯或許人家是有老公的；或許她會從此纏上了我，擅自把我當成男朋友，甚至鬧到公司來令我難堪。然而那一切全是我的杞人憂天，思思並沒有在爾後的任何一封簡訊、任何一通電話裡流露出哪怕一丁點曖昧的情愫，純粹只有朋友式的寒暄關心。這讓我幾乎要誤以為當晚在她住處的一宿歡愛，不過只是出於醉酒式的幻想。

如常地上我的大夜班，不經意間，我發現小劉竟然買手機了——這個儘可能把薪水都省下來寄回家的人。

「喔，你買手機了，做甚麼用啊？」

在我的威逼之下，小劉這才有些不好意思地招供：「跟女朋友講電話。」

「你交女朋友了？這麼幸福喔，有沒有照片看？」

「沒有耶。」

「不想給我看就直說嘛！」

「真的沒有！」

「女朋友是哪裡人？」

「也是越南的。組長給我你號碼的，可以嗎？」

「OK 啊。」我拿過他的手機，幫他在裡面輸入號碼，聯絡人名稱則打上「祥哥」。

「等我有回越南，你來，我帶你出去玩！」

「真的才說！那你有帶女朋友出去玩嗎？」

「有去吃東西，還有送禮物。」

「這樣就對了。有甚麼不明白的可以來問我，組長可是很會把妹的喔！」

小劉只是一逕地傻笑。

從那天起，我不時會撞見小劉一個人蹲在宿舍前面講手機，一貫靦腆的笑容，他的行頭裝扮也有別於以往的樸素，逐漸變得時髦起來；又間接從其他越勞口中得知，小劉的女朋友和他一樣也來自北越，目前人在另一家工廠裡擔任作業員，人長得很漂亮，身材也很火辣⋯⋯說著說著，那些傢伙便會露出一臉曖昧的神情──原來男人猥褻起來的樣子是不分國界的。

而思思，卻是很久一段時間沒再與我聯絡了。

所有的幹部都被叫進辦公室裡開會，會議主旨為「共體時艱」──我他媽的實在恨透了這四個字，它的潛在意思不外乎：當公司賺比較少錢的時候，你們員工的福利自然也要適度地削減！問題是公司賺大錢的時候呢？老闆拿那些錢去買新的機器設備、擴充廠房⋯⋯而員工則完全分不到一元半毛。這就是從事勞動工作者的辛酸與無奈。

「最近是市場淡季，加上前陣子公司又投資了一筆錢在生產線上，所以希望各位幹部能多體諒。等下半年度公司有賺了錢，欠各位的福利一定會回復。」經理一臉沉重地在上頭疾呼，我卻聽見身旁有好幾位老員工嘴裡喃喃唸道：「最好是會回復啦！每次都來這套。」

最終定案的結果（或者說單方面的宣佈）如下：幹部的領導津貼小幅度地縮水；午餐補助從五十五元降成五十元；爾後加班需經由課長級以上核准，未超過半小時者不予計算；年節獎金減少⋯⋯最要命的是得隨時配合公司實施無薪休假。

　　想到曾有個大官公開在電視上說，「無薪假」是一項偉大的創舉，真應該頒給發明者諾貝爾獎⋯⋯當下我只想狠狠甩他兩巴掌——對我們勞工來說，每個月的薪水多寡全取決於打卡表上勾畫的天數，上一天的班才有一天的薪水可拿！他以為每個人都像他一樣月領數十萬？他以為勞工和公務員一樣也享有許多優惠、補助？真不知是腦殘還是毫無同理心？台灣勞工最大的悲哀，就在於很難選出一位勞工出身的總統。

　　散會後，幾個相熟的同事湊在一塊吐苦水，廠務的王哥就直言：「再這樣亂搞下去⋯⋯拎爸已經想換工作了！」

　　另一個廠務陳哥直接吐嘲道：「王仔你會不會想太多！除非你有本事進到一家制度完善的大公司，像這種中小企業，哪間都差不多啦，比起來我們老闆還算有良心了。」

　　「幹，反正待一天算一天，今朝有酒今朝醉啦！」

　　「你們要去小吃部的話記得找我喔！」小凱滿腦子念念不忘的仍是這個。

　　「像你這種幼齒的，那裡的姊姊們應該會很喜歡找你進補。來，姊姊含一個！」陳哥的話立刻引起一陣會心的哄笑。

　　而我只是怔怔望向那些大型機具，規律而制式地塑型出一個個尺寸無二的零件，順著輸送帶的運轉，前仆後繼地送至每位作業員的身前；而每個作業員亦規律且制式地一再重複著相同無趣的動作，機器人一般，感覺像是在觀看一齣低、

成本的三流科幻片，粗糙且生冷。那一刻，我只覺生命極其荒謬不實。那一刻我直想快步掉頭逃開。

枯燥乏味的日子是一種慢性中毒，只能藉助休假稍稍壓抑病情。將運行的機台一一關閉，又仔細巡視完門窗、水電，我便領著一干組員，來到負責區域進行清潔工作。外勞們開始掃地、拖地、擦窗戶，我則在旁監看。一開始不過是有人不小心滑倒，打翻水桶弄濕了全身，後來卻逐步演變為全場人的潑水大戰。我們猶如孩童般整個玩 high 了，在偌大的廠房內追逐、戲鬧，彷彿像是要洗去全身的煩躁與束縛。

跟著外勞回到他們宿舍，我順手掏了些錢讓人去買啤酒，一群人只穿著四角褲，就在暖和的日照下隨意閒聊，感覺近來有些鬱悶的小劉，也終於露出了許久不見的開懷笑臉。每個人都有著自己一段平淡無奇卻又引人入勝的故事，聆聽他們的傾訴，感受他們對我的親近，內心竟隱隱生出一股獲得救贖的悸動——便連平素看太不順眼的阿方，此時也變得可愛起來。

「等到三年工作結束，存點錢，就可以回家鄉蓋房子、結婚。也許做做小生意。」這是他們大多數人對於未來的期待。

「你這幾天看起來不太開心，怎麼了嗎？被老闆罵？」我抽空問了小劉一句。

「不是……是女朋友。」原來小劉覺得女朋友有些事情在瞞著他，雙方為此起了幾次口角。

「別想太多啦！每個人都會有一、兩個小秘密不想跟人說的。就像你，你有跟女朋友說過以前在越南找妹妹的事嗎？而且還說要約組長一塊去咧！」

「我不敢說！」小劉笑得很奸詐。

這一天，我們大家都喝掛了。

思思終於又打了電話給我。

「喂，妳好像很忙喔？」

「哪有，在處理一些事情啊，還跟公司請了兩個禮拜的假。」

「是喔，我們最近也沒錢去妳們店裡玩了。」

「工作怎麼樣了嗎？」

「還不是老樣子，每天混吃等死。」

「幹麻說這樣，找一天出來喝酒囉！」

「等妳啊！都在忙些甚麼？」

「前陣子交了一個男朋友，就在處理一些問題。」

「嗯……都還 ok 吧？」

「也沒有想那麼多，看著辦囉。再過兩天我就回去上班了。」

「那妳男朋友……」我不知道該怎麼問才不唐突。

「反正他又不曉得我的工作！不上班的話我哪有錢賺。」

「他幹麻的？」

「在一間工廠當作業員，和我同鄉。我只是生活太孤單了，想找個人陪！」聽她這麼說，我不由得想起了那天晚上她緊緊窩在我懷裡的情景。

「不要給自己太多的壓力，要記得我跟妳說的話。」

「好啦！謝謝你，等過兩天我再打電話找你出來喝。」

四天的連假結束後，晚上又重返公司上班，我卻隱約感覺週遭的氣氛似乎有些抑鬱，平素都會相互嘻笑打鬧的外勞們，此時一個個全板起臉，話也不多……奇怪，怎麼沒有看見小劉。

「祥仔你來了啊！」阿杰看上去也是一臉凝重。

「發生甚麼事？他們怎麼看起來不太對勁，又出包被老闆幹譙嗎？」我指了指外勞。

「你還不知道喔⋯⋯小劉出事了！」

「小劉出事？」

「我聽早班的人說，星期日一大早有不少警察過來公司，說小劉涉嫌砍傷自己的女朋友，目前人已經被收押在派出所。老闆知道後氣炸了，今天一整天都在和仲介商量解決的辦法。」

「不可能的！小劉人那麼善良老實，怎會做出那種事。」

「本來我也不相信啊，可是現在人都被關進了警局，你說呢？」

這個消息帶給我的衝擊太大了，一整個晚上我完全無心於工作，腦子裡只不斷反覆想著：一定是有哪個地方弄錯了，事情絕不可能是小劉幹的。那個性格溫和、待人和氣的小劉！

一直到了早上交班完畢，經理立刻把我給叫進辦公室。

「阿祥，小劉這陣子上大夜班時有沒有哪裡不對勁？」

「沒有吧！雖然有時他會悶悶的不太說話，但是我如果跟他聊天，他一定會有回應，也一樣和我有說有笑呀。」

「這就怪了⋯⋯以他的個性，總不可能忽然發狂傷人，他也沒有精神方面的病史啊！真沒想到他竟會那麼衝動！聽說被砍傷的人是他交往才一段時間的女友，你熟嗎？」

「我怎麼可能熟！只是偶爾有聽其他外勞提過。所以小劉他真的砍傷了人？」

「嗯，事情都已經鬧得這麼大，連新聞也報導了，現在到底該如何善後啊？本來公司一直覺得小劉是這批外勞裡最勤奮上進的，還打算下一季繼續僱用他，現在卻⋯⋯唉！」

上報？我立刻自桌面上翻找出報紙，開始仔細閱讀起來，最後總算在地方新聞版面發現了這麼一則報導。

「那個她原來不是『良』人，越籍勞工怒砍女友兩刀」

「本報記者 xxx/ 台南報導」任職於台南市永康區某工廠的越南籍劉姓員工，日前意外發現，交往中的同籍女友，原來非是在自己所說的另一家公司擔任作業員，卻是在一處暗藏春色的小吃部內坐枱陪酒，一怒之下攜了把水果刀，打算前往女友住處談判。研判極可能是雙方言談之際產生了口角，兩人發生推擠扭打，劉姓越勞竟挾怒砍了女方兩刀。女子急忙逃至街上呼救，所幸傷勢不重，經送醫後已無大礙。根據本報記者……

文字內容的旁邊且附上了一張清楚圖片。看著那間小吃部的外觀樣貌，對我而言再是熟悉不過，就是我們去過幾次的那家、思思上班的地方……腦海裡忽然湧現一個聲音，制止我繼續閱讀下去——雖然世上存在著太多太多的巧合，一旦發生在自己身上，那才是最荒謬的黑色幽默。耳邊依舊不斷傳來經理的唉聲歎氣，我只覺得整個人好累、好倦，想要趕快衝回家，不理不顧地死死睡上一覺。

走到了停車棚，我下意識地拿出手機，找著編寫「Liu」名字的號碼，想都沒想就按下刪除鍵；隨即又翻到思思的電話欄，愣了好一會兒，終究沒有勇氣撥打出去。究竟是哪個人說的啊：生活好比強姦，如果你沒辦法抵抗，就只有被動享受了……全是屁話！

騎上機車，我頭也不回地駛離公司，灼熱滾燙的日光曬得全身大汗淋漓。這也才六月初啊，媽的台南天氣怎會這般惱人……

題目：鹹魚求生記

作者：【香港】王曉君、余偉錦

序章

一轉角，眼前的景象超出阿文的想像，幾間診所就在眼前，但是外貌大不同，醫生們的大名、甚麼英國皇家甚麼科等專業資格都不在了，反而像極了美容院、理髮店外的大字標題，明碼實價：

輕微割傷：一日病假

手腕割傷：兩日病假

…

……

骨折：一週病假

截肢：一個月病假

阿文忐忑不安地走進一間名叫「新生活」的診所，候診廳約莫三百平方米，擠滿各種各類人物，中學生、家庭主婦、地盤工人、白領麗人、光頭佬、宅男，他們默不作聲，有的左手挽著右手手臂，表情痛苦，有的壓住腿上傷口，血流不止。

有一道門，掛上耳鼻口專科門牌，一位病人走出來，他

少了一隻耳朵，他背後的病人，有的割傷了鼻子，有的咬傷了嘴唇。

大廳迴盪著一把聲音，就是一名穿著紫色短裙的護士，她長髮微捲，高跟鞋踢躂作響，她遊走各處，彎身為眾人檢查傷勢，較為輕微的，不用看醫生，她直接幫他們貼膠布、包紗布，就收錢送客了。

阿文拿到一個號碼，等了不過一兩分鐘，就另有護士呼叫他的名字，他走進醫生的聽診室，醫生穿的不是白袍，是西裝。醫生瞥一瞥阿文手上的傷口，笑著對阿文說：「啱啱受傷啫，無發炎亦都無細菌感染，去隔籬房包紮啦。將來有咩困難，即管再搵我哋，呢度最好架喇！」

阿文從坐下到站起身來，時間不過二十秒，他拿著醫生紙和病假紙到旁邊的外科包紮室，幾名女護士正流水作業式為客人包紮，手腳俐落，秒速包紮好阿文的手臂，又再替下一位病人包紮腳踝。

阿文回到大廳，那位護士姐姐的高跟鞋依舊敲響整個大廳，每次彎下身都惹來眾人的目光，男女不拘。角落裡的小窗口打開了，「孫文攞藥！」阿文走到窗口，三十蚊埋單，拿過病假紙，離開這間沉默的診所，那位護士姐姐剛巧望過來，瓜子臉、雙眼靈動，臉頰泛紅，阿文從未見過如此美麗的護士。

第一章

故事要從半年前的冬天說起。

那天刮起十號颱風，阿文提早下班，拖著疲憊的身軀，回他的「唐七樓」去。

還未開門就聽到電視機的聲音，想必是早上忘了關機。
「藥物面世之後，香港人唔會再病！再唔會有人因為癌病而
去世，連傷風感冒都唔會再有！」

阿文慌忙扭開門鎖、跑到電視機前，這是特備新聞報
導，主播姐姐微笑著報導，一個面容慈悲的醫生坐在她身
旁，醫生的肩膀上站著一隻鮮蹦亂跳的馬騮仔～

「呢隻藥研究左好耐先成功，我已經製成粉末，下晏兩
點已經隨風散播，想必而家全港市民都吸入左藥粉喇！～」
醫生微笑道，馬騮仔則齜牙咧嘴地大笑，還打了一個筋斗！
罕見的是，這頭馬騮仔竟沒有尾巴！

醫生續道：「呢隻粉末好微細、好輕。一旦吸入，就會
馬上生效，以後身體都健健康康！唔會再病！！」字幕打上
醫生的名字——貝諾爾。

「呢隻藥既藥力咁驚人，點解唔交比政府先做化驗，再
決定點樣分配呢？如果其他國家想得到呢種藥物，又要花幾
多錢購入呢種專利權呢？」

馬騮仔跳高打兩個筋斗，然後捧腹大笑，「哇哇哇哇～～！」
貝諾爾醫生笑著說：

「我選擇咗由風去做資源分配，風吹去邊，邊度既人民
就有福喇～～」

阿文摸不著頭腦，突然間天旋地轉，倒在地上。

第二章

天氣漸漸回暖，醫護人員卻步入寒冬。阿文居住的社
區，是全港最多醫館診所的，他落街後，向左一直走，幾間
興旺的診所倒閉了，正在招租。

橫過一條冷巷，有位婆婆正在搬運「仁心仁術」牌匾，不知用來幹甚麼。「蝦餃每日食一籠，每次食兩粒！」遠處傳來叫賣聲，「前護士」穿著粉紅色護士袍，正招呼一條長長的人龍，她尖聲叫道：「唔好『打針』呀！」顧客不聽她説，爭相「打尖」。聽聞這間「準時食點心」專門店是一位「前護士」開創的。

　　阿文終於來到他昔日常常幫襯的診所——梁偉健醫務茶餐廳。診所已改裝成茶餐廳，牆上仍舊懸掛「妙手仁心」牌匾，十分礙眼。

　　他掛在心頭的護士姐姐變成了收銀員，粉藍色護士裙不見了，彷彿矮了一截，五官依然清秀，魅力卻驟減，一位座上客調侃她：「做乜咁快除左條護士裙呀？咪當放下假抖下先囉！」

　　「無做護士喇！而家做收銀呀，大家食多啲啦！」換過裝束和語調，護士姐姐彷彿變了另一個人。

　　「食咩呀文？而家無得請病假啦你！唔慣呀？」以前都是阿文未找到話題就輪到下一個病人，診所的小窗口沒有了、客人大減了，現在倒是護士姐姐先打開話匣子。

　　「唔……」阿文坐到角落的卡位，吐出一句：「常餐 A 呀唔該？」

　　他的座位面朝大螢光幕，正播放醫生包圍立法會的新聞報導。

　　「逾千名醫生喺立法會外聚集，要求政府正視醫護人員困境，反對大幅削減醫療開支，發起行動既醫生代表要求與特首對話。」

　　阿文忍不住望了護士姐姐一眼，她目無表情，低頭數著紙幣，正在為客人埋單。

常餐到了，奄列裡加了有機蕃茄，沙爹牛肉肉質鮮嫩，從前看診的時候，梁醫生戴著粗框黑眼鏡、呆頭呆腦似的，還真看不出他經營茶餐廳時，竟做出不一樣的常餐，不枉花費四十五元吃一個常餐！

　　熒光屏可見，宏偉的立法會外一片慘白，寫滿鮮紅大字的白橫額加上一件件白袍，醫生們神情肅穆、憤慨、傷感。穿白袍的日子不多了，他們有多少人，是最後一次穿上純白色醫生袍？

　　直幡與橫額上寫滿不同種類的抗爭口號：「無病無可能可疑貝諾爾」、「驚青、眼光光、掛住前度、唔想番工，都係病！」、「重新界定醫學研究開支不可減！」、「捍衛夕陽專業要求政府支援」。

　　這幾個月，社會充斥熱烈的討論，既然市民不再生病，診所亦急劇倒閉，政府理應削減醫療開支。然而，吸入粉末那一天，特備新聞播出之後，貝諾爾就失蹤了，連藥粉都找不到半瓶子。醫學界有一個傳聞，有醫生指他的藥粉具有嚴重副作用，香港人不出十年就會全部死亡，政府應該增撥研究資源和落實應變措施。

　　「熄左部電視佢啦！有乜好睇呀，D人嘈喧巴閉，之前爭最低工資又唔見佢地出嚟？而家大家都無病啦，仲走出嚟問政府攞錢，養懶人咩！」這位中年人是新客人，剛回暖就穿上薄薄的藍色短袖衫，肌肉結實，「喂你哋啲常餐做乜咁貴呀？唔係個菠蘿油有番咁上下，搵鬼幫襯你咩！」

　　「啲食材嚴選過先用架，你都想食得健康呀？而家大家無病啫，唔代表健康架？」護士姐姐友善地解釋。

　　阿文靜靜地吃著常餐，護士姐姐已不再是護士姐姐了，梁醫生呢？他在家中看新聞、還是在立法會外搖旗吶喊？

第三章

阿文準時回到辦公室，往拍咭機一拍，記錄他今天的開始。

剛坐下，就聽到同事們流傳公司的新安排，基於大家從今以後身體健康，本港亦成為全球首屈一指最具發展潛力的城市，公司必須把握機會拓展商機，將會調高職員的每週工作時數。

「公司發展關我鬼事呀？做乜要加班呀！」坐在阿文左邊的 Michelle 叫苦連天，她做了五年，每天都準時拍咭收工。

「但係聽講佢有幾個方案比我地揀喎！」後面的 Calvin 是公司天地線，收到最多風聲，也是較勤力的職工。

下午通告電郵一出，三個方案任君選擇：

1）每週固定工時增加十個小時，每年可增加一天病假

2）每週固定工作天增加一天，每年可額外獲得 500 元實報實銷疾病津貼

3）每月工時達到 300 小時，年尾可獲雙糧

「即係點呀？唔明喎！」Michelle 高聲叫道，Calvin 幫忙分析：「如果係我哩，就一定揀方案三，因為有錢落袋！」

「但係 300 粒鐘喎！」剛巧經過的前輩陳先生，左手托一托眼鏡，淡定地說：「方案一啦，每週多十個鐘，無話一定要邊日嘛，咁咪每週頭三日一次過加班加多啲，咁到週末咪可以輕鬆啲囉！」

「但係雙糧好吸引喎！」四周遍佈疑問和提議，阿文有點頭暈，怎樣努力都想不通哪個方案較好，只感受到委屈。

懷著這一點委屈，阿文下班後，神不守舍搭地鐵搭到金鐘站，忘了轉車，到中環站的時候，他想起立法會外一眾醫

生，想起了護士姐姐，反正明天不用上班，他毅然下車去，往立法會外喘一口氣。

第四章

從月台走上大堂的那一段路，阿文想起大學時代的宿友，他讀醫學院，常常熬夜，當其他人食宵夜、上莊、走堂，玩個不亦樂乎的時候，他總是在溫書、上課、準備考試。後來他實習時忙個半死，在醫院通頂了許多個晚上。

護士姐姐也是這樣吧？阿文以前在診所裡，記得拿藥，不敢約她出街，在茶餐廳裡，記得叫常餐 A ，也不敢約她出街。為她到立法會爭取，算是一種愛的付出吧？

剛離開地鐵出口，就感受到包圍立法會的喧鬧，無數件白袍泛起一片白海，旗幟在立法會前招搖「捍衛醫護界要求押後削資」。

阿文四處張望，一名中年女子正在派發傳單，他拿一張看看，竟是再培訓課程單張，歡迎醫護人員就讀高級衛生顧問課程，讀完有工作轉介！

前面正好有一個再培訓課程攤位，幾乎沒有醫生過去查閱，倒是再培訓中心的同事積極派傳單，阿文看見幾位醫生都手執一張。

阿文還未搞清楚甚麼是高級衛生顧問課程，就又被別的情景吸引了，一個中年光頭的伯伯正在搖著扇子講故事，幾個年輕人圍坐著，若有所思。

阿文走近，光頭伯伯臉色紅潤、中氣十足，他笑著說：「大家記得春天既時候，蜜蜂同蝴蝶講咩嘛？佢話再唔採蜜，冬天就會無嘢食，餓死。蝴蝶唔理佢啦，日日花叢裡飛嚟飛

去，玩呀賞花呀鬥飛得遠呀，到咗冬天既時候，果然蝴蝶就死曬！但係蜜蜂呢？蜜蜂其實貢獻蜂蜜番去，都係比曬蜂后，寒風來襲之時，工蜂都係⋯全部過勞死曬！」

他接連說了好幾個小故事，阿文看見旁邊的空地上留下了許多粉筆字句，他唸了幾句：

小學的時候，我寫我的志願是當一個醫生。理想實現十年之後，原來還是會破滅，下個月開始，我不再是醫生了⋯⋯

其實我不是那麼喜歡當醫生，實習的時候就想過放棄，成績那麼好，不一定要做這份艱苦的工作吧？

我喜歡救人，但大部份疾病都治不好的，只能用藥物延遲死亡，或者令病人沒那麼痛苦，現在貝諾爾醫生的神奇藥粉救了全個城市，大家離死亡，是否就遠一點？

阿文也想留下片言隻語，偏偏苦思不來，又因為自己不是醫生，不敢胡亂留言，於是他走到直播立法會會議的那群醫生圈子裡。

他們都在靜靜看直播，恍如從前課室裡的安靜，有議員認為政府應該大幅削減撥款，因為龐大的醫療開支已不再必要，理應回饋市民。也有議員認為不宜操之過急，要先回應醫護人員的訴求、解決他們的困難。

其實大家都知道最後削減撥款的議案必然通過，不但保皇黨站在政府那一邊，連人民也站在政府那一邊，大家覺得除了婦產科之外，其他都不用保留，乾脆快快表決吧！

阿文又走到另一個圍得更細的小圈子裡，偷聽到一個嚇人的消息！

「大家知道嗎？我收到小道消息，其實隻藥根本唔係貝諾爾發明，而係政府秘密研製，除咗呢隻食左唔會病既藥粉

之外，仲研製左良心豆沙包，食左就唔會想犯罪，仲有滿足拉麵，食左就唔會覺得自己有困難，唔駛搵社工求助。前排醫生嘈唔夠錢又嘈高工時又嘈唔夠床位，所以就先放呢隻藥粉出嚟，第時警察或者社工唔聽話，就放埋良心豆沙包同滿足拉麵出嚟！！」

消息人士是一名身材略胖，皮膚白皙，戴著黑色粗框眼鏡的男人，若莫三十出頭，他不肯透露消息來源，另一名女醫生說：「良心豆沙包都幾好呀？至少唔會再有強姦犯呀兇殺案啦！」

一名英俊的男醫生接著說：「咁滿足拉麵都幾好呀，就算點樣三餐不繼，都唔會灰心喪志，仍然覺得好滿足！」

另一名沒有穿白袍的年輕女子尖聲叫道：「咁其實貝諾爾隻藥粉都幾好呀？大家都唔會再病！」

那名英俊醫生反駁：「你係咪有病呀？我哋失曬業喇！」

她忍不住怒斥他：「我有病無病你都分唔到，仲話自己係醫生？除咗件白袍啦！」

一片靜默。

突然間，阿文後方有一群醫生正在爭拗，有一名年青醫生說要突破鐵馬，衝入立法會，阻止政府削減撥款的決定。另一名中年醫生說，即使衝入會場，一時三刻也不能制止政府的決定，現在應該爭取市民支持，就公共衛生和醫學界的未來促進全民討論，不宜讓報導集中到肢體衝突上。

他們爭論良久，有的堅持抗爭路線不能過激，有的認為殺到埋身，怎能不激？

阿文覺得無所謂，反正那名醫生又不是要炸掉立法會大樓，衝衝鐵馬而已，反正很快就會被警察捉住。

到處人頭擁擠，嘈吵、爭拗、焦慮不堪，阿文捱到鐵馬

上，殊不知鐵馬原來不是那麼厚重，他一下子失去平衡，竟然連人帶馬一起跌倒了。

那名想要衝進去的年青醫生，看到鐵馬倒了，忽然大叫：「都削減開支喇！仲唔衝入去，等幾時呀？！」他大力推倒前方的鐵馬，嘭！幾位朋友跟他一起衝前，又推倒了更多鐵馬，嘭嘭嘭！警察大概想不到醫生也會衝鐵馬吧，慌忙重組隊形，睜大眼睛張望四周形勢，一邊手挽手圍成人牆，阻止其他醫生衝上前，至於那幾名已經衝到立法會大門的醫生，則被七、八個警察攔截了。

混亂間，一名醫生的白袍被扯甩了袖子，一名警察則在混亂中跌倒，痛得大叫，疑似骨折，幾名醫生圍著他，為他包紮，卻不順利，警察哥哥連連叫痛。

「護士呢？護士去曬邊呀？」那名不擅長包紮的醫生叫道。

「我頂你！我要投訴你呀！你連包紮都唔識！」那位警察痛到爆粗。

「去醫務委員會投訴我囉！護士呢？護士在哪？」醫生繼續呼叫。

阿文聽到醫生的呼喚，馬上想起斯文清秀的護士姐姐，他頭腦一陣混亂，護士姐姐不再穿上粉藍色護士裙，他再不能每個月生病休假，周遭的一片呼喊聲，都是因一個人而起。

他大聲呼叫一個名字：「貝諾爾！」

貝諾爾這個名字，彷如一聲號角，全場響起戒備，「貝諾爾？貝諾爾嚟左？？」

「貝諾爾呢？」、「貝諾爾！！！！！！！」

就像演唱會裡，歌迷那瘋狂的尖叫聲般，貝諾爾所得到的，卻不是熱情與崇拜，而是驚訝與感慨。在立法會通過削

減醫療開支的一刻，貝諾爾的名字響徹中環。

第五章

　　阿文翌日才發現，他意外上了鏡，幸好畫面不多，公司沒有人發現，老爸特地由南丫島老家打電話來追問他詳情，問他「做乜咁激呀？醫生無飯開關你乜事呀？幾時返屋企食飯呀？」此外，護士姐姐也發現了。

　　「點解你琴日會去既？」護士姐姐穿著淺藍色冷衫，搭一條藍色牛仔褲，阿文有點失望，何解她衣著越來越「求其」？

　　「嗯……」阿文凝望護士姐姐的笑靨，心跳加速，卻說不出肉麻的話，不過為她去一趟立法會，的確是事實。

　　這是事實嗎？多想片刻，阿文也搞不清楚他為何到立法會去了，反正都是很複雜的理由，只有記者才可以三言兩語把話講清楚。

　　他照舊吃常餐Ａ，沙爹牛肉麵似是百吃不厭的，每次幫襯茶餐廳都要吃這個。

　　整整二十分鐘，阿文既沒有把話說清楚，也沒有打開別的話題，護士姐姐也就低頭專注地看書了。她的書很厚，好像是營養學之類的。

　　阿文埋單離開，剛才太遜了！他仍在懊惱自己的遲鈍，不自覺地走過幾個街口，漫無目的。

　　他又拐入另一條街，前方竟是一條長長的人龍，路邊停了幾架新聞台專車，阿文與幾個路人尾隨美女主播上前，原來是一間診所，主播姐姐把咪高峰遞給其中一名輪候人士「而家全城都唔會病喇！點解你仲排隊睇醫生

呢？」

「喂我真係有病架！點解無人信我架！我話你知，貝諾爾醫生係搵笨架！我真係個個星期都病，你話點喇？」

「但你睇起上嚟好精神喎！」主播姐姐直腸直肚，那位阿叔的確神清氣朗、聲音洪壯：「呀你都傻既！病人一定要有病樣架？唔得呀我一定要睇醫生，間間都閂門，仆你個街呀！」

主播姐姐又把咪遞給一位婆婆，問了相同的問題。「呢度派米呀嘛！咪嚟排隊！」婆婆的帽子似是自己編織的，藍底紅邊繡了一朵小花，一架手拉車停在她的腳邊。

「婆婆，呢度係排隊睇醫生架！」主播姐姐露出招牌笑容。

「咁睇完醫生有無米派呀？上次打完流感針都有米派喎！」婆婆問。

「咁陣間要幫你問下醫生喇！」主播姐姐笑著說，小酒窩迷人極了，接著又問了另一位「眉精眼企」的婆婆。

「每用兩張醫療券就有得換一盒燕窩月餅呀嘛！夠曬抵啦！」她答道。

剛巧診所的閘門捲起來了，大家蜂擁而上，醫生被閃光燈嚇怕，馬上衝回房間，主播姐姐踩著高跟鞋，卻不比他慢，與攝影師一起衝入房間，阿文也跟著擠進去，醫生已火速戴上口罩，手上拿著一大堆紙張，還未弄清他的把戲，他就把手一揮，房間內紙張飛舞。

「送啲醫生紙比你哋喇！」

「哇！」大家爭相搶奪醫生紙，主播姐姐兩隻手各執幾張，搶了三秒，才有人大聲説：「而家醫生紙仲有用咩？搶嚟

把鬼咩？！」

空中揮舞的手漸漸停下來，醫生已從後門逃跑，到底那條人龍為何出現，這位醫生提供甚麼新服務，終究是一個謎。

阿文站在聽診的房間中央，口罩、書桌、病假紙、鏡子、聽診器……

三個月前，梁偉健醫護茶餐廳仍舊是一間診所，那時候護士姐姐穿上粉藍色裙子，坐在小窗格的後頭，喜滋滋地笑著，阿文則等候梁醫生看症，開一張醫生紙，翌日就不用上班。

一個月病一次，休一日息，已成追憶……

第六章

阿文躺在床上，凝望著空洞的天花板，想起明天七時半就要起床，穿上沒有燙好的恤衫、沒有擦亮的皮鞋、沒有結好的領帶，上班去。

阿文下床去，打開電腦，隨意點擊新聞、Youtube，看綜藝節目、看高登。他看到雅虎搜尋器上，貝諾爾醫生依然屹立不倒、長踞首位，他就按下去，看看他被起出的底。

關於他的底細，有三個傳聞。第一個，他出身基層，寒窗苦讀數十載，一心想脫貧，並以拿諾貝爾獎為目標一直發奮，最終發明了驚世藥物。

第二個傳聞，他是一個非常非常非常善良的人，口頭禪是「行公義、好憐憫、懷著謙卑的心」他一心要醫好所有病人，造福人群！

最離奇是第三個傳聞，傳聞說真正的發明者其實不是貝諾爾，而是他身旁那隻猴子！ 因為貝諾爾醫生經常找猴子試

藥，好幾個猴子界嘅大佬都病死咗，造成猴子界大混亂，所以那隻猴子就發明無病既藥粉嚟整亂番人類。

　　網站調查大家相信哪一個傳聞，阿文把滑鼠移到第一個傳聞去，但按不下去，又把滑鼠移到第二項，苦思良久，還是按不下去，最後乾脆按第三個。

　　再觀看民調結果，第三個傳聞居然得到 80% 網民支持！！阿文看不下去，又回到床上。

　　呆望那蒼白的天花板，如果明天可以請假，如果明天還有病假。

第七章

　　同事們陸續下了決定，Michelle 選了方案一，加班最少。幾個平時搏殺的同事，都毅然選了方案三，Calvin 的原因是：「唔趁年青時加班上位，唔通等老左俾人裁咩？

　　加班唔係淨係為左做做做，而係真係想掌握多啲資訊同知識、爭取多啲權力、搏取多啲嘢番嚟架嘛，而家個城市既發展潛力真係高左喎，話唔定公司擴展到呢，話唔定我上到位！又或者上唔到位，但都可以高啲身價跳去第度呢？就算要成世做長工，都做個高啲身價既長工啦！」

　　「長工？」阿文不解，他們不是合約工嗎？

　　「長時間工作個長工呀！」Calvin 話藏怨氣嗎？阿文聽不出來，他素來「硬淨」，而且極少埋怨，稱得上是娜姐的得力下屬。

　　這一天，阿文實在無法專心工作，他年紀不少了，是時候「上位」，他不是十分聰明、做事「快靚正」的人，他要上位，勢必付出很大代價。阿文加班到九時，才把一盤盤數計

完，挽起公事包幾乎是逃難般衝出辦公室。

阿文又路過梁偉健醫務茶餐廳，卻沒有胃口，未有進去，他看見梁醫生正在吃常餐，叉子勾起一串公仔麵，沙爹牛肉麵？他第一次看見梁醫生吃沙爹牛肉麵，以前總是在他的辦公室看他聽診、等他開藥。

看著醫生吃沙爹牛肉麵，其實不是平日梁醫生不會吃，而是他的診所變成茶記，而他就在裡頭吃他賣的沙爹牛肉麵，阿文不知道該如何描述這片光景、這一份感覺。

阿文急步離開了，腳步有時慌張、有時散漫，他想起小時候玩爭凳仔遊戲，音樂一停就要爭椅子坐，每次都會減少一張椅子，淘汰一個人。

他不知道這個城市的音樂舞動著怎麼樣的節奏，他站在涼茶鋪前面，聽不見半個拍子，眼前也沒有自己的椅子。

阿文走前幾步，開了閘門，又重複爬上那七層長梯，以他的工資，其實不必住唐樓，不過老父退休了，妹妹未畢業，還要儲錢，以免將來沒有錢結婚、買樓、生兒育女，雖然現在是女朋友都沒一個！

回到家中，他再也忍不住，跳到床上，在床上使勁亂跳，下個月就要加工時了！還未決擇！不能每個月拿一天病假了！梁醫生開茶餐廳了！沙爹牛肉麵很好吃、常餐很好吃！護士姐姐做收銀員了！

他的苦悶、沮喪、壓力，不知道往哪裡發洩！在床上彈來彈去，亂跳、亂叫，還不敢叫太大聲，怕鄰居報警！！

跳了足足五分鐘，有點累，他平躺在床上，喘著氣，好想大病一場……卻沒有病假可放，沒有人相信你的病。

第八章

鬧鐘在七時響起，阿文睜開雙眼，被窩很溫暖，誰想下床？

公司的新方案、消失的粉藍色護士裙、久違的病假⋯⋯

他很久沒有放過病假了，他感到頭好痛、腳好軟，不想上班去，只想閉上雙眼直至世界末日，卻只能躺在床上多休息一天。

三小時後。

阿文坐在茶餐廳，一邊吃常餐，一邊跟護士姐姐聊天。

「全個城市都無病喇！你仲敢放病假！」護士姐姐呵呵笑。她穿著簡單的湖水藍鬆身毛衣，配一條黑色牛仔褲和白色波鞋，有點殘舊、再不精緻。

「仲未選定新方案，工時已經不知不覺上升緊，琴日九點先收工，機器都要抖下啦！」阿文把煎蛋吞下去，半生熟的質感很好，吃罷心情不錯！

「咁你全日溜溜長，有乜做？」她這個時段挺閒的，客人疏疏落落。

「周圍行下啦，總好過返工。」阿文請了病假，也沒有問公司批准與否，反正今天不想上班，病假不行，就計年假好了。

阿文心不在焉地吃麵，突然發現那個「妙手仁心」牌匾不見了，換上一張張大相片，農場呀、新鮮蔬菜、陽光與土地的相片。

「點解換左裝潢既？」阿文問。

「喔，我哋啲有機菜都係直接向呢間農場買嘅，其實我而家都仲學緊好多野呀，例如煮糙米係要先浸一個鐘，要點樣令到呢間茶餐廳從食材到烹調方法都盡量健康，真係一門

好大好大既學問！」護士姐姐的收銀處如常躺著一本書，原來她每唸多一點書，阿文就會吃得健康一點，她正在看書、書中的知識造就他口／中的食物健康，她的眼睛和他的嘴巴……

電視台播放新聞，不少勞工團體輪流到政府總部請願，要求規管工時，阿文做了勞工那麼久，還沒怎麼認識過勞工團體哩！緊接是特首的回應：「本港人工時長，有時見到啲後生仔要日做夜做，都覺得好心疼，有啲時間拍下拖得唔得呢？我又要求全港要全民學習、終生學習既時候呢，標準工時一定要落啲苦功。」

「哇！有無咁啱聽呀？」一個客人衝口而出。

「不過，標準工時問題唔簡單，要得到勞資雙方共識，政府已經開左綠燈，一定會積極去做。但係社會上要有共識㗎！」特首苦口婆心的神情遭到特寫，「局長要考慮呢個工程點樣進展，一定要慢慢做，謹慎處理。」「噓！！！」幾個客人一齊倒彩，阿文大叫：「講共識㗎咩？講權力之嘛！」

「咁激動呀你？」護士姐姐笑說。

阿文把最後幾條公仔麵撈起，吞下肚，其實他不只不想上班，他甚至不太想做人。

又過了幾個小時。

阿文走進豪華戲院的大堂，只有幾齣電影，他選擇了廣受好評的《那些年》，想轉換一下心情。

他進了第三影院，零零星星的觀眾，好像他自己包了一個場，平日休假就有這個好處，不用在街上擠來擠去，又不怕買不到戲票，更不怕一吃完飯就要匆匆讓座。

男主角很喜歡打飛機，又愛鬧事，吸引了女主角的注目，偏偏女主角不易追，成績好又帶點驕傲，男主角唸到大

學還是不敢表白，結果一次吵架，兩人就只能在平行時空相戀，現實是女主角挽了別人的手臂，嫁給醜男。

故事其實不怎麼樣，俊男美女好看，頗有青春氣息，情節明快有趣，結尾有一點感動。阿文獨自離開電影院時，一對情侶挽著手臂，女方正在抹眼淚。

原以為放假心情會好一點，結果阿文更加焦躁，走在街上，哪裡都不想去，卻又不想回家，剛巧商場外的大電視播放新聞，這次輪到某激進政團在鬧市活動中，包圍特首，要求他為近期工時急升的問題負責。

阿文無心再看，有時他渴望站在最前線，大聲喊叫，有時又想靜靜躲起來、不問世事。

他從街頭走到街尾，又鑽入另一條巷，有時想買新手機、有時想買 IPAD，吊兒郎當的，結果一整天甚麼都沒有買。

他想回去茶餐廳跟護士姐姐搭訕，又怕太過頻密會被認為無聊。

天涯無處好去，阿文瞥見街角一個足浴招牌，就拾級而上，乾脆來個腳底按摩，打發時間好了。

將要到達四樓，心情真的糟糕，他根本完全不想按腳，也不想在街上逛來逛去，如果哪裡有一個絕對寧靜和平的洞，他會想鑽進去，於是他又頹喪地下樓去，望著天空一片灰，錶上指針指向八時，一天又過去了。

第九章

早上九時，阿文準時打咭，又再開始一整天的工作。

埋首工作不到十分鐘，就被召到經理的辦公室「傾幾

句」。

周小姐的辦公室若莫十八平方米，大書枱、小書櫃，還有別緻的小裝飾，如水晶棋盤等。

她外貌美豔，上圍豐滿，淺啡色頭髮電成大波浪，大家稱呼她做娜姐，隨了因為外形相像，也因為她本名是周美娜。阿文入職初期，她還未當上經理。

娜姐正在簽署文件，抬頭看見阿文，手一揮，請他坐下。

「直接講啦，其實而家全個城市都無病架喇，所以你請病假都無意思喇！」娜姐望著阿文說，一雙眼睛霸氣四射。

「政府仍未取消病假呀！而家都仲有醫生開鋪呀！」阿文也直接起來。

「仲有醫生經營診所，係因為仍然有人需要醫生紙，而唔係因為有人病，同埋你講起勞工法例，其實業界已經同政府傾緊取消病假同埋疾病津貼！」娜姐的語調總是帶著難以動搖的肯定，給人壓力。

「OK！我哋唔會病，但會唔會劫呢？工時加，但大假、公眾假期唔加，機器都會壞啦！」阿文鮮有火起。

「機器壞咗要俾錢修理，人壞咗就你自己俾錢睇醫生！但係我想同你講，我哋係人，唔係機器！你以為我係當自己機器咁每個星期做六十個鐘咩？」娜姐雙眼睜得更大，高聲對阿文說：「人係有理想架嘛！會想間公司發大嚟做，唔只係賺錢，而係拓展咗業務，行頭裡面打出名堂，呢啲就係我哋既理想呀！你睇吓大明星工時仲長過我哋辛苦好多啦，唔只係為錢架，仲為成就、滿足感、權力、勢力等等，呢啲就係我哋辛苦做嘢既意義呀！」

阿文聽到「理想」一詞，頓時語塞，他與娜姐的年資差不到幾年，他倒是從沒有想過這些。

娜姐見阿文不答話，就繼續說：「大家已經陸續簽咗唔同既方案，你都快啲決定啦，話曬做左咁多年，我哋都想合作落去，你都諗諗將來既發展方向啦！」接著她就低頭繼續看文件，不再理會阿文。

阿文離開辦公室，回到自己的桌子，桌子有一點雜亂，各間公司各種各樣的文件散落在電腦螢光幕前面，還有紙巾、筆、咭片等等。他推開暫時不需要的東西，開始專注地工作，別的甚麼全不思考。

午飯時間，阿文沒有胃口，僅吃一點餅乾充飢，又再埋頭苦幹，坐在椅子上一整天，轉眼就到晚上八時，雙眼對著電腦螢光幕，又乾又澀，鍵盤打得噼哩啪喇，背部傳來陣陣酸痛。

同事們陸續離開，阿文仍然不停手直至九時半，公司只剩下他一個人，而他不能再捱下去了，眼睛累到有一點疼痛，才終於執拾公事包。

他把白咭往打咭機一拍，九時半，今天足足工作了十二個半小時，昨日的病假就這樣歸還一半給公司，他走到電梯間，從電梯的反光鏡看到自己，五尺六，五官一般，眼睛不大不小，頭髮要剪了，衣著不老土但也不時髦，平平凡凡一個男人，三十歲，可以搬去又一村，做又一個村民。

他耿耿於懷一整天，昨天只是苦悶，今天走進電梯的時候，簡直是難過透頂！

第十章

緊接的一個工作週，阿文每天都非常準時上班，每晚八

時正才下班，打咭記紀錄了他每天工作十一小時的辛勞，他每天甚麼都不想，總之專心工作。同事下班後睇戲食飯，他通通不感興趣，娜姐的低胸黑色連身短裙和鮮紅色高跟鞋，也與他無關了。

阿文有時太累，鍵盤不再響鬧的某一個時刻，他會忽然清醒過來，想起很多事情。他可能沒有理想，只剩下一副不斷勞動的皮囊，他的世界不知道剩下甚麼，這個世界也沒有他的位置，他是一部壞了不用花錢修理的機器，直接換掉就好，這部機器可能有一點思想、一點掙扎，但是他並不能創造、也不能決定自己的命運。

是這樣嗎？為了逃避這個問題，他每天都加倍專注認真地工作十一個小時。

八時下班後，阿文搭電梯下樓，彷彿被召喚了，他行屍走肉般又回到梁偉健醫務茶餐廳。

他坐下來，靜靜地沒有作聲。

「點呀？想點咩食呢？」護士姐姐微笑著說，依舊是那件藍色毛衣，認不出是湖水藍的藍，還是天空藍的藍。

「……」阿文一動不動，過了半晌才道：「一齊睇場戲好嗎？」

護士姐姐睜大眼睛，有點吃驚。

「其實一年前我就想約你出街喇，但每次嚟你都問我有咩病，然後我就排隊睇醫生，攞完藥你同我講拜拜咁我就走。後來變左茶餐廳，每次嚟你都問我食咩，食完就埋單你又同我講拜拜。」阿文目無表情，心臟跳得超快的，他凝望護士姐姐：「不過……我今日真係唔肚餓……」

第十一章

「以後我哋每日一齊食常餐好嗎？或者你想食我煮既意大利粉都可以呀！」阿文眼神盡力流露堅定。

護士姐姐離開收銀處，慢慢走到阿文的對面，坐下來，不吭一聲地看著他。

「如果你想做番護士，我願意為你走到每次醫護人員抗爭既最前線，叫最大聲、衝最前都可以！」阿文緊握拳頭，更加認真。

她微微張口，阿文滿懷期待地看著她。

「其實……我好感激貝諾爾醫生……我同偉健既感情本來就唔係太穩定，直至嗰一日，醫護人員大恐慌，偉健都面對好嚴重既低潮，讀書讀咁多年，忽然社會唔再需要你！」護士姐姐以同樣認真的語氣回答阿文。

「嗰段日子係點樣捱過去呢，我哋相依為命咁一齊諗方法，係轉行、定轉型好呢？唔開診所開咩好呢？商量左好耐，拗過好多次交，直至而家茶餐廳已經係我哋既命根，我哋投注左好多心力同理想落去！為左組織家庭，我同偉健既家人經營茶餐廳，偉健就讀再培訓課程，日子係艱難亦都充滿挑戰，經常遇到挫折，但係至少我哋更加親密，而家每一朝起身望住佢，我都覺得好幸福呀。」護士姐姐說到眼睛通紅。

「或者咁講會對其他醫生護士唔公平，但係我真心覺得，其實大家唔再病，唔通唔係好事咩？我哋唔駛擔心患癌症，第時有咗 BB 又唔驚佢染病死。一個專業階層既崩塌，相比起整個城市既人可以健健康康，唔係好抵咩？」護士姐姐望著阿文，熱淚盈眶。

「我一直都無同人講，其實我根本唔鍾意做護士，我以前大學其實想讀 ARTS，理想係做個漫畫家，只係家人好想我讀啲專業既學科，飯碗穩定啲收入又多啲。而家唔做護士，係辛苦，但係其實我每日都好開心，我呢一世都會珍惜貝諾爾醫生帶比我既理想同幸福。」

護士姐姐繼續説下去，而阿文其實不想再聽。護士還是嫁給了醫生。

第十二章

阿文在街上蹓躂，買了兩支啤酒，坐在小公園灌酒，眼前一個滑梯，遠方半個月亮，他開始忘掉剛才離開茶餐廳時的心情，還開始忘掉護士姐姐本來想唸的學科是甚麼，也忘掉護士姐姐那件毛衣的顏色。

他頹坐在公園的木椅上，木椅刻上甚麼「鯨魚 LOVE 老虎」、「唔想番學」、「做乜咁多人死唔見你死！」、「一生一世不是那麼遠 :）」還有種種符號、心心圖案等。

他嘆了口氣，奮力想要吐出片言隻語，卻找不到半個詞語，忘記歌詞。

阿文低頭看看他的鞋子，殘舊的、褪掉的黑色，還要走很遠的路。

他又嘆了一口氣，抬頭望著星空，半粒星都找不到，隨手抓個酒瓶，抓不緊，嘭一聲跌到地上，阿文想要接住，已來不及，更被碎片劃傷了手腕。

酒瀉一地。手腕的鮮血不住流出，阿文痛得眼睛瞇起來，「呀！」好痛好痛。

他記得附近有一所醫院，連忙按住傷口，站起來直奔急

症室。

　　阿文跑到醫院急症室，到處擠滿人，有的斷手、有的斷腳，有的痛得叫救命，很快有一位穿著淺綠色袍的醫護人員走過來，一面推阿文出門，一面說「隔籬街有診所幫你睇呀，快啲去啦！」

　　「喂！分流分到第條街呀？？我嚟睇急症喎，手好痛呀！」阿文還想回急症室，卻被推到街上去了，阿文氣憤不過，也無奈地跑到另一條街。一轉角，眼前的景象超出阿文的想像，幾間診所就在眼前，但是外貌大不同，醫生們的大名、甚麼英國皇家甚麼科等專業資格都不在了，反而像極了美容院、理髮店外的大字標題，明碼實價：

　　輕微割傷：一日病假
　　手腕割傷：兩日病假
　　…
　　……
　　骨折：一週病假
　　截肢：一個月病假

　　阿文忐忑不安地走進一間名叫「新生活」的診所，候診廳約莫三百平方米，擠滿各種各類人物，中學生、家庭主婦、地盤工人、白領麗人、光頭佬、宅男，他們默不作聲，有的左手挽著右手手臂，表情痛苦，有的壓住腿上傷口，血流不止。

　　有一道門，掛上耳鼻口專科門牌，一位病人走出來，他少了一隻耳朵，他背後的病人，有的割傷了鼻子，有的咬傷了嘴唇。

大廳迴盪一把聲音，就是一名穿著紫色短裙的護士，她長髮微捲，高跟鞋踢躂作響，她遊走各處，彎身為眾人檢查傷勢，較為輕微的，不用看醫生，她直接幫他們貼膠布、包紗布，就收錢送客了。

阿文拿到一個號碼，等了不過一兩分鐘，就另有護士呼叫他的名字，他走進醫生的聽診室，醫生穿的不是白袍，是西裝。醫生瞥一瞥阿文手上的傷口，笑著對阿文說：「啲啲受傷啫，無發炎亦都無細菌感染，去隔籬房包紮啦。將來有咩困難，即管再搵我哋，呢度最好架喇！」

阿文從坐下到站起身來，時間不過二十秒，他拿著醫生紙和病假紙到旁邊的外科包紮室，幾名女護士正流水作業式為客人包紮，手腳俐落，秒速包紮好阿文的手臂，又再替下一位病人包紮腳踝。

阿文回到大廳，那位護士姐姐的高跟鞋依舊敲響整個大廳，每次彎下身都惹來眾人的目光，男女不拘。角落裡的小窗口打開了，「孫文攞藥！」阿文走到窗口，三十蚊埋單，拿過病假紙，離開這間沉默的診所，那位護士姐姐剛巧望過來，瓜子臉、雙眼靈動，臉頰泛紅，阿文從未見過如此美麗的護士。

第十三章

阿文決定留起病假紙，反正紙上連日期都留空了，隨時可以用。上班的時候，阿文的長褲把繃帶藏起來，免得被人嘲笑他是故意弄傷的。雖然左臂一揮，他就很痛，但是他仍然努力在鍵盤上打字、整理數據。這幾天娜姐不在，聽說是參加《窮到燶大作戰》去了，有幾個同事馬上疏懶了，他卻

不一樣，回到辦公的地方，就得勞動，上司的工作要求，他全都達到，同事有提議，他主動配合，他相信自己是一個盡責、稱職的打工仔，值得別人的尊重。

阿文甚麼都不想，由早做到晚，工作完就趕回家，上網去！

阿文打開電腦，貝諾爾醫生仍然高踞雅虎搜尋器，還多了一個叫長期病患者的搜尋關鍵詞，阿文點擊進去，瀏覽一個名叫「長期病患者」的討論區。

這個討論區涵蓋很多主題，大家抱怨工時太長、假期太少，還有帖子詳列了全港十八區的診所分佈，標示各間診所的價錢、病假紙日數等。有些診所設有團購優惠，又有帖子把漂亮護士都起底，阿文連忙按進去看看，找到那間「新生活」診所的美女護士姐姐的照片。

她名叫覃思，廿七歲，中五畢業，會考只有十分。網友們神通廣大，連她中學時代的校服照、沙灘泳衣照，以致平日聚餐的照片，都通通起底了，她素顏時眉清目秀，很有氣質，化起妝來則神祕豔麗，隔著電腦螢光屏也能把人電倒。

阿文找到她的臉書了，她的近況這樣說：

人生第二十七個年頭，終於實現了理想，我是護士了:)

她有一個相簿名叫「近照」，滿載了她的大頭照，她很美，不過近照未必張張都美，但有時她大笑得眼睛張不開，有時她滿臉愁容，眼裡充滿憂傷，有時她眼角還掛著半滴淚水，令人心痛，不管每一個角度美不美，她還是坦蕩蕩地拍下來了。

另一個相簿名叫「紗布」，其中一張相片很特別，她穿

著紫色護士裙，坐在椅子上，微微彎身，托著腮，背後有一個個捲軸，掛上一卷卷紗布，每一卷紗布都染了不同顏色，深藍、草綠、紅霞、昏黃、蒼白⋯⋯

第十四章

連續幾個晚上，阿文都在「新生活」診所外徘徊，為免被發現，他不能停下來，只能不斷從一條街走到另一個條街，重複同一條路線，「路過」這間診所。

隔著玻璃，他清楚看見覃思婀娜的側影，她身材不算特別出眾，但是剛剛好，該有的都有，重點是她的臉蛋不落俗套，假如娜姐是火辣女星，她就是氣質女星了。

有時肚餓起來，他幾乎走進梁偉健醫務茶餐廳，他已很久沒有光顧他們了，改往別的茶記吃飯，價錢便宜了，卻不習慣。

再一次轉過街角，從診所出來的病人，竟都拿著一本週刊，阿文急步走近一個中年病人，他正在專注地看週刊，原來是診所出版的寫真集！封面有覃思的性感照片！

阿文難以置信，卻又非常感恩，這間診所到底是誰開的？簡直比貝諾爾更偉大！

他慌忙拿出荷包，剛好只有五百元，向那個男人叫道：「五百蚊賣唔賣？你手上本書！」那個中年男子瞪大雙眼，毫不猶疑地送上刊物，拿走五百大元。

阿文回家後，急不及待躺到床上看週刊，原來不是寫真集，這是「新生活創業季刊」，封面照片是覃思的護士照，胸前褸扣甩開，露出幾吋乳溝，她微笑著為額上的粉紅色紗布打個蝴蝶結。

阿文熱血沸騰，忍不住……

約莫半小時後，阿文終於細閱季刊，內有創業者言：

「十年前，我開辦了新生活理髮店，讓每一個客人進來後，都可以煥然一新，重新生活。

很可惜，由於租金上漲，理髮店被逼結業。潛龍勿用，到了今天，我還不是善用新形勢，開拓新事業嗎？

感謝貝諾爾，讓我們無病，不過健不健康，又是另一回事了，沒有了舊醫生舊護士，就看新醫生新護士吧，我們醫護人員個個誠實可靠，經驗豐富。

儘管來吧，不管你有沒有病，只要你感到不適、痛苦，就找我們吧！

覃實」

阿文翻下去，其他醫護人員都各有介紹，有的仿傚覃思拍攝性感照片，有的穿著整齊、表情嚴肅，有的從事藥房多年，有的擁有跌打經驗。還有部分病人感言，表達他們求診的需要、生活的碎片……有一個病人這樣寫道——

「我好唔開心，我唔明我做乜仲要生存落去，但我亦無得選擇，每一個選擇都要付出沉重的代價，會為親愛的人帶來痛苦，至於我所親愛的人，實際上我已經無乜感覺，好多嘢都麻木咗，我每日做好多工作，幫助同照料好多人，週末亦都會同親友聚會，拍下開心的照片。但係我實在唔再覺得

自己快樂，我唔知幾時可以好番，或者我已經死咗⋯⋯」

第十五章

週五清晨，鬧鐘吵醒了阿文，室外還未天明，昏暗的天色、幾滴雨水敲打冷氣機，阿文的眼皮睜開又蓋上，他感受到一種陰沉的氣息正在房間彌漫，令人窒息，他想沉睡一萬年。

不知何故，腦裡忽然又閃過覃思的臉容，他醒來，近來的生活就是工作和覃思交疊而成的，那本刊物，他看了幾十遍，至於他的工作，則是無休止地佔領他的生命。上班去吧。

「阿文！娜姐叫你入房喎！」Michelle一邊打字、一邊傳話。阿文心一沉，雖然近來努力工作，但是娜姐怎樣招呼他，仍是未知之數。

阿文推開門，娜姐的藍色眼影很突出，細小的鑽石耳環低調發亮，她正在細閱計劃書，聽見推門聲，抬起了頭。

阿文坐下，娜姐如常地直接切入主題，「近排好勤力喎，而且啲數都做得好好。」「嗯。」阿文無話好說，靜候吩咐。

「我見你揀咗方案一。」娜姐望著阿文，阿文則低著頭。「嗯。」

「其實揀邊個方案都唔太重要，重要係你有咩打算，而家個市場有好多機會亦有好多變數，想問你有無興趣加入一個 Team，幫手策劃公司將來既發展。」阿文不再低下頭，他凝視娜姐，這個女人腦裡有何大計呢？

娜姐續道：「呢個 Team 其實都運作咗一段日子，唔只處理公司內部既嘢，亦要參與其他事務。」

「即係點呢？」阿文問。

「你有無興趣先？」娜姐反問。

阿文沉默，他知道娜姐是最低工資委員會委員之一，所謂其他事務，意思是否阿文將來要做打工以外的工作？

「其實即係點呢？」阿文不敢亂想，直接追問。

「其實我係問你將來想點？」娜姐再反問。「做乜固然重要，但最重要係你想點。有得諗先有得做，唔諗就我都無謂多講，因為我估你機會都唔大。」

「機會唔大，咁你又問我？」阿文不解，還有點火大。

「你其實係咪淨係想打份工？有穩定收入，生活無憂？」娜姐的語氣開始不耐煩。

「人人都係咁架啦！」阿文理直氣壯。

「其實我哋唔缺技術人才，係缺乏創造既人才，你睇啲醫生護士隨時就無囉，如果你只係想打份工既話，其實就等同到此為止，隨時可以玩完。」娜姐說得平常，阿文聽起來卻有點恐嚇的意味。

「咁你咪一樣？」阿文越來越討厭這個女人。

「我先唔會每日花十個鐘做啲與我無關既嘢，然後每個月請一日病假逃避現實。」娜姐語中帶刺。

阿文無言半晌，默默站起來，離開房間，娜姐最後補一句：「收好情緒，諗好再覆我啦。」

第十六章

阿文走在旺角街頭，腳步蹣跚，經過 BODY SHOP 時，前方竟然是中學同學阿輝。

「阿輝！」阿文叫道。

阿輝望過來，眼中帶有猶疑，嘴巴微張，繼續向前走。

忘了嗎？阿文已不只一次，被忘掉了姓名，他的存在感就那麼薄弱嗎？中學同學那麼難把他記住嗎？

他還未把「上位」這回事想好，還未下定決心，就又面臨比「上位」再高幾個層次的抉擇。

心情只有更沉重，阿文也繼續前行，今天只有一個希望，就是不要再遇到懷有理想的人。理想就像小時候玩的吹泡泡，只是理想的泡泡更為可怕，有的會把人壓迫死，有的很美好很溫馨，卻被私有了，由一夫一妻獨享。有的泡泡則從來沒有出現過，譬如阿文怎樣努力地吹，也吹不出來。

阿文找個地方吃東西，不自覺地很快吃完，看見外頭有人在等候，只好結帳離開。

在商場逛了逛，沒有心情添置新衣，有點內急，就往廁所去。推開門，赫然是一張熟悉的臉！

梁醫生？！戴著粗框眼鏡、頭髮烏黑的梁醫生……

正在洗廁所？？！

「梁醫生？」話未說完，阿文就有點後悔，怕梁醫生介意「醫生」兩個字。

「喔！阿文，好耐無見喎，而家仲有無成日感冒呀？」梁醫生依然是瘦削的身材，說話溫文爾雅。

「嗯……仍然有啲唔舒服啦，一時時……有時瞓唔到覺、或者精神差啲。」阿文實話實說，臉上盡量裝作自然，怕太吃驚或抱有一點同情的表情，可能令梁醫生難受。

「其實你不嬲都無病啦，雖然扮得好似，但瞞唔過我。」梁醫生笑著說。

「喔？？」阿文還以為自己一直裝得很成功，殊不知騙不過梁醫生。

沉默一會兒後，阿文終於忍不住問：「嗯……點解你開

咗間茶餐廳，仲嚟做清潔呢？」

「一匹布咁長……你知啦，而家啲鋪租咁貴，我搵媽咪做大廚、婷婷做收銀，再請一兩個伙記，都經營得好艱難喇，唯有試下讀再培訓課程，賺多一份穩定既收入啦。」梁醫生把鮑魚刷放到地上，把廁所板蓋下了，坐在上面，跟阿文娓娓道來。

「當時再培訓課程係有就業衛接既，就衛接咗我去做高級衛生顧問，我心諗，點解衛生顧問係嚟洗廁所既？咁個老細就話：我介紹個高級衛生顧問你識啦！佢喺中環洗左廿年廁所，好清楚城市人既腸道健康架，亦都好熟悉公共衛生問題，你跟佢學嘢包無死架喇！」

「阿文你知道嘛？有時候我哋醫人係唔可以頭痛醫頭、腳痛醫腳，要從一個 holistic 既角度去睇大家既病！譬如話我而家每一日都清潔好呢個環境，防止細菌病毒散播，亦都因為洗廁所，更加清楚城市人既腸胃問題，同埋我間茶餐廳咪係有機既？我要確保每一個嚟我度食嘢既人，都係食健康既食物落肚，而且唔只係咁，我哋係直接從本地有機農場購買有機蔬菜，支持本土農業可持續發展，因為你知道嘛，唔只衛生環境同食物，其實一個人點樣生活，譬如佢飲食定唔定時、瞓唔瞓到覺、多唔多食肉，都係影響緊身體健康，甚至整個城市。我希望唔止我同婷婷，仲有你、其他茶客，都可以健康啲，我仲諗緊間茶餐廳第時可能轉做茶齋廳，我越諗越覺得素食比較好。」

「係……」阿文走到尿兜去，有生以來從未這樣戰戰兢兢地如廁，他怕弄髒地方，又怕尷尬，右耳聽醫生的話，左腦轉不過來。

阿文一邊洗手，一邊聽梁醫生的話，阿文以往每月一

次，聽梁醫生說話，加起來都不及這一次多，他甚至懷疑今天才是他們首次相遇，從前只是擦身而過罷了。梁醫生還說了很多話，包括婷婷懷孕了，還有街頭醫生的故事，以及「最後一件白袍」的傳說⋯⋯

第十七章

別過梁醫生後，阿文幾乎用跑的，趕上地鐵、衝落車，氣喘呼呼的從地鐵站跑到梁偉健醫務茶餐廳，「對唔住呀太耐無嚟喇！」

婷婷抬頭一望，跑到衣衫不整的阿文就站在面前，「哇！仲以為你以後都不嚟添！」

「點會呢？你哋啲常餐咁好食又健康！」阿文東張西望，發現客人明顯增加了，又看見牆上貼了飲食雜誌剪報，還大字貼了「梁醫生的話」，闡明他的理念。「自從偉健搵啲做傳媒既舊同學幫手採訪下我哋，做多啲宣傳，而家人流多咗，有顧客特登慕名而來，收入都多咗，價錢又有啲回落番，你係咪都係點常餐 A 呀？」婷婷腹部明顯隆起，穿一條寬身淺藍色長裙，阿文為婷婷嫁到一個好老公而高興，他決定叫兩個常餐 A ，順道捐奶粉錢。

阿文等待常餐的時候，比以前更自然地跟婷婷搭話：「你知道醫院附近開多咗幾間診所嘛？好多人幫襯哩！」

「佢地係流架！！唔係正式既醫生護士嚟架，你比佢哋呃左喇！佢哋冒牌經營，全部都唔專業架！聽講啲醫生以前做豬肉佬、鞋匠、賣臭豆腐，啲護士以前幫人睇相、喺橋底打小人⋯⋯我認得其中一個醫生，喺《喜劇之王》入面做臨記添架！」婷婷提高聲線，絕不認同這班雜

牌軍。

「咁茄喱啡都係人嚟既……」阿文看見婷婷圓睜雙目，也就不敢多言了。

婷婷如常在看書，這次好像是關於環保的，比上一本更厚重了，她不只是做生意而已，她真的在了解梁醫生的理念，學習怎樣實踐，她低頭看書的樣子，活像阿文以前的宿友，那麼專注和認真。

「你唔係想讀藝術、做漫畫家咩？其實做茶記都唔一定要睇咁多書啫？」阿文心想，太用神看書，對孕婦會造成精神負擔吧？

「鬼叫我鍾意偉健咩，點可能鍾意一個人而唔了解佢重視啲咩，而且我都俾佢游說咗，越嚟越相信佢講既嘢，亦都想為 BB 帶嚟更好既環境同生活，理想嘛，唯有回到以前讀書年代咁，刨書刨筆記啦！」婷婷眼底有淺淺的黑眼圈，看起來也有點疲累，阿文有點難過。

喝過最後一滴凍檸茶，阿文心情複雜地離開了。

末章

阿文鼓起勇氣，走近那間新生活診所，診所就在對面街，他隔著街道和玻璃門望那位漂亮護士的身影，她叫覃思。

他想認識她，就這樣等待吧，等她下班。

剛巧門一開，覃思拿一大包垃圾袋到街上，她在垃圾筒旁邊放下垃圾，抬頭剛好望見阿文。

阿文揮揮手，她不記得他幫襯過吧，隔著街大叫：「有受傷嗎？」

阿文搖頭說：「而家無，但我嚟過你間診所架！」

她不作聲，靜靜望著阿文，他友善地笑著說：「我叫阿文呀～～住附近架～」

　　覃思迎風而立，頭上的髮髻很穩，身上的粉紫色護士制服很貼身，膝上幾吋，一雙腿十分修長。她凝望阿文，仍然不發一言，阿文正要再開口，卻看見她從口袋裡拿出一把手術刀。她舉起手術刀，給阿文一個無比甜美的笑容，笑著說：「入嚟傾幾句呀～」

　　阿文看見鋒利的手術刀和她神祕的笑容，轉身快步走開了，不受傷就不能聊天嗎？！

　　幾乎走到下一個街口，阿文突然停下來，覃思不就是他夢寐以求的理想嗎？以前為了跟護士姐姐聊天，每個月病一次，付二百元藥費，後來幾乎天天幫襯茶餐廳，也花了近千元。

　　如果要認識空中小姐，也要先買一張幾千元的機票吧？要結識覃思，只需一個傷口、幾滴血，這張入場券不是最便宜嗎？

　　話說回頭，覃思真的是他的理想嗎？他很快又會迷上另一個女人，誰知道她那把手術刀，將會割多深，丟掉小命不可惜嗎？不過，她需要顧客，又怎會讓人便宜死去？

　　幾滴血而已，怕甚麼呢？不是怕流血，而是何必流血，聯誼不也交到女友嗎？何必流血？世間哪有一段愛情是和平理性非暴力非粗口的？流血不已是最少的代價嗎？

　　回家去，還是回頭去？阿文的呼吸沉重起來，雙腳微微顫動，他莫名其妙地感到這個決定非常重要，將會影響他的一生。

短片組

（見另附光碟）

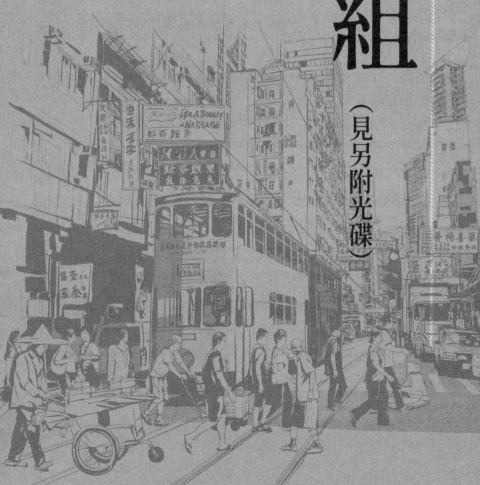

題目：勞動之禍

作者：【香港】曾慶宏

作品簡介

　　根據官方數字，中國每年新增的職業病大概有三萬宗，但根據民間估算，真實數字有十倍以上，當中主因是難以獲取職業病證明。本片透過白血病患者易業挺及職業性哮喘患者張珍國等人的自述，加上維權律師管鐵流的觀點，試圖呈現職業病在中國當下面對的困難及可能的出路。

題目：罷工現場

作者：【香港】潘志雄

作品簡介

　　碼頭工人罷工的 40 天，有雨天、陰天也有晴天。香港國際碼頭公司向法院申請禁制令那天，帶著攝錄機走到現場，看到的是一大班支援人士，和兩眼發著光與堅定信念的碼頭工友們，每個額頭上恍如寫著大大個「撐」字似的。

　　除了遊行與集會之外，在悶悶的抗爭現場，我聽到他們用粗豪與溫柔之間的歌聲去互相鼓勵和打氣、編寫著這場重要的歷史。

　　這群人讓的記起多年前剪接一段同樣是罷工工友的記錄片，來聲援的工友在發言時講到：「他朝君體也相同」。他的意思是雖然今日被剝削的不是自己的行業，但如果看著被剝削的工友們都不出來支援，有一天自己行業被剝削時，誰來支援呢？

題目：蘭姐

作者：【香港】莊世圖

作品簡介

　　蘭姐於八十年代初由內地來港，在工廠任車衣工維生。退休後的她，熱衷於城市天台的種植工作，精力善用。

報告文學組

題目：職場求生

作者：【新加坡】王嬿淳

11/26/2013 巴士司機罷工當天

　　慧慧三步並兩步地趕到辦公室。巴士班次延誤了，叫一向準時上班的她遲到了數十分鐘。慧慧在途中利用手機查閱新聞網站，才得知一百多名中國籍巴士司機因不滿同工不同酬，還有冗長的工時，再加上簡陋不堪的工人宿舍，所以集體請「病假」。這令擺脫工潮近三十年的新加坡，竟重現難得一見的罷工事件，真令人感到不可思議。

　　上班遲到，一般是不必大驚小怪的。但對於當了多年的計時工人的慧慧來說，守時不僅是種美德，更是職場求生的第一守則。她十九歲高中畢業初出社會，碰上經濟不景氣，吃盡閉門羹的苦頭，只好靠當計時工人維生。2010年經濟景氣開始復蘇，她透過「人力銀行」的介紹，到了這家規模不小的運輸公司當客服部門行政助理。雖然總算脫離了前途茫茫的計時員工生涯，可是慧慧在新公司也只是一名每三個月續一次約的派遣短期合約員工。轉眼間，慧慧在同家公司已續約十二次了。說了也沒人相信，這種

短約員工面對的壓力竟比正規職員來得大。老闆每年只對正規職員進行一次表現評估；可是短約員工約滿後是否還能留下，就完全得靠這短短三個月的表現了。

今年年初，一位同事突然宣佈離職。公司急需填補空缺，再加上部門同事的極力推薦，慧慧才有機會轉為正規職員。她在公司這三年來的努力和表現，確實是大家有目共睹的。再加上與大夥相處得非常融洽，所以接任行政人員的職位本不該引起反彈。怎知道人事部卻指出慧慧只有高中學歷，即使升上行政人員一職，薪水也不能與擁有大學學位的同事同等。熬過這幾年後，能夠升上正規職員的位置，慧慧已經是心滿意足了，也很慶幸一直以來的努力沒有白費。但另一方面她也意識到，在現今社會沒有大學文憑的確很吃虧。有時甚至會覺得自己一天沒得到大學學位，現在這個行政人員的職位隨時都可能被公司收回。

慧慧一進辦公室就立即開啟影印機、傳真機等，方便同事們使用。因同事們的推薦，她才有今天升職的機會。這不僅使她覺得要好好感謝這些同事，也讓她認清了人際關係在職場上的重要。她習慣透過一些小細節讓同事們看到她的用心，甚至還自告奮勇替休假的同事代班。她總覺得為同事做的越多，在部門的「存在價值」就越高，也算是盡量彌補自己學歷上的不足。

同事們陸陸續續抵達辦公室。客戶服務是個小部門，同事之間的關係也稱得上密切，可說是無所不談，何況是今天碰上罷工這種大事件。

「這些中國籍司機怎麼這麼想不開，不滿同工不同酬及工作時間太長，就索性罷工？我們不也一樣，整天替公司免費加班？應徵時說得多動聽，甚麼朝九晚五，周休二日⋯⋯要響應政府號召，推廣甚麼『work-life balance』，讓職員在工作與生活之間取得平衡。結果，大家還不是餓著肚子做到晚上八點才下班。我們又有誰敢像中國籍司機那樣集體請「病假」？」一位同事忿忿不平地說。

「就是嘛！我們為甚麼就沒想過要集體罷工，反而還乖乖地免費加班？說到底，大家都清楚現在社會競爭力太強了，找工作不容易。就算在職場受了委屈或不滿工作條件，又有幾個人敢跟上司理論；或透過所謂的「正式管道」討公道？低薪工友也好，白領上班族也罷，大家就只能默默地忍受，吃暗虧；最多私下另作打算，等新工作敲定了便宣佈辭職。」另一位同事語帶無奈地說。

「非主流媒體新聞網上刊登的外勞宿舍的照片，你們看過嗎？罷工司機所住的環境真的很糟糕，簡直不是人住的。說難聽點，簡直就和豬寮沒兩樣！你們想想，司機們駕了一整天的巴士，都累得要命了，回到宿舍還沒得好好睡個覺。換成是你，你又會怎麼做？」April 語重心長地說。

看著大家都為之語塞，April 又繼續說：「當然，最重要的還是錢的問題。中國籍司機的底薪比新加坡籍，馬來西亞籍司機都來得低。巴士公司又把他們的工作時間從五天制改成六天制，司機少了賺加班費的機會，收入明顯下降。而且中國籍司機不算正規職員，所以年終獎金也沒他

們的份。明明都是外勞，卻偏偏同工不同酬。你們說，他們心裡能平衡嗎？」

「就算都是本國人，同工不同酬還是普遍的。你們看，我不就是個活生生的例子嗎？」慧慧指指自己說。

其實，慧慧是不常在同事面前對工作有任何抱怨的；但她難免還是對公司的安排略感失望。她深知同工不同酬是不公平的，所以能夠體會罷工司機對於自己薪水明顯低於其他同事的憤怒；對於司機們因合約員工的身份，分不到年終獎金和其他福利所產生的不滿，慧慧更是感同身受。

「本來就是這樣的啦！職場上就是存在著許許多多的不公平。說甚麼平等僱用，你看我們公司就知道了。有這麼『巧』，絕大部分職員都是華人？就連慧慧你之前那個派遣的短約職位，明明有好幾位學經歷都很不錯的來應徵，可惜不是馬來人，就是印度人，結果當然是『謝謝！再聯絡！』囉。」另一位同事一會兒搖搖頭、一會兒擺擺手地說。

「慧慧，不要嫌我們嘮叨。其實你還年輕，才二十五歲，還有很長的路要走，所以更需要為自己的未來好好地規劃和打算。」April 鼓勵地對慧慧說。

「嗯！謝謝 April 前輩，我知道的。我還想向公司申請繼續進修的補助津貼，在接下來的幾年努力攻讀大學學位呢。那麼就可以名正言順當一名客服行政人員，追上前輩你了。」慧慧笑著說。

「難得你這麼有想法、有衝勁、有上進心。大家都支

持你！以後大學的報告或考試有問題，儘管開口，我們這些老大哥、老大姐一定會盡力幫你的！加油！」

12/17/2012 罷工後第三周

　　慧慧主動約 April 一起到公司附近的咖啡店吃午餐。在部門同事中，她最欣賞這位待人處事沉穩又不失幽默的前輩，也跟她最談得來。剛進入公司的前幾個月，慧慧為了跟同事們打好關係，忍著錢包失血，每天跟大夥吃將近二十塊錢一份的「商業午餐」。身為新人的她，怎麼好意思開口要求大家考慮她的收入，而到價格大眾化的地方用餐呢？當時 April 就察覺到她的尷尬，便經常主動說服同事們到咖啡店及熟食中心享用一餐三、四塊的平價美食。當大夥偶爾想去吃貴一點的「大餐」寵一寵自己時，前輩就會很慷慨地請慧慧吃一頓。

　　周圍食客的目光都聚集在電視所播放的新聞。

　　「四名罷工司機面對一項共謀教唆他人非法罷工控狀，其中一名同時面對另一項控狀，指在網站發表煽動非法罷工言論。如罪名成立，四人最高刑懲兩千塊及監禁一年，或兩者兼施。」

　　「另外，全國職工總會秘書長也表示，同工同酬的做法將使勞工市場缺乏靈活性，對新加坡工友也不利。與其堅持同工同酬，更理想的做法是鼓勵員工不斷提升技能，

確保得到公平與合理的薪酬。」

「好啊！這才對嘛！新加坡是講法律的，怎麼能讓他們說罷工就罷工？既然來到我們國家工作，就要遵守這裡的規矩！」

「哎呀，一定是做到滿肚子火了才會罷工啦。要不然這些外勞跟我們一樣，有老婆、孩子要養，誰敢拿自己的工作跟家人的前途來開玩笑？」

「政府開放外勞政策，讓這麼多外國人進來搶我們小市民的飯碗。他們做得不開心，就不要來啦，回他的中國啦！老闆直接請我們新加坡人做工不就好，偏要給自己添麻煩。」

「誰不知道這間道巴士公司政府也有股份的。敢跟政府作對，他們這次完蛋了。」

慧慧食不知味地、慢慢地咀嚼這些市民對罷工事件的看法。為期短短兩天的罷工，竟引發整整一個月的民眾輿論。近年來，新加坡政府大幅度放寬僱用外籍勞工的政策。大機構、小企業都紛紛聘請外勞。低薪外勞就佔了勞動隊伍近百分之四十的比例，而這資料還不包括白領階層的外籍人士。僱主個個聲稱，國人不肯吃苦，對工作條件又愛嫌東嫌西，就索性聘請較「聽話」的外勞。說到底，外勞必須支付一大筆錢給國內外的仲介。而為了湊足仲介費，他們得向親友借錢、抵押房地、向高利貸或仲介公司借錢等。外勞在新加坡的底薪極低，所以不得不拼命加班賺錢來還債，根本沒多餘的精力跟老闆拌嘴或談條件。這

種種因素就構成了雇主眼裡比國人更「乖馴」的外勞形象。

「前輩，你對這起罷工事件和全國工運領袖的發言有甚麼看法？」

「還敢有甚麼看法？政府已經說得很清楚了，外勞和國人的薪水不可能同等。可是他們又提倡雇主給外勞『公平與合理的薪酬』。究竟還有甚麼比同工同酬更公平合理呢？那做老闆的肯定會堅持用薪水較低的外勞啊，這樣國人就沒有工作了。而同工不同酬，實際上根本就是剝削。」

「是剝削，沒錯。其實外勞的情況就像即用即扔的免洗碗筷。若老闆哪一天不想再留著他們，隨時都可以單方解約。外勞就必須乖乖地回國，一點保障也沒有。」

「慧慧，別只管別人的問題，談談你自己吧。Linda 放產假，老闆讓你接手她部門秘書的工作，你還做得來嗎？」

「前輩，其實我有些工作上的問題想請教你。我也許對秘書的工作性質太不瞭解……」

「嗯，我大概懂你的意思了。大家在同間辦公室上班，多多少少會看到一些不該看的文件、單據甚麼的。」

「我為了這件事很困擾。黃經理三月份要到倫敦出差，吩咐我替他安排行程。公司明文規定，所有職員到國外出差，入住的都必須是四星級酒店。可是經理不把公司規定當一回事，硬要我幫他訂五星級酒店，而且還要高級套房。他還說，核銷時只要注明四星級酒店全都客滿，只好訂五星級的，這樣會計部就不會追究了。經理還透露，Linda 一直都是這樣處理他的行程的，叫我這個代班秘書

要好好學習靈活處事。」

「拜託！這種話他都說得出口。你跟 Linda 不同啊！人家的人脈廣，跟會計部那幾個行政人員都是老同學。就算公司查出了甚麼，真的要追究的話，她現在正在休產假，不可能硬把她叫回來啊。再說，人家 Linda 可以靠老公養她。不像你，萬一丟了這份工作，就只能喝西北風了吧！」

「前輩，我翻看了經理這幾年來出差的核銷單據，發現這樣的狀況真的不是單一事件。要是我照他的吩咐做，又很不幸被公司逮到，恐怕老闆會一口咬定是我這個新手不熟悉公司規則，要我背黑鍋。可是不聽從他的，他肯定不會讓我有好日子過！前輩，你說我該怎麼辦才好？」

「別看我說得頭頭是道的，換作是我，也同樣不知所措。你如果決定裝作不知情，照黃經理的吩咐辦事，也不必覺得內疚。畢竟，保住自己的飯碗是最重要的。可是你要知道，一旦順著他的指示，哪怕就那麼一次，接下來就很推辭了。」

「我熬了這麼多年，好不容易從短約員工轉為正規職員，位子都還沒坐暖，就遇到這種棘手問題。前輩，我只不過是區區一名小職員，要在社會討一口飯吃，真的這麼困難嗎？」

「這個問題，想必那些罷工司機也問了自己無數次。就連在你眼裡比你資深，比你有學問的前輩們都是常常這麼問自己的。實際上，不是每個人都有勇氣反抗；也不是

每個人都認為事情是嚴重到需要大聲嚷嚷甚麼的。在職場
上、在人生中都沒有所謂好或壞的決定，一切只看你是否
肯為你的選擇付出一定的代價。」

01/28/2013 罷工後第九周

慧慧拖著沉重的腳步走進女生洗手間，確認了周圍無
人，才深深地吸了口氣。自從上次跟 April 前輩提起經理
出差的行程一事，慧慧在辦公室都盡量避開經理，能拖一
天是一天。可是今天就被經理叫住了，並談了好一陣子；
而慧慧也明白她不能再逃避這棘手的問題了。

與經理的談話中，經理的語氣非常溫和客氣，沒帶半
點「威脅」的態度。他也向慧慧開出一些具吸引力的「條
件」，很明顯是想收買人心。經理先是表揚慧慧這一年來
出色的工作表現，然後恭喜她得到一筆非常可觀的年終獎
金，並一再強調是他費盡唇舌替慧慧爭取到的。接著，
經理告訴慧慧，秘書 Linda 準備放完產假後，會再請一年
無薪假。人事部已同意經理的提議，為了縮小部門秘書的
工作範圍及減少其工作量，讓身為客服行政人員的慧慧正
式兼任秘書一職。省下聘請臨時工的錢，自然是給慧慧加
薪。再來，經理又表示，他非常支持慧慧有意繼續進修。
他很婉轉地告訴慧慧，等他三月底從倫敦出差回來，就幫
慧慧寫推薦信，然後正式批准她進修補助的津貼申請。

談話結束前，經理再次提醒慧慧：老闆與秘書本該合作無間。他要找的是一名得力助手。若慧慧覺得自己不能勝任，就請她在三十一號前提辭呈，給足一個月的通知期，好讓人事部準備招聘新人。

在今天的談話之前，慧慧以為經理只是個不老實的傢伙罷了。可是從他剛才嘗試交換條件的行為，讓慧慧看到了他懂得耍手段狡猾的一面。慧慧感到很懊惱。她為公司付出的努力，同事們及老闆都是有目共睹的，所以年終獎金是她應得的酬勞；而員工繼續進修補助的津貼，本來就是公司給予正式職員的福利；就連長期替休無薪假的同事代班，本來就不該是免費加班⋯⋯可是經理卻把這些都說成好像是他給慧慧的賞賜似的。

「說到底，現在做錯事的人又不是我，可是必須離開的卻是我，這一點都不公平！」慧慧對著鏡子裡的自己，喃喃地說著。

可是最讓慧慧難過的、甚至是後悔的，就是在自己在與經理的談話中，始終沒有把悶在心裡的這番話老老實實地說出來。慧慧一直都以為是因為自己學歷低、缺乏自信，做起事來才會畏首畏尾的。但去年那起中國籍司機集體罷工事件，正說明了「勇氣」這個東西恰恰與學歷無關。若不是與學歷掛鉤，又是跟甚麼才有掛鉤呢？是性別？國籍？身家背景？還是說這股敢於反抗的勇氣，真的是因為走投無路而被逼出來的求生本能呢？

02/26/2013 罷工後第十三周

　　黃經理今天「在家上班」，大夥也都索性提早下班，到附近的酒吧聚一聚，順道替慧慧餞行。

　　「看，職位高的就是不一樣，不必像我們小職員死守公司規定；甚至可以破格創立自己的規定。經理所謂的『work from home』究竟是甚麼東西？在家就在家，上班就上班。他稱自己『在家上班』，可是誰曉得他在做甚麼？」大家都笑成一團。

　　「你們知道嗎，今天我香港的客戶問我罷工的司機怎麼樣了。我還真萬萬想不到，連香港人也對我們的罷工事件那麼有興趣。那客戶還告訴我，資本無國界，工運也一樣。十二月份時，香港的社運組織在新加坡駐香港領事館外舉布條，抗議新加坡政府把司機的行為裁定為非法罷工，並控告這些司機。他最後還問我，新加坡的打工族有沒有一起挺罷工司機呢！我跟客戶聊著聊著，還差點為自己是新加坡人而覺得不好意思。」

　　「對了，April 你對這些是最清楚的。之前公民組織為保釋司機而向公眾募款，及一起為司機辯護的請願書簽名的資訊，都是你轉傳給我們的。」

　　「嗯，我從學生時代就比較關注社會課題，到今天還是喜歡多管閒事。昨天法庭判其中一名司機坐牢七個星期，其他三名坐牢六個星期；之前已有二十九名參與罷工

的司機被遣送回中國了。最近還有一則相關影片，在網路上的點擊率還蠻高的。就是被逮捕的司機接受紀錄片工作者的錄影訪問，指員警對他們動粗。司機們還指控新加坡員警說了『你知道嗎？我現在就可以挖個坑把你埋了，讓任何人都找不到你』這類恐嚇的話。」

「哈哈！新加坡是講法律的，我們的執法人員最清楚不過了。

「這些罷工司機還真的是豁出去了，甚麼都敢講。也不怕員警再加多一條罪給他們，判他們在監牢裡蹲久一點。」

「別只顧討論罷工司機，我們得請女主角慧慧說幾句話。我們一直都不知道你為甚麼要辭職，還有你接下來有甚麼打算。你可別裝神秘，讓我們一整晚都在猜啊！」

慧慧遲疑了一會兒，最終還是把真實情況一五一十地告訴了同事們。

大夥並沒有特別大的反應，看起來大家是或多或少都聽到了些甚麼風吹草動；又或者是 April 前輩已經向大家透露了些蛛絲馬跡。

「除了辭職，就沒有其他的辦法嗎？你有沒有考慮過向上層投訴，或者直接找人事部？」

「April，你還真的相信這些所謂的『正式管道』嗎？我們做小職員的，怎麼有能力告老闆的狀？萬一被經理反咬一口，鐵定更糟糕了。我在前一間公司就碰過類似狀況，最後只得放棄那高薪的職位。來到現在這家公司後，

不得不學乖了。何況我們的公司這麼顧名譽，要是把事情鬧大，把上層惹火，被同行列入黑名單不是不可能的。」

「其實我當初的想法就如你們所說的，覺得不要把事情鬧大，索性辭職算了。可是遞了辭呈後，又覺得真的很不甘心。明明是經理不對，不是我的問題。更何況，我熬了這麼久才僥倖從短約工人轉成正式職員。原本還打算繼續進修，拿個大學學位，將來在事業上有更好的發展。現在要我放棄這份工作，我真的……」慧慧邊說邊搖頭。

「而且其他公司可能還會覺得是我有問題，要不然做得好好地，為甚麼要辭職。這樣一來有誰還肯用我呢！」慧慧更不平了。

同事們聽了慧慧累積在心裡已久的這番話，也不知道該怎麼回應。

「那你有甚麼打算？」

「我……我想試一試，看人事部能不能幫得上忙。反正，最壞的結果也就只是離開公司。要是人事部可以幫忙勸告經理一下，經理也許會接受，不敢再為難我。這樣做究竟有沒有用，我完全沒把握。但是，我知道自己不能默默接受現狀。辭職，目前看來也許是最明智的選擇。可是也許以後我會後悔，會怨恨自己為甚麼當初不夠勇敢，沒有極力保住自己的工作，和自己的一點點尊嚴。」

「真抱歉，我們不能為了幫你討公道而得罪老闆。可是如果你找工作或報考大學，需要我們替你寫推薦信，這點忙我們還幫得上。」

「喂！不只這樣吧。我們還可以向人事部證實你的工作態度和職業操守。大家同事一場，我們應該還做得到這一點吧。」

「好，就聽 April 大姐頭的話。」

05/02/2013 罷工後第廿二周

今天是慧慧在人事部上班的第一天。她離開了之前的部門後，雖然還是正規職員，可是現在的職位只是「行政助理」，不如從前的行政人員一職。這樣也好，反正之前那個職銜也是有名無實的，沒有了也不可惜。能夠待在公司，已經比她預料的結果好多了。

在酒吧向同事們掏出心裡話的隔天，慧慧便立即聯絡了人事部，要求與該部門高級經理當面談一談。April 前輩原建議陪同慧慧去見人事部高級經理，可是慧慧覺得自己必須學會獨立完成這項「任務」。

人事部高級經理向慧慧坦言，這是他第一次接到職員對上司的投訴個案。公司也沒有設定程序處理這樣的案件，所以需要一些時間妥當地處理這個個案。而公司也證實，已經接受了慧慧之前提出的辭呈，又顧及慧慧與部門經理的關係尷尬，只好先讓慧慧請幾個星期的無薪假，等待公司的安排。一個星期前，慧慧才剛接到人事部的告知，說已經向部門同事及出差回來的黃經理澄清這起事

件。部門同事果然沒令慧慧失望，都向人事部反應慧慧非常稱職、敬業。相反地，黃經理反駁了慧慧的投訴，說慧慧因為不滿經理覺得她的工作表現欠佳，無法推薦她申請進修補助津貼，才會借機誣衊經理。經理還強調，非大學生的辦事能力確實差大學畢業的一大截，自己也後悔當初讓慧慧升為正規職員。

人事部高級經理也直言，說公司目前正是急需用人的時候，黃經理算是個不可多得的人才。公司能夠做的，就是設法讓慧慧轉到其他部門上班。人事部高級經理最後也很婉轉地告訴慧慧：正義不是公司高層唯一的考量；小職員在職場上免不了要受點委屈。

11/26/2013 罷工事件一周年

慧慧請了半天假，提早回家準備「人事管理學系」的期末考。或許是這一年來在新加坡所發生的勞資糾紛以及在職場上的親身經歷，讓慧慧想在人力資源管理及職員申訴這方面發展。

一年前的今天，一百七十一名中國籍巴士司機集體罷工。在這場近三十年以來，新加坡首次的罷工事件中，司機們抗議同工不同酬等職場上的不平等待遇，更向剝削外籍勞工及一般低薪工友的傾資方制度反擊。經此事件後，新加坡政府誓言要改善外籍勞工在新加坡的工作及居住情

況。在確保外籍勞工獲得一定的薪酬及權益保障的同時，也一樣顧及到新加坡低薪工友的就業權益。可是這一年內，慧慧在報章新聞所看到的，竟仍是一則接著一則有關外勞被剝削的報導。在這家公司甚至各個行業，雇用派遣短期合約工人也日益普及化。執政者是否兌現了一年前的承諾，大家心中有數。

儘管這起罷工事件從表面上看來，似乎沒帶動制度上的改善，可卻給了像慧慧這樣的普通上班族一定的啟示：職場求生，不該只是為了保住飯碗而作逆來順受的小綿羊；出了事還不為自己發聲辯護，走到哪裡都註定被老闆這隻大灰狼吃掉。

慧慧拿出手機，在回家的車程上瀏覽非主流媒體新聞網站。

公民社運組織發宣傳稿，告知將會在接下來的幾天發佈一系列關於罷工司機近況等文章和紀錄片，要大家拭目以待。

巴士到站了，慧慧下車時，還不忘了向司機說聲「謝謝」。

第八屆

工人文學獎
得獎
作品集

攝影組

冠軍

題目：生活的色彩

【香港】黃萬鋒

　　寂靜的夜幕低垂，絢爛的霓虹燈恍如滔滔的河水般流遍了整個繁華的都市，熙來攘往的人群中，有著悠然自得享受天倫之樂的家庭，有著被五彩斑斕的燈飾迷得目眩神醉的遊客，也有著纏綿地依偎在一起的情侶。處於秋與冬交替變更的季節，天下起如針般刺骨的細雨，我孑然一身的走在中環街頭上，睨視這劃破鬧市千篇一律的虛像，沉寂、淒冷、孤寡的感覺響絕全身。我站在鬧市的另一邊廂，找到這些無人問津，自成一格的打工仔。我並不瞭解他們每一個人的背景，但可以肯定的是，他們都有著各自對生活的不滿，同樣需要社會的一點慰藉、安撫。在這喧鬧薰天的街頭上，來去匆匆的行人冷漠得叫人生畏。我放慢腳步，停下來捕捉這都市的另一番氣象。

題目：可敬可愛的清潔工友婆婆

【香港】李麗儀（李儀）

季軍

題目：高度

【香港】翁文德（切親）

題目：太劫

【香港】李麗儀（李儀）

　　相片拍攝於午後的港鐵站，附近有一建築地盤，可能工作太累的關係，工人們靠在一隅，席地小睡片刻休息。

推薦獎

題目：靜候

【香港】關天林

　　就像臨時的舞台，在雨中，棚架拆卸，抬頭看著反光的竹枝緩緩吊下。竹枝堆上的人穩穩站定，想指揮甚麼。土瓜灣十三街旁，一座高尚住宅即將落成。

攝影組評審後記

冠軍：〈生活的色彩〉

亞軍：〈可敬可愛的清潔工友婆婆〉

季軍：〈高度〉

推薦：一、〈太倦〉

二、〈靜候〉（不分先後）

冠軍〈生活的色彩〉三位評委一致推薦，是一輯有誠意的作品，由文字到畫面都有美感和表現力，但建議下次有機會作組相時可以作更嚴格的挑選，只選擇最好的相片，一些比較平凡的相片加入組相會令整組作品的水準下降。

亞軍〈可敬可愛的清潔工友〉是因為作者的熱心而得到獎項。作品能看到作者和清潔工友已建立較深厚的關係，評委認為作為工人文藝的攝影，能和工友建立聯繫難能可貴，惟作品偏光，希望作者能在攝影技巧上再加努力。

季軍〈高度〉有詩意，主體被大廈和吊臂包圍在天空，令觀看者能聯想到勞動者和創造的關係。

推薦獎〈太倦〉和〈靜候〉都是攝影技巧上不俗的作品，〈太倦〉能表現安靜的休息空間，〈靜候〉能表現辛勞的工作現場，構圖亦好。但在數碼攝影盛行後，我們更期望可以有更創新的表達手法和更深刻的作品內容，希望參加者能更進一步，以後能創造更好的作品。

新詩組

題目：運送靈魂

【香港】胡惠文（米米）

陽光穿過屋簷的間隙
在地上劃出光暗的界域
兩隻貓咪躺著一動也不動
陽台上那件白襯衣
卻早早吹成蝴蝶的形狀

天氣報告沒有預示今日的心情
種種跡象顯示眼界有點混亂
藍色的街道流過城市的腹腔
利用盡頭的轉角
與我們的生活焊接
前方沒有可憑弔的消防栓
火花——
盛開在櫥窗上

天橋上的行人接連打呵欠，
抱著床邊故事裡的小熊

一直往下走

一群學童腳踏笑聲而過

回頭向後望的人可能只有你一個

如果此刻你和我的眼光相撞

我們會成為好朋友嗎

起碼我會說些小行星的故事

譬如古怪的樹根撐開了我們的星球

你我同時舉頭遠望

一群鳥飛向大氣層中湛藍的洞

公車上

我們互相又不認識了

我們各自閉目養神，撫摸心室內燥動的蛇蠍

走入色彩天斑爛的時空——

（那個不認識我們，我們也不認識的國家）

女神俯身綁鞋帶，終於錯過相遇的剎那

頭蓋白布的病人一次又一次再生⋯⋯

「啊！到站後可以給我一個回電嗎？」

潘拉朵向我如是說

坐在關愛座的老人看著我

笑著

彷彿也隨車廂的搖動搖向前方更遠的深綠地帶

跋涉到最後

赤紅少年和佝僂老人相繼而去
七月天
窗外驟然下著黑色的雨
人們舉傘走向遠處迷離的工廈
所有禱告在抵達之初
都已變成了空號
拯救我們的超人在電話亭內完成了更衣程序
踉蹌地走入人群

我檢查了手機最後的一條信息：
「運送靈魂的工程業已完畢，莫忘
撿拾肉身。」

題目：沒有名字的人

【台灣】謝旭昇

女子仰躺在斑溽的床墊上

盯視著天花板的過式雕花紋路

暈開的燈光讓紋路無限延伸

如果她需要記起過往

那不過是發生在遙遠他方

且從他人口中絮說的雜音

女子的大腿還未闔起

耳頸交接之際還殘留著唾液的羶腥

男人已從房間離去

她完全沒看清楚對方的長相

反而閉起了眼睛。沒有人知道：

她是為了配合演出

還是嫌惡看著男人

用陌生形狀的器官

從她的雙腿間進入，那感覺連接脊骨

就要從喉嚨深處嘔出

且所有可想像的液體

都能在雙眼下溢滿出來。

沒有人知道，包括我，包括男人，

甚至她自己。她闔起了雙腿

腿後和腰側鬆弛的肉壓擠床墊

她伸手掏出床邊的口香糖

四粒、雙倍薄荷，她咀嚼

略微用力試圖掩去嘴頰中一整天的氣味

她緩慢地將左手挪至臉前

看著手腕的黑色電子錶

戴電子錶是她多年習慣，在裸裎時

更顯得扞格，使她更像世界的一塊零件

但面對超出時間的男人

具備計時功能可替她多掙到幾口飯

我和你不也是如此上班加班？現在

晚間十點

她起身，拽著身體到房間角落

將雙腿跨蹲在落地盥洗台上

一手扭開水龍頭，一手柔軟地握著花灑

朝著她的陰部和大腿內側沖洗

一手關起水龍頭，一手掛回花灑再俐落地

從一旁塑膠矮凳上揀起成堆疊好的一條素紅毛巾

擦拭、穿衣、簡易紮起長髮

走出這幢鐵皮加蓋的棚屋

她如此下班三十年

暈開的燈光讓道路無限延伸

如果她需要記起過往

那不過是她三十年前來到這裡。沒有人知道：

她當時懷抱的心情、她更先前經歷著甚麼。

沒有人知道，包括我，包括你，包括男人，

甚至她自己。這些年，

她反覆思慮過停止

這份想起便覺得不屬於自己的工作

但那些男人總是朝著她的陰道進逼

就算眼前的男人垂老

還有一千個男人補上位置

就算她離開了又如何

下一叢陰道也要補上位置

無始無終地盛開

永不凋零

題目：問

【香港】李麗儀（李儀）

我們不知道胃口永遠填不飽的巨獸一直在四周窺伺

懷抱著一朵朵如盛夏初開的蓮的心

乘著風走過阡陌

把一顆顆如我們的嬰兒的種子

撒　到　田　上

抓一把陽光

灑向小嬰初張開的眼睛

打開我們白亮的心房

以含了整個秋冬的清風和甘露

以社區內的家庭和小店還溫暖的廚餘豆渣

和大自然慷慨的禮物乾草和枯葉

餵漸長的孩子張開的笑口

我們不知道胃口永遠填不飽的巨獸一直在四周窺伺

當孩子長成

我們和家家戶戶店店歡慶勞動成果時

毛茸茸的巨手來了

我們如驚醒的蓮躍起

以明淨、梗直的根莖迎向

推土機的爪撲來

保安圍起來保佑房地產老闆安穩的高牆

當警察揮起爬滿蝗蟲的棍棒和鐐銬

傾斜向房地產的官僚高塔背棄了土地和人民

祭起比復活節島上的巨像 [1] 更高的樓

我們如天真的蓮問

保安阿哥阿姐

你們日日夜夜圍堵

警察叔叔阿姨

你們年年月月揮棒揮拳頭圍捕

掙來的

可夠你們每月供奉比神廟更摩天的大廈中

一個小單位？

可夠你們每天買用農藥、化學肥和基因改造的

兩菜一湯？

父母官和商家大老爺

你們說餅要弄得很大

讓每一個人可從大餅中分得一點

所以房地產商日日夜夜動土起更高的高樓

看著股價上升財力上升權力上升

官僚天天蓋人皮圖章令經濟如泡沫吹起餅

發酵愈發愈大

樓建得更高更密

連最稀最薄的空氣都無法透過

我們如單純的蓮問

你們用金銀泡沫發酵做的大餅漏出來的　一點 點

細　小　餅　碎……

夠幾多人溫飽？

全城的樓房數字已多過家庭數字 [2]

你們為何要摧毀勞動人民的土地

把土地和上面的生命

變成無生命的石屎？

如今才知道胃口永遠填不飽的巨獸

一直在四周佈下天羅地網

我們在農地上搭一個守望和保衛土地的小堡壘

以一根根木

仿蓮的寬大鋪一個地台

掬一團泥土

如初生嬰兒粉嫩的小拳頭的

　　一個圓滿的世界

填入地台木條間每一道細小的縫隙中

讓不生不滅的蓮

安住在大地上

才擔得起我們的希望的重量

才擋得住往後的烈火

用手指出力壓實泥土

一下再一下

如一小步一小步地、吃力地搬動我們人留下的

細　小　餅　碎⋯⋯

避開我們無心或粗心掘過來的手的螞蟻小工

對螞蟻小工，我們的手指頭是巨獸

而我們在整個資本主義機制鋪架出來的

如張開天羅地網把我們掘緊的巨獸面前

終於明悟螞蟻小工的心情

和那與我們差不多的命運

因此我們想化成一隻隻鳥

飛上天空偵察四周入侵的爪

飛越一個個快崩下來把我們淹沒的泥頭山

一條條被弄臭弄腥無生命的人工河

飛出巨網，盡最後一口氣也要

飛出去啊！

如果有來生，要化成一隻鳥，一瞬間也能成為永恆 [3]

而此刻

但願如清淨的蓮

擎一盞一盞燈

照人們的心眼

探問每一顆心

若，最後一塊田地被毀

你們、我們的肉身和魂魄可以安住在哪兒？

而我們

能做的只有堅守自己

在巨爪之間的空隙中

把一顆顆如我們的嬰兒的種子埋下

期望有一天

開出花果

註釋：

1   復活節島是南太平洋中一個島嶼，大約在公元 800 年開始，島民為建巨大石像濫砍樹木及毀田，島民最後難以生存。

2   根據香港房屋委員會 2016 年房屋統計數字，香港住戶數目為 2,468,000，房屋單位數目則為 2,707,000。

3   台灣作家三毛的詩「如果有來生」其中一句。在 2016 年 4 月，香港馬屎埔村民守護農田時，在守田的木堡壘上，寫下這首詩。

題目：家族旅史

【香港】謝海勤

你們仍一同乘車回來

於每個陰晴未定的朝晨

扶手勉強地撐持傾斜

肩和側頸，如後窗的山脊

一條平穩的線，向來拉扯不直

輪胎從高橋滑落又揚起水花，你回想

唯一與我們臨岸觀浪的聚餐

在逆風缺席的假期，在維港前

忽然談論祖輩渡海，而我卻

爭拗地鐵的班次與價目

仍是夢，那一元車費

你徙置之中的 1979，倔強的你

如此形容當時——

一把刀，半份麵包

忍餓六天，馬券兩張最少

任由衣車刺出或明或暗的光，即使

阿公手裡的賠率塗黑了前路

你慶幸從小學畢業

認得幾個字：知足常樂。然而

街市的膠袋緊綁了月尾

數字被屠夫斫成赤色

還是將腰骨割下，塞進四人的窩

你託付經已適應長途的司機

攜上胴體與家務，讓他默默

由啟德向赤鱲角開駛

闊別那片深藍不再的海

你們合力埋葬游魚後重新

養育即將破剝的卵。當

飛機還漸漸地壓來了陰影

你高舉衫架，獨自揮走濡濕的雲

暴曬下如常努力地屈摺

他的三日兩夜。於是我

多少明白放晴有雨的意義

悄悄替你執拾餐布和碗碟

把易碎的關節好好回收

裹在無人一角但勞損的

聲音依然清脆，彷彿聽見

妹妹又問在哪，那

人在哪？你始終無法

以理想中的邏輯解答並忍痛地

在報紙圈困了一個

無眠的夜晚。晚上我曾經遇見
房燈狠狠剃過玻璃外彎曲的臉
他被酒精擄劫了夜而丟失不只
租金，你決定像街貓留宿在野
多找一份徒手清洗的工作
看灰水沖刷滿傷的指，看
泡沫包圍無數透亮的商舖
你們唯有從鐵門後方的鐵門
感受，年月接年月，掌和掌
之間歸家的溫度，然後照常
於陽光燦爛無瑕時一起垂頭
憂慮後來，憂慮我們生長
成為父母的一天

題目：炒散

【香港】徐永泰

踏進大門

冷氣與燈光

與等待者擠擁著

一天的汗水

只為一頓飽餐

工頭的呼喚

列隊的人龍

進入新的世界

快叫我！快叫我！

來自等待者的呼喊

時分秒的轉動

內心的激動

被呼喚的感動

日光漸消

夜填滿一切

而孩子的肚皮

仍等候被填滿

題目：炒散

【香港】陳耀麟

「係！係！周老闆，星期六下晝兩點，三個鐘。」
「知道知道；準時準時。」

放下手機，唯唯諾諾
很快驟變成習慣，昨晚墊高枕頭
度好的三穿七加冷腳過關
很快，又變成泡影
「賭又輸實，唔賭就窮實」是你每日
難以解開的心結
但每週、每月、每年，命運也在賭博著你
餘下能開工的日子

鬆開結繭的指頭，放低無可再短的煙屁股
無分顏色的日曆有你
辛勤頒發的勳章：星期二兩個鐘
上星期日晚多出了工半
痛快地呷一口舶來啤酒

罐上模糊不清的英文字母
似暗地裡標籤著一個本地出產的贗品

六十歲退休是解僱你的最好理由
公司開一服對沖機制良藥
已足夠堵住你正要咆哮的苦口
你問秘書小姐：「對沖係唔係好似買馬，
大包圍搭最冷最熱？」
她一邊打字，一邊安慰你
「十賭九騙，強積金才是打工仔最大保障。」

但誰可擔保，六十歲以後的人
可以不吃不喝？那麼多年
你習慣的只有不眠不休
三乘六尺床板蜿蜒為
三四十尺板房；在沒有窗的鐵框上
在沒有晝夜的牆壁裡
一家三口睜開彼此疲憊的眼神

生路和出路或許是死路撇掉的岔口
如同公司外判工作，外判商再聘請你
同一份工作，月薪和時薪
只不過天跟地遠——「放心，有最低工資。」
——新老闆笑著拍你的肩膀

　｜工人文學獎得獎作品集

你把手插進褲袋，捏緊一個空空的拳頭

擔擔抬抬，早就習慣
人生七十，也不再稀奇
「打算捱多幾年，等阿仔大學出身。」
太陽底下，汗水像一隻隻螞蟻翻過崎嶇的幽嶺
乾癟的肚腩皺滿世俗摺痕
你慶幸政府施捨兩元乘車優惠
放飯時，總算可加隻鹹蛋

註釋：

1　　強積金對沖機制即是以強積金抵消長期服務金／遣散
　　　費的安排，《僱傭條例》容許僱主以他們在退休計劃
　　　所累積的供款，抵消須向僱員支付的長期服務金／遣
　　　散費。

2　　兩元乘車優惠的目的，是讓六十歲或以上長者和合資
　　　格殘疾人士，可以在任何日子和時間以每程兩元的優
　　　惠票價，乘搭指定公共交通工具及服務，從而鼓勵他
　　　們融入社區，建立關愛共融的社會。

題目：鬥爭

【香港】高國貞（仃零）

春天　潮濕
你把濕透的雨傘
水滴在我座位附近

夏天　炎熱
你把門窗緊閉著
冷氣也被你全關掉

秋天　乾燥
你把冷氣的風口
調較在我背脊後方

冬天　寒冷
你把我後方的窗
盡量的打開說流通

題目：巡遊小姐

【香港】黎曜銘（東野）

托著餐盤穿著制服妳整夜巡遊
巡遊在食客的叫喚與食物的氤氳裡
迷路，人們蒙糊妳的眼睛
妳總是迷失於數字，以及過於繁複的對話迷宮
沒有長大，或老長不大
對於生活的敵意，妳總是不甚了解

女生都幻想過手持權杖頭戴冠冕吧
此刻手上鐵板炙熱，湯汁飛濺
白衣領上點點的襟花，像妳
妳突然想起，或者早已忘記
盛夏的陽光下牽起過多少遍同學與老師們
聒耳的浪花。而妳不再年青

在浮沉的目光中浮沉，沒有一根蘆葦
顧客們展露出沾滿調味料的禮貌後
隔絕妳，於桌沿以外燈光以內——

我和我的詩如是。

而妳仍未思考到該如何回應

站著，靜謐如一套呼叫不斷的默劇

我們繼續坐著，看妳，隔著落地玻璃

觀賞妳，吃掉妳，遺下的

統統與妳無關的碎屑——

無力捉碰妳的手繭，時代早已使我們消化不良

一切一切，妳予以原諒，又或者

一無所知。妳繼續低著頭

執拾我們的剩菜殘羹

題目：油台紀事

【馬來西亞】陳偉哲

—1—

浪花搓長了鄉愁，伸向四面

常常感覺八方暗藏神話

在固定台上定時發亮

像燈塔脫軌的眼神

往往歷史成熟之際

弱光開採黑夜的石油

—2—

每滴時間的血液分秒般細

但比螞蟻健碩百倍

日日加班加時

為了抬高桶的身價

布蘭特原油最清高最甜

如一封祖傳情書

字字寄存方糖的隱喻

工程師憑鑽井的意志
溫習淺海死去的秘密
地質高壓發明一種永恆
幾經液化輪回氣化
終究流入交通工具的作息
城市一直趨向明日
成就一棟棟鋼骨文明

海中，彷彿世界兀自腳下
季候風雨擦拭東西南北
留下一堆無國籍的鋼椿
鎮守地殼的千瘡百孔
日出動工，日落漂浮流浪
日曆撕得面目全非的那天起
我早已淡忘陸地平時的溫度
還有住址的意義
他們逐漸變得遙遠，當初
原油抽離地球的子宮一樣

—5—

水上城堡尚有往返之命運
等待去習慣，我用暈船對換海裡
我用船速說服風平浪靜
我用肉體操作鑽油台的自述
我用生命疏通民眾的日常所需：
從牙刷悉數到雙鞋的籍貫
原始生物的遺跡無所不在

—6—

假如《怒火地平線》使你一夜失眠
請記得我從海上捎來晨起
親愛的，當你清醒我便懂得回航
朝彼此的雙人床下錨
火焰燃起眼光以前
我們靜靜把側睡的背影
抄進日記攤開的腦海
一遍一遍地細節出我想記得的模樣
就算漣漪蓄意弄髒，我仍保存
你純淨的記憶

題目：洗碗工的心事

【台灣】吳昌崙

過眼形形色色饗宴，一向壓軸
慶幸不必經手乏善可陳的雞毛蒜皮
心知肚明所謂米其林星級評價
無非調味料精心修飾過的後設認知
鎮日躬身折腰，周旋於油嘴
滑舌輕佻後的杯盤狼藉
學習抹布堅壁清野，葷素不忌
養就一腔撥亂反正的胸懷
解盲口腹之欲於股掌

手指輕易蹉跎酸甜苦辣成泡影
關節世襲水龍頭無悔的付出
指甲生性冷感，始終晾不乾濕疹
微血管被反式脂肪麻痺到不仁
曾經抽刀斷水的悵惘已然結痂
色香味巧究往往失真於酒酣耳熱
而暴殄天物再度淪為後場菜尾
或蟑螂的宵夜，誰又在乎
文明食物鏈如是荒誕

一尾尾鱘龍魚瞠目擱淺白玉盤底

自詡人間極品，不甘屈從流俗
被饕餮口水的鄙俚所玷污
一甕甕人蔘雞傲骨嶙峋
再怎麼講究陰陽五行也抵不過
以為快意江湖的放浪形骸
一片片嗜血魚翅，放下屠刀
原該解脫六道輪迴，卻等不及
環保人士的救贖

影子背光，像鍋巴一樣怕生
寧可墊底也不想粉墨登場
像重播一齣經典默劇，缺少旁白
在結局前找不到藉口離席
那款為他人作嫁衣裳煎熬的焦味
比花言巧語更能溫飽味蕾
唯，鍋盆瓢勺每每迷失初衷
還得靠清潔劑強效活化
淋漓盡致後才能還真

涔涔的汗水總比鹽巴鹹些
燥熱斗室內，錯身、摩肩接踵得
那般疏遠，與大廚貌合神離
是不由分說的事實
也許，一輩子無緣飛黃騰達
這雙富貴手從水槽失溫的冷暖
自知人情勢利比破碗盤
更容易傷人

題目：缺乏養份的蜜蜂

【香港】錢彥鈞

我知道橙皮偶爾遺留儲久的水份
但不巧，不是今天
水在冷氣機的散熱網上急速蒸發
我依舊依附在被壓榨過的橙皮上
吸吮乾枯、啃咬失去彈性的纖維
其實我需要的是烏托邦的花蜜
於是只好繼續煽動雙臂飛翔
拖延辛辣的陽光把我的血液剝削、抽空的速度

每次飛累了，便躺臥在巴士或是地鐵上
吸收乾淨而冰冷的氧氣
聽說科學家說「限制昆蟲體形大小的秘密是氧氣」
反正不用錢，那我便好好享受偷來的下午
看著、看著，車廂的今天和昨天其實沒有甚麼分別
古板的廣播聲擁擠著擁擠的人群

我有時在路上數算滾動的車輪

發現它每一轉也是 3.14159……

每一秒也在磨平它的輪理

正如清潔劑每一刹那也在磨平我的掌紋

磨平了的輕——孵化出更厚的皮

被塵網撕裂過的細胞長出更厚的肉

一切都在為了承受生命之壓

回到微型六角的家，我很幸運地擠進去了

再這麼少的空間，我能做的事幻想

慾望大得想吸乾每一塊落葉的體液

但疲累的身體不能在吞下疲累

那些食材，不是我的

我生而為昆蟲，很慚愧

當難以糊口時，只好又再抱著感恩之心

尋覓之前的橙皮

這次，它變得厚黑了

第八屆新詩組評審後記

　　以下詩歌組評語，源自三位評審（鄧阿藍、鄭鏡明及劉偉成），於初選階段的筆記；其後評審再根據初選作品，討論、斟酌，訂定得獎作品。在保存的檔案中，或有遺失，只找到鄧阿藍、鄭鏡明兩位的評語，謹引錄於後。

冠軍：〈運送靈魂〉

　　鄭鏡明：寫出空洞心靈和空洞城市之間的隔閡，意念成熟，語句暢順，段落有層次，是一首佳作。

　　鄧阿藍：此詩題材特別，用靈魂都可運送的意念，寫了城市人的疏離感。人畢竟是人，渴望交流的友愛，但社會日趨現實：「陽光穿過屋簷的間隙／在地上劃出光暗的界域」起首早有伏線：「你我同時舉頭遠望／大群鳥飛向大氣層中湛藍的洞」、「公車上／我們互相又不認識了」我們只能望向抑鬱的天空洞，因為這個城市早已變質，人們互相競爭猜疑，大家都落入沒有安定的生活感：「前方沒有可憑弔的消防栓／火花——／盛開在櫥窗上」希望的火花，只可在狹窄的櫥窗裡盛開，影響市民，感到互感互通的困難。

　　故第四段詩表現了這城生活沒有出路，再陷入疏離感，市民又無奈回到各自孤獨的世界中，進而連對國家的感覺，也墮入認識不足而感生疏的地步。於是，城市人成了空虛人，隨時受到蛇蠍之引誘，走向極端主義的生活，最後連人

類應有的精神也會失去，一切都變得越來越疏離。甚至想拯救人類的超人也自顧不力，於侷限的電話亭出來，跟蹌的處身人羣中。而詩結尾很有戲劇性：「我檢查了手機最後的一條信息：/『運送靈魂的工程已完畢，莫忘／撿拾肉身。』」反映了靈魂和肉體生疏分離的現代生活，很有詩的餘味。

這詩喻意不俗，始自以屋簷的間隙，代表城市狹隘的生活。兩隻貓是同類，卻各自躺著不想接觸，形成都市人冷漠的暗示。人與人之隔膜，有如蒼白的襯衣，已成為現實社會普遍的情況。詩以憂愁的街道，流過城市的腹腔，譬喻得奇特。表達了社會矛盾疏離的負面，在生涯混亂的殘酷現實中，隨處可見。可見誇張之象徵喻意，令人耳目一新。全詩用抒情筆調，層層描寫都市人物疏離生活之處境，主題透視寬廣，很有現代文化的視野，呈現了現代社會不可避免的結構性疏離感的哀痛。此外，本詩言語流暢清新，節奏抒情行文，加上細膩的細節描寫，形成漸進式的結構佈局，一唱三嘆，感人很深。

亞軍：〈沒有名字的人〉

鄭鏡明：抒寫性工作者心聲的作品。這類作品很少見，很有現實意義。但這詩的情境頗有點「想當然」的味道，真實的妓女生涯會否如此？文字是紮實的，只是詩味仍覺不足。

季軍：〈問〉

鄭鏡明：有血有淚的寫實佳作。這首「問」，問得好，

卻是無語問青天。一連串天真的問，得來的答覆卻是異常殘酷：在橫行無忌的地產霸權之下，純樸的土地只能面對無情的破壞，眾多的抗爭往往都被官商勾結中一一失敗，令人喪氣。但本詩的結尾卻抱持一絲希望：「而我們／能做的只有堅守自己／在巨爪之間的空隙中／把一顆顆如我們的嬰兒的種子埋下／期望有一天／開出花果」，縱使只是無花果，也能延續抗爭精神，這便是作者的深情盼望。

這詩肌理分明，節奏沉鬱，而張力卻凝重，是成熟的佳作。貪婪的「巨獸」、清純的「蓮」、自由飛翔的「鳥」，這些意象往往穿插在詩中，如有機的骨骼，略嫌通俗，有待改善。

本詩是最能反映近年來社會面貌的佳作。

季軍：〈家族旅史〉

鄭鏡明：有如寫家族漂流史，滿詩都是辛酸、苦楚。細讀這詩，有點感動：畢竟這些人生經歷，我們或多或少也曾嚐過吧。以下句子，更是承載著淡淡的哀傷：「你高舉衫架，獨自揮走濡濕的雲／暴曬下如常努力地屈摺／他的三日兩夜。於是我／多少明白放晴有雨的意義／悄悄替你執拾餐布和碗碟／把易碎的關節好好回收／裹在無人一角但勞損的」，這是首好詩，值得一讀再讀。作者有駕馭詩句的能力，技巧不錯，只是有部分意象稍覺失色，而有些句子的密度和彈性都略嫌不足。

建議主題獎：〈炒散〉（踏進大門……）

鄧阿藍：職業大略分為固定月薪和固定日薪，而炒散

工又有不同，因炒散是時有時冇，工時日數並不固定，有時工錢更是時價，旺季多些；淡季少些，如搬運行業便是。一般是不大穩定的，在勞工界更為明顯。好多炒散都是日搵日食，使家庭生活陷於困境。這首短詩，就是寫出上述炒散的工作特點，兼寫了工人的精神及心理狀態，令作品有了獨特視角。皆因散工只是日常工作的普通題材，相信是描寫其勞動辛苦及工資受壓之層面上居多，但此詩卻寫在卑微生活裡，自得其工作較為自由的市井精神：「一天的汗水／只為一頓飽餐／工頭的呼喚／列隊的人龍／進入新的世界」這種生命平凡卻樂天知命，相近如古代的「帝力與我何有哉！」的生活觀，那就是我這種炒散行業，日出而作；日落而息，什麼職場做工也不要緊，誰人當主管也不著意。只要經過一日辛勞，能夠為家人得到一餐溫飽，便會心滿意足。這類樂天知命，自古到今，仍然貫通民間。這些市井生活思想，可減輕勞工的負重，平衡人生的不平心理。所以，寫苦工的，不只是痛苦汗水的活動，還有人性人心上那面寫法。

　　為了維繫散工工人，保持公司營運，大多是行每日出糧制，以方便日賺日食的散工仔。故收工後，散工齊集公司內等待出日薪，管工大聲呼人領糧，也如晨早，工頭呼喚待聘的臨時工一樣，嘈雜得朝氣勃勃的場面，真令人大受感動，激動內心，奮鬥下去：「快叫我！／快叫我！／來自等待者的呼喊／時分秒的轉動／內心的激動／被呼喚的感動」作者集中描寫出糧的熱鬧情境；也著墨工人炒散意識流的內心世界，雙線的濃縮刻劃。其更巧妙的，是把收工景象和開工景象，一起重疊去呈現詩意，具體形象兼有電影感。將散工的

內心感受，尤其是其焦急盼望快些輪到出糧，望能帶著應急一樣的工錢趕回家，交給家人應付手停口停的生活，那時才可暫時放下一天家庭重擔的心情。這樣都表達得淋漓盡致，使詩內容有豐富表現。

炒散工生活艱難，仍不失親情關愛。全詩只有十七行，不分段一口氣直落結尾佈局，藝術濃縮得像一條草看出大自然的精簡妙法，也得功於蒙太奇的事物並置表演，相得益彰。其主題發掘出新視角，透視亦別具一格的深刻。詩語用語體文，配合抒情的調子。詩中意象明喻暗喻也有鮮活的表現。作者觀察入微，筆法不落俗套，恰如其分的表達了炒散工特有的世情，創作出勞工的新詩篇。

建議主題獎：〈炒散〉（係！係！周老闆……）

鄭鏡明：又是有關「炒散」的主題。但這詩夠「貼地」，充滿「港味」，插入一些廣東話的俗語和俚語，頗有趣。在這詩裡，小市民的形象突出，所要求的又恰如其份，平淡而真實。

建議主題獎：〈鬥爭〉（春天　潮濕……）

鄧阿藍：「鬥爭」題目是工文獎指定的參賽組別，此題材帶有濃厚的政治味道，故較難提煉詩質入詩，稍有硬化的意識，更會遠離文藝之表達，寫成樣辦的作品。但作者帶來驚喜，把現實得近乎公式的題目，化腐朽為神奇，書寫得很有藝術詩意，且技巧不俗。此詩雖名為「鬥爭」，但全篇見不到鬥爭的字眼。因作者深知詩含蓄十分重要，重要到沒有

含蓄根本就沒有詩的共識。所以，便把鬥爭的情況，含蘊在春夏秋冬四個季節中，再透過潮濕春日炎熱夏日乾燥秋日寒冷冬日的氣節特點，把抒情詩意隨意象徐徐呈現，具體而形象化，減去了詩題的鬥爭機械意識，再生了枯乾的題材。

詩起始：「春天　潮濕／你把濕透的雨傘／水滴在我座位附近」春季潮濕，細菌滋生，很易令人生病。故以骯髒之雨傘水，弄濕了別人的座位邊，是不大衛生的。這是一種致人患病的缺德行徑，作者不直寫，運用抒情的暗喻法，將口號式的鬥爭風氣，描繪成含象徵的詩句，以意象並置手法，集中而濃縮的去表現主題，營造了富意象派風味的新表現。而隨後的三節詩，也大致如此，用因果句式，表達出不同季候的鬥爭形式。其語氣調子有音樂統一性的美感，在結尾那段詩，卻在統一中產生起變化，那就是在定式的句中，添加反語性質：「你把我後方的窗／盡量的打開説流通」增大藝術張力，令詩結束得更有深意。全詩結構每段三句，每句字數都一樣，佈局成美學上的整齊美。詩腳不押韻，可能是作者想保留五四新文學的自由度成份，不欲被傳統文學觀左右，致使失去藝術自然的表述。其詩語精煉，如：「冬天　寒冷」此句不用「的」字構成「冬天的寒冷」，是不想連續三句都出現「的」字，落入累贅的句式。總而言之，其言語於精簡中，發揮了自然的文字美。其詩時空順序，又加插前後呼應的成份，例如夏天卻被人把窗緊閉；冬天卻被人盡開。這樣亦造成對比表現的意境，突出鬥爭的主題。也給嚴謹結構形式滲進了潤滑劑，有如文言中虛字的調和作用一樣，豐富了詩的表現。同時，也使詩生了更抒情的節奏，奏

出的詩意喻象更加感人，成就了一首含蓄的藝術詩篇，可見作者創出意象格式詩的魅力。

推薦獎：〈巡遊小姐〉

　　鄭鏡明：用心經營兼且構思不錯的詩作。可惜，作者冷眼旁觀，卻不時主觀介入，以致全詩的格調並不統一。但作者有潛質，文筆不俗，有些句子頗有氣勢，例如：「在浮沉的目光中浮沉，沒有一根蘆葦／顧客們展露出沾滿調味料的禮貌後／隔絕妳，於桌沿以外燈光以內——」如果不苛求，這詩可列入佳作。

　　鄧阿藍：中學時都有過人生理想的想法，家境好繼續升學，家境不佳的同學，就只有投入社會工作。有的幸運找到理想職位，但社會人浮於事，很多人都只能屈就於不喜歡的勞力工作。有時校友聚舊，很多順利生活的同學誇誇其談，令失敗的同學感到不是味道，這些人在社會職場上，仍未稱心滿意，感到被看輕的人生痛苦。而詩中的女同學就是其中的一個不幸者。

　　詩題叫「巡遊小姐」，已有反諷意味，因為社會風氣，在學女生也幻想過當全港熱話的香港小姐：「女生都幻想過手持權杖頭戴冠冕吧」但現實歸現實，這女生踏進社會後，只能是：「托著餐盤穿著制服妳整夜巡遊」巡遊著的不是幻象，是現實上托著餐具的女侍應。餐盤盛滿食物，重量不輕，食客急叫下，大意寫錯了餐單，便受到責罵。餐廳生涯反映複雜的人生百態，而女侍應仍保持著求學時之純情：「沒有長大，或老長大／對於生活的敵意，妳總是不甚了解」

詩中亦現露食客的冷漠，他們只享受在美食當中，並不察覺旁邊站著的侍應，是如何的為他們辛勤服務，甚至做到生手繭，故她只有：「站著，靜謐如一套呼叫不斷的默劇」表達出侍應行業委屈受氣的工種特性，和中學生時願望的理想，相去甚遠。生計迫人，她仍要幹侍應工作，恐怕日後依然和食客成為對比的層面，而時代已變得更現實，社會同情已大為減少，侍應只好繼續委曲求存，笑面迎合客人，辛勞服務消費者，當中包括那些缺乏社會關懷的食客。此詩這樣是結束得很傷感，令人生無可奈何。

　　詩題材以學生理想和職場現實作對比，書寫出階層的隔膜與偏見，呈現歲月催人下，浮現普通職業的困境，其傷痛表現得非常有喻意，很多詩意境都形象化刻劃：「巡遊在食客的叫喚與食物的氤氳裡／迷路，人們蒙糊妳的眼睛／妳總是迷失於數字，以及過於繁複的對話迷宮」又如：「在浮沉的目光中浮沉，沒有一根蘆葦／顧客們展露出沾滿調味料的禮貌後／隔絕妳，於桌沿以外燈光以內——」都同樣對消費場合，有生動的描寫。此段詩結尾，更用了侍應站著等候叫喚時的矛盾手法去寫，加強詩的張力表現。

　　全詩用了很多以標點符號間隔的句式，這樣可使句字的文字增多，加大豐富表現的力度，也令詩節奏更為抒情感人。作者用語自然流暢，用喻奇特新鮮，詩題透視不淺。格局是四節詩都是六句，而詩結尾那節卻是一句，營造出整齊中有變化，去突出主題作形象化的結尾，以期感人更深。

推薦獎：〈油台紀事〉

鄧阿藍：在油台上工作，付出的勞動力很大。風季時油台生涯更為危險，隨時葬身大海，故根本是苦差：「水上城堡尚有往返之命運／等待去習慣，我用暈船對換海裡／我用船速說服風平浪靜／我用肉體操作鑽油台的自述／我用生命疏通民眾的日常所需：從牙刷悉數到雙鞋的籍貫／原始生物的遺跡無所不在」。

這首詩除了寫採油業苦海生活，亦加插愛情親情的情節：「假如《怒火地平線》使你一夜失眠／請記得我從海上捎來晨起／親愛的，當你清醒我便懂得回航」又用海浪作喻：「浪花搓長了鄉愁，伸向四面」描述了懷念家鄉之情，也寫了海上工作離岸的孤苦：「日出動工，日落漂浮流浪／日曆撕得面目全非的那天起／我早已淡忘陸地平時的溫度／還有住址的意義／他們逐漸變得遙遠，當初／原油抽離地球的子宮一樣」海上高危工作，令愛人擔心得很，而他願望努力工作期完成後，便會回歸家中，從污染的鑽油作業，過回純淨純情之生活，這樣的表現，便把情愛發揮得極致。

作者寫鄉愁被浪花搓長了，歷史悠久的海油田暗藏神話。又例如鑽油台的鋼樁是無國籍的；原油抽出的地球是有子宮的。再例如歸家是回航；在夫妻的床邊下錨。諸如此類的表現手法，詩中常見，可見作者的想像力豐富，使喻象新鮮活潑，象徵意境奇特高深，詩技藝修為深厚。而題材的挖掘也非常深刻，全詩用字自然流暢，節奏一唱一和，憂愁的抒情調子十分感人。其詩結構是呼應格局，像第三節詩呼應第二節詩；第五節向第四節呼應；詩結尾那節呼應起首的第一節。所以說是佈局中有變化的作品。

推薦獎：〈碗工的心事〉

　　鄭鏡明：有血有肉的佳作，準確寫出洗碗工的心聲。語言流麗，佳句紛陳，段落之間的節奏頗有力，形成有機體。只嫌部分字句太文雅，好像「不配」洗碗工的思緒，如能粗俗點或更能收效。

推薦獎：〈缺乏養份的蜜蜂〉

　　鄭鏡明：用心經營的小詩，易讀，易明，道理簡單而不傷腦筋。

散文組

題目：物化

【香港】鄭詠詩

沒有價值的便不應該存在，依稀聽得一把聲音在說。

說的是我嗎？千萬別對號入座，起碼，比我更沒價值的多的是，我不應自滿，他如此的想著。

在他前方，此刻出現一列為數不多的遊行隊伍，由維園步出，往軒尼詩道方向邁進。這班人，極無謂。說真的，對社會毫無貢獻不消說，還走出來展示悲慘，為的是要得到大眾的廉價同情。我都看穿了。當大家都輕喚句可憐的時候，這可憐就要成大可憐的了。而為了免除沒良心不人道的看侍，可憐的人總能得到些援助。或多或少。這是社會的潛規則。

「啊，其實我也值得可憐，生存在這世道裡，不是吧？」

這個世界太多人了，怨氣太重。走到擁擠大街上，他不斷低唸著，冤孽。

喧鬧的聲音紛至沓來，然而他一直未有注視旁人，只管低著頭，往空隙處鑽，游竄。在人與人之間。就在 SOGO 門外梯形馬路前，他突然止住，不再移動，以直立

的姿態，任人群自身旁掠過，就這短短幾分鐘，自他身旁經過有多少人，幾百幾千，可能更多。人群流動很快，以至，不察覺它們移動。在不住流動的時間裡，它們都不是甚麼。

現在他的位置在天台。但天台本身對他而言，只是一處思考的所在，他總是以為，站高一點，眼光看的遼遠一點，對於同一事，觀點與角度均會有所不同，比起站在滿街人堆中（此刻他擁有抽離的視覺，感覺良好）。而有時站近邊緣時，他會想，到底，明天和來生，何者先來。當然也想別的事情，比如是，他對於停頓的領悟，就方才在 SOGO 的門前止住，他就知道，就算沒了一個單位的運作，對世界也不會有絲毫的影響。以前他認為，（也許是從老師口中認識的）每個人的工作、每個的活動，都是社會發展和進步的力量。但逐漸他覺得人連齒輪也不如。他無法以任何一個物件（物質）形容人，可能份屬「無物」，他不清楚。但他清醒，自己可能是沒有價值。他無法承認。無法否認。

「終究是甚麼都抓不住的，終究是要閉上眼，隨風而去的。為甚麼一定要堅持到最後呢？」他想起一本書——*Pourquoi*，裡面提到的一句，有點感慨。不知為何。

工頭最終沒有聯繫他，說好了，今天有工作的話便立刻找他，他前半生任清潔工，替人去垢除污。除了自己。現時已屆退休年齡，轉而任職清潔外判公司的散工，深刻了解到層壓式剝削這回事，他也不管那麼多，日常的生活是——有時做做散工，多數的時候，則在街道上遊蕩，從

不消費，逛街的意義只是比終日待在家中理想一點。

靠著他做長工時儲起來的微薄的薪水，足夠他繼續住著劏房；只是沒有窗戶，整天也很侷促，遠不如在街外舒適。

他不介意如此過日子，他倒喜歡獨個兒，在街上，漫無涯涘地走，身邊並沒他認識的人，他覺得十分愜意。人在最自適的時刻是沒得到任何注視，他這樣認為，（同時覺得最痛苦的時刻也是）矛盾？也許不。也許，人一向是矛盾的。

走累了，便待在欄杆旁邊，休息，身體也好精神也好，他不再思考。他漸漸地發覺，和它產生了一點同化跡象，他覺得自己的腦袋與軀幹一同僵硬起來，漸地他彷彿有了人以外的意識，變得，跟它們一樣。就這樣站著不動，如一道欄杆柱子，如他物。

他曾在很多地方停頓過——比如大路中央，比如欄杆，燈柱下，比如，繁忙的路邊街角——「這個世界太多人了。」那天他跟同事甲在放學回家途中所說的。是吧，人太多，大路上總擠滿過路的尤其繁忙時間，真的有這麼趕忙嗎，他反問。和甲揮過手，他上了地鐵，牛頭角到旺角，空氣都給擠出車箱外，他此刻有一個願望：吸一口氣，他想，只要一口便好了。

而他想不到是，出車門後得花十分鐘才上到地面，混在人群裡，（被動地）向上升，甫出地面，也是人，一望無際的人。

他開始覺得物可能比人還有用，起碼在大街上，路過的大叔不會對他突如其來的說，「行開喇，阻住個地球轉」。在人群裡游竄了一會，他走進市區公園中，始感到前所未有的寧靜，公園正中央有一塊大石，墨綠而近黑，呈不規則形狀。他向大石走近，同時把自己幻想成大石，把身體蹲著捲曲，伏下來，呈不規則形狀，閉上眼，放下堅持的思考。

電話響起，他已沒提起、接聽的念頭了。他知道是工頭找他開工了，可他不想幹下去了，一輩子替別人清掃，自己偏偏滿身塵垢。現在他已是堅實的石塊，不復挪動半分。世界於他無干。

題目：我不是「路人甲」

【中國內地】萬嘉昆、萬嘉倫

　　有人說拍戲，是能做路人甲。我不這麼認為，如果你演的群眾角色，被觀眾喜歡或鼓勵，將會在他們心目中成為明星！

　　今天是國慶日，也是我最高興的一天。早上，接到景德鎮農民導演，周元強打給我的電話。說：「雙胞胎，你們今天有空嗎？」我笑著說：「有。」他說：「八點鐘去三寶村拍百集電視劇《瓷都人之裡村的星星、裡村的火》。」「好。」掛完電話，我們急匆匆的下樓。坐公交去三寶村。

　　下車後，打的電話給導演。他叫人下來接我們。等了一會兒，看到有兩個穿戲服的人。走過來說：「導演，在一個農民家裡。叫我們過來，帶你們去。」看到了很慈祥的導演，年紀比我爸爸大。他微笑的說：「你們演地下黨，開會，主演說：『你們是雙胞胎？』你們說：『是。』你想演甚麼角色？你們一個說：『八路軍。』一個人說：『地下黨。』。」說完後，叫我去拿陶瓷水壺，裝滿自來水。倒滿五個碗裡。我們換好地下黨衣服和褲子後，和其他的演員、主演，坐在一個方形桌子旁。桌上擺著我剛才，裝滿

自來水的陶瓷水壺和倒滿五個碗裡的水。各部門燈光、攝像，準備好後。導演，打板後說：「第一條開機，」主演，說完他的台詞後。問我們：「你們是雙胞胎？你想演甚麼角色？」我們也按著台詞說完了。導演，在監視機中看到，攝像沒有給主演和我們特顯。於是，叫攝像，先給主角拍特顯，然後我們。看到主角在拍特顯前，可能是口渴了，喝了碗裡的自來水。我心想：「他不怕拉肚子嗎？」他拍完後，輪到我們拍了。可能是第一次拍，有點緊張，NG的五次。

轉眼間，到了中午。我們劇組來到的一家飯館，上完菜後，我們邊吃邊聊天。導演對我們新來的演員說：「戲服是我們自己做的。槍是做木工的演員做的，為了發出槍的聲音。在槍口絮入一個鞭炮，點燃後發出『啪』的一聲。還有，我們沒有搖臂。於是，我們想辦法拿梯子，架成三角形。一個攝像師，趴在上面，成蹺蹺板一樣，就能拍出搖臂的效果了。」

過了幾分鐘，到了下午。導演跟我們說戲：「我叫毛仔演匪兵長，來跟你們搭戲。你們演地下黨，一個被槍斃後，又抓到的一個。他說：『交出情報。』你弟弟有說：『呸。』然後，他就槍斃。槍斃一次，沒有死（身體發抖）。匪兵長走過去。踩一下肚子，再補一槍。就有喜劇效果了！然後，你被抓過來了，他說：『槍斃的一個又來一個。』你就說：『我做鬼都不會放過你的！』他一句網路有句說：『嚇死本寶寶了！』。」毛仔，跟過來了。背完了戲！

導演，笑著對我們說：「這部戲，要明年上映。在景德鎮電視台播出，還可以在網路上看！」

　　導演，還讓我們穿上八路軍的衣服、褲子和草鞋，背上槍和斗笠。體驗的八路軍生活，心想：「八路軍的時代，太艱苦了，穿草鞋去長征！我要珍惜，這次來之不易的生活！」

　　我喜歡演戲，因為他可以穿越時代，體驗一次不同的人生！我相信，今天是路人甲。只要把自己演的角色演好，觀眾喜歡，就能成為耀眼的明星！

題目：怎麼在香港，會漸漸迷失了方向

【香港】蔡妙麗

1

十歲那年，我首次踏進香港的懷抱。我以為，那是個美好一切能依靠的地方。可以隨心所欲，可以自由翱翔，可以盡情追夢。

閉眼，喘息。清鮮的檸檬消毒水味，在東鐵火車站的洗手間隱約傳來。是的，香港是美好的，那是個文明清淨，也可以追夢的地方。舅舅說：「母親就住在土瓜灣的那些唐樓裡。」我不理解唐樓和劏房是甚麼來頭。我只知道，我可以與媽媽住在一起了。

他們都說，香港教育制度優質。我多想像香港的學生那樣，穿著一套白色襯衫和格仔連衣裙的校服。好是自豪。一直以來，我有一個夢，就是變成一名作家，儘管受到百般的批評也好，我也想把農村的醜惡與美好，都分享給你們聽。擁進城市的胸懷，我感覺，我離夢想，又近了一些。

時間越不聽勸，秋意就更濃。秋風伴著一絲涼意，訴說秋的言語。我踏著落葉，來到母親的住所。那是一個

狹小的空屋，廁所和廚房是相連的。只容得下一個人的位置。一個月租金卻要三千四。沒有電視，沒有冷氣，唯獨一張單人床，一張桌子，桌上的碗和筷子還沒有清洗。有兩隻蒼蠅正在上面採蜜。我才知道蝸居籠屋是香港的特色。舅舅說，媽媽去深水埗擺攤了。今晚自己隨便吃吃。然後他就走了……

空蕩蕩的房間，瞬間變得如此寬闊。唯獨那個女孩，好奇的窺探著香港的節奏。沒人知道，她的存在。她靜靜的洗好了碗……然後躺在母親的單人床上，撫摸著僅剩的溫度，多久，未曾見過母親？

2

原來城市的腳步，就是止不住的行走。沒有半絲喘息的機會。有誰，又會曾在意，蜷縮在破毯子上的女孩，是否睡得安穩？

冷冽的寒風徐徐來襲，襲進耳根，刺痛臉頰，劃破腳跟後的裂痕。擺地攤那婦女，為了養家糊口，提起重擔，那睡在地攤上的女孩，又曾瞭解母親的用心良苦？凌晨一時。母親在啊梨街（鴨寮）賣二手貨的電器。偶爾，襲來路人的冷眼，那嫌棄的模樣，忍人難受，可是又得無言接受。她靜靜的把攤上的電器擺好……然後躺在母親的肩上，多久，未曾與母親這樣靠近？

3

是黎明還是晨昏，是落幕還是晨安，早已傻傻分不清楚，暈暈沉沉。多麼熟悉又陌生的景象。可是在我的字典裡再也沒有白天與黑夜之分。母親沒有再提起我讀書的事情，她衷心希望能寄多點錢，回去供養遠在鄉下的爺爺奶奶和弟弟妹妹。凌晨六時。母親早早離開了地攤，穿著清潔公司的制服，在隔壁街清掃。而我只能暫時成了半個老闆娘。哧哧的清洗聲在耳邊徘徊，遠遠眺望，母親的銀髮在冬晨中迎風飄揚。佝僂的背影漸漸消失在我雙瞳裡。她靜靜的看著忙碌不堪的母親……然後心止不住的淌血，眼淚忍不住的翻滾！那一年我十二歲。

4

每個明天，執著的許每個願。總有一天，我想像你們一樣，不需再睡在冰冷的地板上，不需毫無目的的尋找散工來幫忙維持生活。可是，一切都只是我在想而已……

中午十二點。我和媽媽一起到一家餐廳做侍應，我們都不知道怎麼寫單，那些阿姨總是絮絮叨叨，用凶狠的眼光盯著，厭惡語氣罵我們：唔識寫翻鄉下啦，教極都唔識。接著就是一連連的粗話。過自己喜歡的生活，有多不容易，腦海裡總是迷迷糊糊，彷彿一切就發生在昨天，可一不小心，原來這些束縛早已經歷了好幾個春秋。

有沒有人知道，明明不喜歡，還要強顏歡笑有多難？每天總在忙碌中度過，腦海裡再也沒有空位遐想任何無聊

的事情。母親總是努力的埋頭苦幹，認真工作著，寫單，收拾盤子……咚，一個盤子完美落地，來了個粉身碎骨。老闆的咒罵又開啟……我靜靜的聽著咒罵聲……然後想起了自由，想起了我的夢。那一年，我十八歲。

5

一抹汪洋，一宵異鄉夢，心若沒有棲息的地方，到哪裡都是流浪。

我與母親，沒有任何技能，可是劏房的租金卻急升到四千七一個月，為了遠在鄉下的家人能繼續活下去……我們拼了命的奔波，拼了命的生活著……累了，就隨便在街道上，找個昏暗的地方躺下過夜，冬天的夜格外冷冽，一股股寒風刺痛肌膚。刺痛脆弱的心。偶爾，會回去那個只容得下一人的家擋風避雨。可是那個所謂家，早就不在我心裡存在。那只是一個軀殼。飯香，炊煙，笑聲，咖啡，書本，校服，被子，電視。這些別人有的，我都沒有。

滿身傷痕累累，雙眸拼了命的扯起，凌晨到深夜。酒店，殯儀館，墳墓，地攤，餐廳，廁所……所有散工都接，我們沒有互聯網，沒有電話，只能磨破腳跟一間間的問，你們公司需要請人嗎？因為，我們除了這些，其他的。都不會了……那幾年，已不願再去想起，我把它放在手心裡，假裝幸福就在身旁，然後繼續笑著走下去……

6

　偶爾，會難以置信，如今腳下所屹立的，是我以前夢寐以求的地方。我以為，這個大都市，能給我一份溫暖。卻要在八年後，才能感受得到。時間斑駁了過往，卻又提醒我向前。淚，苦。已經不懂怎麼去詮釋。直到夕陽燃燒殆盡，才彷彿看到陽光所在的方向。我希望你們的夢，總有一天能抓住，然後散盡天涯。我想握緊手中堅定，繼續我的夢，可是，這樣的命運，是否命中註定？怎麼在香港，會漸漸迷失了方向？儘管夢想有多大，有多遠，卻還是得屈服在現實之下？

　那一年，我十九歲。

題目：我的工人父親

【香港】黃兆駿（筆知所謂）

　　代溝是世上最遙遠的距離，親人間非不能溝通而是不懂溝通，親情不是不能擁有而是不懂擁有。自從阿筆投身建築行業開始，父子的距離更形疏遠，兩人雖處於同一屋簷下，但中間隔著一道無形的牆，區間著父子之間的關係。

　　兩人雖有共同經驗、共同興趣以及共同家庭，但彼此之間卻不能如朋友般親密，只因兩人期望不同。父親早年迫於無奈投身建造業，他對於這行業的印象充滿負面，工人是一群煙酒不離手，沒有理想的低學歷人士，以身體、勞力換取糊口機會。他自幼對阿筆要求嚴苛，寄望他成為家中唯一戴著四方帽拍照的大學生，可是事與願違，阿筆志不在讀書，二十歲的他步父親後塵，戴著安全帽工作。

　　阿筆一直銘記建造業哺育了他，所以他不認為當工人是丟臉或者引以為恥的事。反而拿著鐵鏟令他更自在，但不代表他不喜歡執筆，他沒有埋沒自己的理想，終有一日要成為一個作家，一個分享基層生活的草根作家。

　　文學作品不一定要用深奧字詞所堆砌，淺白簡潔的文字更能撼動人心。學位只是一種證明，不代表沒有學位就

不配擁有文字。

　　天漸漸破曉，大地朦朦朧朧，父親把清醒五時的鬧鐘按下，小心翼翼下床梳洗，不讓沉醉於美夢中的妻子驚醒。他左手拿著妻子昨晚為他準備的早餐，右手挽著工衣，出門前輕輕吻著妻子的額頭後，走到窗前凝視那淺紅的天空，似乎若有所思。

　　陽光漸漸把一道道溫暖照遍大地，阿筆慢慢與工友坐在馬路旁休息，日出意味著他快要下班了。阿筆吃著母親昨晚為他準備的早餐，與工友閒聊，不知何故，工友的年紀與父親相約，但他們卻可暢所欲言，沒有代溝也沒有隔閡。他把指揮棒交給工友，自己脫下工衣準備下班了，眼看著一輛黑色客貨車每天風雨不改在五時三十分駛經工作的道路旁，他漸漸記下了車牌 fw1314，只因看著車窗疊起的安全帽，就知道建築的巨輪無時無刻在城市中轉動，沒有喘息的機會。阿筆抬頭仰望著天空，細看那漸露紅霞的天空，心中似有千般的思念。

　　父親坐著那熟悉的黑色客貨車，開始了繁忙的一天，工友們上車後全都抱頭熟睡，只有他抬頭看著那寧靜的路面，今天已是第五天看見那小伙子站在道旁指揮交通，這小伙子特別吸引著他的目光，因為他很像自己的兒子。

　　日出而作，日入而息只是教科書上的美麗謊言，實際上城市的巨輪永不會停止轉動。當我們在家中沉醉於美夢的同時，道路旁有不少工友為香港努力工作，他們是真正的無名英雄。旁人或許會這樣描寫，可是工友們不會強調

自己像英雄一樣，有些工友每遇讚賞只是粗口橫飛，或者沉默不語，其實工友很開心自己的地位被肯定，他們只想在這擠擁的城市中找尋那生存的空間，只是他們不懂表達。

阿筆踏進家門便是父親在工地中工作的開始，兩父子的生活與工作彷彿沒有交匯，最痛心的是阿筆的母親。她已忘記了一家人有多久沒有一起吃飯，她算不清，也不想算，因為越算只會令她越傷心。母親盡力為兩父子打點一切，這是她可以做的事情，她不明白工人的生活，但她可以做的，就是成為兩人強力後盾。她慢慢養成了一種習慣，每當父子兩人同時離家時，她會眺望著天空，因為她希望遠在極樂世界的祖先會庇佑兩父子的安全，這動作彷似家人心靈相通的印記。

阿筆回家後，第一時間很自然是輕輕擁抱了母親，告訴她，自己安全回家了，不用擔心。他梳洗後回到房間，打開文字檔，細心記下今天發生的事。阿筆從踏入建築業開始便養成寫日記的習慣，因為他接觸了一個全新的世界，一個值得他用筆和紙用心記錄的世界，每位工友在他心目中，也有一段不同的故事，故事可以是感人，可以是搞笑，可以是反思，可以是悲劇，但卻沒有人用心去記錄，阿筆因此決心要為工友記下點滴在網上與網友分享。

可是眾多故事中，唯獨缺少了一個與阿筆息息相關的故事，這是個關於一個五十出頭的工友，如何含辛茹苦支撐著一家三口的故事。

「阿友，三十五歲，修路工人，家中的經濟支柱。阿

友是一個沉默的人，不愛與別人分享自己的事，彷彿生命中只有工作。今天已是他連續上班一星期的日子，每個月只有兩天假期的他不曾埋怨辛苦。家人是他生命最重要的元素，自從兒子出生後，他與工友的話題就只有自己的兒子，他樂意說，我也樂意聽。建築行業辛苦嗎？其實是在於工友的心態，他們每位都是鐵人，不會疲憊的鐵人，家人是他們的動力。」

阿筆把一則則的小故事整理後，攤在床上，慢慢閉上疲倦的雙眼，為自己疲憊的身體充電。母親看著那甜睡的兒子，總感到安心，因為他平安回家，但與此同時她又擔心著自己的丈夫，不知他工作是否順利，不知他是否平安無事。

另一邊廂，阿筆的父親拿著粗長的鐵枝，額上如水晶大的汗珠一點一滴地流下來，可是他已經沒有感覺，相比炎夏工人們於烈日當空的工地工作，冬天的地盤根本說不上辛苦。

「阿輝，今晚車路士大戰阿仙奴，快點過來研究投注哪隊！」工友華叔與強哥揮手示意阿筆父親過去。

「不了，我戒賭了，你們也不要賭那麼多，否則上癮就大件事了。」阿筆父親禮貌上笑了一笑，婉拒了工友的熱情。

阿筆父親本來不是不賭錢，而是兩年前的一場惡夢使他拒染賭癮，他不是故事的始作俑者，也不是故事中的主角，因為主角是他的兄長與父親。阿輝的兄長是裝修工

人，收入本已不高，而偏偏染有賭癮，原本一個月也只花數千元於賽馬日投注，本著發橫財夢的希望，可是他們父親突如其來得了肺癌，也許這是他年輕時當建築工人，由經常吸煙的惡習引起，剛退休病魔便呼嘯而至。

可是他們兩兄弟本不儲蓄，現在突如其來需要數十萬的醫藥費，只有財務公司可以幫助他們。縱使父親百般不願，他們兩兄弟也向了財務公司借貸。結果是既老套又重覆，兄長誤信內幕消息，錢全都輸光，那一晚，他寫下遺書，那天是二〇一四年十一月二十三日。

「輝：

哥哥對不起你們，是我貪心，我把借來的錢都輸光，全都輸光了。我沒有面目見你們，我一生人之中，只有我的性命最值錢，就讓我用自己的生命為贖罪。」

二〇一四年十一月二十四日，一名工人於工地中從高空墮下死亡。他是阿輝的兄長。同一天阿筆的祖父看著新聞，激動得心臟病發，就這樣，父親一天失去了人生最重要的兩位親人。

自此之後，父親變了，把所有的惡習都戒除了，不吸煙，不再飲酒，更不再賭博，一元也不賭。

「做甚麼行業也好！千萬不要做建築工人，你是中學畢業生，至少可以找份普通的寫字樓工作！」一年前阿筆的父親曾怒罵著他。

阿筆明白父親的憂慮，但他不認為自己會成為父親口中所說的那種工人。

　　「如果我要飲酒，我要沉迷賭博，我要抽煙，我現在也可以做，為甚麼你要把這些習慣與工人掛鉤？我只是靠自己雙手生活，你也是工人，為甚麼你要看不起自己的兒子！」

　　「正正因為我是工人，你爺爺與你的大伯也是工人，所以我才想你出人頭地，而不是到老了，又沒有錢，又染上了一身惡習！我是為你好！」父親激動地說。

　　「我長大了！甚麼是好甚麼是壞，我不懂分嗎？工人不再是三十年前的工人了，你信我一次也不行？我不相信爺爺當時會像你一樣百般阻撓，像你一樣橫蠻無理！工人很差嗎？至少你是一個愛妻子的丈夫，你是一個顧家的父親。」阿筆把目光轉向母親。

　　「以前，我與你的大伯小學畢業後就出來工作，不是我們不想選擇而是我們沒有選擇的空間！二千年代，一個中學生有這麼多的行業可以做，但你竟然去做工人！我對你很失望。」

　　兩父子因為共識不同，到最後便成為了陌路人。

　　阿筆其實比每一個人也明白社會對於工人的誤解，互聯網的發達下，消息很容易流通。網上對工人的描述就是粗魯、沒文化、愛賭博、愛抽煙、愛飲酒，所有的負面的形容詞也放在他們身上。

　　可是網上批評的人，或是那群所謂受過高等教育的

人，有幾多真的了解工人的生活？工人也是一個好父親，好丈夫，他們憑自己雙手去工作，不搞辦公室政治，他們率直而坦白，總比社會上那些披著羊皮的狼更善良。

可是社會上就是容不下這班用雙手與血汗打造香港繁榮的工人，歷史永遠缺少了他們的位置。阿筆就是要用自己的文字與社會大眾分享真實的工人生活，無論是正面或者負面，他也認為有責任去令社會認識工人，因為工人是社會的齒輪，歷史不能遺忘他們。

阿筆於網上開始分享了工人的故事，但換來寥寥無幾的點擊率，或是批評。文筆差，沒有修辭手法使網友不想看。題材不吸引，沒有英雄般的故事，根本沒有網友欣賞。阿筆沒有放棄，他心中一直想著一個問題，為甚麼工人與消防員一樣對香港作出貢獻，但工人地位相比消防員是相距那麼遠？

可是有一位網友 fw1314 對他所寫的每遍文章也感興趣，定必在回覆欄中留言，這或許是阿筆唯一的小小安慰。

就這樣，阿筆早上以文字洗滌著人心，晚上以汗水建構香港。旁人或許認為一個沒接受大學教育的人，寫文章是一件很可笑的事，可是戴著有色眼鏡的知識份子有沒有反省過文字不是你們的專利。

曾與諾貝爾文學獎擦身而過的沈從文，他有收過高等教育嗎？沒有，但他依然寫出一篇篇好文章反映國家底層社會人民的生活狀況。阿筆心中的理想很清晰，就是以淺白的文字引起共鳴遠比華麗的詞藻來得有效。

地盤工決心以淺白的文字記錄自己與一眾工友的點滴，工人為香港的社會寫下一頁頁輝煌的歷史，卻沒有人為他們記下應得的功勞與箇中的辛酸。

　　社會上關心是工程的造價有多高，工程延期了多久，工業意外死了多少個人，可是沒有任何一個人真正關心工人的生活以及他們的困難。

　　阿筆慢慢習慣了，每次休息時，也與工友閒聊，了解他們的樂與怒，喜與悲，把他們的說話轉成一段段可以感動人心的故事。阿筆想得到的不是錢，不是名利，而是社會大眾的一滴眼淚與一點關注。

　　故事一天一天地累積，可是父親與阿筆之間陌生的厚牆也一天一天地加固築高。阿筆的理想使他更不願離開這個行業，而父親也盡量避開了阿筆在家的日子，他或許不懂表達自己的感情，寧願陌生也不願被自己的兒子憎恨。

　　「汗水是工人勞力的見證，市區的一磚一瓦由工友所構建，但於公車上、於餐廳上卻容不下我們的生存空間？老師一方面教導學生職業無貴賤之分，要尊重別人，但餐廳、公車上，不少人對工友也報以一個厭惡的目光，討厭他們身上的汗味，討論他們的說話，他們的存在彷彿就是罪。」

　　阿筆投身行業一年以來，聽得最多的不是工友談話間的粗言穢語而是社會大眾的冷言冷語。以行業取人，每逢公車、地鐵上有疑似非禮案的發生，他們自動成為疑犯。於餐廳吃飯時，總是被人厭惡身上的汗味。家長經常向子

女説不讀書的人才會成為工人，工友聽到雖不能反駁，但心入面總會形成一種自卑。

「沒錯，我們都是為香港工作的人」網友 fw1314 留言。

「你也是工友嗎？你可以跟大家分享你的故事。」阿筆回答。

「不，我的故事不好看，我只是平凡的工人。」

其實沒有人的故事是平凡，每個人的故事與經歷也是獨一無二，從工友的故事中，反而令他一點一滴在了解父親，尋回那一塊童年時缺失了的回憶拼圖。

fw1314 的回覆速度很慢，可以肯定的是他應該上了年紀，不懂輸入法，只可以用手寫板。阿筆很自然地對他產生了興趣，一個上了年紀，剛學輸入法的工人，究竟有著哪樣的人生？相信是一段令人著迷的故事。

可是阿筆一直等待著 fw1314 的回覆，時間一分一秒地流走，可是依然看不到他的留言。正當阿筆打算上床睡覺時，母親大驚失色的衝進了房間，淚流滿臉。阿筆被母親的舉動嚇呆了，連忙詢問她。

「你的爸爸……出了意外……他從工地的一樓掉下來……」母親嗚咽。

阿筆也傻了眼，衣服也未換便趕到醫院，等候父親的消息。醫院裡等待著父親的還有數位他在地盤的工友。

「阿智，為甚麼阿輝會出意外……？」母拉扯著智叔的衣袖，難掩激動的情緒。

「我也不知道阿輝最近出了甚麼問題，一有空便拿出

電話上討論區，剛剛他在專心打字的時候，沒有注意到工友在他身後拿著鐵枝走過，一不小心便被鐵枝一打，失平衡掉下來……」

討論區？父親甚麼時候學懂使用智能電話？究竟是哪個討論區使他如此著迷？一方面阿筆是為父親出了意外而傷心，但令一方面，也埋怨他作為一個資深的工人，竟然不明白安全第一的重要性？工地就如虎口一樣，一不留神便會以性命作為代價。

智叔把父親的手機交給我們，我接過那鎖上密碼的手機，不知從何入手解除鎖定。

「19951108」母親站在我身旁說出一連串的數字。這組數字是我的出生日期。

果真父親竟把我的出生日期設為鎖定密碼，他的舉動使我出乎意料，同時令我心頭湧上一絲絲的溫暖。

三秒，從輸入密碼到成功解鎖手機，我被父親的手機內容嚇呆了，原來他是一直支持我的讀者，fw1314，我的心不禁抽搐了一下。

電話裡名叫 fw1314 的父親正在我的文章回覆欄中回應：

「雖然我的故事平凡，但希望借你的平台與工友分享。我是一個建築工人，也是丈夫與父親。對於我來說成功不是要賺很多錢，我只想好好維持一個家庭。我不怕被社會大眾歧視，我最怕自己的家人因為我而受到歧視，因為別人的父親是醫生、律師與工程師，但自己兒子的父親

是一個工人，我不想他抬不起頭做人。可是兒子最後也成為工人，我不是歧視他，只是我怕他還沒有想清楚，還年輕的他有很多的選擇，我實在不想他走回我的舊路⋯⋯」

父親似有說話未曾講便出了意外⋯⋯

阿筆凝視著父親的說話，眼淚開始奪眶而出，淚珠劃過了我的臉頰，一點一滴落在父親的電話。阿筆不知道父親是不是一個好工友，只知道他是一個好丈夫與好父親。他處處也為了阿筆著想，細想過往的家庭生活，父親雖不善表達情感，但他的愛其實一直在心中。

醫生從手術室出來，表示手術成功，傷者已無大礙，一家人終於放鬆了一口氣。由於父親的藥力未消退，所以仍在昏迷當中。

阿筆回家梳洗後便趕到工地上班，工作雖然一如以往，但心裡想著的不再是其他工友的故事，而是父親的故事。阿筆與他的距離很近，但他卻是我最不了解的工友。

五時三十分，黑色客貨車 fw1314 再次駛經他們的施工路旁，這次阿筆終於記著這串熟悉的英文字，原來父親一直也在守護著他，經過他的身旁，默默為他打氣。Father worker 一生一世，他是父親也是工友，父親工友就是早上以雙手哺育香港這片土地，建設我們的一磚一瓦，晚上回到家裡也照顧著妻子的好父親。

其實作為工友的兒子，是一件很幸福的事。

當阿筆下班回到醫院時，父親已經醒來，當阿筆在門外偷瞄著坐在病床把玩電話的他時，他還毫不察覺。阿筆

慢慢把門推開，他連忙把電話放在口袋裡。阿筆只是笑了一笑，把自己的電話拿給他看，讓父親知道他就是阿筆，文章的作者。

父親驚訝地看了阿筆一眼，然後他竟然笑了，這對阿筆來說既陌生但又窩心。

「爸！其實你的故事很精彩！你永遠也是我的偶像，你不單止為香港貢獻了你的一世，也為了這個家庭貢獻了你的一生。」說罷，他們便互相擁抱，這是他們二十一年來第一次的擁抱。

工友其實最想擁有的是一個溫暖家庭，他們不怕被旁人冷眼歧視，最怕就是家人因自己的職業而受到歧視。

工友不想社會大眾只著重他們的收入有多少，他們只想大眾多一點關懷他們的工作環境與貢獻。

千萬不要因為工友這個身份而抬不起頭，更不要因為父親是工友而抬不起頭，縱使他們不是好工人，但他們也是你的好父親。

千萬不要把出軌、飲酒、吸煙與工人掛鉤，縱使他們選擇了這些壞習慣，也不代表他們是壞人，是壞父親。

阿筆只想拿起一枝筆，一雙眼，一對耳去觀察每一個工友的故事，畢竟社會上太多太多與工友息息相關的事，可是社會無人正視，阿筆可以做的，就只有在網上分享工友的一點一滴，包括自己的好父親。

阿筆沒有因父親而自卑，反而因父親而驕傲。

題目：炒散：敬惜字紙

【香港】黃可偉

　　小學時學中國四大發明，就是造紙術、指南針、火藥及雕版印刷術，直到現在，與我們距離最貼近的，始終是造紙術。誰曰不然？我們上課時用的書簿課本，牆壁上的海報與圖畫，都由紙造出來，紙對學生來說不可或缺。相傳東漢蔡倫造紙，其實他只是改良者，早在他之前已有原始的紙了，一九五七年，西安市東郊灞橋出土了古紙殘片，世稱「灞橋紙」，是中國古代最早發明的紙，以大麻和少量苎麻纖維為原料製成，質地粗糙，不便書寫。漢和帝元興元年，蔡倫改用樹皮、破布、麻頭和魚網等廉價之物造紙，降低了造紙成本，從此以紙書寫開始普及起來。但紙與文字文化有關，因此之故，連帶紙張也成了中國人珍重之物，輕易不肯浪費。當然到了如今，大家也明白要愛護樹木，保護環境，更要珍惜用紙了。

　　我大概也算一個環保主義者，不敢輕易廢棄一張紙，有時走過街上，看見有人派宣傳單張，接收者大多看也不看便丟進垃圾桶，便覺可惜又浪費珍貴的紙。曾有一段時期，為了避免接收宣傳單張，最後要由我手上丟棄，變了

間接製造廢紙的幫兇，於是盡量不接傳單。

在香港派傳單的多是中老年婦人，她們賺錢能力不高，不少老闆又歧視年長者，能找到賺外快的工作機會不多，別無選擇下，派傳單便是最直接的決定。都說她們年紀不輕，有時走過街上，見到她們向我派傳單，我不接，到我一小時後走回原路，見到她們仍舊站在原處。不知道老闆向她們分配了大量傳單，還是沒有幾多行人接受，她們手上似乎有永遠分發不完的單張。天陰微涼時還好，但遇上天上高掛惡毒的大太陽，見到她們站在酷熱的街，熱得汗流浹背，便覺不忍。她們遞來傳單，順手便接，好等她們早派完，早離去。有一次在旺角由地鐵站出來，看見六七個婦人在站口派發，接了一個，其他的婦人立刻走過來，遞上手上傳單，結果手上平添七八張廢紙。朋友說下次不應該接，我沒解釋，只希望可以稍稍減輕婦人的負擔。幾年前開始，覺得幫助她們比較重要，朋友說我傻，說她們派不完就會丟掉傳單，但我想婦人也會害怕老闆派出間諜，到她們附近監察她們工作吧？她們又豈敢胡亂丟掉傳單？要是派不完，剩下的傳單又多，難保不被老闆覺得她們辦事不力，辭退她們，於是我決定從此收下傳單，即使我不看，也可丟到回收箱去，總好過其他人即時丟入一般垃圾桶。

說派傳單不用技術與腦袋，絕非事實，我媽曾做過，我便知道派傳單毫不簡單。我媽就在旺角地鐵站那出口派，她說那裡人又多又擠，要在不停流轉的流動人群派出

傳單，實在困難，自己派得頭暈眼花，不少人不止拒絕接收，還當你是阻礙道路的垃圾，那種眼光才叫人難受，媽幹了一個上晝就捱不住，辭職求去了。宣傳單張是垃圾，派發者同樣是垃圾，令人難過的是我媽也做過派傳單的工作，因此我很明白她們之苦。年少時沒有體察之心，有時接過傳單，換來她們一聲道謝，也覺得是順理成章的事，有時派發的人不說多謝，便覺她們沒禮貌，不感恩。這種想法實在傲慢至極，自己做的事只是舉手之勞，卻要求對方千多萬謝，就像自己做了多麼偉大的恩賜，想法既自負又幼稚。現在的心比以前柔軟，我想過要是自己是她們，站得又疲又累，還會不會不停向接收者道謝？我相信即使會，也不會持久，更何況是不只派一天的婦人？我不再怪責她們不多謝我。

　　還記得一兩年前冬天，走過灣仔剛重建的利東街，那裡由有半個世紀歷史的舊唐樓，變成浮誇昂貴的豪宅。那天天氣很冷，只有十三四度，一個七八十歲的老婦人站在利東街的出口派街招。她的背早已彎弓起來，不斷向人伸手派，卻沒有幾多人理會她。我趕時間，趕急走過她身邊，走了十多步，見她周圍望，覺得她很可憐，於是回頭向她討張傳單。她大概見到我回頭，知道我心意，很開心，說多謝，還給我鞠了幾個躬。我當下立刻覺得很難過，我做的只是很微小的事，但她卻回報以大禮，其實我又有甚麼資格接受她的鞠躬呢？看看她遞過來的傳單，是售賣這裡樓盤的廣告，我突然生起一種複雜感覺，討厭政府與地產

商，又悲傷不少與老婦一樣年紀卻同樣要派傳單的長者。接過傳單，我走過利東街，兩邊盡是名店，上面是天價豪宅，還設有種滿花樹與歐陸庭院的公共空間，那一身寒酸的老婦人仍舊在這條華麗之街的門口派單張。

我媽可以選擇做與不做，不少人卻沒有機會自由選擇。不能選擇，只能苦中作樂，在我家附近的地鐵站口，派傳單的婦人便三五成群邊派傳單邊聊天，調劑過長的苦悶時間。要不是要賺外快，她們大概會一起安坐家中或茶樓，而不是在街上日曬雨淋。

聽過媽的經歷，很慶幸自己不用派傳單，但亦因為媽也做過（哪怕只是半天），我絲毫不敢小看她們。她們刻苦耐勞，忍受別人嫌棄，不是每個人都能做到，但為了生活，她們堅韌地擔當這個付出多收穫少的工作，與其說她們逆來順受，我更寧願相信她們是在自己有限的選擇與能力下，所能做的最大抗爭，抵抗生活的困乏與限制，這樣看來，她們的卑微身影又放射出一點光芒。近來經過利東街，我又再尋找那弓背老婦，但不見她，假若再見到她，她的背影理當變得高大起來。

我在大學副修歷史，對香港歷史很有興趣。曾找尋九龍城寨的歷史，這座英國割讓香港後仍然由中國管轄的城中城，由於在英界內，中國政府不能管，英國與香港政府又不能管，形成「三不管」之地，誰知在清代，朝廷曾派官員駐守。一八五四至一八六六年間駐守寨城的武官大鵬協副將張玉堂，於一八五九年捐建敬惜字紙亭。為教化城寨

寨民尊重文字與知識，他自資派人定時到城內城外執拾字紙，送回惜字亭焚燒，以示愛惜文字和紙張。清光緒十三年《文昌惜字功過律》便有經文：「平生偏拾字紙至家，香水浴焚者。萬功。增壽一紀。長享富貴。子孫榮貴。」、「見人作踐字紙。能以素紙換焚。或以他物換焚者。五十功。百病不生。轉禍為福。」可見清代仍然維持愛護紙張的傳統，甚至與福澤掛鉤，原因不外乎是紙張盛載文化，人們愛惜字紙，表達了一點人文關懷。

因此莫說婦人派發的傳單是垃圾，上面一樣有倉頡創作的文字，每隻字都是文化的基本。但時代畢竟改變了，紙張除了盛載文化，本身也是樹木生命的殘餘，本身已有足夠理由令人不可胡亂浪費。更何況一張單薄的宣傳，也經過派發者的辛勞才能傳到我們手上，這樣一想，我就覺得傳單不再是死死的植物纖維合成物，而是樹木與小人物的生命共同體了，這樣更不能任意輕賤一張傳單。

記得有一次冬天，太陽很小，射下微弱的光線，而寒風凜冽，幾個婦人仍在街上派傳單。傳單一角在她們手上隨風掀起，婦人緊緊抓著，生怕被風吹走。我走近，她們遞來傳單，我接過，再放在袋中，等待經過回收桶時丟進去。紙張回收桶，就是現代的敬惜字紙亭。

20161017

題目：鬥爭—— 本是同根生

【中國內地】陳喚軍

「本是同根生。」就是句號了，我眺望著窗外的大海，默默的吟誦著這首曹植〈七步詩〉，就在這裡停頓下來，下半句就不想唸了。一座光亮的寫字樓，豎立在金色沙灘包裹的海邊上，中午了，忙工作的、裝腔作勢的、所有人統統都下樓出去覓食了，唯有我帶了便飯，用公司微波爐一加熱，就這樣湊合吃了。

我喜歡公司這難得的片刻安靜，因為我喜歡安靜，我不喜歡爭吵，每天只要是到了上班的點，公司裡就像開了鍋的水壺，熱氣騰騰，準確點講是「殺氣騰騰」。如果沒有爭吵，那是大戰前的寧靜，那是預示著更大爭吵的來臨。真要是為了工作而爭吵，那是工作。可偏偏不是為了工作，或者是打著「工作」的幌子，為了個人的那一點「蠅頭小利」，而互相擠壓，互相使絆子。

鬥鬥，關起門了自己人跟自己人鬥。內戰內行，外戰外行。不怕狼一樣的對手，就怕豬一樣的隊友。

昨天，我又一次被穿了「小鞋」，被某位「仁兄」給告到了老闆那裡。準確一點講是一位快四十的女人，她有事

沒事，大多數情況是沒事，就跑到老闆那裡「彙報工作」。是她職責範圍的工作，她是「大力宣揚」，其實她真的沒有甚麼具體的工作，她來到財務部門，感覺本來事情夠多的財務事情更加的多，並且多的都是些無聊的事情。你就說你自己的事情就行了，可這位「仁兄」，也不知道是為了討好老闆有甚麼想法，反正老闆就喜歡「打小報告」的同志，她就甚麼「八卦」都講給老闆聽。

　　我有甚麼「八卦」？本人每天是「兩點一線」，家庭是一點，公司是一點，一線就是我開車上下班的線路。上班有時候我要去到工廠，我喜歡工廠裡的環境，熱火朝天的工作場景。在財務坐久了，我喜歡下去走走。我不是去指導工作，我始終認為我不是「領導」，我本來就不是領導，我就是個打工的，和廣大一線工人一樣，都是給老闆資本家打工的。由於我的「謙虛」，和工廠倉庫的倉管管理員沒有任何的代溝，所以工廠的同事們還是比較給我「面子」的。財務部門和倉儲部門經常要進行資料往來和單據往來，他們對我的工作比較認可，工作要合作的非常愉快。

　　在工廠中午了，人要吃飯，可工廠的飯菜實在無法下嚥，本來飯菜標準是我定的，可自從這位「仁兄」到了公司，進了財務，主管每個月的工廠飯費標準後，這飯就沒法吃了。物價在一天天的漲，她卻在一個月一個月的壓低標準。每個月從工人口中省下的飯費錢，就成了她到老闆面前表功勞的資本。看看我自從管理工廠伙房以後，工廠的伙食費又節約了一大塊，看看前任怎麼管的，每個月工

廠都在漲伙食費。老闆當然喜歡為他省錢的員工，資本家就是資本家，為了口袋裡的金錢不惜一切代價。

中午了，在工廠我也是人，我也要吃飯，可食堂的飯，已經被剝削的只剩下碗裡一滴油了。還好，比朝鮮人民強，他們的目標是吃上大米飯喝上肉湯，工廠至少也能管上米飯和一滴油的大白菜。可我還是希望能吃到一點肉的，忙活了一上午，還要忙活一下午。就這樣，我就腐敗一下自己，到工廠外面的小吃店去吃飯。自己去吃感覺不太好，上午還和工廠的一幫「兄弟姐妹」並肩作戰，就這樣叫上幾位倉庫管理員，一起去吃飯。在飯店裡，多叫上幾個菜，也花不了多少錢，畢竟是在市郊，吃飯便宜。看到身邊幾位倉庫管理員高興的樣子，自己也感覺非常的愉快。改善生活了，有肉吃了，這群離開父母離開故鄉離開貧困的農村，來到這個陌生的城市裡，為了自己的理想而奮鬥的年輕人，他們是多麼的單純和善良。我是多麼喜歡和他們在一起，至少比在寫字樓裡強，至少比和一群看不到心裡想甚麼的所謂「白領」，心裡能放鬆了許多。吃完飯後，我結了賬。和他們興高采烈的回到工廠，下午不多會，我的工作就結束了，和他們一一告別，開車回城了。

第二天，回到公司。我拿著飯費發票心裡想，這個就不要去報銷了，雖然我在財務，近水樓台先得月，報銷就是隨手的事情。但考慮到公司人多嘴雜，鬥鬥嚴重。如果報銷了，會有人告狀的，說我到工廠去腐敗搞大吃大喝。我只要不報銷和倉管員吃飯的飯費，他們能到老闆告我甚

麼呢？我從小愛好文學，平時也經常寫點文章發表，編故事的能力也有的，我就不信這次一小撮所謂「同事」能編出甚麼版本的故事來告我。人正不怕影子歪，我經常被人告，並且是誣陷，到現在堂堂正正做人，我就不怕「鬥鬥」，不怕「誣陷」。這事我也就沒放在心上，過去了就過去了。

昨天，我被老闆叫到了他的超豪華的辦公室裡。他的辦公室我是不大喜歡進的，金碧輝映與工廠的簡陋形成了鮮明的對比。他劈頭蓋臉問我，去工廠幹甚麼去了？我一頭霧水，沒法子就把我去工廠幹甚麼給彙報了一下。他又問我，你中午幹甚麼去了？我說：中午吃飯，我也不是神仙，不吃飯就能活。老闆力吼道：誰批准你們中午到酒店大吃大喝的。我說：我自己掏錢不行嗎？老闆叫來財務出納核實，確實本人最近沒有報銷任何招待費。老闆感覺沒面子了，為了找回面子，放了放本來高調的聲音，「語重情長」的好像是勸告我一樣的說：有人給我反映你的問題，可不要亂搞男女關係。

籠子大了甚麼鳥都有！我中午到工廠請幾個和我一起幹活的倉管員吃頓便飯，就是亂搞男女關係。「鬥鬥」發展到現在，已經超過了工作的範圍，竟然發展到亂給別人扣帽子的程度。「八卦」你也要有點根據，沒根據就不要亂猜想。

我一名高級會計師，財政部表彰的會計，在會計工作中嚴格要求自己，沒有因為個人原因發生過不良問題。社

會上有一小撮人是嫉賢妒能，小人心態，沒事就挑別人的毛病，我就沒讓人給挑出毛病來。也正是這些人，天天到老闆那裡告狀，讓我也是天天成長，並且是加速成長，年紀輕輕才華享譽會計界。我是不想和他們做毫無意義的鬥爭，這些和我爭的人有幾個是乾乾淨淨做人的，有的人竟然為了職位偽造會計師身份證件，刑法二百八十條第三款偽造、變造、買賣居民身份證、護照、社會保障卡、駕駛證等依法可以用於證明身份的證件的，處三年以下有期徒刑、拘役、管制或者剝奪政治權利，並處罰金；情節嚴重的，處三年以上七年以下有期徒刑，並處罰金。

「本是同根生，相煎何太急。」等我離開這家公司，離開這個是非之地，「本是同根生」後面就變成了「冒號」，加上「相煎何太急」後標上「句號」，「鬥鬥」就結束了。

散文組評審後記

經評審江瓊珠及黃仁逵討論，以下是散文組三甲文章及評語：

冠軍：物化
亞軍：我不是路人甲
季軍：怎樣在香港會漸漸迷失方向

〈物化〉

江瓊珠：比較有思考，有哲理及抽象化，也寫現實；雖然題目不太令人投入，而不是單單講工人處境。

黃仁逵：意象不錯，以退為進，作者似寫詩的人。

〈我不是路人甲〉

江：喜劇演員，不介意有白字，似一篇專欄，簡潔及文氣好；作者是大陸工人。

黃：作者的親經歷，不討好別人，頗真實，作者是工人。

〈怎樣在香港會漸漸迷失方向〉

江：文藝腔不是毛病，內容好過表達，是初來香港的掙扎；是大陸作者。

黃：有血淚，惜太文藝腔。

小說組

冠軍

題目：遊戲

　　深夜的地鐵並不擁擠，車廂內除了阿童就只有兩個半夢半醒的人。阿童雖然也累，卻一點沒有睡的意思，從上車起他就一直打量附近的人，而幾個站過後，終於也窮盡了興致。坐在阿童對面的是一個二十來歲的年輕人，亂髮蓬鬆，但穿一身拘謹的西裝，褲管上有兩條平行的直線。才剛經過太子，他便垂著脖子打起瞌睡來，雙手卻緊緊環抱著攜來的紙盒。從石峽尾開始，旁邊的女人竟毫不客氣地睡在阿童的肩上，阿童挺著腰怕弄醒她，只偷偷地瞅了一眼她的側臉。那是一個很難分辨年齡的女人，臉上一條皺紋也沒有，可是眉間滲著菩薩一樣的微漠，靠在阿童肩上睡得很甜。可能是因為她身上的樟腦味道，令阿童想起了家裡的母親；甚至有一刻他以為身旁的就是久違的母親，心頭驟然一緊，直到玻璃照到女人的倒影，那陌生的臉容才令他鬆了一口氣。

　　列車像蠕動向前的蛇，然而愈鑽愈深，似乎落入了無底的陷阱。車廂裡廣告的聲音在迴盪，和四周的鼾聲交織一起；阿童心想，人生的最後一程有人陪伴，或許已經是

比較熱鬧的終局。每停一站，阿童都擔心輕微的震盪會驚醒那些睡著的同伴，於是他的視線只能停在對面的顯示屏上，看橙色的點凝聚排列又散開，組成一個個無甚深意的字；循環播放的新聞在不短的路程上被敲成舊聞，再也無法擔當消磨時間的任務。此刻令阿童困擾的，並不是眼前橙色的點竟在句子中間組成了兩個問號，而是那句寫在暗巷的牆上，不負責任的塗鴉。

阿童手上的公事包比平常輕，總不會有甚麼好事。阿童在補習社工作了快兩個月，像既定的情節般，今天下班之前，老闆叫他交出寫到一半的模擬考題，說因為考試淡季，要裁減人手——換句話說，阿童被解僱了。阿童還來不及收拾心情，就收拾好他為數不多的細軟離開；臨走之前，他沒有忘記掏出褲袋裡幾枝紅筆和空的筆管，放回有鎖的抽屜裡面。狹窄的升降機裡，門上貼著「師傅」的巨型海報，它的眼睛直勾勾地看著阿童，旁邊黃色大字寫著「補你 5＊＊」；阿童瞪著這兩個月來日夕相對的臉，發現這滿懷熱情的眼神相當陌生。升降機到了地面，門一打開，師傅那自信的臉分成了兩半；阿童笑了笑，從師傅的臉中間走了出去，雙腳踏在嘈雜的路上。

油麻地的夜晚仍升著日間的熱氣，兩旁的射燈映在廣告板上，要比白天刺眼得多。到處是被聖光環繞的師傅，阿童只好低下頭專注走路，心裡默默數著工作的日子，由第一天上班至今剛好五十九天。他停在馬路前，聽得紅燈的聲音嗒嗒地響，如同鐘擺一般，彷彿沒有盡頭。五十九

是個難以橫越的數字——之前的幾份工作，沒有一份能維持超過五十九天。是我不夠努力嗎？阿童抬頭望著大廈之間窄長漆黑的夜空，試著從自己身上找答案。每天一早出門，晚上總是加班拼表現，非得要坐通宵小巴回家，黃昏的天色在阿童的印象中已非常模糊了。是我沒有能力嗎？阿童回想起前年的大學畢業禮，代表學生致辭的是阿成，禮堂裡的掌聲此起彼落如拍翼的鳥；而自己，只是芸芸畢業生的其中一個，沒有阿成的好，但總不算差；優等生固然能飛得很遠，但平凡如我，只求安穩過活。阿童一步一步認真地走，很快就被一同過路的人甩在後面；後來的路人也在他身邊掠過，掀起一陣微涼的風。腕上的錶的指針在皮膚上隱隱跳動著，分分秒秒都融入了脈搏。

　　曾有一個前輩用先知一般的語氣告訴過阿童，所謂五十九天的奧秘：「你的才能，對老闆來說毫不重要。在你身後，還有千千萬萬個人，他們有千千萬萬個五十九天，足以通向永恆。」阿童記得，那是第三份工作的五十八天。前輩看見他不解的神情，便改用淺白的說話再講一遍：「唉，小朋友，知道為甚麼工作要有試用期嗎？新人的薪水，是正式員工的一半呀。老闆只用新人，走一個來一個，五十九天為界，省下了試用期後增加的薪水之餘，還不用供正式員工的那份強積金呢。」前輩的光環在說穿這話的一瞬消失了，他的算計精明得如投注站的大叔。他還親切地叮囑阿童：「加甚麼班呢？熬夜熬出病來，看醫生的錢還得你自己掏。小朋友，對工作別太認真。」這句話像咒

語一樣，應驗在阿童之後的工作中；五十九天之期一到，便有新人來接替阿童，而阿童自己，也就趕著去補上別人第一天的位置。

雖說每一份工作只有五十九天，然而加起來也是一段頗長的時日。有時阿童回想起前輩的話，也寧願苦澀地相信，那些斷續相連的五十九天，總有一天會攀到永恆。如是，他這晚又在永恆之間趕路，像遊戲裡鑽入蟲洞的彈珠，等待某天醒來，重新接上軌道的另一端。

五十九和六十只相隔了一，而第五十九天回家的路卻是這樣的長。阿童拐進暗巷，渙散地掃視牆上層層堆疊的海報和傳單，「禁止標貼」的標示上有著大大小小的膠帶痕跡，還有草率地用噴漆畫在上面的塗鴉。塗改液示愛寫髒話只存在於小孩的領地，這條暗巷可是成熟得多，直接用箱頭筆狠狠寫字的大有人在。阿童習慣一邊走，一邊比對牆上新舊的草書，算是毫無驚喜的日子裡惟一的期待；而這天，一行短小的字像石頭一樣砸向了阿童的心。

「人為何不自殺？」

在唱片海報和缺角的借貸傳單之間，六個字加上一個標點符號，就這樣橫在滿佈灰塵的牆壁上。阿童停了下來，望著歪斜的句子，彷彿為他而寫一般，只需平視就能看見。

為甚麼？

阿童從來沒有尋死的念頭，但在這程車中苦思良久，也實在找不到活下去的理由。阿童一邊打呵欠一邊問自

己，畢業至今做過的十五份工作，有哪些讓我感到快樂？想來也有一半，甚至剛剛完結的那份補習社的工作，師傅出其不意的鼓勵也令阿童樂上半天。可是五十九天就像昆蟲的成長周期，我們會追問昆蟲的一生快樂嗎？每一件差事在開始的時候總不會令人感到滿足，惟有將希望放在收成，才會在當下透支一點之後的喜樂。然而，收成在阿童來說只是一道實心牆。

身旁的女子在鑽石山站醒來。她發現睡過了站，就在列車關門前匆匆下了車，趕急得甚至沒理會阿童的目光。阿童聳聳緊繃的肩，衣領上還壓著一片暖，女人卻已坐上了反方向的列車，自個兒離開了。阿童的目的地是九龍灣的露天月台，而對面的男子睡醒之後，提著他的結他，沿著彩虹的中央路軌一直往前走，最後消失在阿童的視線之外。車廂終於靜了下來，阿童為著兩個路人的不辭而別，竟覺得有點傷感。馬上他又覺得幸運，最終也沒有人會妨礙他上路了。

阿童還是中學生的時候，和他的老師討論過自殺此一命題。當時他和老師各自舉出了相當多的例子，來論辯自殺是否合乎道德。最後老師也不得不承認，有些人確實有非死不能解脫的痛苦，自殺也不一定來自本能衝動，可能是經過深思的結果；然而老師提出了一個無法駁倒的論點：「人能夠自殺而不為他人帶來任何麻煩嗎？除非人無親無故，而且能像風一樣消失，否則就是躺在火葬場裡服毒，也會讓其他人感到困擾。會有人為死者流淚嗎？那

些哭聲，就是不道德的證據。」年輕的阿童雖然對死不感興趣，但也因為這段說話陷入了沉思——有沒有這樣一種可能，將清理自己遺體的程序盡量簡化，不為他人帶來太多的麻煩？如果在夜晚最後一班列車駛入月台的時候跳下去，應該就不會造成交通擠塞了吧？在露天的月台幹這檔事，應該不會牽連上車站的職員吧？他的構思今天終於有實踐的機會，但結果如何，自己恐怕未必知道。總之，隨著列車順利地鑽出隧道，窗外拉長的街燈映照在阿童的臉上，緊張得有點顫抖的他便握緊了拳頭，故作鎮定地下車了。他知道麻煩不會太多，心裡還是暗自向翌晨的車站職員道歉；然而老師所說的眼淚和哭聲，阿童還是沒有頭緒。母親現在是別人的母親了，或許不會為以往的家人而傷心罷？可是剛才那個帶著結他的男人，以及睡在我懷裡的女人，在新聞上讀到我時，可會因為驚怕和可惜，為我流一點淚？阿童也想起了師傅、前輩和老師，他們會感到一些內疚嗎？肩上的樟腦味甚至還未消散。那些人究竟會不會有一點不好過，如今踏在月台的邊上，阿童還是沒有頭緒。

列車開走，進退兩難的阿童被遺棄在月台。他閉上眼向這個世界道別，鼓起勇氣要轉過身的時候，卻只看見自己絕望的的影子反射在玻璃幕門上。

阿童的計劃泡湯了。

他用指尖輕輕敲打透明的幕門，發現這扇門堅固如一道實心牆。構想終歸只是構想，而人對於自己的命運，依

舊甚麼都不能做。究竟是何時的事呢，所有地鐵月台都裝上了幕門，變得安全而明淨？阿童只記得從第一份工作開始，他便與通宵小巴為伴，很久很久都沒有到過露天月台了。阿童學生時代的計劃、隨時了斷的自由，在他不察覺的時候，早就成了泡影，成為灑在日常生活中的虛假希望。

　　阿童受到的打擊甚至比被解僱更大。這時他身後的列車徐徐駛來，像晴天裡平穩的船，要開往無限遠的地方去。到哪裡都不重要了，因為到任何地方都逃不了五十九的詛咒，而更加了無意義的是沒有終點的航行。阿童迷迷糊糊，想到地鐵出廠的地方去，死心不息的躺在路軌上，看離得太遠的星空，累了便隨意睡著，做了惡夢便醒來，繼續打量那千篇一律的衰落的夜。最理想的當然是能夠實現原定的計劃，就是明天被人發現，也不過是阻礙清晨上班的幾十個人，總比繁忙時在九龍塘火車站跳軌好。於是阿童在到站的廣播響起後，車上一個人也沒有時，躺到車廂的坐位上，以躲著到處巡查的車長目光。他原本只打算等一會，但回去車廠的路上列車變得昏暗，所有車站的標示也亮起來。列車駛進阿童從來沒去過的隧道，不知道甚麼時候到站，而他則昏昏沉沉地睡著了。

　　直到襯衫被汗沾濕了後背，阿童才恢復了意識。原來列車早已到站，電掣也就關上了，他在沒有空調的車廂裡不知待了多久。車廠的風景未有他想像中的開闊，星空被一盞盞離地很高的射燈取代。一列列休息的車包圍著他，車窗透視的是另一個車窗的另一邊，空間堆堆疊疊，大得

沒有邊際。阿童於是沿著列車到處逛逛，想在臨死之前再看看這個世界，或許這也是個不錯的墓塚。他漫無目的地前行，直到看見隧道的岔口，那裡有驟明驟滅的閃光。

玻璃窗大約有手掌般大，窗簾從裡面拉上，只能看見透出的光，以及從門縫滲出的陣陣冷氣。阿童輕輕推門，發現並沒有鎖上，而且房裡比外面要清涼多了。房間很乾淨，牆壁和地板都是白色的，裡面除了一個櫃台和另一扇門，甚麼也沒有。櫃台上放著一杯茶，還冒著白煙，似乎剛泡了不久。正想離開的時候，有人推開白門出來，視線剛好和阿童閃縮的眼睛碰上。

「先生，你是來面試的嗎？」說話的人頭髮梳得一絲不苟，穿著全白色的西裝，雖然和阿童互不相識，但仍然掛著職業需要的笑容。阿童將公事包環抱在胸前，告訴他：「不是，我……」當阿童正在盤算，自殺應該怎樣才能說得體面一些時，那人又輕鬆地笑了笑：「那麼，你要來面試看看嗎？」

不記得是怎樣答應的，反正最後阿童就坐在另一個房間裡面，填寫自己的履歷了。他將履歷表翻到背面，再從第一行開始細讀，並沒有找到面試相關的任何資訊，當然也就不知道正在面試的是甚麼工作。這些年來，阿童填過不同的履歷表，對各式各樣的問題已很熟悉，懂得怎樣在方方正正的小格子中突顯自己的長處；可是這次有點兒不同。這份表格問的問題相當多，而且用的字眼也不夠嚴肅，令阿童哭笑不得。甚麼？「愛情狀況」？從來只用刪

除線答過「婚姻狀況」的阿童，在這個方格之上懸著筆尖，最後寫下「無對象」三個字。接下來要填寫「旅行經驗」，阿童按捺著對工作的好奇心，乖乖地逐項填寫，忽然想起，自己原來已很久沒去過旅行了。問題到了最後，一個較大的方格，要填寫「夢想」。阿童無可奈何地笑了笑，一個將死之人，有資格答這個問題麼？出於不願留下空格的習慣，阿童想了想，寫上「提早退休，環遊世界」。簽過如實陳述聲明後，阿童還須要填上五個「重要的人」，一一標明關係，用來做品格評估。一行小字寫著「以盡量了解申請人為宜，例如親人、朋友、老師或前上司」，阿童於是填了老師、前輩、師傅，也湊合寫了阿成。餘下一個空格，阿童填了母親，然而最後還是劃了橫線，在旁邊寫上「N/A」再貼上帶來的證件照。阿童攜著履歷表，打開進來的那扇門，通知剛才坐在櫃台的人，那人嘴角彎成一個對稱的弧形，指了指等候室裡的另一扇門道：「不要往回走了，開了那扇門，有其他同事會幫你安排。」他輕輕地點頭，「祝你好運。」

穿過那扇門，眼前是另一個櫃台，這次接待的是個穿白裙子的女人，髮髻同樣梳得一絲不苟。見了阿童，嘴角又彎成一個對稱的弧形，「童先生，請跟我來。」整條走廊就只有他們兩個，皮鞋和高跟鞋錯落的聲音特別響亮。走廊依然是同一個色度的白，地板閃閃發亮，射燈從離地很高的天花低低垂下。阿童茫無頭緒，怯生生地問道：「請問，我面試的是甚麼工作？」那女人並沒有停下，聲音從

髮鬢傳過來:「要先看了你的履歷表,才知道你適合哪個崗位。」阿童於是更加疑惑了,但仍不忘道謝。走廊的另一端有門,推開後仍是一片白色,女人輕輕地點頭,向阿童說:「請在這裡稍等。祝你好運。」然後便折返原道,消失在他眼前。

這次的房間和剛才有點不同,除了多了兩扇白門之外,中間還放著一張雙人沙發——當然一樣是白色。才一坐下,其中一扇門就開了,進來一個衣服皺巴巴的中年人。他一屁股坐下,順手拍了拍阿童的肩頭,一根長頭髮從阿童襯衫上掉落。那人搶著開口:「初來報到?沒見過你呢。」阿童警覺到面試無聲無息地開始了,於是站起來鞠躬,對方表現得很驚訝,說:「幹甚麼?坐下來吧,我也是來面試的。」他伸出了右手,邊握手邊自我介紹:「我叫阿平,公平的平。年紀大了,大家都叫我平叔。」

等待的時候,可能是因為太無聊,平叔拉著阿童一直說,不一會阿童就對這個中年漢的過去有很深的了解。平叔有一個像阿童一樣二十來歲的兒子,辭掉了香港的工作,到澳洲工作假期去了;留下平叔每天在家裡,和木無表情的妻子為小事情吵架。平叔的妻子有兩份兼職,大部分時間來工作,小部分時間用來休息,平叔只要弄出一點小聲音,妻子便會因為被吵醒而大發雷霆。「我也是人,有時也想和老婆牽牽手,到外面散散步嘛。但她就是不肯,下班回來就窩在家裡,就是聊天也沒空。好了,就在家一起看看電視吧,她就說我無聊。最後通常是我自己出

去走走，免得見面吵架收場，唉。」阿童想起小時候的自己，也就不難明白，為甚麼平叔的兒子有一份有前景的工作，也想要去異地歇歇了。

「平叔，究竟我們在做甚麼面試？」阿童覺得平叔是個值得信任的人，應該不會像剛才的接待員一樣含糊。平叔像突然清醒了，他坐直身子，繫緊了掛在脖子上的領帶，答道：「其實，我也不清楚。」阿童站起來踱步，每一個角落都仔細觀察，沒發現一點兒線索。幸好阿童的腕錶能清楚告訴他，四小時過去了，而他的等待還未看到盡頭。「外面差不多要天亮了吧？」阿童伸伸懶腰，平叔笑笑，指了指他的腕錶說：「小朋友，這玩意在這裡不管用。」那個熟悉的稱呼令他想起了久違的前輩，「我以前也戴著這東西。」

阿童漸漸睏了，直到平叔搖醒他，才一撐開眼皮，便看到他拿著三明治的手在他眼前晃著，「怎樣？要吃早餐嗎？這一份是你的，不吃我就接收了。」阿童也有點餓，所以並沒有拒絕，三兩口的就把三明治吃掉。「是你帶來的？」阿童問，「你準備得真多。」平叔吞下口裡的麵包，邊搖頭邊說：「當然不是！是他們給的哩。」然後便指了指其中的一扇門。

平叔最初滔滔不絕，到後來也就懶得說話了。阿童除了盯著門，也就只有盯著腕錶，時針跳得比平時慢，他甚至開始懷疑自己的腕錶是不是停了。若干個小時過後，其中一扇門打開，這次走出來兩個穿著整齊的人，分別拿著兩個皮夾說：「抱歉要你們久等了，請跟我們去簽約。」阿

童特別喜歡這兩個字連讀的發音，像禱告語一般，能夠令他鬆一口氣。「謝謝，請問你們是……？」平叔幾乎和那兩個人同時回答：「秘書。」高個子秘書頻頻點頭應著：「是、是，我現在是秘書了。童先生、平叔，請跟我來。」阿童跟在高個子身後納悶，為甚麼叫我童先生，但卻這樣叫平叔？平叔果然是個面試官嗎？在很多彎角的走廊上，平叔和高個子一直閒聊，和之前那些冷漠的接待員很不一樣。阿童終於忍不住開口問：「平叔，你們之前已經認識了？」平叔才打住了話題，回了阿童一句：「對啊，他以前是我兒子的同學。」高個子尷尬地笑了，這種笑容在這裡非常稀有。「我剛到這裡時，平叔非常照顧我，」彷彿知道甚麼秘密，他和阿童交換了眼神，「那時的我和你一樣。」

　　兩個秘書招呼阿童和平叔分別坐到兩張桌子前面，同時向他們遞上筆：「一式兩份，在交叉那裡簽名就可以了。按照慣例，現金支薪。」阿童一字一句地讀著，「請問甚麼叫『工作內容視乎需要』？由你們來安排嗎？」高個子回覆了嚴謹的措辭，「由公司安排。」「假期呢？加班呢？」「按時支薪，不用加班。」「試用期多久？」阿童在問一連串問題時，平叔早就熟練地簽了名，跟著秘書離開房間了。臨關門前丟下一句：「你喜歡多久便多久。」接著晃了晃手上的職員證，頭也不回地走了。阿童心裡認定，平叔想必不會是面試官；因為他沒有微笑之餘，也沒有祝他好運。阿童在合約上找不到試用期的字眼，高個子善解人意地說：

「公司會為先生安排食宿，沒有試用期，你可以放心。」阿童半信半疑地簽了字，接過職員證，上面貼著他的照片。

　　推開第八扇門之後，阿童才初次見到他的同事。高個子拍拍手，請其他同事圍攏過來，向他們簡單介紹了阿童。阿童說了一些客套話後，便一一向大家請教名字。這時高個子秘書將他拉到一旁，聲音壓得極低，悄悄地說：「童先生，先別理他們，剛才那八扇門的密碼你都記住了嗎？」阿童搖搖頭，腦海裡撈不到任何一組數字。他於是從衣袋裡拿出一張摺皺的小抄，「那麼你現在抄一份吧，小心別弄丟了。」阿童攤開小抄，發現這張小紙條比想像中要長很多，上面有近百組數字，每組六個數字。高個子秘書用手比劃了一個方形，「你抄這二十個就夠用了，由第九開始，門號也要一併抄下來。」阿童還來不及細想，就匆匆把那二十組數字寫在公事包裡的收據背面，一邊往回校對，一邊問高個子秘書：「如果，我真的忘記了密碼，會有很大的麻煩嗎？」對方的聲音壓得更低了，幾乎快聽不見：「非常麻煩。這裡九十九扇門各自通往不同部門，我們一個月便要轉到別的部門去；如果忘了密碼，便不能順利接替。還記得剛才的平叔吧，他就是因為忘記密碼，沒有去部門上班，所以得重新面試。」阿童學著他的聲線：「公司不會解僱他嗎？」「公司不會解僱人，你總得有工作。只是要經過冗長的面試才能回到崗位上，非常累人。」他深呼吸一下，指指阿童的小抄說：「不要被人看見，他們可能會搶。或者這樣說吧，被搶之前，把它背好。你在不

同的門裡，會見到一些停留的人，他們有些被困，有些只是迷了路。我知道好些人，他們只是去上個廁所，便沒有回來過。」阿童聽得呆了，這是甚麼鬼公司？要不是他認真的表情，他說的那些荒謬的話沒有一個人會相信。「總之別理閒事，否則可能會害你重新面試。牢記密碼，也是你的職責。」他用手指把小抄捲回一個香煙似的筒形，塞到衣袋裡面，原地退後了一步，向阿童欠一欠身：「祝你好運。」

豐富的職場經驗，令阿童有著寄生蟲一樣的適應力。他把公事包放到儲物櫃裡，然後披上了一件白色的外套。辦公室像工廠般寬敞，沒有任何多餘的擺設，中間是幾張並排的長桌子，同事們提著籃子來來回回，放上一個罐子，又拿下一個罐子。他從幾十個臉孔中認出主管，走過去問職務的安排。主管從抽屜裡翻出一份表格，用心比對阿童的職員證，然後領他到其中一張長桌前面。

「看到了吧，這裡是放汽水的地方。」阿童點點頭，「你今個月的工作是，將這裡的汽水分行放好。」接著他便示範了一次：先將六罐汽水放在籃子裡，走到桌子的盡頭，拿起一罐，放在桌子上；然後向後移，拿起另一罐汽水，放在剛才那罐的旁邊，再仔細確認位置，稍為調整一下。「懂了吧？要放得整齊點。慢慢學，用心做。」說罷他便擦擦手，自個兒忙去了。

這是甚麼鬼差事？阿童以為自己因為太渴望一份工作而瘋了，幻想出這樣的鬼地方。他正一臉茫然的時候，忽

然有一對手套向他扔來，一個女孩調皮地向他說：「新人不用幹活嗎？趕緊做，你現在堵住生產線呢。」阿童回過神，戴上手套便開始模擬剛才主管的動作，先將六罐汽水放在籃子裡，走到桌子的盡頭，拿起一罐，放在桌子上；然後向後移，拿起另一罐汽水，放在剛才那罐的旁邊，再仔細確認位置，稍為調整一下。「你學習能力還不賴嘛，比我初來時好多了。」女孩在桌子的另一邊，也在排罐子，在罐子之間的空隙偷看他。阿童乘著拿汽水的空檔望了她一眼，看到她聚精會神的模樣，覺得認真得非常可笑。她看來比自己年輕，臉色蒼白，但從走動的姿態看來，她很喜歡這份工作。阿童回到崗位上，繼續排列著一式一樣的罐子，它們和平常的汽水罐子沒甚麼兩樣，紅白相間，拿在手上，重量也沒有不同。女孩很快追上了阿童的進度，兩人隔著桌子放著一罐罐汽水，女孩甚至輕鬆地吹起口哨來。阿童開始上手了，便對她生了好奇，「為甚麼你一臉享受？不覺得很無聊嗎？」女孩瞄了阿童一眼說：「不覺得。」阿童便追問下去：「我們放這些罐子，放得再精準無差，又有甚麼意義？」女孩停了下來，指向剛才主管做示範的方向：「你不做這些，又有甚麼意義呢？我們工作的意義，是讓他們有工作做。」阿童手上的罐子放完了，往她指著的方向一瞥，卻見到一個和他一樣戴著手套的人，正和他幹著相反的事情。他拿起阿童排列的罐子，放到籃子裡面，放滿六罐，便拿到桌子的尾端——即是阿童取汽水的地方。

阿童放下了籃子，衝前和他理論：「你為甚麼搗亂？這些是我剛放上去的！」那人沒有搭理他，繼續不徐不疾的將剛剛擺上的罐子拿到籃子裡來。女孩聽見吵鬧的聲音，便跑過來拉住阿童說：「搗亂的是你才對呢，別礙事！要是打亂了工序，我們等會兒便沒有罐子用了，到時才是真正無聊。」阿童愣住了，看見好幾張桌子的人往自己的方向望來，有些還邊放罐子邊唸，做新人要安份點。女孩將六罐汽水放在阿童的籃子裡，彷彿哄騙似地勸道：「是有點悶，習慣了就可以啦。快點吧，別堵住生產線哩。」那個拿走罐子的職員手腳比阿童快得多，眼看馬上就要把桌面清空了，還向阿童丟了一個挑釁的微笑。阿童不相信自己居然會為此著急，匆匆接過了籃子，把快要斷掉的隊伍從新接上。

　　就這樣，又過了一個月。阿童的工作能力在新人中特別優秀，主管於是在調職前私下誇獎了他，說以他的才能，很快就能升遷。這些日子以來阿童日以繼夜工作，除了第一天外，他從未做錯事，每一串密碼也已經牢牢記住，不必掏出小抄也能分毫不差地鍵入，再不怕被迷路的人搶走了。阿童拿著另外十組密碼，趕到別的部門任職；穿過一扇扇大小一樣的門，阿童有信心得多，不像初時那麼膽怯。這份工作或許很無聊，然而所做的事情沒有人可以替代，令阿童覺得自己比以前更加重要。新的工作在三扇門以後，阿童提早十分鐘到達，這個部門又有點不同，除了流動的人，還多了很多機器。他熟練地從人群中尋找

主管，這次他找到了忙得滿頭大汗的平叔，像找到了老朋友一樣。

　　阿童向他揮揮手，「平叔，很久沒見！」平叔架上了他的老花眼鏡，迷惑地看著他，然後抱歉地問道：「請問……你是誰？」阿童顯得有點尷尬，又重新自我介紹了一遍。原來平叔這個月是這個部門的主管，負責安排阿童的工作。他從抽屜裡翻出一份表格，「這個月你負責做三明治，小朋友。」說著帶他到工場的倉庫，裡面有數之不盡的麵包。阿童推著放滿麵包的手推車，想到這便是接下來的差事了，便在回工場的路上問平叔：「這又是為了甚麼？之前我已經放了一個月的汽水罐。」平叔拍拍他的後背答道：「你不做三明治，同事們都吃甚麼呢？」「別的同事在房間裡都做這樣的工作嗎？難道沒有比較有意義的事？」平叔似乎有點生氣，語氣比平常兇得多：「吃飯就沒有意義嗎？才做了一個月就諸多怨言，我做了快十年了，從來沒有怨過一句話。年輕就是吃不得苦，我因為忘了一組密碼要重新面試，難道就因此要罵公司嗎？留下來，就得遵守遊戲規則，否則滾蛋！」

　　「十年？」阿童再也沉不住氣，「平叔，你這十年都幹了甚麼？排罐子、拿罐子、做三明治，還有呢？」平叔急得眼睛也紅了，像教訓一個不中用的兒子般叱喝道：「洗衣服、分彈珠、排骨牌、印合約，甚麼都做過！」「合約？你是管理層嗎？」「小朋友，是你進來時簽的那一份。那可是我逐字斟酌寫成的，不是甚麼管理層，那只是我的工作。」

阿童望著那通往工場的筆直走廊，最盡頭的一點閃著驟明驟滅的光。「我要怎樣做才能辭職？」阿童用盡力氣吐出這句話。平叔把手推車搶過來，平靜地說：「你怎樣進來，便怎樣回去，沒人會阻止你。」「平叔，你為甚麼不走？」「為甚麼要走呢？公司比外面的任何人都需要我。難道要我每天坐在公園發呆嗎？」阿童忍著頭痛，脫了手套，往之前的辦公室走去，手心緊緊捏住寫滿密碼的小抄。平叔額上流滿了汗，在射燈之下特別明亮，向漸行漸遠的阿童喊道，祝你好運。

阿童穿著整齊的西裝和皮鞋，使他蒼白透明的肌膚在等待過馬路的人群中毫不突兀。紅燈的聲音嗒嗒地響，如同鐘擺一般，彷彿沒有盡頭；他看著絡繹不絕的車子飛馳而過，綠燈才剛亮起又開始閃了，他的皮鞋踏出又止住，身邊的人過了一群又一群。他想起和他一起排罐子的主管，曾經這樣和他說過：「你要是等，等一輩子也走不了。」於是一吸氣，就硬著頭皮走了過去。

阿童到了灣仔，沿著天橋順流而上，迎面而來是洶湧的人群，他在其中涉足而過，想起長桌上紅白相間的罐子。一個中學生在天橋中間向來往的人派傳單，阿童看也沒有看過便把傳單丟掉了，卻看到橋的盡頭有個戴著白帽的老人，雙手舉著牌子，勸人「回轉成孩童」。所謂孩童，最樂意的不過是玩遊戲吧？阿童睜著滿佈紅絲的眼睛，望入老人身後的大廈裡頭，一整層的玻璃幕牆裡；而那裡有成群的人在跑步機上，正望著阿童，漫無目的地向前跑。

題目：求偶記

【馬來西亞】王書斌（葛雷）

雨過天晴，她眼角有一滴雨，一滴淚。

風聲呼呼地，隨著此起彼落的急喘踩踏聲竄過窄廊，月光從烏黑雲霧中重新浮現，阿冬身影交疊成雙，視野沿著路旁那一列街燈忽明又忽暗。

又是一陣風，血褐色落葉原地打轉。躍過路旁窟窿，水窪蕩起細微波紋，街廊光影於昏黃的一片沉寂中微微晃動。那身影迅速從一處微亮，忽地被幽深黯黑吞噬，一下子又浮現另一片光暈中。地上彎彎曲曲的影子，疊著高高的駝峰；從高處俯瞰，那駝峰彷彿比肉軀更高大一些，一團黑影疾步如雲，在渺無人煙的柏油路上往盡頭奔去。阿冬不時回頭望，一個踉蹌，整個人幾乎拋出路中央。

腳趾頭隱隱傳來刺痛。

左腳踝陣陣麻痺，阿冬把身體重心稍移至右腳，再用腳尖輕輕撥開路上碎石，鬆動筋骨。旭日從東升起，雲端滲透出晨光，給這條繁華大街鋪上一層朦朧光暈。

廣場街廊的鵝卵石蒙上一層浮光之際，阿冬已來到商場門口。鐵閘入口緊閉，兩隻野狗在路中央晃著尾巴。清晨微風徐徐，飄來一陣陣麵包奶油香，那味道源自不遠處

的烘培店。阿冬仰望眼前的建築輪廓，柔和的晨光灑落那宏偉的形體上，線條硬朗，偌大的方形結構菱角分明。

幾個露宿者靠在台階旁打著瞌睡，樹蔭篩下一大片一大片天光灑落大理石磚上，覆蓋範圍從階梯邊緣逐漸蔓延到了腳邊。阿冬聽著前廳水池淅瀝瀝聲，幾隻麻雀戲水啁啾，水柱倏地從石雕缺口躍起。等候上班的僱員漸增，石磚反射的陽光微熱，他深吸一口氣，喉嚨有點乾澀。霓虹燈驟然亮起，土黃色制服的保安從遠處走來，解鎖，一踏進商場，涼爽的空調，總算舒了口氣。

首日上班聽完男裝部主管講解銷售流程，阿冬愣愣地站在衣架旁。顧客趨近，肩頭一陣緊繃，身體像似收縮不少。這件折扣後剩多少？他抿抿嘴，查看價碼。呼吸紊亂，一時運不上氣。沒多久，顧客臉上露出不耐，掉頭就走。他站在那，時間一久，手腳不知該往哪擺，局促不安之餘，唯有反覆摺疊衣物。

午休時間，身軀依然難以放鬆，他低著頭，數算腳下地磚，循著格子移步，一步步，不知不覺，一層層走遍廣場各個角落，如同辨識逃生門。下班打卡，踏出廣場，他吁口長氣，雙肩久久無法鬆弛。

如今肩背同樣繃得緊緊的。夜深人靜，阿冬回頭朝那龐然巨物瞥了眼。日間滿街紅彤彤的華燈，在一片黯淡無光的蒼茫中，如濃稠瘀血滯流似的沉沉死寂，幽深陰鬱。那一長串塑料燈籠，如蜘蛛網狀遍布廣場街廊周圍，一盞串連另一盞，寒風蕭瑟，血紅色飄蕩在夜空，一閃一閃律動，阿冬每每下班宵夜後，走回宿舍的路上總感到陰風

陣陣。

　　路旁形形色色的大型廣告牌，此時已失去平日熱鬧的光彩，暗夜毫無生息。霓虹燈持續機械式地閃爍，閃爍，再閃爍。路口轉角處，阿冬鑽過巨大的化妝品牌橫幅，來到大街路段邊緣，躲進隱蔽的景觀樹間竄行。滿地枯葉颯颯作響，景觀松樹幾近枯死，寄生植物纏繞而上，爪牙狀的粗幹枝椏伸出路旁，阿冬稍有不慎，幾乎扯破了後領。

　　寒風捲起路邊的落葉和塵土，冷颼颼的觸覺又輕輕撫在他頸背上，一種徹骨冷冽自心中蕩起。魑魅魍魎，阿冬恍如背著一隻孤魂，逆向空蕩蕩的單行道縱步。空中瀰漫一股濃郁的怪異氣味，像似酸澀的鐵鏽味。那是路面經年累月輪胎輾轉而過，在炎日下曬焦後瀰漫不去的味道，加上附近工業區夜間工廠煙囪飄出的氣體混合而成。

　　那一股氣味隨風向從遠處吹來，籠罩整個區域，深夜都飄浮空中揮之不去。剛搬進來時他也不習慣，一吸進鼻入肺，太陽穴就隱隱痛楚，易昏眩，經常感覺作嘔；但日子一久，倒也不再覺得難受。平時氣味沒那麼濃烈，近幾日更變本加厲，接近除夕夜，工廠夜班依舊持續開工，隔壁製衣廠客工阿莫下樓時，不忘恭賀他恭喜發財。

　　來到路盡頭，前方的組屋區僅與大街咫尺之遙，隔著一條大溝和高高圍籬。他攬緊身後之物，謹慎地踩過大溝中央細細的木板，抵達另一端。籬笆下方破了個大洞，此乃通往組屋的捷徑，免於繞一大圈，亦可避開入口處的保安亭。阿冬住的這棟樓顯得幾分破舊，大部分被租用作員工宿舍。租客多數是異鄉人，每日夕陽下沉時，一輛又一

輛藍色巴士魚貫而入，堵去左右兩旁路口，把窄小通道擠得狹長，如泊岸的船隻灌滿餘輝的河道。

近除夕夜，本地人大多回鄉，組屋只剩下外籍工友。他還記得當初主管帶他到公司宿舍。和同事阿勇同房近一年，總難以忘記室友的臉色。躬下身，單腳鑽過籬笆洞口，再謹慎地拖住籬外的麻袋。那是個長形物體，高度比阿冬稍高一些，麻袋上有幾條麻繩纏繞著，緊緊捆綁。鋼絲網下匍匐，他一寸一寸爬入圍籬，穿行邊界，回頭將身後的麻袋一併拖進洞裡，此時卻發現洞口過於狹小，奮力拉扯間，嘴角不慎沾了口泥巴，鐵鏽味，像唇潰瘍的滋味。

剛搬進宿舍，下鋪已有人，他把背包放到上鋪，一躺下，肩膀隱隱酸痛不已。室友阿勇晚班回來，發現阿冬佔去一半空間，稍露不悅，徑自走進浴室，洗完澡倒頭就睡。阿冬半夜躲進盥洗室，對著鏡子，抿抿嘴，反覆背誦對白，翌日上班途中，口中依然念念有詞。

語言向來是阿冬的死穴，即便是小學中文試卷的辨別錯字題也是他的夢魘，高中輟學後，語言文字之於他，只是個符號——牢記不完的符號，始終錯字連連，比如誤將「烘焙」寫成「烘培」，錯字寫錯，讀音讀錯，久而久之，形成自己的解讀體系，彷彿一種無人知曉的謎語——荒腔走板的變奏斷句，錯漏詞組和奇特語感，或不自覺地洩露內心隱匿的變異。來到鐵閘門前，他望向水池邊幾隻白鴿晃神，抿抿嘴，唇間嚐到一種鐵鏽味。

男裝部主管將他退回人事部，經理把阿冬安置到冷凍食品部。他穿上圍裙，胸前橫掛大大的標語——維他精乳

酸菌，有益身心。宣傳冊子上註：乳酸菌乃益菌，有助消化和腸胃蠕動；即使在環境惡劣的腸道裡，益菌依然堅守職責，扮演著排毒的先鋒。

　　週末人潮湧動，阿冬就站在賣場尾端冷凍部一隅不起眼的角落，於小小試喝櫃枱前站一整日，話不多，低著頭反覆地，一個又一個，將試喝飲品遞到顧客手中。人群絡繹不絕湧進賣場，他們從阿冬身邊迅速流動，他站在原地寸步不移，動作一致，不消半刻，他已熟練這規律的節奏。偶爾口乾舌澀，便悄悄躲進儲藏室，偷偷品嚐乳酸菌，味道如清新可口的濃稠蜜汁，他喝著喝著，幾乎停不下來。

　　下班踏出商場，迅即感到悶熱難耐的溫差，污濁的廢氣衝鼻而來。越過馬路，他在分界堤停下腳步，眼前車子來來往往，過不到對街，置身分叉路口紊亂車流的焦躁中他只好耐心等待，等那交通燈轉紅。他回望身後那座購物中心，幾個穿著時尚高雅的女子大搖大擺地步出商場，雙手提滿大包小包走向戶外停車場。那扇玻璃自動門開了又關，關了又開，不曾停息。

　　冷凍庫後門有個外勞將載滿大包小包黑袋的手推車推往底層的裝卸通道。突然一陣車笛聲，眼前的貨車緊急剎止，路中央有個佝僂老翁推著厚紙皮箱的購物車不疾不徐地越到對街去，阿冬認得那拾荒老人，傍晚經常出現在暗巷裡搜刮垃圾。

　　冬！後頭有人叫住他。是室友阿勇，他衝過馬路搭住阿冬的肩。阿勇從口袋裡掏出壓扁的煙盒，遞出根煙，才想起阿冬不抽煙，遂將那根歪曲的煙塞進嘴角。不抽

煙？我打賭你遲一點就會抽了，他搜了搜口袋卻找不到打火機。兩人站在三岔路堤上看著車來車往，良久都越不過去。阿勇指尖夾著煙，一如既往地罵著主管，阿冬凝視著那張歪歪的嘴角不停閉合，閉合，車道上的嘈雜喧囂掩蓋了一切。

週一又回到人事部，經理派他到飲食部，負責賣些小食，如三文治、午餐飯盒及日本料理。部門幾個廚師不消幾天即嫌阿冬呆板，又把他調換至麵包糕點烘焙部。新部門只需根據基本流程步驟，把指定份量的麵粉材料倒入特製機器裡攪拌，再將不同餡料放入麵粉團，倒入特定的製造模器裡發酵，最後送入制定溫度的烤爐裡。雖然工作忙了點，但未嘗不失有趣。然而沒多久，他即遭幾個同事排擠。主管偶爾與下屬出外抽煙偷閒，阿冬老忙著工作，經理見狀，怪責下來，主管未免對他的過度勤奮，頗有意見。

不消兩週，阿冬又被調職了。所幸商場分工雜類繁多，人事部經理頗有人情味。他兜兜轉轉，三個月試用期相繼走訪幾個部門，最後落腳物流部當貨倉助理。阿冬在物流部自在得多了，每天開著叉車裝卸貨物，商場打烊後，用唧車提舉一疊又一疊貨物卡板；給各式各樣商品標上價碼；擺上促銷櫃，排序得整整齊齊。他買了本紅色筆記，除計算貨倉庫存，生活點滴亦記錄在內。

卸貨與上貨之間，日復一日，阿冬在一列列貨架之間穿梭。層層疊疊的庫存，運入貨品堆疊得越高，即意味熱賣商品；滯銷過期的罐頭食品，亦堆積如山。各種貨物都有不同排序方式，各種商品價格都有特定條碼，各種條碼

都有固定解讀。那些猶如有待解構的暗語，日子一久，阿冬逐步領略至熟練；走入貨倉，就形同走入一室貨物之間傾訴的密語之中。

「340、365、390⋯⋯」阿冬點算庫存，貝多芬交響曲蕩漾在貨與貨的間隙，他戴上耳機，偶爾對著一列列貨物唱起歌，悠然自得。貨品是死的，不會走動。架上的貨物他記得一清二楚。外邊世界再如何變動，倉庫裡一物一事都得他經手，皆由其意志移動。他總可以從層層疊疊的庫存中挖掘出新玩意，這些日子來，他收藏了一隻破損的玩具黃色鴨、一棵聖誕樹、兩隻單邊拖鞋、報銷的舊隨身聽⋯⋯

脫下耳機，阿冬轉頭回望。窸窸窣窣的細微聲響在窄廊裡迴盪，穿過各式各樣的貨品，傳到另一端的貨倉。循著聲音走去，穿行那一排又一排橘色貨架之間，來到盡處，舉目可見堆得高高的貨物外，毫無生命跡象。他回頭細聽，架上層層紙箱，堆積在那層層疊疊、層層疊疊之中，有甚麼聲音在那裡不斷發出吱吱，吱吱——貨物之間彷彿傳出話語。

他仰起頭，那六層高的儲物架上，一層一層，頂端有個大紙箱，阿冬從未移動過。爬上梯級，取下，打開，裡邊是積塵的聖誕樹掛件裝飾——聖誕樹、薑餅人、紅白拐杖、彩球、藤環、雪花片、蝴蝶結、紅襪、麋鹿鈴鐺、彩條、小禮包、絲帶、串燈——他一件件掏出，那顆金黃色的五角星，在倉庫白熾燈泛黃的光線照耀下璀璨發耀，輕輕地在阿冬手裡旋動。

挖掘籬下的泥土，十指過於用力，指甲間滲出鮮紅血跡。一種確切的痛感，從指尖擴散到手掌，手臂和肩膀也隱隱酸楚。他覺得此時此刻的自己，比任何時候都來得真實。阿冬不停往泥土抓，不知掘了多久，回過神，眼前的灰褐色泥濘彷彿有個黑不見底的洞，足以埋下其身軀之深。他往籬外之物瞟一眼，再回頭凝視土裡的洞。

夜間醒來，背心濕透了。明亮的月光和廣場強光從窗口依稀斜照進來，漆黑的客廳鋪上一層灰灰的，近似無色。他取出筆記本，在線條上寫下：搬進 5 樓新房，失日民。

即便不大適應生活驟變，阿冬卻喜歡觀察變化，經常在夜間凝視房裡光線的移動，比如商場霓虹燈照進屋裡的光暈，不同時刻有不同亮度。以往他喜歡看室友在陽台抽煙。黃昏微風下，煙絲在空中縈繞，一絲絲弧線輕浮於柔和的光影中，變化多端。

連續失眠好幾天了，阿冬呆坐客廳凝望光線變化，不由得思慮世間萬物種種。也只是觀察，他終究了解，有些事不會有解答。

隨著商場悠揚的韓國樂曲緩緩下降，她的臉孔即慢慢浮現在阿冬視野裡。每逢學校假期，商場迎來不少兼職的學院生，他們大多洋溢著青春氣息，有些純粹邊工作邊玩樂。阿冬年紀比他們大不了多少，但總顯得過於拘謹。學歷不高，他只想討個穩定的生活。

阿冬午休老愛跑上二樓，再乘電扶梯下來，總是默默注視著香水櫃枱新來的那位工讀生。起初他留意到她那雙

線條襪，每一天都有不同顏色變化，有時是灰黃、紅綠、藍白、橘灰，黃黑、紅白相間，最近她戴上一頂聖誕帽，露出尖尖的耳朵，加上笑起來兩個小小酒窩，恍如精靈般輕柔曼妙。

聖誕前夕倉庫裡多了個禮盒——那是個精緻的音樂盒，一打開，盒中的白色芭蕾裙舞者和燕尾服紳士即隨貝多芬音律旋動起來，舞動的節奏，一圈又一圈，直至舞步緩緩停息。阿冬再轉動發條，雙人舞再度旋繞，他也跟著旋轉，靈巧的舞步隨節拍律動。

可他一到午休時段路過化妝部時，即步履急促紊亂手腳失調，不知怎麼地，連頭也不敢抬起，女生察覺時，底樓同事早已把他當成笑柄。不久，女生臉孔也出現變化，從最初的覥腆害臊，漸漸轉化成厭惡。這傳聞屋友都聽說過，還經常拿他來開玩笑。

變化是定律？廣場聚光燈及車道掠影，一道道在天花板上穿梭，形如移動的線條。線與線的間距深淺不一，微微傾斜，緩緩移動，退去；移動，再退去。一道光速，在幽深的宇宙中漂流褪去；漂流，褪去。遷入新居，阿冬覺得久違的空間，但突如其來的寂靜，一時難以適從。深夜睡不著，老盯著天花板發呆，要不就出外走走，朝那十樓的宿舍陽台望去，他又開始有點想念那經常擺苦臉的室友。

週假泡在書局就是一整日。廉價拋售的書架上，阿冬撿幾本五折依舊無人問津的詩集。避開了同事的流言蜚語，午休時段躲進廁所隔間，商場寬敞明亮的洗手間總是悠揚著古典樂曲，打開詩頁，自動芳香劑的清香散發下，

悄悄朗讀一首首情詩。他偶爾在紅色筆記裡抄抄情詩，偶也模仿寫幾句。

和諧的奏曲容易催人入眠，阿冬讀累了，開始打盹，關上詩集閉目養神，嘣嘣——突然傳來古怪聲響，隔板接續碰撞發出咿呀咿呀，隨即聽見急促的喘息聲，阿冬聽著聽著，不自覺左手緊握，嘴唇微微顫抖，那節奏一致的聲響，隱隱地，反覆敲擊他內心的躁動。

他背著麻袋進入電梯，趕緊按下關掣，即快閉上，一隻手忽地從外攔住了電動門，阿莫抱著一隻貓步入電梯。我的寵物，阿莫笑了笑，瞥了眼阿冬身後的麻袋。貓咪自他懷裡跳下，溜到麻袋旁嗅了嗅。幸好電梯迅即抵達四樓，阿莫拖著貓走了，他才舒了口氣。

他想起那次有隻飛蛾停在燈管上，阿莫進入電梯嚇一大跳，說，孟加拉有一種飛蛾，只要被它叮咬，五分鐘內必死無疑。阿冬盯著那隻附在燈管上紋絲不動的飛蛾許久，孰真孰假？難以置信地看了看阿莫。我在臉書上看到的，阿莫說著，掏出衣袋裡的 iPhone 晃了晃。

飛蛾似乎死了。阿冬看著房間地上一處乾涸的咖啡漬。那深灰褐色痕跡，在潔白無塵的地磚上凝結。他打開百葉窗扇，望向對面棟樓窗口那些微亮的正方形，從左至右，樓底至頂樓，一扇又一扇，亮燈或關燈，執拗地算出總數。從他搬來至今，有些窗口不曾亮過，樓下保安說是不動產；亮燈的那些，要不是緊閉就是掩上窗簾。

他曾上過那些窗戶的頂層——第二十六樓，那裡遠遠可望見城市另一端海岸線，往下望，路邊藍色長盒列成一

排，幾個方盒緩緩移動，停留，移動，停留，一群又一群藍蟻湧出，移進更大的箱子。幾個晚上他連續失眠，狂躁情緒在夜裡翻騰起湧，直至天亮體力耗盡後，他又帶著疲憊身軀，空肚飢餓呆到上班時間。清晨降臨之際，那份腎上腺素澎湃的雀躍終於消失。他把僅剩無幾的牙膏管擠得不成形，剝開來，只剩乾涸的殘渣。

入屋，阿冬把門關緊，扣上鎖頭，再一一鎖上門上的三把鎖才鬆下口氣。外邊的光害滲入暗房，打在阿冬的側臉——只見他顴骨微凸，眉頭緊蹙，繃緊的面容依稀露出詭異的笑。

堆疊一排排貨品，木箱紙箱盒子整齊地陳列在儲藏室裡，高高低低，剛運抵的木箱如巨型積木般，一個又一個擺在貨倉入口。上空傳來燕子啁啾聲，阿冬仰起頭，倉頂不知何時也不知在何處築了鳥巢，吱吱聲不停地在空中迴盪。聖誕節臨近，阿冬夜間協助美術員掛上裝潢，還得裝卸換季商品，唯有獨自留守貨倉到深夜。

中央大廳換上了白雪皚皚的冰山佈景，前台設立了一個巨型糖果屋，屋外周圍以薑餅人圍成矮牆，這精美的場景讓阿冬想起兒時讀過的童話，他還記得故事中兩兄妹在森林迷路，飢腸轆轆地走入糖果屋，吃掉了房子，結果被巫婆抓了，欲養胖男孩燒成薑餅人來吃，聰明的女孩使計借用一根瘦骨充當男孩手指矇騙女巫，拯救了男孩，他至今搞不清楚貪吃和欺騙的故事啟示，不管怎麼說，童話自有童話的邏輯與格式，如今他彷彿走進這個偌大的格林場景裡。

週末人潮洶湧，許是雨季緣故，許是空調關係，寒冬氣息瀰漫購物廣場各個角落。入夜時分，片片雪花忽然從天而降，白色雪片輕浮在空中，廣場響起溫馨的聖誕頌，戴著聖誕帽的促銷員和顧客歡騰聲不絕於耳。

　　要不是負責儲存那幾箱每年循環使用的保麗龍碎屑，阿冬也不會知道，美術員在平安夜及聖誕節特意安排的驚喜——從頂樓處倒下保麗龍碎屑。可如今漫天降落的雪花，不知怎麼越來越濃厚，許是美術員使用吹葉機過猛，抑或倒入過量碎屑，糖果屋簷已覆上了一層厚雪。紛飛的雪片，依然連綿不絕地漂浮在聖誕頌悠揚的佈景前，幾乎令人以為，真下起暴風雪來了。

　　大清早阿冬在倉庫裝卸貨品，中午冷藏食品部缺人，臨時被調到舊部門。阿冬再度穿上乳酸菌圍裙遞送試吃產品，直至下午三時才回到倉庫。從幽暗的地下裝卸區出來時，天色已沉入灰籃。車子一輛輛堵在車道上，他輕身竄過馬路，抄捷徑走入店屋間的暗巷。一輛垃圾車剛從那裡駛出，車尾亮著強光，綠車後方緩緩閉上，鐵牙難以閉合。許是年關將近，形形色色的垃圾裝得滿滿，就連巷口廢置已久的舊沙發、爛床褥、木櫥和破招牌通通清掃上車。綠車在轉彎處稍停，轟轟幾聲排出污氣遂開走了，長長的黑色軌跡緊隨車尾拖行，留下滿地紙皮塑料碎屑。窄巷裡一股難聞異味，那味道好像沉澱已久的淤積，一經攪動即漂浮而起。

　　濃黑的咖啡喝下去，拎起打包好的飯盒，阿冬剛起身，大雨驟然傾盆而下，嗒嗒嘀嗒——打在搭棚上格外響

耳。有人從後推開他，力度驚人，瞥見一張皺紋滿佈的尊容，半邊臉像似灼傷而脫去皮膚外層，裸出鮮紅色內層組織——是那拾荒的老人。老人狠狠回瞪他一眼，轉身步入大街，一拐又一拐的佝僂身影，緩緩消逝在迷濛的雨霧中。

黑暗的寂靜中，那微駝的背汗濕成一片。風扇嘎吱嘎吱作響，額頭上的汗珠不停地滑落。阿冬目不轉睛地盯著麻袋，許久。他深吸一口氣，隱約聽見腹部鼓動起來。待心跳暫緩一些，呼出。他閉上眼睛，頃刻又呼出一口氣。

嗝，嗝，嗝⋯⋯喉嚨處發出細微聲響，張口卻吐不出。遂又深吸一口氣，形如吸入的空氣可凝成話語，幾經困難，他只好又呼出。靜默了一陣，他立身走近麻袋，解開繩索。裡邊是個長形物體，纏繞著層層氣泡膜，緊緊捆綁。阿冬心急起來，用力撕拆那一層又一層氣泡膜。對不起，我也不⋯⋯阿冬聲線微微顫抖，氣泡膜層層剝開，頂端剩最後一層，猛力撕開，露出一對眼瞳。

許是光害的緣故，雨夜顯得異常的亮。阿冬仰望那一片灰灰的夜空。雨水一串串從天而降，尤其在廣場的聚光燈下，雨珠顯得分外晶瑩。衝過馬路，一輛貨車輾過水窪，濺起污水潑得他一身濕，連奔帶走躲入廣場，趕緊擦乾衣褲，這下才發現乳酸菌圍裙仍掛在脖子上。他拭去肩上的水珠，轉過身即望見了她。

一動也不動，站在角隅。

外邊下著大雨，觀景樹搖晃。寒風交加，他飢腸轆轆，站在百貨公司入口處。自動門開了又關，關了又開。紗裙輕揚，她儀容優雅，佇立在蘭花盛放的佈景前，像安

身在精美禮盒裡的長眠公主。他看見了她，她望向他的方向。

　　落地櫥窗雨水涔涔在他眼前流淌，水痕模糊了窗內的她，雨絲紋路凝住復渾開。她冷豔的臉，淡淡妝容，霓虹燈在她頰間留下微紅，隔著玻璃映出絲絲光澤。她凝視著他，就像一顆石子投入湖裡，漣漪激起，半晌，又恢復平靜。她一副氣定神閒，淡淡的笑意恍如湖面幽幽的靜謐，莫名地讓人心安。

　　旋轉，一圈又一圈，四周之物同在旋轉。阿冬戴上耳機，在偌大的倉庫裡不停旋轉，他跳起舞，爬上階梯打開紙箱，取出裡邊的聖誕樹和五角星，偷偷帶回家。不知從甚麼時刻開始，他變成和他們一樣，拎個環保袋推著購物車在百貨市場裡推來推去，左碰碰右碰碰。

　　購物中心是個充滿神奇的場所，他想這地方彷彿有甚麼魔法，促使他持續勞動。帶著不知緣由的憧憬，阿冬開始裝飾新居。按下燈掣，掛滿的盞盞燈飾，一閃一閃，溢光滿室，不知怎麼卻愈加空寂。

　　傍晚經過廣場西邊入口，阿冬停步在那扇櫥窗前久久不去。餘輝靜靜地落在窗鏡上，他看見天邊浮現一道彩虹，看見她那優美的身姿疊在自己的暗影上。她在他傷心的時刻陪他看夕陽日落。每當光影漸漸從她身上褪去，阿冬才依依不捨地離去。

　　窗外霓虹燈斜照入內，把屋裡鋪上一片暈紅。她的身軀被一圈又一圈氣泡膜、透明膠紙和保鮮膜捆得緊緊——每天每天阿冬拆解各式各樣的紙箱，取出貨品，將防護用

途的氣泡膜重新用以包紮滯銷的退貨物品，泡泡膜循環往來，從沒想到如今竟運用在她身上。

阿冬舉起手中銳利的剪刀插進隙縫，戳破，握住利器的左手有股衝動，急欲剝進她身上層層泡膜，迫不及待地，雙手粗暴地撕下一層又一層密封的膠紙，解除她身上所有累贅，解除他內心負荷，一股熾熱從胯下蔓延到耳邊，他撕下她的衣裳，剪斷標籤，移除緊緊困住軀體的障礙。

恍如置身一片泡沫紛飛中，一卷卷泡膜和保鮮膜脫落地面，她赤裸以對，哀傷地凝視著他。窗外透射進來些許微光，阿冬在昏暗中近距撫觸她的輪廓──那修長的腿，纖細腰圍，胸臀的玲瓏曲線，兩隻玉手伸向空中像似探尋，那纖細的指尖輕觸著某種未知。

我知道，但我沒辦法。阿冬凝視著那雙眼，鄰近的燈火落在氣泡膜上反射出絲絲炫光，那炫光隨著霓虹燈轉換頻率連綿閃出彩絢。室內映上一片又一片色澤，藍色之後，是一片紅，一片黃，一片綠──旋轉木馬在廣場角落兒童樂園裡不停旋轉，她就騎在木馬上，不停旋轉──按下燈摯，聖誕樹上的燈飾亮起更為明亮的色澤，那光五顏六色閃爍著，隱隱頭射在阿冬臉上，一下子看起來沉鬱，一下子看起來歡愉。

阿冬起初見著她的美，直至那一日他在她身上窺見了，絕望。

細雨連綿下了幾個晚上，那天陰霾一整日卻不見半滴雨。日暮時分，烏雲已在暗藍色上空層層覆蓋，壓得低低

地。飯後他又來到櫥窗前，一隻黃蜂被蘭花鮮豔色澤誘入櫥窗，困在裡邊嗡嗡作響。

他曾在電器店櫥窗裡，見識過這種黃蜂。那台四十九吋液晶電視反覆播映著黃蜂與澳洲蘭花的交配過程，大自然生態自由奔放的鮮豔色澤經常吸引住消費者目光及路人駐足。

黃蜂突地鑽進了她的粉色上衣裡，他一驚，欲衝入裡邊為她解圍。卻隔了層玻璃。他瞬間明白，她身處的小小櫥窗，恍若真空的方格世界，是一種囚籠，他被阻攔在外。

她心臟部位不停顫動。他凝視著她，像他們的際遇於此刻，凝結。他知道，有甚麼瞬間迸發了。內心有一股難以抑制的衝動，思緒泉湧。閉上眼睛，打開，再看了看她。她依然站在那，紋風不動地，望向他。

月光悄悄撥開烏雲，露出朦朧圓光映在窗鏡上。透過同一扇櫥窗，他彷彿在她身上窺見他未曾覺察的，一種憂傷。包裹在華麗衣裳裡的肢體，是個寂寞的存在。如他一樣寂寞的存在。隔一層玻璃，她彷彿望穿他那一絲，憂傷。

是他讓她卸下內心層層防護，從此她有了個名字：Angel，安卓。

安卓如今靜靜地坐在那裡，一動也不動地，氣質多麼地嫻雅。阿冬打開音樂盒，樂章響起，他拉起她的手，扶住腰際，跳起他們的首支舞，不停舞動，旋轉，舞動，窗外倒數的煙花劃過夜際，在低垂的烏雲下朵朵散開，繽紛璀璨。

煙火燃盡，阿冬凝望安卓的眼眸，一股憂傷從心浮

起。他像隻受傷動物似地躺到她懷裡，他想說些甚麼卻無法開口，僅能用撫摸慰藉，以一種儀式般的虔誠予安卓洗禮——以味蕾感知她身體每一個部位，臉頰、頸部、手臂、指尖、腳踝、背脊、腰圍、肚臍、隱秘處……親吻安卓的香唇時，阿冬彷彿嚐到了乳酸菌的滋味。

　　週日早晨剛下過一些雨。空氣清新，暖和的陽光灑在窗口，光線輕落在安卓的乳房上，勾勒出完美的形狀。阿冬裸著身，在屋裡一個人忙東忙西，雙手忙著將前些日子購買的華麗禮服和連身裙，一件件反覆地從衣櫃中取出，復又放回衣櫃。無頭蒼蠅似地走來走去，想像著未來無數日子，彼此相伴，帶安卓走遍世界各個角落。他忽地停下動作，視線凝在她身上。

　　他就這麼靜靜地凝視她的鼻樑，霎那時光凝住良久。在那聳高的斜線上，他彷彿望見了一個美麗新世界，或許這片讓人流連忘返的新領土，終將是他倆的，依歸。

　　如氣泡膜不被戳破，一切終將完好無損。

題目：風喉佬

【香港】呂少龍（呂少楞）

多年以後他身穿筆挺西裝，胳下的公事包裡還盛著幾份剛簽署好的投資計劃書、在某夜回家的地鐵車廂中，認得身旁那熟悉的聲音。雙方已失去聯絡多時，他一度以為自己錯認，所以垂首繼續滑動手上平板電腦，其實一直留意身旁那人的對話內容，不會是阿迪吧他心想，正當他想側過臉背向那種熟悉感，阿凱：「我差點認不出你，在混甚麼呢那麼光鮮？」他不得不確認眼前闊別多年的青年就是阿迪。

一如既往、他不知從何說起，支吾以對一輪才想起要問候樹熊哥。樹熊哥？他見到阿迪反問的時候炯炯眼神裡突然晃著一絲恨意，怎啦？那事我都放下了，錢花了就當上了寶貴一課。

他隱約聽見阿迪壓沉的聲線說、樹熊哥前年從十呎木梯失足墜地，送入醫院加護病房，留院兩天，醫生宣佈搶救無效就走了。樹熊哥走了，他心裡跟著唸一遍，卻好像還未感受到當中意思。

未完的對話因為阿迪先下車而無法繼續，告別前他們互相留下聯絡方法，說有空相約羅蘭士和德哥一家外出敘舊。人群中他欲找回一個讓自己可以喘息的位置，地鐵摩擦軌道發出刺耳的聲音縈繞著他未平復的心情，他一邊盯著車廂外

的一片漆黑，一邊伸手輕輕觸摸手肘的疤痕，有一股莫名的哀傷湧上，使他喘不過氣。直至地鐵從隧道奔竄出來，車廂相連處行駛時發出的聲響變得不同了，原本漆黑的車窗映入後退的街景，亮著的燈盞晃著也有點刺眼。

於是他眯著眼，側過臉把視線內移，如通了風的風喉，長方形盒子似的車廂在猛烈搖晃，不知道哪裡來的風迎面撲來。樹熊哥走了，他心裡再唸一遍著，又不禁眯著了眼。

他眯著眼，戰戰兢兢的在私家車後座癱躺著，好像要把數小時前送報到地鐵站積下的疲累在這短短的車程裡盡量恢復，又要顧著第一天返工不要太失禮、半闔著眼皮，戰戰兢兢的半昏睡著。因為太累，他一度以為前方一輛車正迎面衝過來，本能反射的弓起膝蓋緊縮身體，舉手掩面之際，阿凱你無事嗎發惡夢呀？坐在身旁的阿迪語帶戲謔聳聳肩咧嘴笑說，你看清楚啦，是拖車呀，哈哈哈。

他把身子坐正，視野裡才出現了拖車機械臂的輪廓，受了此驚，他已經沒有睡意了，聽見阿迪望向車外開始哼起一首那時熱播的流行曲。羅蘭士駕車駛出香港仔隧道的那線曙光灑在疲累的臉上一刻，有點溫暖，他彷彿覺得自己已準備接受成年禮。

那年夏天大家剛考完高考都等待放榜之際，身邊的同學都忙著找暑期工、他已率先找了兩份工作，日間當風喉學徒，凌晨起來坐上密斗貨車送報到地鐵站。他說十八歲的身體像裝上了永不休止的發條、在這個暑期不睡覺也要賺盡每一分毫，好使上大學時可以補貼學費。

六月的城市在猛烈陽光曝曬下彷彿是一個散發體臭的男人湧下車，遠遠已嗅到一陣草青混和牲畜飼料的味道。羅

蘭士載著阿迪和他攜同清洗用具跟隨騎術學校職員前行，他們小心穿行通往馬廄的林蔭小徑，沿著滿地水妖銀幣般的陽光踏步。走在前方的阿迪回頭說等一會有位風喉師傅騎著哈利……不過已是二十多年前的事。

摩托車風塵滾滾走來，領我們如何清洗維修。師父説，曾經外判的工程都過百萬，但此刻的他風光不再了。那人叫樹熊哥，奇人，行蹤異常飄忽，阿迪的簡介有點兒戲，他不敢盡信。後來他才知道樹熊哥到哪裡都是一雙腿，有時他甚至懷疑樹熊哥根本沒有家，住宿在每個工程地點。結果樹熊哥比我們早到了。

推開角落房間的門，樹熊哥赤裸上身，一邊繫緊腰間的工具袋一邊只回頭望向我們，眼神裡好像流露一絲因為他們遲到的憎恨，沒有跟任何人打招呼。其實時間才過八時半，算不上遲到，阿迪作勢反駁的説話吐在嘴邊之際，樹熊哥已揚長而去，他看在眼裡哭笑不得卻被樹熊哥滿身斑駁的傷痕震懾得心神恍惚，細想之下印象中的腋下肋骨位置有一個不大不小的動畫翠兒金絲雀紋身圖案。

始終，他一臉惘然與阿迪跟隨在後看見樹熊哥像醫生巡房一樣，從馬廄的一方走到另一方。邊走邊掃視兩旁飼養馬匹的間隔，口裡唸唸有詞，像望診，才不過三數分鐘，心裡好像已開下了不同藥方。

他加入前，阿迪和樹熊哥伙拍一起完成的工程似乎不計其數，不然，他們之間哪裡來的無縫默契。他在旁只有聽的份兒，卻不明他們對話裡的行頭術語或專有名詞，更無法理解他們在維修過程完美配合的技術。他記起阿迪在車裡的叮嚀説，在你之前已經有四個學徒做不夠三天，支了工資就走

了，如果你覺得捱不下去可以辭職。他始終剛中學畢業，對於藍領工作沒有親身體驗，在最初的一段日子，他只扶著十呎木梯梯腳，在梯底眼愣愣仰看梯頂的阿迪和樹熊哥對著馬廄上方的窗口式冷氣機前互相討論；又一輪行頭術語，然後他看見樹熊哥從腰間重複掏出又收回林林總總的工具。他眼神裡充滿了好奇的目光，彷彿看見一名外科醫生拿起各式各樣的工具，在人體般運作不良的冷氣機前動手術。

入行頭三年都是幫忙師傅扶梯，樹熊哥不厭其煩地向著梯腳旁的他再三叮囑，學嘢喇世侄！才剛見面就這樣不客氣，他心底覺得不值，感覺被冒犯了，但始終別人比自己老練、入行早，還是啞忍，點頭示意明白便算。

偶爾傳來馬匹磨牙打呵欠的聲音，或咯咯咯的踢蹄聲。

聽說待在這裡的馬都退役了，只作業餘訓練的用途。牠們身上的傷痕像訴說著競馬場上的刻苦經歷，或許在某個賽馬日電視直播裡，他曾看過其中一匹在快活谷馬場疾風衝刺奪魁，成為一代馬王。如今卻風光不再，只在這偏僻山林裡緩緩踱步，牠們安靜地垂首，似是緬懷，又像努力遺忘著過去。

他從來未嘗清洗過冷氣機，家裡的也是請人來清洗，所以對於清洗的方法，他一竅不通。

拆卸下來的兩匹冷氣機，樹熊哥抬機頭較重的一端，著他和阿迪抬較輕的一端。三人合力把冷氣機搬至室外的水源處方便清洗。

他聽見樹熊哥急速的呼吸聲，就感受到他抬得有多吃力。樹熊哥搖搖頭的臉容佈滿了難看的皺紋。但他知道樹熊哥是怕他們受傷而多捱一點苦。

這份工作辛苦嗎？他搖搖頭卻不作聲回應阿迪的提問。

真的不辛苦？真正的冷氣工程過兩天你才會體驗到，阿迪搖搖頭說。

阿迪這樣說的時候，他們三人手中仍在抬扛著冷氣機，他不知道為甚麼心裡有一種興奮，好像快要看到一座同齡友伴渴望親睹已久的高峰，很想一口氣就要攀上峰頂。

如是者，拆卸的冷氣機清洗後又重新安裝在原有位置，重重複複，時間已接近黃昏。他看見這天最後一部冷氣機被放置在接近水源的路邊，他將手上的報紙遞給阿迪，身手俐落，三兩下功夫就堵塞好冷氣機內避免沾濕的部分。他把盛滿清潔溶劑的氣壓噴壺往機上兩邊盤管噴灑，空氣傳出一陣嗆鼻的氣味，咔嗞咔嗞作響。他喜歡看化學反應後盤管吐出來的污穢物，被水沖走的泡沫形成一條小小的河流。在斜暉映照下把他看得入神，彷彿看見人生藏匿深處的骯髒都被沖出來。

這是冷氣技工工作體驗的第一天，他覺得完美充實，他在回家的途中暗自歡喜之際，才想起凌晨那份送報工作，不得不早睡早起，真的掃興。還是趕快回家吃飽晚飯，倒頭便睡，迎接月光，迎接睡眼惺忪的汗水。

七月的城市在猛烈陽光曝曬下依然是一個散發體臭的男人。

瞇著眼迎面而來的是刺眼的晨光。他獨自從地下鐵出口走出來，走入旺角人來人往的街道。他想起樹熊哥早前贈送的五米拉尺不翼而飛，趁上班時間還未到，所以到附近五金舖購買，順道經過茶餐廳外賣兩杯凍檸啡，提提神。

他終於辭退了凌晨那份送報工，因為過了一個月的試用

期，羅蘭士將他的日薪由三百元調高至三百五十元。他屈指一算，剛好足夠抵銷辭去送報工薪金的差額，他心想哪會有試用期這麼短，暗裡猜度羅蘭士那種生意人的用意。

三行佬整鬥，過得自己過得人。他喝完最後一口凍檸啡心裡重覆唸著樹熊哥的口頭蟬。工程的進度在銀行總行這個工地已差不多完成，這幾天的主要工作都是檢查已安裝好的風喉是否依足圖則的要求，確保沒有遺漏。他的心情十分惬意，跨步特別輕快。

甫進入接近裝修完畢的兩萬呎工地，燈火通明，煥然一新。腳底新鋪的地氈沒有起初砂砂石石的粗糙不平的感覺，原本錯綜複雜的喉管也收藏在假天花之中。他深呼吸，空調系統是他有份安裝的，覺得空氣格外清新。工地的一角零星地棄置著一些不合呎寸的鋅鐵風喉，喉身的反光帶來一陣暈眩，使他回想起第一次來到地盤的感覺。那撲鼻而來的氣味是地盤獨有的，沙塵中夾雜著人體發出的汗臭味。不是為錢的緣故，斷不會有人願意在這裡待久一些。進場那天，接近黃昏的陽光依然能夠把所有東西融掉的時候，他們一行三人剛從港島西的騎術學校趕來，羅蘭士說馬廊裡還未清洗的冷氣機他會找其他人處理，他們同時感到半途而廢，雖然他們想把事情弄得有始有終，像終點明明只是幾步之遙，卻要臨時改變賽道，把一切歸零。阿迪形容得更生動，嬉笑怒罵地跟樹熊哥說，我們十足似妓女，客人那話兒才抽走，還未清潔好，新來的客人那話兒已來到。

一世人老是行衰運，入行超過廿年啦，我還未遇到一個真正的好老闆。樹熊哥帶著憤懣沿路一直嘮叨，尾隨身後的他聽在耳裡。突然想起阿迪曾經透露，樹熊哥曾經也是判

頭，外判的工程以過百萬元計。不知為何樹熊哥說這句話的時候，他好像能夠回到每一個現場陪在樹熊哥身旁承受著一切刻薄的待遇。

阿迪沒有同行，因為那天晚上他說要去學跳舞，樹熊哥聽在耳裡，嘴角立刻輕蔑地微翹了一下。剩下他一人跟著樹熊哥在地盤繞了一圈又一圈，似是在找尋甚麼，但他又不敢直接問。

地盤裡人來人往，一片喧鬧，很多工人在忙碌著。後來他才能逐一區分，那些人是電工，這些人是水喉工；那些人是木工，這些人是清拆工；那些人是泥水工，這些人是油漆工。更多的是戴口罩的女工，她們推著盛滿泥頭和垃圾的鐵車在眼前來來去去。

他第一次看見這樣的情境，地盤四周一片頹垣敗瓦，彷彿置身於末日廢墟，原來天花板都有真假之分，假天花被清拆工人一片一片拆下來後，真天花下露出的喉管十分錯綜複雜，他駐足抬頭仰望。一臉惘然。你知道這些喉管是甚麼嗎？樹熊哥放下不知何時已扛在兩肩的木梯指向天花說。語氣中聽到樹熊哥的怒氣已消，楞住的他連忙搖頭說不懂不懂。他滿心期待樹熊哥會教導他逐一辨別那些令人眼亂的喉管，但樹熊哥一開口便扯開喉嚨朝他吼，上梯！

接下來我該做甚麼呢？他心裡焦急地想。在一組十米長的風喉底下，他戰戰兢兢地踏上梯矢，模仿著相隔數米木梯上樹熊哥的每一個動作，一步一步往上爬。他在十呎高的梯頭上站穩後，視野一下子拉闊了，環顧四周，他被遠處的火花吸引過去。他沿著火槍的喉管掃視追尋，看見偌大烏黑的風煤樽旁一位老師傅正小心翼翼地把前方的鐵架以高溫燒

至分離。樹熊哥在梯頂左右張望用手比劃了許久，似是部署一些甚麼，趁樹熊哥沒有動靜，他在高處繼續環顧地盤每一個細節，這裡發生的一切對於一向待在校園的他都很新鮮。

終於行動了，樹熊哥用刀片沿垂下來的出風喉移除包裹喉身的保溫棉，棉絮如雪花紛飛，直至接駁處露出螺絲；然後從腰間的工具袋掏出一把電動螺絲，下梯上梯作出連串多個動作，技巧純熟地獨自折下一個又一個風喉與風嘴。他卻一直站在梯頭處，彷彿在投閒置散，心裡無奈，正想開口問，樹熊哥要幫手嗎？樹哥卻先他開口，準備好了嗎？

接下來我該做甚麼呢？他心裡焦急地想。

像發了場夢一樣，當他恢復意識時，雙腳已重回地上，眼底躺著的正是那組十米長的風喉，他往上仰看，原本懸吊高處佔據的位置變得空空盪盪。他滿腦疑惑，究竟自己怎樣跟樹熊哥從木梯高處拆下這偌大的風喉呢？他環顧四周，發現天花板還有多處懸吊著類似的風喉，他幻想自己將會把它們全部拆下後，滿有成功感的樣子。一陣濃烈的煙味傳來，卻終止了他的幻想。

樹熊哥靠近他身後，口腔傳來一陣煙味冷淡地說，明天繼續返工就九點正在這裡等。好，他說。這時遠處最後一堵牆經過多番大鎚雷雷撞擊後，一逕倒下，他凝視清拆師傅赤裸的上背，每一下急速的呼吸都使每一條肌肉條紋暴跳如卿，他再回頭樹熊哥已經不見了。

桌上那杯半滿的凍檸啡旁，擱著吃剩半碗的火腿通粉和幾張手繪的風喉尺寸圖，樹熊哥正執筆仔細地修改，而一貫的沒有跟他打招呼。他坐下覺得尷尬，所以向侍應點了早餐。你這個時候才吃早餐，樹熊哥沒有抬頭卻衝著他而說。

通常這個時候，阿迪一定會反駁說，師傅，八點半還未到吃早餐很合理啊。不過，整個早上都不見阿迪，莫非跳舞跳得太累忘了起床，不會是早我一步辭職罷，他心想。

他忍耐不了身上早幾天被玻璃保溫棉纏繞肌膚的痛苦，像被無數無形的螻蟻啃噬一樣，他不得已隔著衣服把痛癢交集的部位搔過不停。

阿迪呢？他好奇地問。

你多想一想工作時怎樣配合我還實際，其他事別管，樹熊哥毫不客氣地說。他錯愕樹熊哥如此反應，而且為著顯得無情的語氣心裡感到難受，安慰自己畢竟只是暑期工，看錢份上，把這一切忍耐到八月尾就會結束。

漸漸地他發現樹熊哥這樣孤僻，獨行俠般像風一樣來了又去，一切跟家人有關。樹熊哥很少提及他的妻子，只有偶爾的通電話裡聲音和語氣變得溫柔，才猜想到電話另一邊很大機會是樹熊哥的女兒。後來他才知道樹熊哥有兩頭住家，一個在內地一個在香港，頻頻撲撲兩邊走，經濟壓力把他差不多迫瘋了。一肚子壓抑的情緒不知怎樣渲洩，所以很多時候只好沉默不語，不然就很大反差的對人破口大罵。

樹熊哥唯獨對阿迪不會破口大罵。

他雙手扶穩梯腳看著樹熊哥在十呎木梯上雙手舉向天花，輕巧地把拉尺伸長縮短，然後用雙頭筆在石屎表面先畫了十字，再繞著十字畫一圈，形成一個有趣的記號。接著他把接駁好電源的油壓鑽給樹熊哥，那時他才發覺阿迪雙手抱在膝前垂頭坐在一角，像一個醉酒的人昏睡了。樹熊哥早就留意到阿迪卻默不作聲，拿起油壓鑽往剛好的記號轟隆轟隆地鑽孔，灰白色粉塵隨即紛紛飄墜。在一片白濛濛中，樹熊

哥放下油壓鑽，掏出一顆子彈似的內爆式膨脹螺栓往洞孔裡塞。然後呢？他在下方目不轉睛地靜靜偷師，心裡默默記下每一個程序。他總喜歡看樹熊哥對應不同情況而迅速地更替工具的動作。樹熊哥一手拿著撞針一手拿著鐵鎚，把天花洞孔裡的螺栓撞進更深處，直至把混凝土牢牢抓緊。

不知道何時才能有這樣的手藝呢？一般學徒通常渴想有一天學有所成站在梯頂上，學徒為自己扶梯，但他從來沒有這樣想，心裡只是盤算將來得到的工資究竟可以補貼多少升讀大學的費用。

樹熊哥突然停下所有動作，未幾把上衣脫掉，露出的肋骨一條一條橫向撐起傷疤處處的皮膚。地盤內的溫度相當高，但諷刺的是當風喉佬的卻很少有機會享用冷氣。他以為樹熊哥耐不住高溫所以脫衣，誰料一隻鋪滿灰塵的手竟從工具袋掏出一包駱駝煙，在梯頂點了一根，十分優雅地一抽一吐。貧瘠的肋骨上一顆顆晶瑩的汗珠因為呼吸而滑動得更快。他還思忖其中用意，樹熊哥已走到阿迪的跟前，用腳尖輕輕踢醒睡夢中的阿迪，聲音低沉地說，回家睡吧。阿迪醒來抬頭睡眼惺忪地瞥了瞥前方，好像並不在意樹熊哥的吩咐，只見嘴唇與鼻孔間黏著奶白色的異物，又低頭昏睡了。喂，都叫你回家睡啊，樹熊哥說罷沒有等及阿迪回應，使著氣搬移木梯往另一處，然後逕自回到梯上拿起油壓鑽繼續鑽孔。

原本六個月的工程被壓縮至三個星期的工程，三人團隊只剩下兩人的人力資源。那麼短的時間便要起貨，一向寡言的樹熊哥瀟灑地說，這個世界沒人說沒有誰是不行的。那天阿迪昏睡至傍晚才醒來，拍拍身上的塵土，搖動蓬鬆的頭髮

左顧右盼後，沒有道別便悄悄離去。

他疑惑不解，樹熊哥跟阿迪究竟是甚麼關係呢？

在他眼中，樹熊哥和阿迪是師徒關係，但阿迪怎麼可以在地盤工作時間睡了整天，而樹熊哥身為師傅理應斥責徒弟怎能無動於衷呢？

直至石屎天花上最後一個記號被樹熊哥鑽了洞孔塞了螺栓的時候，他還在，怎能無動於衷呢？他尾隨樹熊哥繞著萬呎地盤走一圈，沿路仰頭數點塞了螺栓的洞孔。西沉的斜陽從外邊照進來，樹熊哥突然回頭遞了一支半米長的絲杆到他的面前問，知不知道這是甚麼？不知道，他説知不知道阿迪昨晚去了哪裡，不知道，不是跳舞嗎？

樹熊哥沒有回應，只將掛在腰間的拉尺贈送給他，他受寵若驚的樣子不懂反應，樹熊哥連忙説，這個本來送給阿迪，你明天用它來預備五十支半米長絲杆。他聽不懂樹熊哥説甚麼，想問為甚麼改變主意，最後又不敢直接探聽。只管把拉尺的尺頭拉出呎許，復鬆手回捲至盒內，重重複複，他慢慢愛上那金屬摩擦發出的聲音。

下班的時候，樹熊哥揹著裝滿工具的背囊又在他不為意間消失了。

不是跳舞嗎？他一邊把玩著樹熊哥贈送他的拉尺一邊喃喃自語，他早就看出苗頭，從阿迪的鼻子流出奶白色的異物可以確定是吸毒所致。他從不懷疑阿迪晚上去了跳舞，不過跳舞的地方絕非正經的，雖然他心裡已略知一二，但裝作一切事也沒有發生似的。之後兩三天，樹熊哥不太理會阿迪，刻意避免任何眼神接觸，他曉得樹熊哥心裡是不滿意的，但搞不清為何樹熊哥沒有對阿迪破口大罵，直至出糧那

天他才恍然大悟。

　　出糧那天，羅蘭士沒有出現，只見阿迪幾乎跳著走來，從褲袋裡掏出厚厚一疊五百元紙幣，在他和樹熊哥面前數點紙鈔。他一輩子第一次看見這麼多銀紙，心跳如部落戰鼓跳得非常厲害，彷彿感覺阿迪剛打劫回來與同黨分贓一樣。他沒有直接探問阿迪為何是由他負責出糧，看見阿迪從口袋中拿出記事簿，覆查樹熊哥和他的工作日數後便數點足夠的紙鈔，一疊遞給樹熊哥一疊遞給他。他接過工資，存在他心裡的疑問好像也有了推測的方向。他腦筋一躍，羅蘭士不可能是阿迪的父親吧？

　　暫時支付這個數目，還有千五元扣起，阿迪嬉戲般跟他說。點解？他說。一次過給你所有工資，怕你明天就不返工，遠走高飛，阿迪咧著嘴呵呵的笑。對於阿迪的回答，他哭笑不得，沒說好也沒說不好，反正暑期工做到八月尾便完，一廂情願地認為拖糧與否都是他可接受的範圍。

　　入世未深的他只覺得這行出糧的方法很特別。後來阿迪告訴他搞工程通常都不定時出糧，短則兩三天出一次糧長則拖糧拖足三五七個月也說不定，完全視乎老闆的心情，老闆又要視乎對上那個老闆的心情。他頓時覺得進入社會工作原來要面對這些複雜的關係，眉梢一皺之際，阿迪總愛用一些他不明白的說話跟他說，你大可放心，以現時進度這項風喉工程可能完成不了。到最後，搞不好齊齊沒糧出，齊齊失業去勞工處投訴。你老闆羅蘭士幾天不見人，不知是否跟著他的老闆又去了跳茶舞，他覺得奇怪，做這行的莫非都愛跳舞。

　　這個時候，樹熊哥伸手接過他的工資，離開了兩步又轉

身走回阿迪跟前輕聲說，迪仔可不可以多預支一千元給我？因為女兒要交書簿費。阿迪遲疑了半晌後便答應了。

他把一切看在眼內，心裡不禁想，羅蘭士不可能是阿迪的父親吧？

羅蘭士怎樣看也不像阿迪的父親吧，樹熊哥覺得他的猜想好笑，或想轉移視線也說不定，終於樹熊哥忍不住告訴他阿迪和羅蘭士的關係。

羅蘭士的妻子是阿迪親阿姨，阿迪早年已喪父，前年阿迪的母親也因重病不幸離世，自此與妹妹相依為命。羅蘭士本來在大陸設只賣風嘴，因為沒有聘請師傅，所以不做裝工的生意。剛好這年羅蘭士接洽了幾項大型通風系統工程，專門提供林林總總的風嘴，因此與外判商混熟了。他見有利可圖，跨多一步連風喉的工程也嘗試一番，所以聘請了阿迪和樹熊哥。這樣盡了人情關照之餘，也可以把自己的生意愈做愈大。

他得知阿迪跟自己的年紀相約卻這麼早便要擔起整頭家，心感佩服的同時，也為自己的父母尚在人世而感恩。自從聽了阿迪的身世背景，對於一直嫌家裡窮害得自己常常要做兼職而無暇去遊玩的想法，他頓時覺得很幼稚。

大部分時間樹熊哥都沉默寡言，只有每次午餐完結後，回去地盤的路上他才會由近至遠指著街上的建築細數往時風光，不斷炫耀那裡他有份安裝風喉這裡有份維修冷氣機。他從樹熊哥的分享裡得知阿迪是跟他最耐的學徒，奈何阿迪一心賺錢，對於樹熊哥傳授的技術，阿迪一概抱著的宗旨是足夠便好了。所以也從樹熊哥的說話裡可以感受到，他苦無後繼之人的無奈。

德哥從九噸密斗貨車跳下來走到車尾,按動控制箱的下降鍵,偌大的尾板隨即嗶嗶嗶翻開降下,貨斗內盡是大大小小的鋅鐵風喉。那是三天前他和樹熊哥在地盤忙了整日,拿著拉尺和木梯行遍整個地盤量度後,手繪呎寸圖裡的風喉組件。

銀色閃亮的風喉組件一件件由貨斗被搬出來的時候,樹熊哥搖搖頭用幾乎聽不見的聲音叮唸著,這個又錯唉又一個。錯甚麼呢?後來他才明白樹熊哥的意思,不過呎寸圖是樹熊哥親手畫的,而且將圖傳真至大陸風喉廠也是樹熊哥一手包辦的,究竟誰對誰錯已無從稽考,只有樹熊哥一人知道真相,而看樹熊哥的表情似是歸咎大陸工廠那邊的工人笨不懂看圖,嚴重拖慢工程進度。

德哥和德嫂都是羅蘭士的好友,負責運輸的工作都差不多十年,今天德嫂沒有駛她那輛客貨車來,每次見面阿迪總愛跟德哥寒暄幾句。為何這麼晚才到?阿迪語帶戲謔地問。你估我想的嗎?德哥像被激怒而斜睨著阿迪說,今早又被海關扣關啊。沒理由,難道你偷運女人?大家咧嘴呵呵大笑一輪,又繼續搬動風喉。

跟早幾天的頹喪狀態完全兩樣,阿迪繼續說個不停。阿凱,你有沒有去過的士高?你知不知道警察查牌是怎樣一回事?全場燈亮的一刹,那些澎湃的音樂停頓,嘩,然後全場一陣大珠小珠落玉盤的聲音。你知道那是甚麼?

阿迪根本沒有理會他有沒有把自己的說話聽進耳內,急不及待地說,那是迷幻丸仔清脆地跌在地上的聲音。今晚有興趣跟我去的士高學跳舞嗎?

一世人老是行衰運,入行超過廿年啦,我還未遇到一

個真正的好老闆，樹熊哥又埋怨著那句把他聽膩的說話。除了錯樣的風喉組件，原來眼前的風喉組件數量也跟傳真過去那份呎寸圖裡要求的數量出現偏差，送來的只有總數量的一半。況且距離起貨的時間尚餘一星期，怪不得樹熊哥氣炸了。

不緊要，這項工程又不是我負責的，我打工而已，樹熊哥這樣安慰自己，卻難掩心中的怒氣。真的不緊要？站在身後的阿迪探頭問，咧嘴呵呵大笑又跟身旁的他說，你師傅又發病了。發病？發甚麼病？他一臉惘然地問，但阿迪已捧著跟自己身高相約的風喉走在前方，拐個彎又不見了。

接下來該做甚麼呢？對於安裝空調系統的步驟，他開始掌握到一些線索。他把喉身編有相同號碼的風喉歸類，然後按圖索驥，推著四輪鐵車把眼前眾多風喉逐一派送到圖則顯示的地方。早一陣子墨斗來過在整個地盤彈墨，原本一片混沌的工地彷彿一下子放大成井然有序的圖則，到處是地平筆直的墨線。他循著手中圖則和地上墨線確認位置。

那些風機盤管是商業大廈主要用來做通風系統的冷氣機，比起常見的窗口式冷氣機，其結構明顯較複雜。而縈繞在他腦裡的另一個問題是，為何懸掛的責任不是歸風喉佬而是由水喉佬呢？

或三或四或五節接駁完畢的風喉成為一組長長的風喉，靜靜等待離開地面被懸掛在天花。樹熊哥在他面前示範了一次接駁的方法，他便要牢牢記著。他拿起鐵鎚往風喉末端鎚打，直至外折出來的部分翻折，緊緊的把接鄰的另一風喉邊沿抓著，然後用電動螺絲批在接駁處打入鋼牙螺絲。最初的時候，他覺得控制電動螺絲批很難，螺絲經常打不入喉身，一顆顆往地上掉，心裡一邊發麻，一邊感受到身後有目光注

視。多次失敗後，站在身後的樹熊哥終於忍不住敲敲他的腦袋，用電批是要靠腦袋，不是靠死力的，要不然整把電批賠給你，知不知道？

散置在地上的風喉閃爍著銀光，並不好看，但第一組風喉懸掛在天花板的時候，他從木梯爬回地上，仰看龐然的風喉像看見一架懸浮半空的氫氣飛船，心裡有一種難忘的滿足感。

如是者，一組又一組的風喉被懸掛到天花板，他們三人變得很有默契。通常他和樹熊哥在各自的木梯上雙手高舉托著風喉，穩定地套入風機盤管出風口的位置，他們維持這個動作直至阿迪把螺絲鎖緊在絲杆支架上。

他從樹熊哥身上學會了使用很多工具，就如大力鉗，它是用了兩次槓桿原理的工具，樹熊哥形容它好比多了隻手，其鉗口可以鎖緊並產生很大的夾緊力，使風喉與風機盤管夾緊而不會鬆脫，更方便打入螺絲。

他雙手高舉托著風喉的時候，第一次看見阿迪一副正經的樣子，在還未穩固的風喉底下，多次迅速地搬移木梯，多次迅速地上梯下梯。鎖緊螺絲帽後，又把風機盤管和風喉接駁處沿邊打入鋼牙螺絲，連串動作一氣呵成。他對阿迪刮目相看，不敢相信一向給人嬉皮笑臉的阿迪做事也有認真的一面。

無論甚麼情況托著風喉的手絕不能鬆開，樹熊哥再三叮嚀語氣中卻帶了一點溫情，他是感受到的。他回想在梯上高舉的雙手，過了某個臨界點，手臂真的有痠麻的感覺，但又未到不能繼續支撐的程度。他只好向樹熊哥說，好，明白。

這幾天，他們馬不停蹄地把地上的風喉逐一懸掛在天花

板上。工地裡其他工人都忙過不停，一片喧囂嘈吵，機器切割金屬的聲音十分刺耳，時時傳來爭吵罵人的聲音，仔細聽只是工人普通對談。他初進場的時候彷彿末日廢墟的感覺已消失了，轉眼間，石膏板間隔牆身已髹上潔亮的雪白色，處處生機。

那天午飯前，樹熊哥說要合力先把那轉角位那組風喉懸掛，因為工作的地方淺窄，難度較高，事前樹熊哥已再三囑咐他和阿迪多加留神。但結果阿迪多次把螺絲打入風機盤管和風喉的接駁處還是失敗，後方托著風喉的樹熊哥捱不了痠麻，不慎鬆開了雙手。風喉突然下墜了些許，樹熊哥的重心一失，腳下的木梯猛烈搖晃，就要從梯上墮下危急之際，幸好在旁的他力氣夠，在另一木梯上一手托著風喉，騰空另一隻手扶正失去了重心的樹熊哥。

樹熊哥沒有向他道謝，下梯後便逕自走到角落掏出駱駝煙，點了一根半蹲半跪地慢慢抽著，額頭明顯冒著纍纍冷汗。他不懂安慰的方法，只是走到樹熊哥身旁向他討了一根煙。對於從來未抽過煙的他，連點煙的方法也不懂，怎樣點也點不起來。一邊吸一邊打火，煙才點得著，樹熊哥冷冷的說。他依指示做，結果嗆了喉嚨，隨即咳聲連連。他慢慢地摸索控制吸氣的力量，成功抽了第一口煙，進入肺裡，有一種莫名的暈眩怯感。平時他討厭人抽煙，想不到此刻的自己大口大口地一抽一吐。他吐出的煙霧跟樹熊哥吐出的相融，形成裊裊輕煙於他們頭上，他們繼續沉默地抽著，好像已把剛才幾乎發生的意外忘記得一乾二淨。

要多抽一根嗎？樹熊哥問他。不，他說。那些玻璃棉還使你癢嗎？還可以呀。回去洗澡時先用暖水，毛孔熱脹冷

縮，然後用冷水沖身，殘餘的玻璃棉便沖得徹底。基於面子而不道謝，他大概知道樹熊哥突然轉變話題的用意，自此樹熊哥也沒有不留情面地喝罵他。

首批送來的風喉已全數懸掛在天花板，餘下的聽說正在運送途中，預計中午抵達。他們停下所有工作，午飯後在砵蘭街路旁等待迎接最後一批風喉。阿迪說貨車來了才打電話找他，因為約了人補工具，留下樹熊哥和他在人車皆繁忙的街道上，等候德哥載滿風喉的貨車到來。

等了整個下午貨車還未到，樹熊哥腳邊盡是不同長短的煙蒂。那天忽然下著陰冷細雨，樹熊哥又掏出駱駝煙往嘴裡塞，看見他走近，伸手遞了一根給他，他搖頭說不，接著他竟從褲袋裡掏出一包還未開封的萬寶路薄荷煙。我抽這牌子，年輕人都抽這種，他對樹熊哥說。樹熊哥瞄了他一眼，然後向他展示佈滿皺褶的駱駝煙盒包裝封面。趁細雨仍細，樹熊哥向他說了封面裡駱駝的故事。

不知是否因為那次幾乎墮梯的經歷，樹熊哥少了壞脾氣，在他面前罕有地變得健談了。

樹熊哥說，你看這充滿東方情調的圖案，一望無際的沙海、埃及金字塔、青翠的棕櫚樹林，其實我最欣賞的是中間那頭昂首天外傲視世間的大駱駝。樹熊哥吐出一口濃烈的煙，然後問他知不知道那頭駱駝怎樣來的？他一邊吐出一口薄荷煙一邊搖頭。從前有個美國老人是間公司的老闆做了幾十年生意，公司業績安安穩穩。但老人的公司後來陷入困境，許多生意夥伴離他而去，倉庫裡的貨品一直滯銷，終日憂心與惆悵之際，老人決定獨自一人來到土耳其海濱找尋對策。然後呢？連指縫間即將燒盡的煙差點灼傷自己也未為

意，他聽得入神地問。

　　樹熊哥指指他即將燒盡的煙繼續說，老人在充滿東方神秘情調的沙灘上信步漫遊，欲把煩惱吹得乾乾淨淨時，突然遠處一陣清脆好聽的鈴聲響起，沉思中的老人抬頭，被不遠處一支經過的駱駝隊吸引過去，老人第一次看見高高昂首的巨大駱駝，展示出一副傲視不馴的樣子，老人被這獨特的形象留下了很深的烙印。

　　那巨大駱駝就是你手上煙盒上的那頭嗎？他插嘴說。

　　老人心中抓緊駱駝傲視不馴的形象，在專出產香煙的土耳努力研製優良品種的煙草，結果老人成功了，但老人知道，僅僅是良種煙草是不足夠的，更好的內涵也需要一個引人注目的包裝，老人腦海裡那頭大駱駝形象因此成為商標。所以每當我抽這駱駝煙，不單是抽那濃烈的味道而是抽那昂首天外傲視世間的精神。

　　樹熊哥說完故事後，他不知怎樣應對散發自樹熊哥身上，那種孤寂多於自豪的感覺。那刻帶風的細雨更冷，吹入單薄的背心汗衣裡，哆嗦的他只好沉默一會。突然想起自己身處砵蘭街，便不經思考脫口而出問，聽說這裡很多妓女出出入入，樹熊哥你有沒有試過嫖妓？樹熊哥吐了一口白煙，回頭笑著反問他，妓女也分很多種，陀地、北姑、俄妹，你說哪種？這個時候，阿迪春風滿面走來搭訕說，在背後討論我嗎？樹熊哥你年中上過那麼多女人，哪一種你覺得最值得推介呢？樹熊哥沒有直接回答，反而分享了他一個難忘的往事：年輕時我試過荒淫到同一個女人同時和幾個朋友輪替交合，樹熊哥說的時候雖然眼望著他，語氣卻彷彿告訴阿迪他在自豪，能這樣用金錢跟朋友一起糟蹋一個女人。

阿迪感受到樹熊哥的旁敲側擊，像是投訴自己溜走了卻留下他們，所以針鋒相對地說，其實幾個人上一個女人不是輪姦嗎？阿迪見樹熊哥沒有回應，便連連追問，你為何不趁機到新填地街一趟看看有甚麼新工具？樹熊哥，你無話可說了嗎？你老婆呢？不回應也說句粗口⋯⋯樹熊哥一聽到老婆兩字臉色轉沉，藉故煙抽盡了要買煙去。

　　他們等了大半天，終於看見德哥那輛黑色大貨車從遠處駛來，原本雀躍的心情卻在貨斗門打開一刻潰散至無。德哥說，這些風喉不是送來這個工地的。德哥掉下了零丁幾個風喉配件，便關上尾門駕車揚長而去，害得他們空歡喜一場。

　　我還未遇到一個真正的好老闆，阿迪先樹熊哥說出這句常掛在嘴邊的說話。樹熊哥只有苦笑地說，我給你老闆羅蘭士氣炸了，再沒有力氣說這句話，阿迪倒不如你幫我跟他說，不懂得搞工程就切勿搞工程罷。話說畢時，他彷彿聽見有人發怒地大力關門的聲音。

　　德哥駛走大貨車後，只見一輛客貨車駛來急剎在他們跟前，一位高瘦身材的女人穿著熱褲從司機座位跳下，嘴角叼著香煙氣沖沖走到車尾，把數個盛著軟管風喉的包裝箱卸下。整個過程沒有作半點聲音，只有氤氳的煙氣從她嘴裡吐出。那是德哥的妻子德嫂，或許被德嫂的豪邁震懾了，沒有男人敢對她有半點遐想，只有樹熊哥趁她離去時說，娶到這種老婆真的幸福。樹熊哥原本憤恨的眼神因看著德嫂離去的背影而漸漸變得柔軟明亮。

　　你走不掉了，預料這幾天晚上都要加班，知冇？阿迪說。他沒說好，也沒說不好，只是點頭回應。其實心裡興奮不已，因為加夜班的工資是日班的一倍。阿迪是夠蠱惑的，

他留意午飯時總要撥電話紿給羅蘭士問，吃了飯沒有？一起吃嗎？羅蘭士總會趕及他們三人離去前到達給他們結賬。好幾個晚上，阿迪總藉故還有東西忙而拉他一起加班，多賺一點薪水。其實他知道羅蘭士是知道一切的，只是容忍事情的發生。

他沒有想過正常的放工時間一過了，地盤便瞬間變成了無人的遊樂場，日間原本工人的喧囂嘈吵不復再現，只剩冷冷清清的空間。

阿迪告訴他一般的風喉有很大的空間限制，而軟管風喉就能補足這點，能轉彎抹角地把冷空氣輸送到一般的風喉不能到的地方。他與阿迪將軟管風喉兩端對拉，一方突然鬆手，另一方因失去重心而跌倒。他們如是輪流倒下的動作，引得只有兩個青年的地盤傳來陣陣笑聲。你知道這時候我本來應該做甚麼？阿迪意氣風發地問。他搖頭示意不知道。阿迪便激烈地搖擺袋繼續說，我這個時候應該是在光影躲閃的舞池裡跳舞呀。

那天晚上他與阿迪一邊工作、一邊苦中作樂、一邊傾談，把所有軟管風喉都裝好。隔天早上，風喉比預期遲了一天才抵達，意味著原本已很緊迫的施工時間縮得更短。距離起貨的時間尚餘二天，其他工人都忙於為自己的範疇施工，難題接踵而來，送來的風喉又出現錯樣的情況，上一次那些錯樣的風喉沒有修正再來之外，這次又有錯樣的風喉。距離起貨的時間尚餘幾天，時間已不許可大陸風喉廠製造新的再運過來。由於風喉安裝的進度落後很多，假天花在風喉之下，負責假天花的工人已按時間表把假天花的支架架設至圖則的規定，這樣的話，風喉的安裝會比較困難

他想起阿迪說過，不能如期起貨的結果是沒糧出，他想著，心裡就焦急如焚。

樹熊哥卻一早到了土瓜灣買鋅鐵原料，他心底默默生氣，不明所以，埋怨著為何不爭取時間把風喉盡量安裝在天花，說不定有奇跡出現。樹熊哥根本沒有看見他一臉愁容的樣子，低頭半蹲半跪在一張鋅鐵原料上忙著。最初他完全看不懂樹熊哥在做甚麼，只見一把稱作鐵皮剪刀的東西按著鋅鐵上的草圖剪下形狀。樹熊哥用手掌般大的木方往剪出來的鋅鐵拍拍打打，一會兒後眼前一亮，一件銀閃閃的風喉已製作完畢。他在旁看得目瞪口呆，好像在上美術課做勞作呀，他說。

樹熊哥就這樣剪剪裁裁、拍拍打打進入了忘我境界，連早午兩餐也沒有吃，忙了大半天。只叫他給自己買支礦泉水和駱駝煙。直至把所有錯樣的風喉都被樹熊哥親手製造出來的風喉所替代，樹熊哥才抽起駱駝煙來說，危機也算解決了，應該能趕及起貨，只不過我這門手藝注定要失傳。

對於能如期起貨，他感到寬心之餘，亦終於明白樹熊哥為何常常指著街上諸多建築物，都吹噓自己有份在裡面安裝風喉。他見證著一件件銀閃閃的風喉從一雙巧手製造出來，大感奧妙，那種非機器能賦予的永恆感，卻從樹熊哥那副專心致志的精神成就了。

樹熊哥把自己的風喉傑作陳列他眼前，向他逐一介紹，這是「蝴蝶曲」喉，那是「馬套」喉，這是「之子」喉，那是「刁士」喉。他未曾想過風喉的製造都會有如此有趣的地方，心想如果不是要考大學，入這行也不錯，至少可在樹熊哥身上學習一門手藝。

這裡比香港更翳焗，九月的東莞是一個輕衣解帶的女人。

　　他不如以往的在擺滿工整的椅桌裡揭開書本聽老師講課。他預算暑假一結束，這份暑期工也隨之告終。可是高考放榜那天，他手上成績單的評級尚算考得不錯，以為一條腿已跨過大學之門，但定睛一看英文科卻標示不合格，大學夢無望，唯有明年以自修生名義再報考大學。順理成章，他沒有辭去冷氣技工那份暑期工，一切如舊。三人組繼續做羅蘭士接洽而來的工程，但考大學的事，他是一直隱瞞，從沒有向羅蘭士、樹熊哥和阿迪透露過。

　　他從未想過公司旅行是如此另類。趁新的工程還未開始，在銀行中心的風喉工程竣工後的空檔期裡，羅蘭士建議他們三人一起跟他去東莞旅行，慰勞大家也順道巡視設於那裡的風嘴廠，羅蘭士說這趟的費用由他全包，叫大家盡興。

　　在他人生寥寥可數值得炫耀的壯舉裡，要數算也要回到初中的時光。同級女生不知是否瘋了，排山倒海的情信，總是在學校競技會前後悄悄放在他的抽屜內。他長得不高，而且屬於消瘦那種，但他總能囊括所有參與的田徑獎牌，或許是這種陽光男孩的形象使女生常常圍繞自己身邊。但他最愛的女生卻嫌他沒有學問，跟了班中那個書獃子卻很富有的男生一起，他以為那便是失戀，自此不信任女人，反而明白金錢的力量比世上任何東西更重要。

　　他們三人坐上羅蘭士平日駕駛的平治汽車，從皇崗過境，駛入通往東莞的公路。沿途阿迪依舊不停唱著當時流行的廣東歌，身旁的羅蘭士則不理會大家聆聽與否，天南地北地胡扯。你們知道東莞最有名是甚麼？根本沒有人回答，羅

蘭士卻繼續説，是黃色事業啊。十多年前那裡通街酒吧、舞廳，夜夜笙歌，酒杯碰過不停，女人麼？不必愁，拿出一疊人民幣，當晚一籮一籮的俏姑娘任你左擁右抱上下其手。

羅蘭士説得興奮之際，公路上有一人形物體躺在路邊，羅蘭士抓住軚盤把汽車稍稍駛離原本的行車線，避過那物體。他在後座看得清楚，肯定那物體是一個人，心裡不知如何反應之際，羅蘭士瞄了一下後視鏡説，在大陸的公路，無論如何都不要下車。即使看見死屍也要裝作看不見，因為大陸沒有東西是真的，除了騙子。

公路上愈作好心的，愈損失慘重，甚至可能送命。

汽車駛入隧道的時候，他在後座看見身旁的樹熊哥眼眸裡突然泛著淚光，避免尷尬，他別過臉望向車外，心裡想樹熊哥又想家了。車外單調的燈柱還未亮著，一支一支被車速拋在後方。他不曉得樹熊哥為何那麼感傷，卻被這種氣氛捏著了，車外一片蕭煞的灰濛天空使他感到昔日簡單純淨的青春，如後拋的風景慢慢褪色，他困惑著告別了中學校園後投身社會，成長是否就是這樣殘酷。他忽然睡著了，那是個炎夏的夜，外邊吹著咬人的風。

醒來時，他赤裸地躺在一張陌生的床上，因為空調而感到涼快。他懷疑自己仍在夢中，所以用力搓揉雙眼，側躺的身軀使視線只能瞧見一堵白色的牆，他認出幾個簡體字才記起自己跟羅蘭士離境來到東莞。他感覺某人的胸口抵住自己的後背，翻身過去，看見樣貌姣好的姑娘只穿內褲酣睡著。他把長滿鬍子的臉輕輕摩擦過她的滑嫩的乳房，此時她醒來睜開眼睛在他耳邊說，還未夠嗎？她主動地抱著他然後吻了很久。他伸手撫摸她全身時，覺得下體有所動靜，體內冒現

一股尖銳的慾望，好像需要一個出口宣洩出來。在彼此急速的呼吸聲中，他與她好像把對方嵌入彼此的身體時，他以為這就是愛情。

凌晨時份，他醒過來發現自己在掉眼淚，起床裸身走進浴室洗臉，突然看見鏡前的自己本身羸弱難看的身體，經過多次搬運風喉後，生出了好看的肌肉線條。雖然因玻璃棉引起的痕癢而出現很多抓痕和傷疤，但他較喜歡這刻的自己，因為這樣的身體才有粗豪感，他才覺得自己是身體的主人。

他回到床上，只穿內褲的她主動伸手，撫摸他後背貼著透明保鮮膜的部位，說：噢！那是一隻飛魚。他感到左背一陣刺痛，因為刺青的圖案剛剛刺上，傷口還未癒合。他覺得中學的生涯都過去了，想用一種東西去記念那個時刻，所以選了飛魚，因為飛魚象徵自由，出水能飛入水能游。他去紋身的事當然瞞著家人去做，況且東莞甚麼都便宜，而主要誘因還是那天樹熊哥以那頭昂首天外傲視世間的大駱駝自比，他渴望世間上也有一件東西能代表自己。

那刻，他猜想樹熊哥和阿迪應該同樣在隔壁房間浸淫在年輕姑娘的香肩玉臂裡，享受天上人間般的愛情。

最初他無法饒恕自己是那麼荒淫，他知道男女之間逾越了某條界線關係就不能復返、一直沉淪下去。中學時他最多跟女朋友在公園暗角牽手親吻，未曾想過這刻的自己能夠享受這種難忘的快感，內心也許掙扎不已。要平衡內裡矛盾狀態，只好從另一個角度歸咎自己那時少不更事。他開始領悟到那條界線是由財富畫出來的，對有錢人那條界線會寬一點，而窮人只會畫地自牢，而他記起自己曾立志不做窮人。

那個晚上，他與她做了四次愛。

做愛與做愛之間，他學懂利用眼神與她交談。她與他年紀相約，她告訴他由於工廠結業，為生活與其他女工兩個月前一起來到這裡當小姐。基於某種共同感，或許大家都是在新的崗位開始工作不久，他與她無所不談，像認識了很久的老朋友。在隔著窗簾的房間裡，依然隱約看見外邊的霓虹光管閃亮刺眼，他與她互生情愫談了整個晚上。來到結束的時候，在一種難捨難離的氣氛裡，他突然想起羅蘭士在公路上的一番話，除了騙子，大陸沒有東西是真的。

離開房間那刻，他才記得還未問女生的名字，想到她剛才從自己手中接過數張百元人民幣，道了謝，一切關係都完了時，欲回頭叩門的念頭便打消了。

他好像成長了，覺得自己依然是身體的主人，甚至是情感的主人。因為與沒有名字的她別離，心裡並沒有任何失戀或遺憾的感覺。

一捆四米長絲杆頭尾搭乘著樹熊哥和他的肩膊，從蘇杭街轉出來走進電車路，他們朝永安中心小心翼翼地行走以免誤傷行人。

自從東莞之旅回來後，他們三人的關係變得密切，雖然他們沒有一起上同一個女人，不知為何他們工作時卻比之前多了一種默契，一種男人散發汗臭的團結。

到那時為止他成為冷氣技工已經兩個月了，跟最初那個一無所知的自己截然不同。任他走進一所建築物，只要抬頭檢視一會，大概也能分辨到那些喉管的分別：風喉、水喉、消防喉、燈喉、電線槽，他已瞭如指掌，甚至對各種風喉的結構分佈，他也大概摸得清楚。

樹熊哥也信任他在梯上工作，無論鑽孔、安置膨脹螺

絲、打絲杆，甚至度尺繪畫風喉呎吋圖，他都駕輕就熟，好像老師傅一樣。在樹熊哥眼裡他是難得的可造之材，只不過短短三個月便能掌握那麼多技能。樹熊哥站在遠處看著他在梯上的一舉一動，無端想及二十多年前自己還是學徒的青春時光，心裡那後繼無人的絕望彷彿乍現曙光。但他視冷氣技工為過渡性的暑期工，只怕樹熊哥知道因考大學辭職那刻又會再次失望。

自從跟樹熊哥安裝風喉後，不知是不是對地盤裝修的認識多了，還是煙抽得狠了，他神情明顯有變。心高氣傲走在沙塵滾滾的工地上，以為自己就是煙盒封面上那頭駱駝。

羅蘭士總有他的辦法，生意蒸蒸日上，這次接來的風喉工程是位於上環永安的過萬呎裝修地盤。空氣翳焗得恍如置身於高溫的沙漠。幾乎所有工人都赤膊上身，在工地來來往往，在他眼裡那些結實的肌肉是他夢寐以求的身段。偶爾他總見到三兩個身上有紋身的工人在眼前走過，甚至當中有頸項上戴著粗厚金鍊的，他都目不轉睛地注視，然後暗裡比較，覺得出糧的時候買條金鍊掛在頸上多好呢。

他從高處垂首看著低處的阿迪時感覺很特別，三個月前被人從高處看著的壓迫感，因為這刻位置互換了，而變成某種輕視別人的驕傲，自以為已跟阿迪平起平坐。說到底阿迪從來不介意為屬於後來者的他扶梯，即使他堅決拒絕學習繪圖，賺到的日薪畢竟還是比他多。

是你的緣故，我才教，這些知識連阿迪我也不會教，樹熊哥說。他不好意思怕剛走開的阿迪聽到會生氣，但內心是感到滿足的，因為被一個老練的風喉師傅重視。樹熊哥伸手接過他剛繪畫好的風喉呎吋圖，時而抬頭時而垂首審視呎吋

跟實況是否配合。説過不要跟那些則師紙上談兵，你緊記一個定律。例書和圖則永遠是空中樓閣，現場實況永遠是另一個版本。就像眼前這個情況，圖則沒有顯示橫樑的部分，但現場正正出現橫樑阻擋風喉架設的去路，這種情況應該用甚麼喉解決呢？樹熊哥睜大眼睛問他。他才恍然大悟説，「刁士」喉吧。樹熊哥聽了答案便點點頭轉身離開。

不知道何時開始，他跟樹熊哥的關係如同父子親密了許多。樹熊哥不像以前那樣整天沉默寡言，愛把平平無奇的事物以比喻説得生動有趣。不知道是不是當人老了，過去的回憶變成唯一證明自己存在的依據，樹熊哥常擂著單薄的胸脯説，我有甚麼未見過，留下的腳毛足夠縛長在一起在城市大廈天台放風箏。當然，最令他牢記的説話還是樹熊哥這句，不要被外表騙了，就像光滑的假天花背後是錯綜複雜的喉管，同樣光鮮外表的，內在其實是隱而不宣的醜陋。

他覺得説這些話的樹熊哥是他認識的人裡最能振奮人心的一位，像講台上的演講一樣，台下是人山人海屏息的群眾，可惜這美好的形象在樹熊哥重遇昔日的判頭時有所減損。

樹熊哥指著遠處五十來歲的阿叔説，那個人還有欠我的薪水還未支付，不過已是十多年前了，他問為何不當面向那人討回。當那人視線好像從遠處望過來的時候，樹熊哥裝作檢查腰間工具彷彿怕那人把自己認出來。樹熊哥變得畏縮的形象跟剛才完全兩樣，悄悄説那時追討過，追討不了就沒有了。他感到愕然，原來這行的文化是這樣沒有保障，常常冒著發生壞賬的風險，血汗出了竟可以隨時付諸流水，怪不得阿迪那麼緊張能否準時起貨。

他本身打算升讀大學，選修甚麼也沒所謂，反正畢業找工作很多時都不是與本科有關，但他來年立志報讀工程系的決心，全賴那個駐場的女工程師。蠻荒的地盤很少有年青的女性出現，她的出現大概使一般工人大飽眼福，但在他而言，他的志向卻改變了。

　　風喉工程進展到一半的時候，駐場工程師通常都手拿圖則與各行負責人檢核進度。他與她各拿著圖則一邊遊走地盤，一邊相議施工的情況。他滿自信地以為跟工程師商議不是一件難事：將她的意見筆記下來，以為在圖則上圈圈畫畫刪減增加便了事。誰料她問及一些專業知識，例如風量的計算、風喉的分佈、法例規定、裝置防火閘與否。他都啞口無言。那刻他才醒覺自己的知識是那麼貧乏，那種輕浮的感覺好像一下子被打沉了。

　　那女工程師拿著圖則核檢地盤施工情況的形象，不知為何就此成為他來年考大學選修工程科的推動力。

　　室內的空氣依然很翳焗，羅蘭士為了做好門面工夫避免遭人話柄，請來三五個楓樹街的南亞裔散工濫竽充數。即使那些散工沒有安裝風喉的經驗，畢竟搬抬托的力氣還是有的。樹熊哥見人手多了，所以在工地即席開料製造風喉，換來卻是羅蘭士的責罵，認為在工地製造風喉是過時的做法，甚至是浪費時間；強調只要把呎吋圖繪畫好傳真到大陸，幾日後便送到工地，完全合乎經濟效益。在後來發生意外之前，他從來不知道樹熊哥有多討厭羅蘭士。

　　那天樹熊哥和羅蘭士趕到時，阿迪已經接近奄奄一息躺在地上，後背流淌出汩汩的鮮血。沒有人懂得阿迪是怎樣致傷的，只見散在一地的工具和一把破損了的木梯，有人叫小

心不要走近。抬頭一看是一組搖搖欲墜的風喉，眾人緊張兮兮地在阿迪身旁圍成一圈，卻沒有人知道下一步怎樣做。

救護員到來時推著擔架床接走阿迪，羅蘭士則陪伴在側一起送到醫院，樹熊哥留在地盤角落後悔沒有好好照顧阿迪的安全，爬上木梯掏出鎅刀把新安裝好的風喉胡亂地鎅，玻璃棉如粉鱗紛紛飄墜之際，樹熊哥把新買回來的電動螺絲批摔個粉碎，然後擂著乾瘦的胸脯吼叫了一聲。三兩個警察來到阿迪受傷的位置了解完狀況後就離去，他才用紙巾按壓著淌著血的手肘來到樹熊哥身旁，伸出兩隻手指作了個抽煙的手勢，樹熊哥見他一副痛苦的模樣，原本吐在嘴唇邊的責罵「你去了哪裡」，都嚥下去，只遞給他一根駱駝煙。

那天他最終沒有向樹熊哥交代意外發生時，去了哪裡。對於羅蘭士為了卸責的舉措，樹熊哥也感到氣憤而一聲不吭就走了，因為羅蘭士怕驚動大外判商而沒有為阿迪報告勞工處關於工傷的事情。

永安中心的工程是否完成，對他而言依然是個謎，這個時候他的腦海有一把聲音傳來，有手有腳要生存總會找到生存的方法，那是樹熊哥的教導。與羅蘭士決裂後，樹熊哥索性拉他與出了院的阿迪另起爐灶，三人合伙一起外判工程。十月的城市，天空開始刮起涼風，身體還是流出汗來。

他們像以前一樣，一行三人來到尖沙嘴中港城巴士總站，暗淡的光線下是一組組有待他們更換的大型抽風喉，它們發出的聲音像一個患上長期肺病的老人。

入行超過廿年啦，我還未遇到一個真正的好老闆，自從樹熊哥不再打工重新成為判頭後，嘴邊再沒有吐出這句聽膩了的說話。他手肘在那次受傷後，剛結痂的位置被他抓得溢

出血來，他隱瞞了阿迪意外發生的前一天又再到的士高跳舞吸毒到天光，羅蘭士不報告勞工處的原因並不是出於卸責而是保護阿迪，他本來想將事實真相告知樹熊哥，別誤會羅蘭士。誰料樹熊哥已在外邊接洽了這項工程，加上自己現在也是老闆之一，所以不敢打草驚蛇，索性將錯就錯，反正自己也沒有甚損失。

　　工程開始之前，他們在某茶餐廳說好了工程竣工後十天才會收到支票，到時連本帶利將會平均分成三份，分給各人。樹熊哥說要每人先拿出三萬元作資本外判工程，阿迪一聲不吭地已把一疊五百元鈔票遞到餐桌上。他數算過這個暑期賺了三萬多元，掙扎是否投資參與之際，「搏一搏，單車都變摩托」，樹熊哥咧著一排被煙薰黃的牙齒說。他總被樹熊哥侃然的言辭說服了，樹熊哥以過來人經驗告訴他和阿迪如何投標報價。你們計算回報，要謹慎做人，不可太貪心，光是成本的二十個百份比就夠我們賺一輩子。況且我們首次合作的外判工程，做好口碑最要緊，往後生意必然陸續有來。

　　年少的他未曾想過自己會有這樣的機遇，第一次當老闆的感覺很夢幻，所以工作時份外用心，關顧工程每一細節。

　　這次工程更換的抽風喉比以往的風喉大幾倍，所以很多過往使用的工具都不能大派用場。為了穩固大型抽風喉，不用以往的絲杆，而改用工字鐵架因為較能受力，另外因應現場環境高度，而使用大面積的棚架代替木梯，所以樹熊哥在進場施工前已請了其他專業師傅來搭棚和燒焊鐵架。

　　那天離開永安中心時，情急之下了遺留很多工具，樹熊哥因此要從他們籌集的資本買回工具，又從鴨寮街帶回來一個及腰的工具箱。從此，樹熊哥再沒有揹那裝滿工具重得要

命的背囊，將新舊工具一併放進工具箱，鎖好。樹熊哥看著銀閃閃的工具箱時，眼珠也是銀閃閃的，看得入神時，好像一個天真無邪的兒童看著盛滿奇趣玩具的寶箱。他也是第一次飽覽屬於樹熊哥的工具，應有盡有，一度以為那人就是天光墟賣舊東西的小販。當中有很多工具他都不使用，拿到手裡把玩一番，完全摸不著腦袋。

無論風喉大小都難不到樹熊哥的。一如以往，樹熊哥一手拉尺量度，一手拿筆繪圖，不用半天已把大型抽風喉的呎吋圖繪畫好，然後傳真至某間他相熟的風喉廠。始終與德哥德嫂還有交情。樹熊哥節外生枝，所以懇求德哥德嫂瞞著羅蘭士替他們運載風喉大小配件。他們從德哥口中得知，羅蘭士在永安中心的工程因為人手不足使進度嚴重延誤而不得不請其他人全面接手，總計損失十分慘重。因此發誓以後也不做裝工的生意，專心銷售自己工廠出產的風嘴。

第一次外判工程，他覺得一切比想像都進行得很順利。

不過在接近竣工的前一天早上，擺放在後樓梯的工具箱無故失蹤，他們三人幾乎找遍整個巴士總站也不見工具箱的蹤影。雖然樹熊哥咬定必然是羅蘭士的報復，但他深信工具箱是在夜裡長出腿子跑走的。當然他沒有告知大家他昨夜離開時沒有把工具箱鎖好。

說來奇怪，對於遺失至愛的工具箱，樹熊哥卻表現得出奇冷靜，慌慌忙忙找了大半天不果，隔天便好像甚麼事也沒有發生過一樣，在抽風喉底來來回回檢查直至晚上，最後一顆螺絲打進風喉接駁處，意味工程已竣工。還未傷癒的阿迪說要慶祝又去了跳舞，而早已坐在抽風喉頂的樹熊哥手上拿著似是凍飲料的東西一邊向他揮手，示意上去一起同坐。

他和樹熊哥坐在十多米高的抽風喉頂，腳丫懸在半空擺盪吸嚼了一口凍檸啡，精神一振。他們在高處俯視最後一輛巴士駛回總站，在另一輛巴士停下來，車門打開良久，卻沒有乘客落車，走出來的是尾班車司機。

已更換了的抽風喉發出的聲音依然像一個患上長期肺病的老人。

他隨意問起，你身上那隻翠兒紋身是為妻子而紋上的嗎？

不，是為我女兒的生日紋的，四歲生日那天，她媽媽再沒有回來。

清清的氣氛裡，他掏出駱駝煙一根叼在嘴邊，一根遞給樹熊哥。對於他改抽駱駝煙，樹熊哥好像老早就預料到，仰首向上方狠狠地吐出濃稠的煙霧，然後跟他說，抽了這煙後，一輩子也不可能戒掉。不是內裡尼古丁令你上癮而是那個……樹熊哥說完，起來轉身就走。跳上棚架欲離開時，他喊停樹熊哥問，你要去哪裡，樹熊哥說，尾班車都停駛了，是時候回家。那是他最後一次喝凍檸啡，最後一次抽駱駝煙。

大概是從那天之後，他再沒有見過樹熊哥了。三萬元的投資，他一分錢也收不回來。他怎樣也無法相信樹熊哥會夾帶私逃，聯絡過阿迪也說找不到樹熊哥。後來他沒有選工程系，反而考上了賺錢更易的工商管理。

這夜回家途中，他路過便利店買了一包駱駝煙，獨自在沒半點風的街頭狠狠地把整包煙抽盡後才回家。他以為總有一天，扛著梯子，頂開假天花，他會再次見到一頭傲視世間的駱駝在風喉上躂步，說不定沿著錯綜複雜的風喉能通往那年散發著體臭的男人身邊。

雲

【香港】李麗儀（李儀）

1

「唉，雲姐！」

又來了，阿雲又聽到女管工妙姐用她那半鹹半淡的廣東話叫她，這次還嘆氣嘆得特別長，她便知道自己的動作太慢了。追！追！追！這是阿雲一邊做，一邊聽得最多的字。每一個工人都要盡快做好她手上的工序，你是執蜜棗的，你要在十秒內依著妙姐指示你一包蜜棗需要的重量，從大袋中揀出三四粒給旁邊的人，讓她可以馬上在十秒內稱好確實的重量，再給另一個人用十秒包裝好，記住！要的是重量，不是數量，別攪錯，超市和顧客看的是重量，誰耐煩跟你逐粒數？你一攪錯了，下一個人便接不上，還要把整個工序重新做過，這可會浪費很多時間啊！妙姐會馬上提你，不要給老闆看到啊，他一見到便會罵，老闆計過的，整個工序是可以也必須在半分鐘內完成。因為，有很多、很多訂單在等著，快過年了嘛，哪個店不想過年前賣多些東西？哪個老闆不想過年前接多點訂單？哪個工人不想過年前掙多點錢？你阿雲也想吧，不然你怎會在這個

時候來打工？

　　阿雲當然知道自己為甚麼會在這個時候來一間食品工場做這個工作的，原因……，實是一言難盡，唉，雲姐！她自己倒想向自己嘆息一下，可現在沒時間嘆息了，追！追！追！老闆來了，他一來，整個工場的氣氛便不同；雖然，有幾個女工即使在他來到時，仍繼續說笑，甚至講鹹濕笑話。老實說，阿雲剛來到時，也奇怪這些女工怎麼這樣喜歡講鹹濕笑話，也愛和唯一的男工大隻華開玩笑。笑他不要只管送貨，過年了，找個情人帶回家見阿媽，等阿媽開心一下吧，大隻華便不好意思地笑笑。阿雲看著，免不了想用她以前最愛講的甚麼女性主義角度去分析一下這些女工的心態，可一看手上的工作，不禁笑自己，那些甚麼主義，不是在這個時候用的。你看老闆真的來了，連最愛講鹹濕笑話的梅嬌也閉上嘴，可知老闆是不是身後跟著客人嘛，老闆說過的，你們愛講鹹濕笑話我不管，可有客人來了就要閉嘴。

　　在這個地方，老闆的話就是硬道理，老闆的話你不能不聽，他的笑話你最好也笑一下。老闆最喜歡講趕工就是烏雞追大蛇，追！追！追！阿雲卻想起小時候玩的麻鷹捉雞仔，捉！捉！捉！老闆來捉了，你千萬不要在這當口蛇王。追！追！追！追時間，追工序，你追不上你就要被Out！老闆說過很多次，阿雲現在你只是來試工，你一定要追得上！阿雲知道這不是說追得上時代，時代沒有變，從馬克思時代到如今，工人的處境還是一樣。你看看老闆

罵大隻華便知道，當老闆罵他一「舊」大牛龜時，大隻華哪敢吭一聲，只是陪著笑。

「阿雲你將做緊嘅野交比梅嬸，即刻攞兩個大膠盤嚟呢邊數同裝箱，快啲！」

突然，老闆在另一邊叫。阿雲還未回過神來，梅嬸已馬上拿過阿雲手中數的蜜棗袋，開始數起來，那邊老闆再叫：「仲唔過嚟？」

阿雲看一看老闆身邊枱上堆著的是細包的細細粒杞子，心想不如用細膠盤做，會做得更快更方便；便轉身拿起四個細膠盤，馬上跑過去。怎知老闆一見，便罵：「做乜攞細膠盤過來？」

阿雲一呆，開口想解釋，老闆卻火了：「你做乜仲棟係度發呆？我清楚定你清楚點做？我計過曬點做最快，你咁叻就唔係做你而家呢個位！」

阿雲被他一連串數落，有點不開心，原來是不可以有自己想法的，也沒有時間給你不開心，馬上轉身回去取大膠盤，卻聽到老闆在後面叫：「唔怪得之個個叫你一『舊』雲！」

阿雲發現周圍的工人抬起眼來看她，而她眼角竟有點濕了，真是不爭氣，唉……

說真的，她不敢告訴爸媽自己來這工場工作，爸媽最喜歡說一句：「你堂堂一個大學生……」，也不會告訴家裡的印傭。她可是叫她做「大小姐」的，這可不是她教她這樣叫自己的，是她以前的僱主叫她這樣叫僱主的，她叫習慣了。也許，她猜香港女人都喜歡人家這樣叫的吧，阿

雲自己卻不喜歡，有點「封建」的味道。可她總改不了，阿雲便算了。阿雲也不會告訴其他朋友自己來工場做這工作，特別是以前環保團體的舊同事，那時，自己總算是一個統籌啊。

而我..……為甚麼會這樣想呢？是爸媽、傭人、朋友和舊同事真的會這樣想，還是我想得太多呢？也許，自己就是一「舊」疑惑的雲，自從離開上一份環保統籌工作之後。

2

印傭 Aanjay 拿著一隻龜從浴室出來，阿雲有點奇怪，難道她偷養寵物？阿雲雖一向不大和這個日見夜見其實和家人差不多的傭人說話，太忙了，但她認為自己對她是不錯的。Aanjay 信回教不吃豬肉，阿雲也准許她另外買和煮其他肉，也讓她平日也披上頭巾。阿雲相信一定要尊重其他人的宗教，人權可是她一向堅信的。本來爸媽有點不喜歡，她也說服了他倆，但偷養寵物就不可以了。不是不喜歡動物，是寵物不能亂養，是衛生問題，正想責備她，還未問口，Aanjay 搶先說：「老爺想養。」

阿雲更奇怪，爸爸坐在沙發上，一見她，想起來，卻站不穩，阿雲馬上過去扶住，說：「爸，你冇去覆診咩？」

爸爸只是苦笑，阿雲想一想，說：「下次我同你去。」

爸爸卻說：「你返工緊要。」

阿雲正想説自己現在的工作反正計日薪，剛想説出口馬上止住，不要穿煲！又想想自己的確很少陪爸爸覆診，都是媽媽和 Aanjay 陪，幸好 Aanjay 有力有氣，扶爸爸扶的穩得不得了，自己便不成了，文弱書生，差點要説句百無一用是書生。

　　「平伯⋯⋯」爸爸看著那隻龜説。

　　爸爸為甚麼説起一個人名？阿雲想一想，才想起以前小時候爸爸農場隔鄰的農場，有個平伯養龜很棒。

　　這時，媽媽從廚房出來了，説：「平伯⋯⋯死了。」

　　阿雲一驚，以前聽説，農場被收了，説是要發展甚麼樓盤後，平伯搬去市區和兒子一家住，但不知後來如何。可聽説有些老人家住新地方不習慣，爸爸的身體也是搬離農場又不能再做農務後差起來的。看到爸媽説起平伯時，面上都是難過，也許養龜也可安慰一下爸媽吧。

　　這樣到吃飯時，爸媽便沒甚麼心情，但媽媽仍不住挾菜給自己，把自己的碗蓋得滿滿的，總説阿雲你辛苦、你瘦，食多些好。爸爸也關注地看著自己吃，一咬媽媽挾給自己的菜，有點苦，但吃下去又有點甜，很熟悉的菜。

　　媽媽笑著説：「你唔記得？以前我哋成日種。」

　　阿雲想起了，但不記得名，媽媽再説：「豬乸菜呀。」

　　爸爸説：「係牛皮菜。」

　　媽説：「係呀，你最鍾意食，牛皮燈籠，點極都唔明！」

　　大家都笑了，連 Aanjay 剛從廚房拿其他菜出來也笑

了，她廣東話真愈來愈好。阿雲又想，其實牛皮燈籠是我，唉，為甚麼常取笑自己，妄自菲薄。

吃著豬姆菜，想起小時候，那時她最不愛吃，嫌苦，都是迫她才吃一點，長大了卻有點懷念那一種味道。可現在再吃，味也總是不同，那時也養過龜，最喜歡餵雞，感到小雞很可愛，但其實都沒做過多少農務，爸媽太疼自己了。

吃完飯了，Aanjay 拿出一個用塑膠盒盛的豆沙包點心給她，媽媽說：「你攞返工肚餓就食。」

阿雲雙眼卻只看著那塑膠盒，突想起自己日日做塑膠包裝工作，其實違背了自己的理想，心中有點嬲自己，卻帶怒說：「Aanjay，你做乜用塑膠盒？咪叫過幾萬次唔好用。」

Aanjay 一臉無辜，阿雲才驚覺自己語氣不好，竟禁不住把嬲自己的怒氣發到 Aanjay 身上。阿雲問自己，阿雲阿雲，你為甚麼要把自己的不開心轉到人家上？是這傭人的錯嗎？不，應該說是家務助理，其實 Aanjay 做的已差不多是一個管家了。唉，還是那句老話：社會的錯！但其實也真是社會的錯啊，是整個社會都貪方便，最初是商家甚麼都用塑膠包著，用方便來吸引人買，而政府又遲推出塑膠袋徵費，但也只是徵費而已，根本沒有立心從源頭減，但是，即使被商家的廣告洗了腦，人也可以選擇不用的呀，以後要再多提 Aanjay。

媽媽說：「我哋今日飲茶，Aanjay 提我哋，你喜歡豆

沙包，所以我唔吃留比你。」

阿雲說：「但下次記得唔好攞塑膠盒。自己帶個袋去。」

媽媽說：「依家先進先用塑膠盒，我哋以前幾唔方便……」

阿雲打斷媽媽的話，說：「呢啲唔係先進，你知唔知啲海洋生物……」見媽媽還未聽完，面上已是不開心，Aanjay 也不開心，爸爸咳了一下，阿雲想，她們也是一番好意，自己的語氣是不是硬了一點？

見爸爸想站起來，有點不穩的樣子，Aanjay 馬上想過去扶，阿雲也走過去，沒想到自己竟可以比 Aanjay 更快，扶著爸爸入房，爸爸向她一笑。阿雲想，自己真的比以前快了不少，快！快！快！真有點像在工場聽到老闆喊她執兩個大籃過來那邊時，阿雲不禁向自己苦笑。

和爸爸入到房，扶他坐在床沿，爸爸指一指床邊枱的櫃筒，阿雲便走去拉開。一拉開竟看到一個文件夾，爸爸再一指那文件夾，阿雲有點奇怪，拿出來，見爸爸向她微笑點頭，便揭開。一看，裡面夾著一疊剪報，映入眼的首先是第一張，一個全身包著銀色紙連頭也包著、只露出臉的女子在喊叫，紙上灑上血一樣的紅色油彩。啊，是自己，以前的自己，扮成一條被人切了翅的鯊魚，張著嘴在大叫，在星期日的旺角行人專用區的街上，舉著「吃魚翅等如殺瀕危生物」的紙牌，身旁是昔日的環保工作同事和義工同志。啊，那時大家多齊心，真是一段令人緬懷的日

子！阿雲看到自己滿是神采的臉，是為了自己的信念，做自己堅持的事而精神奕奕，那像現在的自己，唉，阿雲！

再看下一張剪報，照片上的自己趴在地上，扮成倒在海邊的鯊魚，一個男義工揮著紙紮的斧頭，正砍向自己，自己在大叫，阿雲不禁笑出聲來，唉，阿雲！

爸爸也看著阿雲笑了，想不到爸爸還保留著這些剪報，還儲存得這樣齊全，可惜現在團體沒有資助，想做也不能再做了，看著有點眼濕。但爸爸看著她的雙眼也出現了一點神采，是爸爸自從身體差了後，很少出現的，好像是在鼓勵她不要放棄，爸爸一直在關注她，默默的支持她。自己卻只掛著工作，掛著理想，沒怎樣關注父母，不如找一些養龜的好方法，讓父母開心一點，便取出手機上網，打「龜」字，一路掃下去，卻找到一則龜死的新聞，是香港最近的新聞，一看，竟是因為吞了塑膠。

阿雲用手機看下去，一張張照片：小海獅被塑膠套住動彈不得，鳥的屍體肚中全是不同塑膠，連鯨魚這麼大也給塑膠纏住。

真的想做點甚麼，可現在沒有資助了。等一等，唏，阿雲，沒有資助就真的不可以再做一點事情嗎？繼續再看下去，更多、更多海洋生物慘死的景象……

3

阿雲快速地把一個個包裝貼紙從一張長塑膠底紙上掀

出，再整齊地貼到包裝上。要整齊啊，不要歪歪斜斜的，超市看了不喜歡，顧客看了不喜歡，最重要是老闆現在看了不喜歡，叫你重貼又不成，貼上了怎麼掀出來？掀出來那包裝貼紙也破了一角，超市看了不喜歡，顧客看了不喜歡，最重要是老闆現在看了不喜歡，你自己喜歡嗎？

可阿雲看到她旁邊的梅嬸一邊講鹹濕笑話，一邊把包裝貼紙貼得四四正正，漂漂亮亮，而且很快，阿雲想自己可能要練很久才做得到的，怎麼她們就做得到？也許她們讀書沒自己多，但她們就是有些我自己做不到的技能，就像老闆說的，讀書多又點？要有用至得。她們做的也不容易啊，要在老闆這樣緊迫之下，死線這樣緊之下，能一邊談笑，一邊把工作做得完整又高效率，這也算是一種專業。雖然不會叫她們去考專業牌，她們還不算技工。技術工人才可以考專業牌，之後薪水多一點，也只是一點，但也好一點啊。可她們也做得很好呀，有時會提自己怎樣做得好一點。她們其實也是很敬業的，也樂群啊，不住講笑話讓大家輕鬆一點，阿雲發現自己竟開始有點欣賞這些自己平日不會怎接觸，甚至根本不大知道她們存在的工人，其實是工友，阿雲腦中突然閃出這個聽過很多次，但這刻才有感覺的詞。

可是，這些工友就是沒有環保意識，阿雲今早便決定，要把所有用過的塑膠收集起，之後拿去回收，送到回收場總比當垃圾好一點。怎知這些工友真是高效率，阿雲剛把最後一個包裝貼紙掀起，梅嬸便把底下的長塑膠底紙

馬上拿去。烏雞追大蛇，追！追！追！麻鷹捉雞仔，捉！捉！捉！阿雲本想把長塑膠底紙收起，梅嬸卻比自己更快，螳螂捕蟬，黃雀在後，梅嬸馬上把長塑膠底紙丟入旁邊的垃圾籮中。因為馬上要做下一個工序了，還要把貼好的一包包裝箱啊，一秒也不能等。是的，連要上廁所也要等有空隙時才去，比如你要等老闆剛巧在思量下一步的工序怎樣可以更快時，那你快點去上個快快的廁所，阿雲自己安慰自己，說服自己，人懶惰才整天想著上廁所。原來不上也可以的。這便可以訓練自己快啊。以前自己總是慢吞吞的。

可是，快不是也可以同時救海洋小生物嗎？看一看那剛被丟入旁邊垃圾籮中的長塑膠底紙，偷偷拿起放入自己工作時要掛上身的藍布圍裙上的口袋中，之後可拿去回收。可這麼長的紙要先捲起才放得入小小的口袋中，真可惜自己還未練出如其他工友般快的本事。可能是面上的尷尬表情吧，梅嬸看一看自己的手，那邊妙姐也看到了，真怪不得是管工！只好訕訕地說：「攞去回收。」看看她們的疑惑，又補一句：「為咗環保。」

大家都看過來，連大隻華也看過來。妙姐面上沒甚麼表情，說：「唔好拖慢做嘢。」

這是不能做了？幸好她不是說不准拿走工場的東西，這便是偷工場的東西了，雖然已是垃圾。想不到這時老闆竟來了，大家馬上閉嘴，阿雲只得盡快把那長塑膠紙塞入口袋中。老闆像沒留意，大家便繼續工作，可阿雲便

不敢再收起其他要丟的塑膠了。唉，以前同事知道一定說你不夠勇敢，可我盡了力啊！工人是不是真的不能兼顧理想？

放工了，卡也打了，老闆竟向自己說：「總之你放工後攞走都可以。」語氣雖嚴肅，也是和氣的。阿雲真想不到，原來他甚麼都知道，也舒一口氣。老闆再說：「記住做嘢果陣時就唔好再講呢啲，個個唔駛做咩？講環保，都要有得食至講！」

老闆這次語氣有點不好。阿雲心想，再不保護水土，我們人類將來就真是食都有問題，減少塑膠也不單只是為了海洋生物啊，也是整個水土環境啊。但這些跟很多人說都不會想聽，水還未浸到眼眉嘛，便想一想，說：「總之我打卡後至做。」

不過老闆像沒聽到，這是定理吧，不用說你也該明白的。他已回過頭去繼續他的工作了，工人放工了，他卻不能放，阿雲想想也有點同情他了，且慢！他賺得的和你不同啊，阿雲想起，當日來見工前看到報紙上廣告列出的時薪，也感到不夠，但看到廣告上說是「天然綠色食品包裝」才想不如試試。也許請的不單是工人，也有文職，反正寄出這麼多文職求職信也沒回音，也許自己快五十歲老了，積蓄快用完了，見到這老闆，說暫時沒文職，將來再看。反正這兒不講年紀的，有些年齡大了也在這兒做，而且很開心呢。

阿雲上工才知「天然綠色」只是指食品都是由甚麼農

場來的，那些農場是不是有機便不知。想起爸爸以前堅持不用農藥化肥，即使賺小一點，可惜後來也不能做。

放工打卡後，阿雲準備把塑膠從垃圾籃拿出來，卻發現不多，只能拿一點放入自己的環保袋內。想一想今天一整天不會這麼少，出去後樓梯的大垃圾箱一看，發現都丟進裡邊了，阿雲只好把塑膠從箱中抽出來，但還纏著其他垃圾，甚麼果皮，廢紙，有些還滿是煙灰，一定是大隻華抽的，真……只好小心地拿走，可惜忘了帶手套，只好用廢紙蓋住手去拿，但還有些黏乎乎的不知是甚麼，這怎回收呢？只得放棄。

撿了一會，一個男人來了，原來是來倒垃圾的，看著她有點奇怪，阿雲解釋：「我執塑膠去回收，為咗環保。」

男人便用戴著手套的手從大垃圾箱中取出他要的垃圾，並把其他塑膠拋出來放地上，說：「你慢慢揀啦。」阿雲忙說謝。男人走前又回頭從本要拿走的垃圾中抽出一個大環保袋給她，說：「你用呢個裝啦。」阿雲忙再說謝謝，拿著，卻有點辛酸的感覺。

終於執完能執的塑膠了，阿雲拿著大環保袋出去，卻又找不到回收箱，走了一會也找不到。難道黃竹坑較多工業，政府就不多放回收三色筒？那要回家時在家附近找。先去坐巴士，一進巴士，有些人望望自己拿著的漲鼓鼓大袋，心中又有點不舒服。算了，一點兒也受不了嗎？那些要死的海洋生物又怎樣？

4

回到家，整個人散掉，一進門，聽到 Aanjay 一直在說：「我有用，我有用。」正奇怪，她又說：「天生我……」停一停，像想不到怎樣說整句，只說：「我有用。」

阿雲看看她有點憂心的樣子，可一見阿雲，有點不好意思，馬上笑笑，叫大小姐。阿雲説：「Aanjay，係天生我才必有用，即係人人都有自己有用嘅地方。」

Aanjay 説：「多謝。大小姐好叻。」阿雲想，有甚麼叻？如果我連這句也不懂，便真是沒用。

Aanjay 又説：「大小姐你個樣好劫呀，我幫你。」Aanjay 伸手過來，阿雲問：「就係你星期日去學嘅按摩？佢地仲教你讀中文？」

Aanjay 説：「教小小，叫我地唔好睇小自己，話我地有用，對香港有用，對自己家鄉又有用。」

阿雲忽然想起以前上過網查 Aanjay 這名字的意思，是整齊，有責任心，當日她決定請她，和這個名的意思也有點關係。可這個名還有一個意思是不可被人征服，看來這年青女孩有不可估量的鬥志，一個人離鄉別井，去陌生地方、文化、家庭打工不容易。若換了是你阿雲，你能夠捱得住嗎？便問 Aanjay：「你點解學呢啲？」

Aanjay 説：「我打電話比亞媽，佢話周身痛，佢種嘢好辛苦，我姐妹帶我去學，好多姐妹學呀，學咗返家鄉屋企可以幫親人朋友。」

阿雲想起她剛才憂心的樣子，説：「你快啲打電話比

你媽問吓佢點？」Aanjay 説:「唔駛啦。」阿雲又説:「你不如提早放大假返去探佢。」Aanjay 又説:「唔駛啦。」阿雲説:「做乜唔駛，一定要！」

說完了，阿雲才想起自己又有點強迫人了，Aanjay 卻説:「唔緊要，我都係想等新年至返去。新年返去阿媽最開心。大小姐，我而家幫你。」

阿雲想一想，説:「不如你教我按摩，我自己做，我都想天生我才必有用。」Aanjay 馬上説:「大小姐好叻，好有用。」阿雲想，可惜我是一「舊」雲，第二天又會給老闆説了，不禁嘆一口氣。

第二天一回去，有人在外面等，妙姐説老闆剛接了多些訂單，要快些，所以要請多些人。因為要見人，老闆竟沒空來説他們，過了一個較平靜的上午，到中午時，老闆帶兩個新人來到她們面前，説她們明天上工。阿雲一看，都像是很俐落的。

下午到還有半個鐘放工時，梅嬸夠鐘要走，她每日去湊孫放學，通常早些走，臨走同阿雲説:「你今日仲要執膠吖？小心啲細菌，最好用手套。」阿雲笑笑説:「多謝你關心。」

梅嬸走後，老闆叫大隻華攞之前執好的木耳，同阿雲一齊夾手夾腳入箱，之後大隻華磅重和送貨。阿雲卻突然接到電話，走去一旁聽，Aanjay 説:「太太唔舒服呀。」阿雲馬上説:「我即刻返嚟。」

阿雲記得最近媽媽常胃痛，很擔心，走去問老闆:「我

可唔可以早少少走？」老闆正在看那些執好的木耳，一聽阿雲說，把木耳放低說：「咁點呀，唔駛做咩？你點解唔早講，去拍拖吖？」

阿雲搖頭，一時不知怎說，老闆又說：「人哋預咗我哋今日送去，我所有工作程序一早就定好，你之前講好每日做到幾點至走，我就預好曬你可以幫嘅嘢，你突然話要早走，就突然亂曬……」阿雲聽了，只好說：「好，我盡快做、我盡快。」

快！快！快！大隻華擺出之前執好的黑木耳，馬上和阿雲入箱，阿雲盡快做。想不到很快做完，平日要半個鐘，二十分鐘做完，卻很累，但也管不了這麼多。馬上要打卡走，臨出去，大隻華說：「果邊個桶有好多塑膠帶，妙姐放低嘅。」阿雲想不到他們會關心這個，馬上說：「謝謝。」見旁邊一個大膠袋，立即去把塑膠帶塞入去，出去搭巴士，下車後立即整個膠袋放入回收箱。

回到家，媽媽在休息，看來沒甚麼事了，爸爸也微笑。看一看 Aanjay，是她幫媽媽？

阿雲問：「Aanjay，你哋嘅話點講多謝？」

Aanjay 說：「唔駛啦。」

阿雲仍堅持：「教我啦。」

Aanjay 笑著說：「terima kasih。」

阿雲想跟著講卻講不清，叫 Aanjay 講多次，終於說出 terima kasih。

Aanjay 聽了，說：「samasama。」

阿雲想一想，問：「即係唔駛客氣嗎？」Aanjay 只是笑，笑得很開懷，爸媽也笑了。

第二天阿雲回去工場，心情挺輕鬆，好像自己做這工作也有點順了，動作也快一點了。兩個新工人上班，都做得很快，一看便知以前做過，很熟手，阿雲想自己也要更快。

到差不多放工時，老闆說：「阿雲你放工後嚟搵我。」阿雲馬上說：「我今日會到原定時間至走。」見老闆沒甚麼表情，馬上說：「之後都應該可以。」老闆仍沒甚麼表情，並走去和妙姐安排準備明天的工作。阿雲想，為甚麼要和我談，難道有新的文職？

打卡後，見老闆在房內，阿雲便進去。老闆問：「你做咗幾多日？」

阿雲說：「八日。」

老闆卻皺眉，問：「唔係啩？係七日？」

阿雲說：「係真嘅，你唔記得我係一月二號，新曆新年一完，仲係公眾假期補新年假但唔係勞工假期果日第一日返工咩？」

老闆更皺眉了，說：「咁即係我要補一日糧比你……」

阿雲一驚，怎麼要補？老闆再說：「好，我會睇你打嘅卡，真係嘅，我叫會計跟勞工法做滿七日補一日咁計足錢，入你戶口比你。」

阿雲終於明白了，是要解僱自己！心都要掉下來，怎麼會？我不是已經做快一點了嗎？不是很多工作要趕嗎？

是因為我回收塑膠嗎？是因為我昨天早了一點走嗎？我只早了十分鐘。

還沒問，老闆已說：「你太慢，教咗你好多次都未做到，等唔切啦，一遲交貨，其他好多地方都好影響。」

是啊，那些農場、供應商、批發商、超市……每一個地方都要運作，都要有貨比人買，買完再買，貨如輪轉嘛。而每一個地方都有工友等著完成工作，之後可以拿薪水，每一個人都要開飯交租或者供樓，一家大小等著。我一個工序慢了，下一個跟著做的工友便要等。大家都慢一點，市場便停滯，我們每一個人都串連在一起。不是有句以前很流行的話：唔好阻住地球轉！

但其實，是我們這樣貨如輪轉才令地球現在成了這個樣子，唉！不過，會這樣想的人太少了。阿雲忽然感到自己好像一顆小小的釘子，但卻是一顆鬆脫了出來的釘子，其他一顆顆鏍絲釘都被放在巨大機器內一個位置中，緊密的和機器連在一起，一起運作，跟著市場的要求，資本家的要求。阿雲像聽到那機器軌軌的運作聲音，軌軌復軌軌，而一顆顆鏍絲釘便努力轉動。工作掙錢開飯交租或者供樓，而她這一顆小小的釘子，卻在外邊，想進去卻不能，但我還想進去嗎？還有其他選擇嗎？

阿雲離開老闆房，想走，才想起忘了把圍裙脫下，便脫下，想出去，才想起忘了拿水樽，平日工作時都是放在一個離工作枱遠一點的櫃的，有時工作忙時根本忘了喝水。走去拿好，再檢查一下有沒有甚麼忘記拿的，唉，有

甚麼會忘記？來工場還會帶甚麼來？難道有空閒看書、寫作嗎？也許倒可以寫一些在這兒的經歷和感想，放上臉書也好，朋友一定有興致知道，還沒跟朋友提自己做工廠工作，但一提到工廠，很多人便會說：「香港仲有工廠咩？」原來工人都是隱形的。

真的要走了，等一等！應該還有些塑膠可以拿去回收的。雖然要走了，但要做的，該做的，不能不做，做一日和尚也要敲一日鐘，便馬上走去放垃圾的地方，很多很多，也有很多不知被甚麼纏住，又忘了帶手套，不管這麼多了。雖然不知自己做的能幫地球和生物多少，就做吧，就抓住這一刻，就抓住這最後一刻，在這最後一天，盡力做吧！

阿雲終明白阿雲這名字的意思，也許當年爸媽給自己這個名字時，是看到農地上的藍天白雲。爸媽年青時也有夢想啊，其實也是理想，堅持不用農藥化肥這麼多年，那可不容易，但他們一定不會後悔。阿雲看看頭頂的天，可不是藍天白雲，連雲也是灰濛濛的，可是，她知道，她還是要頂著這片天立足在大地上，一直走下去，哪管天以後會變成更灰，可自己的心不能變成灰色，永不。

小說組評審後記

二〇一七年工人文學獎評語（李維怡）

冠軍：〈遊戲〉

這一篇，由實入虛，由虛入實，都做得頗自然流暢。虛的象徵部分，具視覺效果且有幽默感；實的部分，也有觀察，夠扎實。

書寫人的黑色幽默處理得不錯。記得主角阿童一心求死卻進入了虛幻之境時，被人一問是否來面試，頓覺自殺無法體面地說出來。這種荒謬的景況，反證了現實世界對人的內心下的咒語多麼沉重。

另一個令這篇小說在芸芸訴說工作苦悶的篇章出顯得突出者，是書寫對真實生活的體驗／觀察的深度。人的焦慮失望印刻在第五十九日的試用期咒語上，這一點是讓我深刻的。許多小說都太注重於個人感受抒發，而忘了個人所身處的世界如何把人帶到這種情緒中，尤其是制度上一些瑣碎的設計，如何為人的真實生活和感覺帶來沉重的負擔。

最後，想談談象徵系統。主角叫阿童，篇題叫〈遊戲〉，結尾在灣仔天橋的盡頭有一老人手持一牌著人「回轉成孩

童」。而所謂孩童，「最樂意的不過是玩遊戲吧？阿童睜著滿佈紅絲的眼睛，望入老人身後的大廈裡頭，一整層的玻璃幕牆裡；而那裡有成群的人在跑步機上，正望著阿童，漫無目的地向前跑」。這一連串的象徵、反諷甚是強烈。結尾收筆基本上是一齣電影，且剪接非常好。甚麼是遊戲？在這樣的世界裡甚麼是遊戲？遊戲不錯可能是有重複而無聊的性質，但重複無聊又是否就是遊戲？那些在跑步機上漫無目的地向著窗外跑的人們，是在遊戲還是在滿足社會的要求？

讀著也是真心感到難過的，期待這位朋友的下一個作品，仍能保持或推進這種特色。

亞軍：〈求偶記〉

這一篇的文筆很好。由開始便鋪了一條懸疑線，中間一直寫著一個商場雜工的內心世界，最後他寂寞到了一個程度，把假人模特兒偷了回家作伴侶。作者安排了很多意象、象徵，讓城市的風景、商場的空間、人的心境都有不同層次的交錯。可是，這種沒出路的出路，就如作者自己的收結所言：「如氣泡膜不被戳破，一切終將完好無損」。

不過有一點我不太明白：雜工當然可以喜歡詩歌和貝多芬，只是，詩歌和貝多芬當然是作者的選擇，那為何做這個選擇呢？對於一個不一般的角色設定，最好能夠交代一下。又或者，這些音樂與詩歌是否與主角的內在有更深

刻的扣連？

在早段作者寫到：「語言向來是阿冬的死穴，即便是小學中文試卷的辨別錯字題是他的夢魘，高中輟學後，語言文字之於他，只是個符號——牢記不完的符號，始終錯字連連，比如誤將『烘焙』寫成『烘培』，錯字寫錯，讀音讀錯，久而久之，形成自己的解讀體系，彷彿一種無人知曉的謎語——荒腔走板的變奏斷句，錯漏詞組和奇特語感，或不自覺地洩露內心隱匿的變異。」

一個語言能力受到教育制度極端挫敗的朋友，如何會喜歡詩歌，相信是需要情節鋪墊的。雖然，我理解這種奇特的語感，是可以與詩歌有連繫，可是，似乎作者未有更進一步緊扣已經鋪出了的線。這樣子，有點可惜。

季軍：〈風喉佬〉

這一篇讀下去感覺很好，就是一篇樸素的人物傳記吧。小說寫三個做體力勞動男人之間的故事，中間包含的其實挺複雜，有友誼、有類父子關係，也有僱傭關係。書寫的人對正在描寫的行業和從事這一行的人都有一定程度的認識，看來也有一番觀察或體驗。我自己認識一些三行水電師傅和學徒，其中一位曾跟我說：做這一行的人，很多工作，一對手真的做不來，多一對手真的幫了很大忙，所以對一起工作的人，會稱兄道弟，或喊大家做「手足」，而不會稱呼為「同事」。看這一篇小說的時候，就讓我很想起這位朋友的話。書寫的人在文字方面比較質樸，也適

用於這種題材。

在敘事角度選取方面，我有一個意見。由於這篇採用了限知視角敘事，所以對於樹熊哥為何做出了非常不符其性格的事，在小說中只寫成了主角心中的一個懸念，也合理地無法／不用去處理。對的，也許人生中就是有許多這種只站在自己的視角時無法完全理解的事。只是，小說也是對生活的一種思考和結晶，即使限知視角也未必做不到為讀者和自己提供多幾條思考的線索。

同時，在角色設定方面，主角是一個讀書人，去做體力勞動只是暫時性的。作為一篇小說而不只是一篇紀事，我覺得，書寫的朋友可以盡量利用這個主角的身份差異，去表現更多的社會面貌，那會更理想。

建議主題獎（炒散）：〈雲〉

這篇是講一個中年的前環保團體的職員，擁有非常強的環保理念，因失了業無奈到了一家食品工場做包裝工。故事安排這位中年環保份子婦人，與其他工人、管工就著環保話題有交集。這個主題，是令人有期待的。

小說裡主角想在工作場所做的環保理念傳播，在開始的時候並不算順暢，但故事中，她的堅持，似乎令大家產生了一種雖然不完全明白，但又覺得不是壞事，不妨礙工作的話也會協助她一下的效果。

在這種關係之中，這些爭辯可以歷經更漫長而精彩的論述（言語上或直接行為上的），而非只要有善良意願就能

解決，但事情彷彿也發展得太快了，也不知應理解她是幸運還是怎樣。有善良的想像是好事，可是，合情合理的發展也是需要的。

最後，作為一寫實形式的小說，這篇有些事情看得人不太明白。例如，主角是一個環保團體的前職員，而且是個統籌性質的職級，加上她的說話和思維方式，應該是一個讀書人吧？這樣的一個人，又已做了多年環保團體，若不做環保團體，大可找一份文職，為何去找一份低薪包裝工？而且，觀乎她家裡仍過著中產生活，還有外籍家務工照顧看來已退休的父母。這樣的支出，她只做一份低薪包裝工連積蓄可以足夠支付？這樣好像有點勉強？由於無鋪墊，現在看上去的效果，就有點像是為了製造矛盾點，而沒有理會這些現實的問題。

總括而言，若想書寫特殊的狀況，就需要鋪墊。

不過，由於感到作者很有誠意，且主題也特別，亦能一定程度上對工作的環境做了不錯的描寫，故評審們共識為建議主題獎。

二〇一七年工人文學獎評語（郭詩詠）

冠軍：〈遊戲〉

「五十九天工作」的非連續狀態是個很好的題材，能抓緊香港不公平的就業情況。深宵地鐵車廂、跑步機等元

素，也突出了城市生活既不斷運轉又平板無聊的特點。小說對「脫序的失業狀態」和「無意義的工作」這兩端均有相當程度的開展和反思。故事有新意，從寫實漸入魔幻，兩者接合得不錯，虛實彼此呼應，取得相當好的平衡。

亞軍：〈求偶記〉

文字很好，描寫外部世界的段落尤見華彩，並能與主角的虛空心理互為呼應。人偶的設定會讓人想起是枝裕和的《空氣人形》，但結合購物中心的背景，這篇小說也有自己的發明。讀起來有時稍覺零碎，但在當代碎片化的時間裡，大概也是一種寫實。

季軍：〈風喉佬〉

這篇小說最動人的地方是人物。人物寫得很立體，樹熊哥、阿迪和主角幾個「佬」之間的微妙關係也處理得很有技巧。小說裡許許多多的施工細節，能豐富讀者對冷氣機技工工作的了解，惟對判頭制度和欠薪問題的批評稍覺點到即止。

建議主題獎（炒散）：〈雲〉

小說充分強調了高效率的工作要求對散工所帶來的壓力，也嘗試寫出主角雖有大專學歷卻依然要炒散的「錯置」狀態。雲即是主角的名字，也是主角的心理狀態。小說的世界整體上相當善良，雖稍欠複雜，但尚能反映部分環保人士那種一廂情願的困境。

二〇一七年工人文學獎評語（蔡振興）

冠軍：〈遊戲〉

寫出制度的荒謬不公，受僱者每做滿五十九天便被解僱，失去正式僱員的保障，工人陷入無限的循環，不斷試工而被剝削。主角因絕望卻自殺失敗而進入秘境，經歷同樣荒謬無聊的工作。虛實互映，哭笑交雜，文字順暢，洞察與創意兼備。

亞軍：〈求偶記〉

頗能描畫出商場工作的冷漠和疏離。作者通過雕飾的文字寫出人物的孤獨和迷惘。無法溝通表達，最後得來的只有一個人偶，深含象徵意義。

季軍：〈風喉佬〉

人物立體可信，工作環境及情景細緻具體，情節發展則有欠完整。

建議主題獎：〈雲〉

主角阿雲真的「一舊雲」，中產知識份子失業後當食物包裝工，昧於工人實況而仍欲實踐環保原則，情境頗真切，角度頗新鮮。但其間未盡合情理處不少，影響故事的可信性和力量。

本創文學 97

第七及八屆工人文學獎得獎作品集

編　　者：工人文學獎委員會
編　　輯：工人文學獎文集編務組
責任編輯：黎漢傑
編輯助理：黃晚鳳
封面設計：Zoe Hong
內文排版：D. L.
法律顧問：陳煦堂　律師

策　　劃：街坊工友服務處教育中心
　　　　　荃灣西樓角道 218 號豪輝商業中心第二座 104-105 室

出　　版：初文出版社有限公司
　　　　　電郵：manuscriptpublish@gmail.com

印　　刷：陽光印刷製本廠

發　　行：香港聯合書刊物流有限公司
　　　　　香港新界荃灣德士古道 220-248 號
　　　　　荃灣工業中心 16 樓
　　　　　電話 (852) 2150-2100 傳真 (852) 2407-3062

海外總經銷：貿騰發賣股份有限公司
　　　　　電話：886-2-82275988 傳真：886-2-82275989
　　　　　網址：www.namode.com

版　　次：2024 年 5 月初版
國際書號：978-988-70340-2-5
定　　價：港幣 168 元　新臺幣 640 元

Published and printed in Hong Kong

香港藝術發展局
Hong Kong Arts Development Council